KB052442

AGATHA CHRISTIE COMPLETE COLLECTION

PARTNERS IN CRIME

AGATHA CHRISTIE COMPLETE COLLECTION

PARTNERS ≈ CRIME

부부 탐정 애거서 크리스티 단편집 | 나중길 옮김

황금가지

PARTNERS IN CRIME
by Agatha Christie

정식 한국어 판 출간에 부쳐

나는 한국에서 우리 할머니의 작품을 정식으로 출간한다는 소식을 듣고 무척 기뻤다. 할머니가 1920년부터 1970년 무렵까지 오랜 세월에 걸쳐 집필한 작품들은 21세기인 지금 읽어도 신선하고 재미있다. 등장 인물들이 워낙 자연스러워서 요즘 사람들과 다를 바 없고 이들이 등장하는 상황과 장소가 전 세계 사람들의 애정과 향수를 자극하기 때문이다. 한국 독자들은 이번에 새로 나온 정식 한국어 판을 통해 그 동안 접하지 못했던 애거서 크리스티의 일부 작품들을 읽을 수 있을 것이다. 덕분에 한국에 새로운 세대의 애거서 크리스티 팬들이 탄생할지도 모르겠다는 생각을 하면 가슴이 벅차다.

애거서 크리스티는 대표적인 두 명의 주인공으로 기억되는 작가이다. 14권의 작품에 등장하는 마플 양은 영국의 작은 시골 마을에서 평온한 나날을 보내며 뜨개질과 수다로 소일하는 미혼의 할머니이지만, 놀라운 기억력과 날카로운 두뇌 회전으로 주변에서 벌어진 살인 사건을 해결한다.

그리고 마플 양과 상반되는 성격을 지닌 에르퀼 푸아로는 자신만만하고 콧수염을 포함한 자신의 외모와 벨기에라는 국적에 대한 자부심이 상당하다. 그는 이집트와 이라크를 비롯한 세계 각지에서 수수께끼를 해결하며 『오리엔트 특급 살인 *Murder On The Orient Express*』, 『나일 강의 죽음 *Death On The Nile*』, 『애크로이드 살인 사건 *The Murder Of Roger Ackroyd*』 등 애거서 크리스티의 여러 대표작에 모습을 드러낸다.

황금가지의 대담하고 참신한 표지와 전반적인 디자인 덕분에 작품의 성격이 잘 살아난 것 같아 기쁘다. 또한 한국 독자들이 할머니의 원작이 지닌 참된 묘미를 느낄 수 있도록 충실한 번역을 위해 애써 준 점도 높이 사고 싶다.

할머니의 작품이 20세기의 그 어떤 작가들보다 많이 팔리고 있는 이유는 나이와 국적에 상관없이 읽을 수 있는 재미와 감동을 갖추었기 때문이다. 모쪼록 한국 독자들도 황금가지에서 선보이는 애거서 크리스티 작품들을 즐겁게 감상하기를 바란다.

매튜 프리처드

애거서 크리스티의 손자

ACL 이사장

차례

아파트의 요정

토머스 베레스퍼드의 아내 터펜스는 소파에서 자세를 고쳐 앉고는 시무룩한 얼굴로 아파트의 창밖을 내다보았다. 창밖으로 펼쳐진 전망이라고 해 봐야 길 맞은편의 자그마한 아파트 한 동이 고작이었다. 그녀는 한숨을 쉬고 나서 하품을 하며 말했다.

"아, 따분해서 미칠 것 같아. 무슨 재미있는 일 없을까."

그러자 그녀의 남편이 못마땅한 표정으로 그녀를 쳐다보았다.

"정신 차려, 터펜스. 속되고 자극적인 일을 그토록 갈망하다니 참 어이가 없군."

터펜스는 다시 한숨을 쉬고 나서 꿈꾸듯 눈을 감았다.

"토미와 터펜스는 결혼을 했대요. 두 사람은 그 후로 오래토록 행복하게 살았대요. 6년이 지난 지금도 두 사람은 여전히 행복하고 앞으로도 쭉 그렇게 살아갈 거예요."

그녀는 노래를 부르듯 주절거리고 나서 말했다.

"이 세상 모든 일이 항상 예상과 엄청난 차이가 나는 걸 보면 참 신기해요."

"대단히 심오한 말 같긴 하지만 그다지 독창적이지는 않아. 그런 말은 위대한 시인이나 성인들이 이미 했던 거잖아. 그리고 미안한 얘기지만 당신보다는 그 사람들이 그런 진리를 표현하는 방식이 훨씬 더 뛰어났지."

"6년 전 당신과 결혼할 때는 돈만 충분하면, 또 당신만 있으면 우리 앞날은 시인들 표현처럼 웅장하고 달콤한 노래 같을 줄 알았어요."

"도대체 무엇에 싫증이 난 거지? 나야, 아니면 돈이야?"

토미가 차갑게 물었다.

"싫증이라는 표현은 적절치 않아요."

터펜스가 나긋한 목소리로 말했다.

"행복에 너무 익숙해졌을 뿐이에요. 코감기에 걸려 봐야 코로 숨 쉬는 일이 얼마나 큰 복인지 깨닫게 되는 것처럼."

"그러면 이제부터라도 내가 당신을 좀 무심하게 대해야 하나? 다른 여자들이랑 나이트클럽 같은 곳에 다니고 말이야."

"그랬다간 두고 봐요. 그런 곳에 갔다간 내가 딴 남자들이랑 같이 있는 꼴을 보게 될 테니까요. 난 당신이 딴 여자들한테 전혀 관심이 없다는 걸 잘 알아요. 하지만 내가 다른 남자들에게 관심이 있는지 없는지 당신은 잘 모르죠. 이런 부분은 여자가 남자보다 훨씬 더 예리해요."

"남자가 여자보다 유일하게 우월한 부분은 겸손이지."

토미는 중얼거렸다.

"그건 그렇다 치고 대체 왜 그래? 뭐가 불만이야?"

"나도 모르겠어요. 그냥 아무 일이라도 일어났으면 좋겠어요. 흥미진진한 일 말이에요. 토미, 당신은 다시 한 번 독일 스파이를 추적하고 싶지 않아요? 예전에 우리가 위험 속에서 생활하던 시절을 한번 떠올려 봐요. 하기야 당신은 지금도 첩보기관에서 일하긴 하지만 그건 순전히 사무직이잖아요."

"그러면 당신은 내가 볼셰비키 밀수업자나 뭐 그딴 걸로 가장을 하고 암담한 러시아 땅으로 파견이라도 되길 바라는 거야?"

"그것도 그다지 좋은 건 아니에요. 내가 당신과 동행할 수 없을 테니까요. 무슨 일인가를 하고 싶어 안달하는 사람은 당신이 아니라 나니까요. 어머, 오늘은 하루 종일 이런 허망한 얘기만 하게 되네요."

"그렇게 지루하고 따분하면 집안일이라도 하면 되잖아?"

토미가 손을 휘저으며 말했다.

"집안일은 아침 먹고 20분만 하면 충분해요. 그것도 당신이 불평거리를 전혀 못 찾을 정도로 완벽하게 말이에요."

"하기야 당신은 집안일 하나는 완벽하지. 하긴 그것도 지겹긴 지겨울 거야."

"그렇게 말해 주니 기분은 좋네요."

그렇게 말하고 나서 터펜스는 다시 아까의 화제로 돌아갔다.

"여보, 물론 당신은 지금 나름대로 일거리를 갖고 있지만……. 어때요, 좀 더 자극적인 일이 일어났으면 하고 은연중에 바라지는 않나요?"

"아니, 난 그런 적 없어. 물론 어떤 사건을 바랄 순 있겠지. 하지만 항상 유쾌한 일만 일어난다는 보장이 없잖아."

"남자들은 참 신중하네요. 로맨스나 모험, 아니면 흥미진진한 삶에 대해 남모르게 막연히 동경한다거나 그런 적 없어요?"

"터펜스, 당신 요즘 대체 어떤 책을 읽는 거야?"

"이런 걸 한번 상상해 보세요. 누가 문을 급히 두드려서 나가 봤더니 죽은 사람이 비틀거리며 집 안으로 들어서는 거예요. 그런 일이 생긴다면 얼마나 흥미진진할까요."

"죽은 사람이라면 비틀거릴 리가 없지."

토미가 날카롭게 말했다.

"내 말뜻이 뭔지 잘 알면서 그러네요. 그 사람이 숨을 거두기 직전 한동안 비틀거리다가 당신 발 앞에 푹 고꾸라지면서 뜻 모를 소리를 간신히 내뱉는 거예요. 이를 테면 '표범'이라든가 뭐 그런 낱말을 말이에요."

"차라리 쇼펜하우어나 칸트에 대해 공부해 보지 그래."

"그런 식의 상상은 당신한테도 도움이 될 거예요. 그렇게 마음이 편하니까 살이 피둥피둥 찌고 나태해지는 거라고요."

"무슨 소리야. 부탁이니 당신이나 제발 살 좀 빼."

토미는 화가 나서 말했다.

"내가 당신더러 몸이 불고 있다고 한 건 은유적인 표현이에요. 윤택한 생활 덕분에 이제 여유가 생겼다고 해 두죠."

"난 당신이 무슨 생각을 하고 사는지 통 모르겠어."

"난 모험심에 사로잡혀 있어요. 어쨌든 그게 로맨스를 꿈꾸는 것보다는 낫잖아요. 안 그래요? 하긴 그럴 때도 가끔 있긴 해요. 정말 멋진 남자를 만나는 공상을 할 때가 간혹 있으니까."

"당신은 이미 멋진 나를 만났잖아. 나 하나로는 부족한가 보지?"

"구릿빛 피부에 늘씬한 근육질 몸매를 가진 남자, 탈것이라면 무엇이든 다룰 줄 알고 올가미 밧줄을 던져 야생마를 잡는 그런 남자……."

"거기에다 양피 바지를 입고 카우보이 모자까지 쓴 놈이라면 완벽하겠지."

토미가 비꼬듯이 말했다.

"평생 황야에서만 살아온 남자. 그런 남자가 나한테 푹 빠져서 헤어나지 못하면 얼마나 좋을까 하고 생각해 보기도 해요. 물론 나는 혼인 서약을 한 몸이니 그런 남자가 다가오더라도 단호히 거절해야겠죠. 하지만 그런 남자라면 남모르게 마음이 끌릴 것도 같아요."

"그래? 실은 나도 정말 아리따운 아가씨를 한번 만나 봤으면 하고 생각할 때가 많아. 어떤 금발머리 아가씨가 나한테 홀딱 반하는 상상을 하곤 하지. 만약 그런 일이 실제로 일어난다면 나는 그 여자를 거부하지 못할 것 같아. 솔직히 말해서 절대 거부 못하지."

"그게 바로 바람기라는 거예요."

"대체 무슨 일이야, 터펜스? 예전에는 한 번도 이런 얘길 안 했잖아?"

"안 했죠. 하지만 오래 전부터 이런 생각이 속에서 부글부글 끓고 있었어요. 돈을 포함해서 자신이 원하는 것 모두를 갖고 있다는 건 그래서 위험한 거예요. 물론 모자는 많이 갖고 있어도 되겠죠."

"모자라면 마흔 개도 넘게 있잖아? 게다가 모두 비슷비슷한 것들로."

"모자는 원래 그게 그거처럼 보여요. 하지만 자세히 들여다보면 조금씩 다 달라요. 미묘한 차이가 있다니까요. 오늘 아침에 보니까 '바이올렛'에 좀 괜찮은 모자가 있더군요."

"좀 더 보람 있는 일을 찾지 않고 쓸데없이 모자나 계속 사들인다면……."

"바로 그거예요. 나도 보람 있는 일을 해야 할 것 같아요. 그래서 말인데 여보, 뭔가 흥미로운 일이 있어났으면 좋겠어요. 그렇게 되면 우리 두 사람 모두에게 좋을 거란 생각이에요. 어떤 요정을 발견하기만 한다면……."

"참! 당신이 그런 말을 하니 갑자기 생각나는군."

토미는 자리에서 일어나 방을 가로질러 갔다. 그리곤 책상 서랍을 열고 작은 사진을 한 장 꺼내더니 터펜스에게로 가져왔다.

"어머! 사진을 현상했네요. 이 방을 찍은 거네요. 당신이 찍은 거예요? 아니면 내가 찍은 건가요?"

"내가 찍은 거야. 당신이 찍은 건 나오지도 않았어. 노출 부족이었나 봐. 당신이 하는 일이 언제나 그렇잖아."

"나보다 잘 하는 게 한 가지라도 있으니 얼마나 기뻐요?"

"무슨 소리야! 이번 한 번만 못 들은 걸로 하지. 그건 그렇다 치고 내가 당신한테 보여 주고 싶었던 건 이 부분이야."

그는 사진에 찍힌 자그마한 흰 점을 손가락으로 가리켰다.

"이건 필름이 긁힌 자국이잖아요."

"천만에. 이게 바로 요정이야."

"당신, 정말 엉뚱하네요."

"자, 당신이 한번 봐."

토미는 아내에게 돋보기를 건넸다. 터펜스는 돋보기를 들고 반점을 유심히 살폈다. 다소 상상력을 발휘해서 자세히 들여다보니 그 긁힌 자국은 벽난로 앞의 철망에 붙어 있는 날개 달린 생물 같았다. 터펜스가 소리쳤다.

"어머! 날개가 있어요. 우리 아파트에 요정이 있다니 정말 신기하네요. 코난 도일(셜록 홈즈 시리즈를 쓴 작가. 후기에는 초자연이나 심령 현상에 관심을 보였다 ─ 옮긴이)한테 편지라도 쓸까요? 그리고 여보, 이 요정이 우리의 소원을 들어줄까요?"

"좀 있으면 알게 되겠지. 당신은 오후 내내 무슨 일이 일어나길 바랐으니까."

그 순간 문이 열리면서 키가 제법 큰 15세 소년이 들어왔다. 자신이 집사인지 사환인지 분간을 못하는 듯한 그 소년은 아주 점잖은 태도로 물었다.

"부인, 집에 계셨네요? 방금 초인종이 울렸는데 제가 나가 볼까요?"

터펜스는 그러라고 대답하고는 앨버트가 나가자 한숨을 쉬며 말했다.

"앨버트가 영화관에 제발 그만 다녔으면 좋겠어요. 되지도 않게 롱아일랜드의 집사 흉내를 낸다니까요. 지난번에는 손님들한테 명함을 달라고 해서 쟁반에 얹어가지고 들어오길래 그러지 말라고 따끔하게 말했죠."

그때 다시 문이 열리면서 앨버트가 자기 딴에는 한껏 엄숙한 목소리로 말했다.

"카터 씨께서 오셨습니다."

"뭐, 대장이?"

토미가 깜짝 놀라 소리쳤다.

터펜스는 환호성을 지르며 자리에서 벌떡 일어나 키가 크고 머리가 희끗희끗한 사내를 맞이했다. 눈매가 날카로운 사내는 지친 얼굴에 흐릿한 미소를 지었다.

"대장님, 다시 뵙게 돼서 정말 반가워요."

"그렇게 반가워해 주니 고맙네. 요즘은 어떻게 지내나?"

"그런대로 괜찮긴 하지만 좀 따분하네요."

눈을 반짝이며 터펜스가 대답했다.

"그럼 잘됐군. 자네가 마음에 들어 할 일거리를 하나 가져왔네."

"그게 정말이세요? 무척 기대가 되네요."

16

앨버트가 여전히 롱아일랜드 집사 흉내를 내며 차를 내왔다. 차를 내려놓고 앨버트가 문을 닫고 나가자 터펜스는 들뜬 목소리로 말을 이었다.

"무슨 일이 생겼나 보죠? 저희를 삭막한 러시아 땅으로 파견할 생각이신가요?"

"꼭 그런 건 아닐세."

"하지만 분명 무슨 일이 있군요. 그렇죠?"

"그렇지. 자네는 위험을 피할 사람이 아니라고 알고 있는데, 내 생각이 맞는가?"

터펜스의 두 눈은 흥분으로 빛을 반짝였다.

"우리 정보부를 위해 수행해야 할 임무가 있다네. 그리고 이건 순전히 나 개인의 생각인데, 두 사람이 이 일의 적임자일 것 같아."

"어떤 일인지 말씀해 보세요."

터펜스가 재촉했다.

"이 집에서도《데일리 리더》를 구독하고 있군."

카터는 그렇게 말하면서 탁자에 놓인 신문을 집어 들었다. 그는 광고란을 펼치더니 손가락으로 어떤 광고를 가리키며 토미에게 내밀었다.

"여기를 한번 소리 내어 읽어보게."

토미는 카터의 지시에 따라 광고를 읽기 시작했다.

국제 탐정 사무소. 소장 테오도르 블런트. 비밀 수사 집단. 고도로 숙련된 사립 탐정 다수 확보. 신중한 사건 처리. 무료 상담 실시. 웨스트 센트럴 지구, 헤일햄 거리 118번지.

다 읽고 나서 토미는 캐묻는 듯한 얼굴로 카터를 바라보았다. 그러자 카터가 고개를 끄덕였다.

"최근에 그 탐정 사무소의 꼴이 말이 아니야. 내 친구 하나가 그 사무소를 아주 헐값에 인수했는데, 앞으로 6개월 동안 우리가 그 사무소를 다시금 제대로 굴러가게 만들 생각이야. 물론 그 기간 동안 사무소를 책임지고 운영할 소장을 구해야겠지."

"테오도르 블런트라는 사람은 어떻게 된 겁니까?"

토미가 물었다.

"그 양반은 일처리가 좀 신중하지 못했어. 사실대로 말하자면 런던 경시청이 그 사무소가 여태 소련 스파이들의 지역 거점 역할을 해 왔다는 걸 알고서 그 양반을 구속해 버렸지. 지금 감방에 들어가 있는데 우리가 캐내야 할 정보를 절반도 토해내지 않고 있어."

"그렇군요. 이제 대충 알 것 같습니다."

"지금 일하는 곳에서는 몸이 아프다는 핑계를 대고 6개월간 휴가를 받게. 그리고 원한다면 테오도르 블런트라는 이름으로 사무소를 운영해도 좋아. 우린 거기에 관여치 않을 테니까."

토미는 상관의 얼굴을 한참 동안 바라보았다.

"지시하실 내용이라도 있습니까?"

"블런트는 외국의 일도 처리한 것 같아. 러시아 우표가 붙은 파란색 편지를 찾아보게. 몇 해 전 이 나라로 망명한 아내를 찾으려는 어떤 육류 도매상의 편지야. 우표에다 물기를 적셔보면 그 안에 16이라는 숫자가 보일 걸세. 편지 내용을 복사해 두고 원본은 나한테 보내게. 그리고 사무소로 누가 찾아와서 16이라는 숫자를 입 밖에 내는 사람이 있으면 나한테 곧바로 알려주고."

"알겠습니다. 또 다른 지시 사항은 없습니까?"

카터는 탁자 위에 놓아둔 장갑을 집어 들고 떠날 준비를 했다.

"사무소는 자네가 원하는 방식대로 운영해도 좋아. 이제 탐정 일을 하게 된 만큼 자네 부인도 기뻐할 걸로 믿네."

카터는 눈을 반짝이며 말했다.

차 한 잔

며칠 뒤 토미와 터펜스 부부는 국제 탐정 사무소의 사무실을 차지하게 되었다. 사무소는 블룸스버리에 있는 다소 낡은 건물의 3층에 있었다. 앨버트는 이제 롱아일랜드 집사 흉내를 집어치우고 바깥쪽의 좁은 사무실에서 사무실 직원 역할을 떠맡았는데, 완벽할 정도로 그 역할을 잘 수행해 냈다. 사탕이 든 종이봉지, 잉크로 얼룩진 손, 그리고 헝클어진 머리카락은 그가 자기 역할에 어울린다고 생각한 특징들이었다.

바깥쪽 사무실에서 안쪽 사무실로 들어가는 문은 두 개가 있었는데 '비서실'과 '소장실'이라는 글자가 각각의 문 위에 새겨져 있었다. 작지만 아늑한 소장실에는 커다란 사무용 책상 하나와 안은 비었지만 예술적으로 딱지를 붙인 수많은 서류철, 그리고 가죽을 입힌 딱딱한 의자가 몇 개 놓여 있었다. 책상 너머에는 가짜 블런트

역의 토미가 마치 한평생 탐정 업무만 수행한 사람처럼 보이려 무진 애를 쓰며 앉아 있었다. 물론 그의 팔꿈치 옆에는 전화기도 한 대 놓여 있었다. 그는 어떻게 전화기를 이용해야 가장 효과적인지 고민하면서 터펜스와 몇 번이나 연습을 했고, 앨버트한테도 전화기 사용법을 단단히 일러두었다.

타자수 역할을 맡은 터펜스가 사용하는 바로 옆방에는 소장실에 있는 것들보다 질이 조금 떨어지는 탁자와 의자 몇 개, 그리고 차를 끓이는 가스연료 가열판이 하나 있었다. 사실 고객만 없다 뿐이지 필요한 것들은 빠짐없이 갖추고 있었다.

일을 새롭게 시작하면서 기분이 한껏 들뜬 터펜스는 밝은 희망에 차 있었다.

"정말 재미있을 것 같아요. 살인범을 추적하고, 잃어버린 보석, 실종자, 그리고 공금 횡령자를 찾아내게 될 테니까요."

토미는 이 시점에서 아내의 철없는 환상에 찬물을 약간 끼얹을 필요가 있다고 생각했다.

"진정해, 터펜스. 당신이 즐겨 읽는 삼류 소설 따위는 잊어버려. 손님이 과연 있을지 모르겠지만 하여튼 우리의 고객이라고 해 봤자 아내나 남편을 미행해 달라고 하는 사람들이 대부분일 테니까. 이혼을 하는 데 필요한 증거 수집이 사립 탐정의 유일한 돈벌이야."

"설마 그럴 리가요!"

터펜스는 코를 찡그리며 말했다.

"이혼 관련 사건은 아예 맡지를 말아야죠. 새롭게 시작한 일인데 우리도 업무의 격조를 높여야 해요."

"글쎄……."

토미는 미심쩍은 듯이 대답했다.

그로부터 1주일이 지나고, 두 사람은 침울한 표정으로 그간의 자료를 살펴보고 있었다. 토미가 한숨을 내쉬며 말했다.

"주말마다 남편이 사라진다고 여편네 셋이 사건을 맡겼군. 내가 점심 먹으러 나간 사이 찾아온 손님은 없었어?"

"아내가 바람이 났다면서 어떤 나이 든 양반이 찾아왔어요."

터펜스도 슬픈 표정으로 한숨을 쉬었다.

"이혼율이 증가하고 있다고 벌써 몇 년째 신문에서 떠들어대고 있지만 설마 이 정도일 줄은 몰랐어요. 이혼 사건은 안 맡는다고 손님들한테 일일이 설명하는 것도 이젠 지쳤다고요."

"이제 그 내용을 광고에 실었으니 더 이상 이혼 사건으로 시달리지 않아도 될 거야."

토미의 위로에 터펜스는 감상에 젖은 목소리로 말했다.

"사람들의 시선을 확 사로잡을 내용을 광고에 싣기도 했지요. 어쨌든 나는 여기서 포기할 수 없어요. 도저히 안 되면 내가 직접 범죄를 저지르고 당신이 그걸 밝혀내도록 할 거예요."

"그런다고 무슨 이득이 있겠어? 그러다가 일이라도 잘못 돼서 보 거리(런던의 중앙 즉결재판소 소재지 — 옮긴이)에서, 아니 바인 거리 인가? 하여튼 그런 곳에 내가 불려가 당신한테 쓸쓸히 작별을 고하게 된다면 내 기분이 어떨지 한번 생각해 봐."

"당신, 혹시 은근히 독신 생활을 원하는 거 아니에요?"

터펜스가 날카롭게 말했다.

"아, 맞아. 올드 베일리 거리(런던의 중앙 형사 법원 소재지 — 옮긴이)였군."

토미가 말했다.

"어쨌든 뭔가 대책을 세워야 해요. 우리의 뛰어난 재능을 이렇게 앉아서 썩힐 순 없어요."

"당신은 항상 긍정적인 면이 마음에 들어. 자신의 재능을 조금도 의심하지 않는군."

"그야 물론이죠."

터펜스는 눈을 동그랗게 뜨고 말했다.

"하지만 당신은 전문적인 지식이라곤 조금도 없잖아."

"왜 이러세요? 이래 봬어도 지난 10년 동안 세상에 나온 추리 소설은 하나도 빠트리지 않고 읽었단 말이에요."

"그건 나도 마찬가지야. 하지만 그런 게 실제로는 별로 도움이 안 될 것 같다는 예감이 들어."

"당신은 항상 비관적이에요. 자신을 믿어요. 그게 무엇보다 중요해요."

"그래, 당신 말이 옳아."

"물론 추리 소설에 나오는 사건들은 쉬워 보이죠."

터펜스가 생각에 잠겨 말했다.

"그건 사건을 거꾸로 되짚어 가면서 해결하기 때문이에요. 사건의 해답을 알고 있으면 실마리는 찾기 쉽단 뜻이죠. 그런데 지금……."

터펜스는 눈썹을 찡그리며 말을 멈췄다.

"응?"

토미가 궁금해하며 물었다.

"방금 묘안이 하나 떠올랐어요. 아직 완전한 형태는 아니지만 묘안이 조금씩 형태를 갖춰 가고 있어요."

터펜스는 무슨 결심이라도 한 듯 자리에서 일어섰다.

"전에 얘기했던 모자를 사러 가야겠어요."

"아니, 뭐야? 또 모자를 산다고!"

"정말 멋진 모자라니까요."

터펜스는 짐짓 품위 있게 말하고는 단호한 표정으로 방을 나갔다.

그로부터 며칠이 지나는 동안 토미는 궁금한 나머지 터펜스에게 그 묘안이란 게 뭔지 한두 번 물었다. 그러나 터펜스는 그저 고개만 가로저으며 자기에게 시간을 좀 달라고 할 뿐이었다. 그러다가 어느 화창한 날 아침에 첫 번째 고객이 찾아오는 바람에 두 사람 다 그 일은 까맣게 잊게 되었다.

사무실 문을 똑똑 두드리는 소리가 나자 방금 전까지 사탕을 입에 넣고 오물거리던 앨버트가 불분명한 목소리로 "들어오세요." 하고 소리쳤다. 다음 순간 그는 너무나 놀라고 기쁜 나머지 사탕을 통째로 집어삼키고 말았다. 이번 손님이야말로 진짜 고객 같았기 때문이다.

키가 크고 세련된 양복을 차려입은 청년이 우물쭈물하며 문간에 서 있었다.

'정말 대단한 멋쟁이구나.'

앨버트는 생각했다. 그런 방면에서 그의 판단은 곧잘 들어맞았다.

24세 정도로 보이는 청년은 머리를 단정하게 빗어 넘겼고, 테가 분홍색인 안경을 끼고 있었는데 옷맵시에 흠잡을 구석이라곤 전혀 없었다.

기쁜 마음으로 앨버트는 책상 밑에 붙어 있는 단추를 눌렀다. 그와 거의 동시에 '비서실'이라 적힌 방에서 타자기 두드리는 소리가 마치 따발총을 쏘듯 들려왔다. 터펜스가 자기 자리로 급히 달려가서 일을 하는 척했던 것이다. 열심히 일하는 척 시끄러운 소리를 내는 것은 손님에게 보다 강한 인상을 심어주기 위한 그녀 나름의 계책이었다.

"여기가 그러니까, 탐정 사무소……. 광고에 나온 '블런트의 우수한 탐정들'이라는 곳입니까?"

"소장님과 직접 의논을 하시려고요?"

앨버트는 과연 그런 일이 가능이나 할지 모르겠다는 태도로 거만하게 물었다.

"아, 예. 그 편이 낫겠네요. 혹시 좀 뵐 수 있을까요?"

"예약을 안 하신 거 같은데, 예약 하셨나요?"

그러자 손님은 더더욱 미안한 태도를 보였다.

"아니, 예약은 안 했습니다만……."

"먼저 전화를 주셨으면 좋았을 텐데. 소장님은 무척 바쁘신 분이라서요. 지금도 전화로 상담을 해 주고 계십니다. 경시청에서 자문을 해 와서요."

청년은 그 말에 적잖이 감명을 받은 모양이었다.

앨버트는 목소리를 낮추고 비밀이라도 털어놓듯 친근하게 말했다.

"정부의 어떤 부서에서 중요한 서류를 도둑맞았는데 경시청은 소장님이 그 사건을 처리해 주길 바라는 것 같습니다."

"아, 그래요? 정말 대단하신 분이네요."

"그렇죠. 이 분야에서는 타의 추종을 불허할 만큼 걸출한 분이십니다."

교묘하게 뚫린 구멍을 통해 안쪽에서 네 개의 눈동자가 자신을 유심히 관찰하고 있다는 사실은 전혀 모른 채, 청년은 딱딱한 의자에 앉았다. 터펜스는 열이 날 정도로 타자기를 두드려 대다가 틈틈이 청년을 엿보았다. 한편 토미도 적절한 순간을 기다리며 청년을 유심히 관찰하고 있었다.

이윽고 앨버트의 책상 위에 있는 벨이 요란하게 울었다.

"이제야 통화가 끝났나 봅니다. 제가 들어가서 손님을 만나실 수 있는지 한번 알아보겠습니다."

그렇게 말하면서 앨버트는 '소장실'이라 적힌 문 안으로 사라졌다. 그는 들어간 지 얼마 지나지 않아 다시 나왔다.

"손님, 이쪽으로 오시겠습니까?"

방문객이 안내를 받으며 소장실로 들어서자 인상이 밝고 머리카락이 붉으며, 아주 유능해 보이는 젊은이가 자리에서 일어나 그를 맞았다.

"앉으시죠. 상담을 받고 싶으시다고요? 저는 블런트라고 합니다."

"아, 예. 그런데 정말 젊은 분이셨군요."

"노장들이 설쳐 대던 시대는 지났습니다."

손을 휘저으며 토미가 말했다.

"누가 전쟁을 일으켰습니까? 바로 노인네들입니다. 요즘의 실업이나 부패 문제는 모두 누구의 잘못입니까? 그게 다 노인네들이 불러일으킨 것 아닙니까?"

"옳으신 말씀 같네요. 자기가 시인이라고 떠벌리고 다니는 사람을 제가 아는데 그 양반도 늘 그런 식으로 말하더군요."

"한 가지 말씀드리겠는데, 고도로 훈련받은 우리 직원들 가운데 25세 이상은 단 한 사람도 없습니다. 정말입니다."

하기야 고도로 훈련받은 직원이라고 해 봐야 터펜스와 앨버트 두 사람밖에 없으니 그의 말도 틀린 것은 아니었다.

"자 그럼, 어떤 일인지 말씀해 보시죠."

"실종자를 좀 찾아 주셨으면 좋겠습니다."

청년이 불쑥 말했다.

"아, 예. 좀 구체적으로 말씀해 주시겠습니까?"

"저, 사실 설명하기가 좀 까다롭습니다. 굉장히 미묘한 문제라고 할 수 있지요. 그 여자가 무척 화를 낼지도 모르겠습니다."

청년은 어쩔 줄 몰라 하는 표정으로 토미를 바라보았다. 토미는 짜증이 났다. 점심을 먹으러 나갈 참이었는데 이 손님한테서 사실을 모두 캐내려면 길고도 지루한 시간을 보내야 할 것 같았기 때문이다.

"실종되었다는 분은 자기 발로 나간 겁니까? 아니면 납치를 당한 겁니까?"

토미가 활기찬 목소리로 물었다.

"모르겠습니다. 전 아무것도 모릅니다."

토미는 메모지와 연필이 놓인 곳으로 손을 뻗었다.

"우선 선생님 성함부터 말씀해 주시겠습니까? 저희는 접수처 직원에게 절대 손님들의 성함을 묻지 말도록 교육시켰습니다. 그래야만 상담 내용이 밖으로 새어 나가지 않으니까요."

"아! 그렇군요. 몹시 훌륭한 방침입니다. 저…… 저는 스미스라고 합니다."

"아, 그거 말고 본명을 말씀해 주십시오."

방문객은 두려운 눈길로 토미를 바라보았다.

"저기……. 세인트 빈센트라고 합니다. 로렌스 세인트 빈센트."

"참 이상하죠. 본명이 스미스인 사람은 매우 드뭅니다. 제가 아는 사람들 가운데 스미스란 이름을 가진 사람은 단 한 사람도 없습니다. 그런데도 본명을 숨기려는 사람은 십중팔구 스미스라는 이름을 댑니다. 저는 이 문제를 가지고 요즘 논문을 쓰고 있습니다."

바로 그때, 책상에 있는 전화기가 작게 따르릉 소리를 냈다. 그것은 이제 터펜스가 일을 넘겨받아 처리하고 싶다는 신호였다. 배도

고픈데다 세인트 빈센트에게 일말의 동정심도 느끼지 못하던 토미는 흔쾌히 터펜스에게 키를 넘겨주고 싶어졌다.

"잠시 실례하겠습니다."

그렇게 말하고 나서 그는 수화기를 들었다. 전화를 받는 그의 얼굴에서 놀람과 경악, 그리고 약간 거만한 표정이 빠르게 나타났다가 사라졌다.

"설마 그럴 리가? 총리께서 직접? 물론 그런 일이라면 당장 찾아 뵈어야겠지."

그는 수화기를 내려놓고 손님에게로 얼굴을 돌렸다.

"허 참……. 저 이거 죄송한데 저는 이만 실례를 해야 할 것 같습니다. 아주 긴급한 호출을 받아서요. 사건 내용을 제 비서한테 말씀해 주시면 원만히 처리해 드릴 겁니다."

그는 옆방으로 통하는 문을 향해 성큼성큼 걸어갔다.

"로빈슨 양?"

매끄러운 검은 머리를 단정하고 차분하게 빗어 넘긴 터펜스가 우아한 옷깃과 소매를 흔들며 건너왔다. 토미는 간단히 두 사람을 소개하고 나서 방을 나갔다.

"세인트 빈센트 씨, 듣자하니 아시는 여자분이 실종되셨다고요? 아가씨인가요?"

터펜스는 자리에 앉아 블런트의 메모지와 연필을 집어 들며 부드럽게 말했다.

"아, 예. 젊고 정말 예쁜 아가씨죠."

터펜스는 심각한 표정을 지었다.

"저런, 아무 일도 없어야 할 텐데……."

"설마 그 사람의 신변에 무슨 일이 일어나지는 않았겠죠?"

세인트 빈센트가 매우 걱정스러운 표정으로 물었다.

"그러길 바라야죠."

터펜스는 짐짓 쾌활한 목소리로 말했지만 세인트 빈센트는 침울한 표정을 지었다.

"부탁드립니다, 로빈슨 양. 어떻게든 좀 해 주십시오. 비용은 신경쓰지 마시고요. 그녀의 신변에 어떤 일도 일어나선 안 됩니다. 이렇게 친절하게 대해 주시니 솔직히 말씀드리겠습니다. 저는 그 여자의 발이 닿은 흙바닥까지 소중히 여길 정도입니다. 그녀는 정말이지 이 세상에서 최고로 멋진 여자입니다."

"여자분의 이름과 그분에 대해 아시는 대로 말씀해 주세요."

"이름은 재닛인데 성은 잘 모르겠습니다. 브룩 거리에서 바이올렛 여사가 운영하는 모자 가게에서 일하고 있죠. 더할 수 없이 착실한 사람입니다. 수도 없이 그곳을 찾아갔었죠. 어제도 가게 주변에서 그녀가 나오기만을 기다렸습니다. 그런데 다른 사람은 모두 나왔는데 그 여자만은 보이질 않더군요. 그러다가 어제 아침에는 출근조차 하지 않았다는 사실을 뒤늦게 알게 되었습니다. 아무런 연락도 없었다더군요. 나이 든 가게 주인은 화가 머리끝까지 난 모양이었습니다. 저는 재닛의 하숙집을 물어 그곳으로 찾아가 보았지만, 전날 밤에도 집에 안 들어왔다면서 하숙집에서도 그녀가 어디에 있"

는지 모르고 있더군요. 저는 그야말로 돌아버릴 지경이었습니다. 경찰에 신고할 생각도 했습니다. 하지만 재닛의 신변에 아무 일도 없고, 자기 발로 어딜 간 거라면 쓸데없는 짓을 했다며 나중에 엄청 화를 낼 것 같은 생각이 들더군요. 그러다가 언젠가 그녀가 신문에 난 이 사무소의 광고를 가리키면서 모자를 사러 온 여자 손님이 이곳 사무소의 뛰어난 능력에 대해 입이 닳도록 칭찬을 하더라고 말한 일을 떠올렸습니다. 그래서 여기로 부랴부랴 달려온 겁니다."

"아, 그래요? 그분의 하숙집 주소가 어떻게 되죠?"

청년은 주소를 불러주었다.

"자, 그럼 다 된 것 같네요."

터펜스는 생각에 잠겨 말했다.

"그런데 혹시 이 여자분과 약혼을 하신 상태인가요?"

그러자 세인트 빈센트의 얼굴이 새빨개졌다.

"저……. 사실 그런 건 아닙니다. 결혼에 관해서는 아직 아무런 얘기도 나누지 않았습니다. 하지만 다시 만나게 된다면 당장 청혼을 할 생각입니다."

터펜스는 메모지를 옆으로 제쳐두었다.

"저희의 '24시간 특별 서비스'를 한번 이용해 보시겠습니까?"

그녀는 다분히 사무적인 어조로 물었다.

"그게 뭐죠?"

"요금은 두 배지만, 전 직원이 한 사건에 매달리는 거죠. 세인트 빈센트 씨, 만약 그 아가씨가 아직도 살아 있다면 내일 이맘때에는 그녀가 어디에 있는지 알려 드릴 수 있을 거예요."

"그렇게 빨리요? 정말 대단하군요."

"저희는 이 방면의 전문가만 고용하고 있으니까 결과는 장담할 수 있죠."

터펜스가 활기차게 말했다.

"정말 최고 수준의 직원들이 모여 계신가 보네요."

"예, 그렇죠. 근데 아가씨의 외모에 대해서는 아무 말씀도 안 해 주셨군요."

"그 여자는 머릿결이 무척 아름답습니다. 금발인데 화사한 저녁 노을, 맞아요, 저녁노을처럼.짙죠. 사실 제가 저녁노을 같은 것에 눈을 돌리게 된 건 최근입니다. 시도 마찬가지예요. 시에는 제가 생각한 것 이상의 많은 것들이 숨어 있더군요."

"붉은 머리군요."

터펜스는 아무 감정 없이 말하고는 그렇게 받아 적었다.

"키는 얼마쯤 될까요?"

"큰 편입니다. 눈동자도 아름답고요. 암청색 같은데……. 그리고 똑 부러지는 성격이죠. 그래서 상대를 난처하게 만드는 경우도 간혹 있고요."

터펜스는 몇 자 더 적고 나서 메모장을 덮고 자리에서 일어섰다.

"내일 2시에 전화주시면 어떤 정보를 드릴 수 있을 것 같네요. 그럼 안녕히 가세요."

토미가 사무실로 돌아왔을 때, 터펜스는 디브렛 귀족연감(1803년

발간 ─ 옮긴이)을 살펴보고 있었다.

"정보는 모두 다 확보했어요."

그녀는 짤막하게 말했다.

"로렌스 세인트 빈센트는 체리튼 백작의 조카이자 후계자예요. 이 사건을 성공적으로 마무리 지으면 상류 사회에 우리 이름을 알릴 수 있겠네요."

토미는 메모장에 적힌 내용을 대강 훑어보았다.

"이 아가씨에게 어떤 일이 생겼을 것 같아?"

"내 생각에는 어디론가 마음이 끌리는 대로 갔을 것 같아요. 이 남자를 미치도록 사랑한 나머지 마음의 평온을 얻기 위해서 말이에요."

토미는 도무지 이해할 수 없다는 표정으로 터펜스를 바라보았다.

"그건 소설에서나 나올 법한 이야기지. 현실에서 그런 행동을 하는 여자가 있다고는 생각지 않아."

"그래요? 당신 말이 맞을지도 몰라요. 하지만 로렌스 세인트 빈센트라면 그런 어처구니없는 얘기도 곧이곧대로 믿을 거예요. 지금 그 사람은 연애감정으로 머리가 꽉 차 있으니까요. 그건 그렇고, 24시간 안에 문제를 해결해 주겠다고 장담했어요. 우리의 특별 서비스라고 하면서요."

"뭐? 당신 지금 제정신이야? 뭘 믿고 그런 소리를 해?"

"문득 떠오른 생각이었어요. 제법 그럴듯하게 생각되더라니까요. 당신은 아무 걱정 말고 내게 맡겨둬요. 내가 알아서 다 처리할 테니까 말이에요."

그녀는 화가 나서 씩씩대는 토미를 남겨두고 방을 나갔고, 토미는 자리에서 일어나 한숨을 쉬고는 터펜스의 무모한 상상력에 욕을 퍼부으며 밖으로 향했다.

4시 30분쯤에 토미가 지친 몸을 이끌고 사무실로 돌아왔을 때 터펜스는 서류철 안의 은밀한 곳에서 비스킷 봉지를 꺼내고 있었다.

"얼굴이 벌건 게 상당히 지친 표정인데 여태껏 어디서 뭘 하다 온 거예요?"

남편을 보고 터펜스가 말했다. 토미는 앓는 소리를 내며 말했다.

"그 여자의 인상착의 기록을 들고 병원이란 병원은 다 돌아다녔어."

"그 일은 내게 맡겨 두라고 했잖아요."

터펜스가 나무라듯 말했다.

"당신 혼자서 내일 2시까지 그 여자를 찾아낼 수 있을 것 같아?"

"할 수 있어요. 벌써 찾아냈는걸요!"

"뭐? 그게 무슨 소리야?"

"간단한 문제예요."

"여자는 어디 있지?"

터펜스는 손을 들어 자신의 어깨 너머를 가리키며 말했다.

"내 방에 있어요."

"거기서 뭘 하는데?"

그러자 터펜스는 소리 내어 웃기 시작했다.

"뭘 하고 있냐고요? 한번 알아 맞춰보세요. 주전자와 가스 가열판, 그리고 반 파운드의 홍차를 앞에 두고 있다면 뭘 하고 있는지 추측할 수 있겠죠?"

그러면서 그녀는 부드러운 목소리로 다음과 같이 덧붙였다.

"저기……. 바이올렛 여사의 가게는 내가 모자를 사러 주로 가는 곳이에요. 며칠 전 거기에 갔다가 아가씨들 사이에서 내가 예전에 병원에서 일할 때 알고 지내던 친구를 우연히 만났어요. 그 친구는 전쟁(제1차 세계대전 — 옮긴이)이 끝난 뒤에 간호사 일을 접고 모자 가게를 열었다가 망했더랬지요. 그 뒤로 바이올렛 부인의 가게에서 일하게 되었대요. 이번 사건은 저랑 그 친구가 모두 꾸민 거예요. 그 친구가 세인트 빈센트의 머리에 우리의 광고를 각인시켜 놓고 사라졌던 거예요. 그 다음에 블런트의 우수한 탐정들이 멋진 활약을 펼치는 거죠. 그렇게 되면 우리 사무소의 홍보도 되고 세인트 빈센트를 자극해서 청혼을 하게 만드는 결과도 얻을 수 있지 않겠어요? 사실 재닛은 이 청년이 여태 청혼을 해오지 않아 무척 애가 탔었거든요."

"터펜스……. 하도 어처구니가 없어 말도 안 나오는군. 그처럼 부도덕한 일은 처음 들어봐. 당신은 그 청년을 부추겨서 신분이 다른 사람과 결혼하도록……."

"말 같잖은 소리 하지도 마세요. 재닛은 아주 멋진 아가씨예요. 그런 우유부단한 남자를 제 친구가 좋아하고 있다는 게 오히려 이해가 안 가요. 조금만 생각해 보면 그 남자 쪽 가족한테 필요한 게 뭔지 당신도 알 거예요. 건전한 평민의 피 말이죠. 재닛은 그 청년이 앞으로 성공하는 데 발판이 되어줄 거예요. 엄마처럼 그 사람의 뒷 바라지를 해줄 거라니까요. 술이나 나이트클럽도 멀리하게 만들고, 건전한 시골 신사로 생활하도록 말이죠. 이제 내 방으로 가서 재닛을 만나 봐요."

터펜스가 옆방의 문을 열자 토미가 그 뒤를 따라 들어갔다.

아름다운 적갈색 머리에 인상이 좋고 키가 큰 여자가 손에 들고 있던 주전자를 내려놓고 돌아섰다. 그녀가 미소를 짓자 고르고 하얀 치아가 드러났다.

"이해해 주실 거죠? 카울리 간호사님, 아니 베레스퍼드 부인. 차를 드시고 싶을 거라고 생각했어요. 같이 병원에서 근무할 때, 저를 위해 새벽 3시에도 차를 끓여 주셨잖아요."

"토미, 이쪽은 제 오랜 친구 스미스 간호사예요."

터펜스가 말했다.

"성함이 스미스라고요? 거 참 신기하군요."

악수를 나누며 토미가 말했다.

"아, 아무것도 아닙니다. 사실 논문을 하나 써 볼까 생각하고 있었습니다."

"여보, 정신 차려요."

그렇게 말하며 터펜스는 남편에게 차를 내밀었다.

"자, 그러면 같이 마십시다. 국제 탐정 사무소의 발전과 '블런트의 우수한 탐정들', 그리고 절대로 실패 없는 우리의 앞날을 위하여!"

사라진 분홍 진주

"도대체 뭘 하는 거예요?"

터펜스는 '블런트의 우수한 탐정들'이라는 선전 문구를 내건 국제 탐정 사무소의 안쪽 서재로 들어서며 물었다. 사무소 책임자인 그녀의 남편은 바닥에 잔뜩 펼쳐진 책 위에 엎어져 있었다. 토미는 간신히 자리에서 일어섰다.

"책장 꼭대기의 선반에다 이 책들을 진열하는 중이야. 그런데 이 빌어먹을 의자가 나자빠지는 바람에 말이야."

그는 화가 나서 씩씩거렸다.

"그런데 무슨 책들이에요?"

터펜스는 책을 한 권 집어 들며 물었다.

"『바스커빌 가문의 개』……. 아, 이 책은 다음에 한 번 더 읽어 봐야지."

"내가 무슨 생각을 하는지 알겠어?"

토미가 조심스럽게 옷에 묻은 먼지를 털어내며 말했다.

"매일 30분간 이 분야의 대가들을 만난다고나 해야 할까. 터펜스, 아무래도 우리는 이 방면에서 아직 아마추어야. 하지만 아마추어 수준에서라도 소위 말하는 '기술'을 배워 둬서 나쁠 건 없겠지. 이 책들은 모두 이 분야의 거장들이 쓴 추리 소설이야. 나는 여러 방식을 시험해 보고 그 결과를 서로 비교해 볼 생각이야."

"흠……. 나는 이 탐정들이 현실에서 어떻게 사건을 해결할지 종종 궁금했어요."

그렇게 말하면서 그녀는 또 다른 책을 집어 들었다.

"당신이 손다이크 박사(영국의 추리 작가 오스틴 프리먼이 만들어낸 법의학자 탐정 — 옮긴이) 흉내를 내기는 쉽지 않을 거예요. 당신은 의학적 지식도 없는 데다 법률 지식도 그저 그렇고, 과학에 강한 것 같지도 않으니까요."

"그럴지도 모르지. 하지만 아주 멋진 카메라를 하나 장만했으니까 그것으로 발자국 같은 걸 찍어 사진으로 확대해 볼 생각이야. 이제 몬 아미(친구), 자네의 작은 회색 뇌세포를 사용해 보라고. 저걸 보고 뭐 떠오르는 거 없어?"

그는 책장의 맨 아래쪽 선반을 손가락으로 가리켰다. 거기에는 최신형 실내복과 터키제 슬리퍼, 그리고 바이올린이 놓여 있었다.

"정말 대단하네요."

"그럼! 셜록 홈즈 흉내를 내 봤지."

토미는 바이올린을 손에 들고 활로 아무렇게나 줄을 켜 대기 시작했다. 그 소리를 듣고 터펜스는 고통에 찬 신음소리를 냈다.

그 순간 책상 위의 단추가 울렸다. 그것은 바깥 사무실에 손님이 찾아와서 지금 앨버트와 얘기를 나누고 있다는 신호였다.

토미는 급히 바이올린을 선반에 올려놓고 책을 발로 차서 책상 뒤로 밀어 넣었다.

"서두를 필요 없어. 내가 런던 경시청과 통화 중이라고 앨버트가 둘러대고 있을 테니까 말이야. 터펜스, 당신은 빨리 가서 타자기를 두드리고 있어. 사무소가 활발히 돌아가는 것처럼 보이도록. 아니, 다시 생각해 보니 내가 불러 주는 말을 속기로 받아 적는 게 나을 것 같은데. 앨버트가 우리의 불쌍한 고객을 방에 들여보내기 전에 어디 밖을 잠시 내다보도록 할까?"

두 사람은 바깥 사무실을 훤히 내다볼 수 있도록 교묘하고 정교하게 뚫어놓은 구멍으로 다가갔다.

터펜스 또래의 여자 손님이었다. 키가 크고 피부가 가무잡잡했다. 한편 얼굴은 다소 초췌해 보였고 눈은 냉소적인 빛을 띠었다.

"옷은 번지르르하지만 싼 티가 나네요. 토미, 들어오라고 하세요."

터펜스가 말했다.

잠시 뒤, 여자가 그 이름도 유명한 블런트와 악수를 나누는 동안 터펜스는 메모지와 연필을 손에 들고 얌전히 눈을 내리깐 채 옆자리에 앉아 있었다.

"이쪽은 제 수석 비서 로빈슨 양입니다. 이 사람 앞에서는 마음

놓고 말씀하셔도 됩니다."

블런트는 손으로 터펜스를 가리켰다. 이어서 그는 잠시 의자에
기대어 반쯤 눈을 감고는 피곤한 목소리로 말했다.

"이 시간에는 버스 안이 굉장히 붐빌 텐데요."

"저는 택시를 타고 왔어요."

여자가 말했다.

"아, 그래요?"

토미는 탄식하듯 말했다. 그의 다소 불만스러운 눈길은 여자의
장갑에서 삐죽 튀어나와 있는 파란색 버스표에 머물러 있었다. 그의
시선을 의식한 여자는 빙그레 웃으며 장갑에서 버스표를 빼냈다.

"이거 말씀이세요? 길에서 주운 거예요. 우리 마을에 사는 꼬마가
버스표를 모으거든요."

그 순간, 터펜스가 기침을 하자 토미는 악의가 담긴 눈길로 그녀
를 쏘아보았다.

"자, 그럼 본론으로 들어갑시다."

토미는 힘차게 말했다.

"도움이 필요해서 이렇게 찾아오셨겠죠? 실례지만 성함이……?"

"킹스턴 브루스라고 해요. 윔블던에 살고 있고요. 저희 집에 머물
고 있는 어떤 부인이 어젯밤 값비싼 분홍 진주를 잃어버렸어요. 세
인트 빈센트 씨가 저희랑 저녁 식사를 하다가 우연히 이 탐정 사무
소에 대해 말씀하시더군요. 그리고 오늘 아침에 저희 엄마가 여기
서 그 사건을 조사해 줄 수 있는지 한번 알아보라고 해서 이렇게 찾

아온 거예요."

그녀는 그다지 기분이 좋지 않은 듯 시무룩한 투로 말했다. 이 문제를 두고 어머니와 다툼이 있었음이 분명했다. 그녀는 마지못해 이곳에 찾아온 것 같았다.

"알겠습니다. 아직 경찰에는 신고를 안 하셨습니까?"

약간 혼란스러워 하며 토미가 말했다.

"예, 안 했어요. 만일 경찰에 신고했다가 나중에 그 빌어먹을 물건이 난로 밑이나 다른 어떤 곳에 떨어져 있는 걸 발견이라도 하면 어쩌려고요."

"아! 그러면 그 보석이 집 안 어딘가에 떨어져 있을지도 모른다는 말씀이시군요?"

킹스턴 브루스는 어깨를 으쓱했다.

"사람들은 하찮은 일로 온갖 법석을 떠니까요."

"그런데 지금 제가 너무 바빠서……."

토미는 목청을 가다듬으며 미심쩍은 듯이 말했다.

"예, 그럼 안 된다는 말씀이군요. 그럼 할 수 없죠."

그렇게 말하고 여자는 자리에서 일어섰다. 순간 그녀의 눈이 반짝하고 만족스러운 빛을 내는 것을 터펜스는 놓치지 않았다.

"눈코 뜰 새 없이 바쁘긴 하지만 윔블던까지 내려가 볼 수는 있을 것 같습니다. 일단 주소나 가르쳐 주시죠."

"에지워스 도로에 있는 로렐 저택이에요."

"로빈슨 양, 받아 적어 둬."

"그럼 저는 내려가서 기다리고 있을게요. 안녕히 계세요."

잠시 망설이는 듯한, 다소 공손치 못한 태도였다.

"재미있는 여자군. 도무지 무슨 생각을 하는지 모르겠는걸."

여자가 나가자 토미가 말했다.

"저 여자가 보석을 훔친 건 아닐까요?"

터펜스가 생각에 잠겨 말했다.

"아무튼 이 책들은 치워 버리고 차를 타고 내려가 보기로 해요. 그런데 당신, 이번엔 누구 흉내를 낼 작정이세요? 여전히 셜록 홈즈인가요?"

"그러려면 연습이 좀 필요할 것 같아. 아까 그 버스표는 아무래도 내가 실수를 한 것 같지?"

"그래요. 나라면 그 여자에게 굳이 그런 시험은 하지 않았을 거예요. 무척 예리한 여자던데요. 게다가 불행한 처지에 놓여 있는 것 같아요."

"그 여자를 완전히 파악한 듯한 말투군."

토미는 비꼬듯이 말하고 나서 한 마디 덧붙였다.

"우리는 단지 저 여자의 코가 어떻게 생겼는지만 잠깐 봤을 뿐이야."

"로렐 저택에서 뭘 조사해야 할지 내 생각을 말해 볼게요."

터펜스는 남편의 빈정거림에 그다지 동요되지 않고 말했다.

"상류 사회에 어떻게든 끼어 보려고 발버둥치는 속물 집안일 것 같아요. 만일 그 집안에 아버지가 있다면 틀림없이 전역한 군인일 테죠. 그 집 딸은 가족의 구성원으로 함께 생활하고 있긴 하지만 가족들의 그런 행동을 매우 못마땅하게 생각하고 있고요."

토미는 이제 선반 위에 깔끔하게 정돈된 책들을 마지막으로 바라보았다.

"오늘은 손다이크 박사 흉내를 내 봐야겠어."

그는 생각에 잠겨 말했다.

"이 사건은 법의학적 문제와는 전혀 관련이 없는 것 같은데요."

"그럴지도 모르지. 하지만 새로 산 사진기를 사용해 보고 싶어 미칠 지경이야. 최고로 뛰어난 렌즈가 붙어 있는 거거든. 그만한 렌즈는 과거에도 없었고 앞으로도 만들어내지 못할 거야."

"그런 종류의 렌즈는 저도 알아요. 셔터를 맞추고 노출도를 계산하고 나서 계속 안을 들여다보고 있으면 온통 정신이 나가서 급기야 요정이 나타나길 고대하겠죠."

"야망이라곤 찾아볼 수 없는 인간들이나 요정 따위를 기대하지."

"장담하건대 그 물건은 당신보다 내가 더 유용하게 써먹을 수 있을 거예요."

토미는 아내의 도전적인 말을 무시해버렸다.

"파이프 담배 소제기가 하나 있으면 좋겠는데 어딜 가면 살 수 있을까?"

그는 아쉬워하며 말했다.

"지난 성탄절에 아라민타 숙모님이 주신 코르크 마개뽑이가 있잖아요?"

"맞아, 그게 있었지. 술 한 방울 입에 안 대시는 숙모한테서 그런 우스꽝스런 선물을 받고 별 괴상한 물건도 다 있구나 싶었어."

"그럼 난 폴턴(손다이크 박사의 조수 — 옮긴이)이 되어야겠네요."

토미는 경멸하는 눈길로 아내를 바라보았다.

"폴턴이라고? 당신은 그 친구가 하는 일 가운데 어느 한 가지도 해낼 수 없어."

"할 수 있어요. 나도 기분이 좋을 때 양손을 비비는 것 정도는 할 수 있단 말이에요. 그 일만 잘하면 되는 거 아니에요? 당신은 아마 발자국 하나까지 석고로 본을 뜨려고 설칠 것 같은데요?"

토미는 아무 말도 할 수 없었다. 코르크 마개뽑이를 찾은 후 두 사람은 차고에서 차를 빼내어 웜블던을 향해 출발했다.

로렐 저택은 그 규모가 상당했다. 박공 지붕에다 석탑이 여러 개 있었는데 아주 최근에 페인트칠을 한 것 같아 보이는 건물은 주홍색 제라늄이 만발한 화단으로 둘러싸여 있었다.

토미가 초인종을 채 누르기도 전에 짧고 하얀 콧수염을 기른 키 큰 남자가 지나치다 싶을 정도로 절도 있는 군대식 태도로 문을 열어 주었다.

"기다리고 있었습니다. 블런트 씨 맞죠? 저는 킹스턴 브루스 대령입니다. 자, 제 서재로 가실까요?"

사내는 떠들썩하게 말하며 안쪽의 작은 방으로 두 사람을 안내했다.

"세인트 빈센트가 선생님의 사무소에 대해 칭찬을 많이 하더군요. 저도 광고를 봤습니다. 24시간 안에 책임지고 사건을 해결해 준다는 서비스는 참 기발하더군요. 제가 원하는 게 바로 그런 겁니다."

토미는 어처구니없는 생각을 해낸 터펜스의 무책임한 태도를 속으로 욕하면서 "아, 그러시군요." 하고 대답했다.

"정말 난감한 일이 벌어졌습니다."

"어떤 일인지 좀 자세히 말씀해 주십시오."

토미의 참을성은 바닥을 드러냈다.

"예, 말씀드려야죠. 지금 이 집에는 우리와 옛날부터 친하게 지낸 로라 바턴 여사가 손님으로 와 있습니다. 돌아가신 캘러웨이 백작의 따님이지요. 현재 백작인 그녀의 오빠는 며칠 전 상원에서 멋진 연설을 하기도 했죠. 그런데 얼마 전 미국에서 온 해밀턴 베츠 부부가 우리의 오랜 친구 바턴 여사를 무척 만나고 싶어하는 겁니다. 그래서 저는 '문제없다. 여사가 지금 우리 집에 머물고 있으니까 주말에 오면 된다.' 하고 말했지요. 블런트 씨도 아시겠지만 미국 사람들은 귀족이라면 사족을 못 쓰지 않습니까?"

"미국 사람이 아니라도 그런 부류들이 더러 있죠."

"예, 정말 그렇습니다. 제가 죽도록 싫어하는 것이 속물들입니다. 하여튼 그 베츠 부부가 주말에 우리 집에 놀러왔습니다. 어젯밤 우리가 브리지 게임을 하고 있을 때였습니다. 베츠 부인의 목걸이 잠금쇠 부위가 헐거워지는 바람에 그 여자는 목걸이를 벗어 작은 탁자 위에 올려놓았습니다. 잠자러 2층으로 올라갈 때 갖고 가려고 했겠죠. 그런데 나중에 그만 깜빡 잊고 그냥 올라간 겁니다. 그 목걸이는 작은 다이아몬드 날개 두 개 사이에 커다란 분홍 진주가 하나 박혀 있는 모양입니다. 목걸이는 오늘 아침에 베츠 부인이 두었던 장소에서 발견되었지만 엄청난 값어치가 나가는 그 진주만은 누가 쏙 빼내어 갔더군요."

"누가 목걸이를 발견했죠?"

"글래디스 힐이라는 하녀입니다."

"그 하녀에게 의심이 간다거나 하는 점은 없었나요?"

"벌써 몇 년이나 우리 집에 있었는데 정말 정직한 여자입니다. 물론 사람 속은 모르는 일이지만……."

"그렇죠. 집에서 일하는 사람들에 대해 말씀해 주시겠습니까? 그리고 어제 만찬에 누구누구가 있었는지도요."

"아직 우리 집에 온 지 두 달밖에 안 된 여자 요리사가 있는데 그 여자는 응접실에 들락거릴 일이 없죠. 그건 부엌일을 하는 하녀도 마찬가집니다. 그리고 앨리스 커밍스라는 하녀도 몇 해 동안 이 집에서 일했습니다. 그리고 로라 여사의 하녀도 있죠. 프랑스 여자입니다."

킹스턴 브루스 대령은 매우 당당한 표정으로 말했다. 토미는 하녀의 국적을 듣고도 별다른 인상을 받지 않은 듯 했다.

"그렇군요. 저녁 파티에 참석하신 분들은요?"

"베츠 부부, 제 아내와 딸, 그리고 로라 여사입니다. 세인트 빈센트라는 청년도 함께 식사를 했고 레니 씨가 저녁 식사가 끝나고 잠시 들렀습니다."

"레니 씨가 누구죠?"

"정말 성가신 친구죠. 아주 거만한 사회주의자랍니다. 물론 얼굴이야 잘생겼지요. 겉으로 보면 자기주장을 논리 있게 펼치는 능력도 어느 정도 갖추고 있습니다. 하지만 감히 말하지만 도무지 신뢰할 수 없는 인간입니다. 좀 위험한 인물이죠."

"그러니까 지금 레니 씨를 의심하시는 겁니까?"

토미는 무표정하게 말했다.

"사실 그렇습니다, 블런트 씨. 그런 사고방식을 가진 사람은 분명 도덕관념도 엉망일 겁니다. 우리 모두가 게임에 온통 정신이 팔려 있을 때, 진주를 몰래 빼내는 일이 뭐 그리 어렵겠습니까? 실제로 카드놀이에 열중해서 아무것도 모를 때가 몇 번 있었습니다. 지금도 기억나는데, 으뜸패 없이 판돈을 배로 올렸을 때 우리 집사람이 재수 없게 실수를 해서 한참 다투기도 했고요."

"그랬군요. 한 가지 여쭤 보고 싶은 게 있는데 어제 베츠 부인의 태도는 어떻던가요?"

"저더러 경찰에 신고해 달라고 하더군요. 진주가 그냥 어딘가에 떨어져 있는 건 아닐까 싶어 모든 곳을 뒤지고 나서 말입니다."

대령은 못마땅한 얼굴로 말했다.

"하지만 대령께선 신고를 하지 않는 게 좋겠다고 그 부인을 설득하셨죠?"

"이런 일이 외부에 알려지는 게 무척 싫었던 데다 집사람과 딸아이도 저를 거들고 나섰거든요. 그러다가 어젯밤 만찬에서 세인트 빈센트가 선생님네 탐정 사무소에 대해 말한 것을 집사람이 기억해 냈지요. 24시간 특별 서비스라는 것 말입니다."

"그랬군요."

토미는 무거운 마음으로 대답했다.

"어쨌든 손해 볼 거야 없겠죠. 설사 내일 경찰을 부른다고 해도 경찰은 우리가 그 보석을 어딘가에 떨어뜨렸다고 생각하고 여태껏 찾고 있었겠거니 할 테니까 말입니다. 그건 그렇고 저는 오늘 아침에 아무도 집 밖으로 나가지 못하게 했습니다."

"물론, 따님은 제외하고 말씀이시죠?"

터펜스가 처음으로 입을 열었다.

"예, 딸애는 빼고. 딸애는 자기가 가서 선생님께 이 사건을 맡기겠다고 하더군요."

토미는 자리에서 일어섰다.

"그러면 만족하실 수 있도록 최선을 다해 보겠습니다. 응접실과 목걸이를 놓아두었다는 탁자를 보고 싶군요. 베츠 부인한테도 몇 가지 질문을 드려야겠습니다. 그런 다음 하인들과 면담을 좀 해야 할 것 같습니다. 아니, 그 일은 제 조수인 로빈슨 양한테 맡겨도 되겠군요."

그는 하인들에게 질문할 걸 생각하니 겁이 나서 가슴이 떨렸다.

킹스턴 브루스 대령은 문을 열고 두 사람을 데리고 거실을 가로질러 갔다. 그러는 동안, 그들이 다가가고 있는 방의 열린 문으로 어떤 목소리가 또렷하게 들려왔다. 목소리의 주인공은 아침에 두 사람을 찾아왔던 딸이었다.

"그 여자가 차 스푼을 자기 토시에 감춘 적이 있었던 걸 엄마도 잘 아시잖아요?"

그녀의 말이었다.

토미 부부는 곧 킹스턴 브루스 부인을 소개받았는데, 이 부인은 어딘가 활기가 없고 구슬퍼 보였다. 딸은 머리를 까딱하며 토미 부부에게 인사를 했다. 그녀의 얼굴이 아까보다 더 시무룩해져 있었다.

킹스턴 브루스 부인이 유창하게 말했다.

"누가 가져갔는지 전 짐작이 가요. 그 거지같은 사회주의자라고요. 그 청년은 러시아인과 독일인은 좋아하면서도 영국인이라면 질색을 하니까요. 뻔해요."

"그 사람은 손도 안 댔어요."

딸이 사납게 대들었다.

"저는 그 사람을 줄곧 지켜봤어요. 그 사람이 그런 짓을 했다면 제가 못 봤을 리가 없다고요."

그녀는 턱을 내밀고 도전적인 태도로 사람들을 바라보았다.

토미는 화제를 돌리려고 베츠 부인을 만나보고 싶다고 말했다. 킹스턴 브루스 부인이 남편과 딸을 따라 베츠 부인을 찾으러 나가자 토미는 생각에 잠겨 휘파람을 불었다.

"차 스푼을 토시 속에 감춘 사람은 누굴 두고 하는 말일까?"

토미가 말했다.

"저도 그 생각을 하고 있었어요."

잠시 뒤, 베츠 부인이 남편을 데리고 방으로 들어왔다. 그녀는 몸집이 크고 목소리가 또렷했다. 그녀의 남편은 침울하고 기분이 가라앉아 있는 것 같았다.

"블런트 씨, 당신은 매우 신속하게 사건을 처리하는 탐정이라면서요?"

"예, 베츠 부인. 송구스럽지만 이 업계에서는 신속하기로 소문이 나 있습니다. 그러면 몇 가지만 여쭙겠습니다."

조사는 빠르게 진행되었다. 토미는 진주가 빠진 목걸이와 목걸이를 놓아둔 탁자를 살펴보았다. 잠자코 있던 그녀의 남편은 잃어버린 진주의 가격을 달러로 얘기해 주었다.

토미는 수사가 별로 진전이 없다는 사실을 깨닫고 당혹감에 사로잡혔다.

"대충 이 정도면 될 것 같습니다."

마침내 토미가 말했다.

"로빈슨 양, 미안하지만 응접실에 가서 특수 촬영 장치 좀 가져올래요?"

로빈슨 양은 그의 지시에 따랐다.

"겉보기에는 평범한 사진기이지만 이건 제가 직접 발명한 겁니다."

토미가 말했다.

베츠 부부의 감탄하는 표정에 토미는 다소 만족감을 느꼈다. 그는 목걸이와 그걸 놓아둔 탁자를 찍었고 방 전체가 나오는 사진도 몇 장 찍었다. 그런 다음, 로빈슨 양에게 하인들을 면담하도록 지시했다. 킹스턴 브루스 대령과 베츠 부인의 얼굴에 상당한 기대감이 묻어 있는 것을 보고 토미는 몇 마디 전문가다운 말을 해 줄 필요가 있다는 생각을 했다.

"지금까지 내린 결론은 이렇습니다. 진주는 아직 집 안에 있든가, 아니면 이미 집 밖으로 나갔든가 둘 중 하나입니다."

"그렇군요."

대령은 아까보다 더 존경심이 담긴 어조로 말했는데 그건 아마도 토미의 말투에서 어떤 전문가다운 냄새가 풍겼기 때문인 것 같았다.

"만약 집 안에 없다면 다른 어딘가에 있을 것이지만 아직 집에 있다면 누가 어딘가에 감추어두었을······."

"수색을 해 봐야 한다는 말씀이군요."

말을 자르며 대령이 말했다.

"그렇다면 마음대로 수색해 보셔도 됩니다. 다락방에서 지하실까지 샅샅이 뒤져봐 주십시오."

"아니, 여보!"

대령의 부인이 울먹이는 목소리로 말했다.

"그게 과연 잘 하는 일일까요? 하인들이 무척 싫어할 텐데. 그렇게 하면 하인들이 집을 떠나버릴 게 틀림없어요."

"하인들 방은 마지막에 뒤져 보도록 하겠습니다."

토미가 달래듯이 말했다.

"범인은 전혀 예상치 못한 곳에 보석을 감춰둔 게 틀림없습니다."

"저도 그런 걸 어디선가 읽은 것 같군요."

대령도 동의했다.

"그렇습니다. 대령님도 렉스 베일리 사건을 기억하시리라 생각하는데 그 사건에서도 그랬죠."

"아, 예……. 맞아요."

대령은 당황한 표정으로 대답했다.

"따라서 현재 제일 가능성이 없을 것 같은 장소는 베츠 부인의 방입니다."

토미가 덧붙여 말했다.

"어머! 정말 그럴 것 같네요."

베츠 부인이 감탄하며 말했다.

그녀는 두말없이 토미를 자기 방으로 데려갔고 토미는 거기서도 이른바 특수 촬영 장비를 가지고 설쳐댔다.

터펜스가 곧 남편에게 합류했다.

"베츠 부인, 제 조수가 옷장을 한번 살펴봐도 괜찮겠습니까?"

"예, 물론이죠. 저는 계속 여기 남아 있어야 하나요?"

토미가 그럴 필요가 없다고 말하자 베츠 부인은 방을 나갔다.

"계속 이런 식으로 연기를 해야겠는데. 하지만 솔직히 말해서 잃어버린 진주를 찾을 가능성은 손톱만큼도 없는 것 같아. 어쩔 거야, 터펜스, 24시간 해결서비스니 뭐니 하더니 꼴 한번 좋군!"

"내 얘기 좀 들어 봐요. 하인들에겐 분명히 아무 문제도 없는 것 같은데, 프랑스 하녀한테서 뭔가 캐낸 게 있어요. 로라 여사가 1년 전 이 집에 묵었을 때, 킹스턴 브루스 부부의 친구들 몇 명과 차를 마시러 나간 적이 있었대요. 그런데 집에 돌아왔을 때 그녀의 토시에서 차 스푼이 굴러 떨어진 적이 있었다네요. 사람들은 모두 그것이 우연히 토시 속으로 들어간 걸로 생각했대요. 그런데 비슷한 도난 사건에 대해 이야기하다가 나는 훨씬 많은 사실을 알 수 있었어요. 로라 여사는 항상 다른 사람들 집에 머물렀다는 거죠. 아무래도 돈 한 푼 없는 것 같고, 귀족이라는 직위를 아직도 대단하게 여기는 사람들을 여기저기 찾아다니며 편안히 먹고 지내는 것 같아요. 우연의 일치인지 모르겠지만 그 여자가 여러 집에 묵고 있는 동안 명백한 도난 사건이 다섯 건이나 일어났어요. 어떤 때는 하찮은 물건이었지만 또 어떤 때는 값비싼 보석이 감쪽같이 사라졌다는 거예요."

"휴!"

토미는 길게 휘파람을 불듯 신음소리를 냈다.

"그 부인의 방이 어디 있는지 알아?"

"복도 바로 맞은편이에요."

"몰래 들어가서 조사를 한번 해 봐야겠어."

맞은편 방은 문이 약간 열려 있었다. 상당히 널찍한 방으로 흰 에나멜 칠을 한 가구와 장밋빛 커튼이 드리워져 있었다. 안쪽의 문은 욕실과 통해 있었다. 그런데 갑자기 그 문에서 아주 산뜻하게 차려입은 아가씨가 나타났다. 몸매가 날씬하고 피부가 가무잡잡한 아가씨였다.

깜짝 놀라 탄성을 지르는 여자의 입을 터펜스는 눈여겨보았다.

"블런트 씨, 이쪽은 로라 여사의 하녀 엘리즈 양이에요."

터펜스가 말했다.

토미는 욕실 문턱을 넘어서서 화려하고 현대적인 내부를 살펴보았다. 그는 프랑스 여자의 얼굴에 드러난, 의혹으로 가득 찬 눈길을 떨쳐버리기 위한 작업에 착수했다.

"마드무아젤 엘리즈, 많이 바쁘십니까?"

"예, 무슈. 마님의 욕실을 청소하는 중이었어요."

"그보다도 사진 찍는 일을 좀 도와 주셨으면 좋겠습니다. 제가 지금 특수 카메라를 가지고 있는데 이걸로 이 집에 있는 모든 방의 내부를 찍고 있습니다."

그 순간, 갑자기 침실과 연결된 문이 그의 뒤에서 쾅 하고 닫히는 바람에 그는 말을 중단할 수밖에 없었다. 엘리즈는 그 소리를 듣고 깜짝 놀란 표정을 지었다.

"무슨 일이지?"

"바람 때문인 것 같아요."

터펜스가 말했다.

"다른 방으로 가 봅시다."

토미가 말했다.

엘리즈가 걸어가서 두 사람이 나가도록 문을 열어 주려고 했지만 손잡이는 달그락 소리만 내며 겉돌았다.

"어떻게 된 겁니까?"

토미가 날카로운 목소리로 물었다.

"아, 선생님, 틀림없이 누가 밖에서 문을 잠근 것 같아요."

그녀는 수건을 손잡이에 감아 다시 돌려 보았다. 그랬더니 이번에는 손잡이가 너무도 쉽게 돌아가며 문이 활짝 열리는 것이었다.

"어머, 참 이상하네. 분명히 무언가가 걸려 있었는데."

엘리즈가 말했다.

침실에는 아무도 없었다.

토미는 사진기를 가져왔다. 터펜스와 엘리즈는 그의 명령에 따라 움직였다. 하지만 토미는 몇 번이고 연결문 쪽을 바라보았다.

"거 참 이상하군. 왜 저 문이 잠겼을까?"

토미는 낮게 중얼거렸다.

그는 문을 여닫으며 꼼꼼히 살펴보았다. 문은 꼭 들어맞았다.

"한 장만 더 찍읍시다."

한숨을 쉬며 그가 말했다.

"마드무아젤 엘리즈, 그 장밋빛 커튼을 한쪽으로 좀 걷어 줄래요? 고마워요. 잠깐 그대로 잡고 있어요."

다시 찰칵 소리가 났다. 그는 유리 슬라이드를 엘리즈에게, 삼각대는 터펜스한테 맡기고는 사진기를 조심스럽게 재조정해서 닫았다.

그러고 나서 간단한 구실을 만들어 엘리즈를 밖으로 내보낸 다음 터펜스를 붙잡고 빠르게 말했다.

"여보, 방금 어떤 생각이 떠올랐어. 당신 이 집에서 좀 더 시간을 끌 수 있지? 방을 모두 둘러보고 있어. 그러면 시간이 적잖게 걸릴 거야. 할 수 있으면 로라 여사라는 그 여자하고도 면담을 하고. 절대 놀라게 해선 안 돼. 그 여자한테는 하녀가 의심스럽다고 말해줘. 그렇지만 무슨 수를 써서라도 그 여자가 이 집을 못 벗어나게 해야 돼. 나는 차를 몰고 어디 좀 갔다 올게. 되도록 빨리 돌아올 거야."

"알겠어요. 하지만 너무 확신은 말아요. 그리고 당신이 한 가지 잊고 있는 게 있어요. 이 집 딸 말이에요. 그 아가씨한테 좀 수상한 구석이 있는 것 같아요. 무슨 말인고 하니 그 아가씨가 오늘 아침 이 집을 나간 시각을 알아봤더니 우리 사무실까지 오는 데 무려 두 시간이나 걸린 거예요. 말도 안 되죠? 사무실로 오기 전에 어디에 들른 걸까요?"

"뭔가가 있군."

토미는 아내의 의견에 동의했다.

"아무튼 당신은 나름대로 실마리를 찾아봐. 그리고 다시 말하지만 로라 여사가 이 집에서 절대 못 벗어나게 해야 돼. 그런데 이게 무슨 소리지?"

그의 예민한 귀는 바깥 층계참에서 희미하게 바스락거리는 소리를 놓치지 않았다. 그가 성큼성큼 문 쪽으로 걸어가 보았지만 아무것도 보이지 않았다.

"그럼 난 가 볼게. 되도록 빨리 돌아오지."

터펜스는 토미가 차를 타고 사라지는 모습을 다소 불안한 눈길로 지켜보았다. 토미는 상당히 확신을 하는 듯했지만 그녀는 그다지 확신이 없었다. 그녀로서는 좀체 이해할 수 없는 점이 몇 가지 있었다.

그녀가 여전히 창가에 서서 도로 쪽을 내려다보고 있을 때, 어떤 남자가 길 맞은편의 문에서 나와 길을 건너와서는 초인종을 누르는 모습이 눈에 들어왔다.

터펜스는 부리나케 방을 나와 계단을 내려갔다. 하녀 글래디스 힐이 안쪽에서 나오려 했지만 터펜스는 단호히 손짓을 해서 그녀를 제지했다. 그 후 그녀는 직접 현관으로 가서 문을 열어 주었다.

빼빼 마른 젊은이가 계단에 서 있었다. 그는 몸에 맞지 않는 옷을 입고 있었지만 까만 두 눈은 날카롭게 빛났다.

청년은 잠시 망설이다가 말했다.

"킹스턴 브루스 양 지금 집에 있습니까?"

"안으로 들어오실래요?"

터펜스가 말했다.

그녀는 옆으로 비켜서서 청년을 들여보낸 다음 문을 닫고 부드럽게 말했다.

"레니 씨죠?"

그러자 청년은 그녀를 힐끔 쳐다보았다.

"예……. 그런데요?"

"잠시 이쪽으로 들어오시겠어요?"

그녀는 서재의 문을 열었다. 서재에는 아무도 없었다. 터펜스는 그를 뒤따라 들어가서 문을 닫았다. 청년은 인상을 찌푸리며 그녀를 바라보았다.

"저는 킹스턴 브루스 양을 만나러 왔습니다."

"만나실 수 있을지 잘 모르겠네요."

터펜스는 차분한 목소리로 말했다.

"이보세요. 대체 누구신데 이러시죠?"

레니가 거칠게 말했다.

"국제 탐정 사무소 직원이에요."

짤막하게 대답하면서 터펜스는 레니가 깜짝 놀라는 모습을 눈치 챘다.

"레니 씨, 앉으시죠. 먼저 저희는 킹스턴 브루스 양이 오늘 아침 댁을 찾아간 사실을 모두 알고 있어요."

그것은 대담한 추측이었지만 정확히 들어맞았다. 터펜스는 상대가 깜짝 놀라는 모습을 보고 빠르게 말을 이었다.

"레니 씨, 진주를 되찾는 일은 중요한 문제예요. 이 집 사람들은 어느 누구도 사건이 세상에 알려지는 걸 원치 않아요. 타협을 하는 게 어떨까요?"

청년은 그녀를 날카롭게 바라보았다.

"당신이 어디까지 알고 있는지 모르겠지만……."

생각에 잠겨 그가 말했다.

"잠시 생각할 여유를 주십시오."

그는 양손으로 머리를 감쌌다. 그리곤 전혀 예상치 못한 질문을 던졌다.

"저기……. 세인트 빈센트가 약혼했다는 게 사실입니까?"

"예, 사실이에요. 전 그 사람 약혼 상대도 알아요."

터펜스가 대답했다

그러자 레니는 갑자기 다 털어놓겠다는 태도를 보였다.

"마치 지옥 같았습니다."

그는 운을 뗐다.

"이 집 부모님은 밤낮없이 비어트리스를 볶아 댔습니다. 비어트리스를 그 남자에게 시집보내려고 말입니다. 언젠가 그 남자가 작위를 이어받을 것 같으니까 그러는 겁니다. 하지만 제 생각은……."

"정치 얘기는 하지 않기로 하죠."

터펜스가 황급히 말했다.

"레니 씨, 어째서 당신은 이 집 따님이 진주를 가져갔을 거라고 생각하는 거죠?"

"저……. 저는 잘 모르겠습니다."

"아니, 당신은 알고 있어요. 당신은 탐정이 차를 타고 떠나는 걸 보고 이제 거칠 것이 없다고 생각하고는 그녀를 만나러 여기로 온 거잖아요? 분명해요. 당신이 진주를 가져갔다면 그렇게까지 당황해할 리가 없어요."

터펜스가 조용히 말했다.

"사실 그녀의 태도가 무척 이상했습니다. 아침에 저한테 와서 도난 사건에 대해 말하곤 사립 탐정 사무소로 가는 길이라고 하더군요. 뭔가 하고 싶은 말이 있는 것 같았는데 차마 말을 못 하더라고요."

"저, 제가 원하는 건 진주뿐이에요. 가서서 그녀와 얘기를 해 보는 게 좋을 것 같네요."

터펜스가 말했다.

하지만 그 순간, 킹스턴 브루스 대령이 문을 열었다.

"로빈슨 양, 점심 준비가 다 되었습니다. 같이 식사 하시죠. 식당은……."

그는 하던 말을 뚝 멈추더니 레니를 노려보았다.

"저는 초대할 마음이 없으신 것 같군요. 좋습니다. 그럼 저는 가 보겠습니다."

레니가 말했다.

"나중에 와 주세요."

터펜스는 자기 앞을 스쳐 지나는 레니에게 그렇게 속삭였다.

성가시고 무례한 놈이라며 여전히 씩씩거리는 킹스턴 브루스 대령을 뒤따라 터펜스는 가족이 모두 모여 있는 식당으로 들어갔다. 한 사람만 터펜스가 모르는 얼굴이었다.

"로라 여사, 이분은 우리를 위해 애쓰고 계신 로빈슨 양입니다."

로라는 머리를 숙이더니 안경 너머로 터펜스를 빤히 바라보았다. 로라는 키가 크고 몸이 홀쭉했으며 얼굴에 우울한 미소를 짓고 있었다. 목소리는 부드러웠지만 눈매는 무척이나 날카로워보였다. 터펜스가 지지 않고 상대를 빤히 바라보자 그녀는 결국 눈을 내리깔았다.

점심 식사 뒤에 로라는 약간 호기심을 보이며 대화에 끼어들었다.

"수사는 어떻게 되어 가나요?"

터펜스는 하녀가 의심스럽다고 적당히 강조해서 말했지만 실제로 그녀의 관심은 로라한테서 멀어져 있었다. 로라가 차 스푼과 다른 물건을 몰래 자신의 옷 속에 감췄을지 모르지만 분홍 진주를 훔치진 않았을 거라고 터펜스는 확신했다.

터펜스는 곧바로 집 안을 수색하는 일에 들어갔다. 시간이 흘렀지만 토미는 돌아올 기미도 보이지 않았다. 그보다 더 중요한 문제는 레니도 전혀 모습을 보이지 않았다는 것이다. 터펜스는 어떤 침실에서 급히 나오다가 계단을 내려가고 있는 비어트리스 킹스턴 브루스와 만났다. 그녀는 외출을 하려는지 정장차림이었다.

"죄송하지만 지금은 나가실 수 없어요."

터펜스가 말했다.

상대는 오만하게 터펜스를 바라보며 차갑게 말했다.

"제가 외출을 하든 말든 그게 댁과 무슨 상관이죠?"

"하지만 경찰에 연락을 할지 말지는 제가 결정해요."

터펜스가 되받아쳤다.

그러자 여자의 얼굴은 갑자기 잿빛이 되었다.

"제발……. 부탁이니 제발 신고만은 말아 주세요. 밖에 안 나갈 테니까 제발요."

그녀는 터펜스를 붙잡고 애원하듯 말했다.

터펜스는 빙그레 웃으며 말했다.

"킹스턴 브루스 양, 전 처음부터 이 사건이 어떻게 된 일인지 알고 있었어요. 저는……."

하지만 그 순간 터펜스는 말을 멈춰야 했다. 비어트리스와 부딪치고 나서 정신이 온통 그녀에게 팔려 있다 보니 초인종 소리도 못 들었던 것이다. 그런데 놀랍게도 토미가 계단을 성큼성큼 올라오고 있었고 아래쪽 거실에는 체구가 우람한 어떤 남자가 모자를 벗고 있는 모습이 눈에 들어왔다.

"런던 경시청의 매리엇 경감님이셔."

토미가 씩 웃으며 말했다.

그 소리를 듣자마자 비어트리스 킹스턴 브루스는 울부짖으며 터펜스를 붙잡고 있던 손을 놓고 계단을 달려 내려갔다. 그 순간, 현관문이 열리면서 레니가 들어섰다.

"당신 때문에 일을 다 망쳤어요."

터펜스가 비통하게 말했다.

"뭐라고?"

토미는 그렇게 대꾸하고 황급히 로라 부인의 방으로 들어갔다. 그는 곧장 욕실로 들어가 커다란 비누를 손에 들고 밖으로 나왔다. 경감이 막 계단을 올라오고 있었다.

"그 여자는 조용히 가 버렸습니다. 노련한 여자라 이제 게임이 끝났다는 걸 알아차린 거죠. 진주는 어떻게 되었습니까?"

경감이 말했다.

"아마 이 안에 들어 있을 겁니다."

토미는 그렇게 말하면서 경감에게 비누를 건넸다.

경감의 눈이 상대의 솜씨에 감탄한 듯 반짝 빛을 냈다.

"오래된 교활한 수법이네요. 비누를 반으로 잘라 안을 도려내고 보석을 넣은 다음 다시 맞추어 뜨거운 물로 접합 부위를 깨끗이 봉했군요. 아주 멋지게 사건을 해결하셨습니다."

토미는 경감의 찬사를 정중히 받아들였다.

잠시 후 토미와 터펜스는 계단을 내려갔다. 킹스턴 브루스 대령이 달려와서 토미의 손을 뜨겁게 감싸 쥐었다.

"정말 뭐라고 감사드려야 할지 모르겠습니다. 로라 여사도 감사의 말씀을 전해 달라고……."

"만족하시니 저도 기쁩니다. 그런데 유감스럽게도 여기서 지체할시간이 없군요. 급한 약속이 있어서요. 장관님과 말입니다."

토미는 서둘러 자기 차로 가서 차에 올랐다. 터펜스도 그의 옆자리에 올라탔다.

"근데, 여보, 로라 부인을 체포한 거 아니에요?"

"아! 당신한테 말 안 했던가? 체포당한 사람은 로라 부인이 아니라 엘리즈야."

남편의 말에 터펜스는 어안이 벙벙해져서 아무 말도 못하고 앉아 있었다.

"내가 손에 비누칠을 하고 문을 열려고 여러 번 시도해 봤는데 손이 미끄러워 도저히 못 열겠더군. 나는 엘리즈가 손에 온통 비누칠을 한 상태로 무슨 일을 하고 있었을까 궁금했지. 당신도 기억하겠지만, 그 여자는 수건을 들고 있어서 손잡이에 전혀 비누 흔적이 남지 않았어. 그런데 문득 이런 생각이 떠올랐지. 전문 도둑이라면 여러 집에 오랫동안 머물면서 도벽을 의심받는 여사의 하녀가 되는 일도 괜찮을 거라고 말이야. 그래서 나는 방뿐만 아니라 그 여자의 사진도 찍고 일부러 유리 슬라이드를 그 여자한테 만지게 해서는 그걸 가지고 경시청으로 달려간 거야. 번개같이 사진을 현상한 후 지문 또한 성공리에 확인할 수 있었어. 알고 보니 엘리즈는 오래 전부터 수배 중인 여자더군. 이번 사건은 경시청의 도움이 컸지."

"그러고 보니 그 두 젊은이는 소설에 나오는 것처럼 어처구니없게도 서로를 의심하고 있었군요. 그런데 이 집을 떠나면서 왜 당신 계획을 말해 주지 않은 거예요?"

"첫째로 나는 엘리즈가 층계참에서 우리 얘기를 엿듣고 있지 않을까 의심했어. 그리고 두 번째는……."

"두 번째는요?"

"나의 박식한 파트너께선 아마 잊은 것 같은데, 손다이크 박사는 마지막 순간까지 아무것도 알려 주지 않아. 게다가 터펜스, 당신과 당신 친구 재닛 스미스가 지난번에 나를 감쪽같이 속였으니까 이번에는 나한테 한번 당해 봐야지. 그래야 공평한 거 아냐?"

불길한 고객

"정말 따분한 날이군!"

토미는 그렇게 말하면서 크게 하품을 했다.

"이제 곧 차 마실 시간이에요."

터펜스도 하품을 했다.

국제 탐정 사무소의 업무는 그다지 많지 않았다. 그토록 기다려 도 육류 도매상은 편지를 보내오지 않았고, 그럴 듯한 사건 역시 접 수되지 않았다.

그때 사무실 직원 앨버트가 소포를 하나 가지고 들어와 탁자에 내려놓았다.

"포장된 소포에 숨은 비밀이라······."

토미가 혼자서 중얼거렸다.

"러시아 황녀의 화려한 진주라도 들었나? 아니면 블런트의 우수한 탐정들을 단숨에 날려 버릴 시한폭탄이라도 들어 있는 걸까?"

"실은 프랜시스 하빌랜드한테 보낼 결혼 축하 선물이에요. 멋있지 않아요?"

터펜스가 포장을 뜯고서 말했다.

토미는 그녀가 내민 홀쭉한 은색 담배 케이스를 받아들고 '터펜스가 프랜시스에게'라고 아내가 직접 새긴 글자를 보고는 케이스를 열었다 닫았다 해 본 뒤, 제법 괜찮다는 뜻으로 고개를 끄덕였다.

"터펜스, 당신은 돈을 물 쓰듯 하는군. 나도 다음 달 생일에 이런 걸 하나 받았으면 좋겠어. 온통 금으로 된 걸로 말이야. 이 세상에서 가장 형편없는 작자인 프랜시스 하빌랜드 따위한테 이런 선물을 주다니 정말 어이가 없군."

"그분은 전쟁 중에 장군이셨어요. 내가 그의 차를 몰았잖아요. 아! 정말이지 그 시절이 좋았어요."

"그래, 그때가 좋았지. 그때만 해도 미녀들이 줄줄이 병원에 찾아와 내 손을 꼭 잡아 주곤 했었는데. 하지만 난 그 사람들한테 결혼 선물 따위는 보내지 않아. 터펜스, 신부가 과연 당신이 보낸 선물을 보고서 좋아할지 난 그게 의문이야."

"주머니에 넣고 다니기에는 적당한 크기잖아요, 안 그래요?"

터펜스는 남편의 말을 무시하며 말했다.

토미는 담배 케이스를 자기 주머니에 넣어 보았다.

"꼭 맞군. 앨버트가 오후 우편물을 가져왔어. 분명히 퍼스셔의 공작부인이 애완용 개를 찾아 달라는 내용일 거야."

두 사람은 함께 우편물을 분류했다. 갑자기 토미가 길게 휘파람을 불면서 편지 한 통을 꺼내들었다.

"러시아 우표가 붙은 파란색 편지봉투라……. 대장이 했던 말 기억하지? 이런 편지가 있는지 살펴보라고 했잖아."

"맞아요, 긴장 되네요. 드디어 일이 터졌어요. 어떤 내용인지 얼른 뜯어봐요. 육류 상인이 보낸 거 맞아요? 잠깐만요. 차를 마시려면 우유가 필요한데 오늘 아침엔 배달이 안 되었더라고요. 앨버트한테 좀 사 오라고 해야겠어요."

앨버트에게 심부름을 시켜놓고 그녀가 바깥 사무실에서 돌아왔을 때, 토미는 파란색 편지지를 손에 들고 있었다.

"터펜스, 생각했던 대로야. 대장이 했던 말과 한 마디도 다르지 않아."

터펜스는 남편한테서 편지를 건네받아 읽어보았다.

매우 정중한 영어로 쓴 그 편지는 그레고르 페오도르스키라는 사람이 보낸 것으로 자기 아내의 소식을 알고 싶다는 내용이었다. 비용이 얼마가 들더라도 좋으니 최선을 다해 여자를 찾아 달라고 적혀 있었다. 페오도르스키 자신은 돼지고기 거래가 위기를 맞고 있어 지금 러시아를 벗어날 수 없다고 했다.

"이 말이 뜻하는 게 뭘까요?"

터펜스가 생각에 잠겨 자기 앞에 놓인 탁자보를 반듯하게 펴면서 말했다.

"어떤 암호 같아. 그건 우리가 알 바 아니지. 우리가 해야 할 일은 이걸 되도록 빨리 대장한테 전달하는 거야. 그전에 우표를 적셔서 16이라는 숫자가 드러나는지 확인해 봐야겠어."

"그렇게 하세요. 하지만 제 생각엔……."

그녀가 갑자기 말을 뚝 멈췄다. 아내가 갑자기 말을 멈추자 토미가 놀라 얼굴을 들어 보니 건장한 체구의 한 사내가 사무실 문을 턱 가로막고 서 있었다.

거대한 몸집의 침입자에게서는 당당한 위용마저 느껴졌다. 사내는 머리가 무척 동그랗고 턱이 억세어 보였다. 나이는 마흔다섯 정도 되어 보였다.

"실례하겠습니다."

모자를 손에 들고 방으로 들어서며 방문객이 말했다.

"바깥 사무실에는 아무도 없고 이 문이 열려 있어서 이렇게 감히 들어왔습니다. 여기가 블런트 국제 탐정 사무소 맞습니까?"

"예, 그런데요."

"그러면 혹시 선생님이 블런트 씨, 테오도르 블런트 씨입니까?"

"예, 제가 블런트입니다. 상담하실 일이라도? 참, 이쪽은 제 수석 비서 로빈슨 양입니다."

터펜스는 얌전히 고개를 숙였지만 내리깐 눈으로 계속 이 정체불명의 사내를 유심히 살피고 있었다. 이 사내가 언제부터 문간에 서 있었는지, 대화를 어느 정도 엿들었는지 궁금했다. 토미에게 말을 하는 동안에도 사내가 계속해서 자기가 들고 있는 파란색 편지지를 바라보는 것을 터펜스는 놓치지 않았다.

무언가를 알리는 듯한 토미의 날카로운 목소리에 그녀는 자신의 임무를 퍼뜩 깨달았다.

"로빈슨 양, 받아 적도록 해요. 자, 그럼 제게 조언을 구하려는 문제에 대해 말씀해 주시겠습니까?"

터펜스는 메모지와 연필을 집어 들었다.

덩치가 큰 사내는 다소 귀에 거슬리는 목소리로 이야기를 시작했다.

"제 이름은 바우어, 찰스 바우어입니다. 햄스테드에서 병원을 운영하고 있죠. 최근에 몇 가지 이상한 일이 벌어져서 이렇게 찾아왔습니다."

"어떤……?"

"지난주에 위급한 환자가 있다는 전화를 받고 두 차례 불려 간 적이 있습니다. 그런데 막상 가 보니 둘 다 장난전화였지요. 처음에는 누가 실없는 장난을 했거니 생각했는데 두 번째로 허탕을 치고 병원에 돌아와 보니까 제 서류가 여기저기 널려 있고 더러는 엉뚱한 곳에 꽂혀 있는 게 아닙니까? 그래서 첫 번째 경우에도 같은 일이 일어나지 않았을까 생각했습니다. 그래서 꼼꼼히 살펴본 결과, 저는 누군가가 제 책상을 온통 뒤진 후 여러 서류를 급하게 본래 위치에 되돌려 놓았다는 걸 알 수 있었습니다."

거기서 바우어는 말을 멈추고 토미를 빤히 바라보았다.

"어떻게 된 걸까요, 블런트 씨?"

"글쎄요."

토미는 빙그레 웃으며 대답했다.

"이 일을 어떻게 생각하십니까?"

"우선 상황 설명을 좀 더 듣고 싶군요. 책상 안에는 어떤 것들이 들어 있었나요?"

"제 개인 서류들입니다."

"구체적으로 어떤 것들이죠? 도둑이나 특정한 사람에게 가치가 있는 것들입니까?"

"보통의 도둑한테는 아무런 가치도 없을 겁니다. 하지만 아직 세상에 알려지지 않은 알칼로이드에 관한 논문은 그 분야의 전문 지식을 가진 사람에게는 구미가 당길 만한 겁니다. 지난 몇 년 동안 제가 연구해 온 분야이죠. 이 알칼로이드는 치명적인 독약으로 거의 추적이 불가능한 종류입니다. 그리고 어떤 반응을 보이는지 아직 세상에 알려져 있지 않습니다."

"그러면 그 비밀을 손에 넣으면 돈이 되겠군요?"

"부도덕한 사람들에게는 돈이 되겠죠."

"혹시 의심이 가는 사람이라도 있습니까?"

의사는 딱 벌어진 어깨를 으쓱했다.

"제가 아는 한 외부에서 강제로 침입한 흔적은 없었습니다. 그렇다면 집에 있는 사람들 중에 누군가가 그랬다는 말이 되는데 도저히……."

그는 갑자기 말을 끊더니 매우 무거운 목소리로 다시 말을 이었다.

"블런트 씨, 저는 이 문제를 선생님께 모두 맡기려고 합니다. 감히 경찰에 신고할 용기가 나지 않는군요. 하인이 세 명 있지만 저는 그들을 거의 전적으로 신뢰하고 있습니다. 저를 위해 오랫동안 충실하게 일해 온 사람들입니다. 하기야 사람 속을 누가 알겠습니까만은. 그리고 버트럼과 헨리라는 두 조카가 지금 저랑 같이 살고 있습니다. 헨리는 무척 마음씨가 착하고 한 번도 제게 걱정을 끼친 일이 없는 성실하고 부지런한 청년입니다. 그런데 버트럼은 그와 정반대입니다. 거칠고 방탕한 데다 빈둥거리기만 합니다."

"잘 알겠습니다."

토미는 생각에 잠겨 말했다.

"선생님께선 버트럼이라는 조카가 이 일에 관련되었을 거라고 의심하고 계시군요. 제 의견은 다릅니다. 저는 헨리라는 성실한 청년이 왠지 의심스럽습니다."

"예? 어째서죠?"

"대개가 그렇죠. 그런 전례도 있고요."

가볍게 손을 휘저으며 토미가 말했다.

"제 경험으로 볼 때 의심스러운 인물들은 항상 나중에 보면 결백하더군요. 오히려 그 반대더란 말입니다. 아무튼 저는 확실히 헨리에게 의심이 갑니다."

"블런트 씨, 말씀 중에 죄송합니다만……."

터펜스가 정중한 어조로 끼어들었다.

"바우어 선생님께선 그 알칼로이드에 관한 논문을 다른 서류들과 함께 책상에 넣어 두셨다는 말씀입니까?"

"그렇습니다. 책상에 넣긴 했지만 저만 아는 비밀서랍에 넣어 두었습니다. 그래서 그들이 지금까지 찾아내지 못한 거지요."

"그러면 저희가 구체적으로 어떻게 해드리면 될까요? 누군가가 또 다시 사무실을 뒤질 거라고 생각하십니까?"

토미가 물었다.

"그렇습니다. 제가 이렇게 생각하는 데에는 충분한 근거가 있습니다. 오늘 오후에 저는 어떤 환자한테서 전보를 받았습니다. 몇 주 전에 본머스로 가서 요양을 하도록 제가 권했던 환자입니다. 전보에는 그 환자가 위독하니 당장 내려와 달라는 내용이 적혀 있었습니다. 방금 말씀 드린 그런 사건이 있었던 터라 저는 의심이 가더군요. 그래서 저는 선납을 한 전보를 그 환자에게 보냈죠. 그리고 저는 그가 지금 아주 건강한 상태이며 저한테 왕진 요청을 결코 한 적이 없다는 사실을 알아낼 수 있었습니다. 그때 저는 그 가짜 요청에 속아서 본머스로 떠나는 척 하게 되면 범인들이 일을 벌이는 현장을 손쉽게 덮칠 수 있지 않을까 하는 생각을 떠올렸습니다. 몇 명인지 모르지만 범인은 식구들이 잠들 때까지 기다렸다가 일을 시작할 게 틀림없습니다. 그러니 선생께서 오늘 밤 11시에 저와 함께 우리 집 밖을 지키고 있으면 어떨까 싶습니다."

"범행 현장을 덮치자는 말씀이군요."

생각에 잠겨서 토미는 종이 자르는 칼로 탁자를 두드렸다.

"멋진 계획인 것 같습니다. 마침 시간도 괜찮고요. 그러면 선생님 댁의 주소가……?"

"행맨 골목에 있는 라치 저택입니다. 인적이 좀 드물지만 경치는 아주 멋진 곳이죠."

"아, 예."

방문객이 자리에서 일어섰다.

"블런트 씨, 그럼 오늘 밤 집 밖에서 기다리고 있겠습니다. 시간은 11시 5분 전이 어떨까요? 좀 여유를 두기 위해서 말입니다."

"좋습니다. 그때 뵙도록 하죠. 그럼 안녕히 돌아가십시오."

토미는 자리에서 일어나 책상 위의 단추를 눌렀다. 그러자 앨버트가 들어와 손님을 데리고 나갔다. 의사는 눈에 뜨일 만큼 다리를 절었지만 체격은 누가 보더라도 건장했다.

"왠지 기분 나쁜 손님이야. 당신 생각은 어때?"

토미는 혼자서 중얼거렸다.

"한마디로 말할게요. 안짱다리예요."

"뭐라고?"

"안짱다리라고요! 내 명작 추리 소설 연구가 쓸모없지는 않았나 봐요. 토미, 이건 계략이에요. 알칼로이드가 어쩌고저쩌고……. 그런 터무니없는 얘기는 평생 처음 들어 봐요."

"나도 얼른 납득이 가지 않는 면이 있었어."

"그 남자가 이 편지를 자꾸 바라보던데 당신은 눈치 챘어요? 여보, 저 사람은 스파이일 거예요. 당신이 진짜 블런트가 아니라는 사실을 눈치 채고, 우리 생명을 노리는지도 몰라요."

"만약 그렇다면……."

토미는 옆에 있는 책장을 열고 진열된 책들을 사랑스런 눈길로
바라보았다.

"우리가 맡을 역할도 고르기가 쉬워졌군. 우리는 오크우드 형제
가 되는 거야.(안짱다리인 오크우드 형제는 발렌타인 윌리엄스가 만들어
낸 탐정 — 옮긴이) 내가 데스몬드가 되는 거고."

토미는 분명한 어조로 덧붙였다.

터펜스는 어깨를 으쓱했다.

"좋아요. 당신 좋을 대로 하세요. 그럼 난 프랜시스가 되어야겠네
요. 그 두 사람 중에 프랜시스가 훨씬 더 머리가 좋아요. 데스몬드는
항상 함정에 빠지지만 프랜시스는 아슬아슬한 순간에 정원사나 다
른 모습으로 나타나 문제를 해결하잖아요."

"아, 그렇군! 하지만 난 그런 데스몬드가 아닌 아주 뛰어난 데스
몬드가 될 거야. 라치 저택에 도착하게 되면……."

터펜스는 남편의 기분은 아랑곳 않고 그의 말을 잘랐다.

"설마 오늘 밤 햄스테드에 갈 생각은 아니겠죠?"

"왜, 가면 안 돼?"

"아예 눈 감고 덫에 걸려드는 꼴이나 마찬가지예요."

"아니야. 눈을 뜨고 함정에 말려드는 거지. 그 둘 사이에는 엄청
난 차이가 있어. 바우어라는 친구도 아마 좀 놀랄걸."

"나는 별로 마음에 안 드네요. 데스몬드가 상관의 명령을 거부하
고 자기 맘대로 행동했다가 어떤 꼴을 당했는지 당신도 잘 알잖아
요. 우리한테 부여된 임무는 아주 분명해요. 편지를 곧바로 대장한

테 전달하고 사건이 터지면 곧장 보고하는 거잖아요."

"당신은 제대로 모르고 있군. 누가 찾아와서 16이라는 숫자를 입 밖에 내면 곧장 보고하는 거야. 그런데 아직 그런 사람이 없었잖아."

"그건 억지 구실일 뿐이에요."

"소용없어. 나는 독자적으로 활동할 생각이야. 터펜스, 내 걱정은 마. 만일의 사태에 대비해 철저히 무장하고 갈 테니까. 무엇보다 중요한 것은 이쪽이 만반의 태세를 갖추고 접근한다는 사실을 상대방이 눈치 못 채게 해야 한다는 거야. 대장도 아마 오늘 밤 일은 잘했다고 격려해 줄 거야."

"어쨌든 나는 마음이 편치 못해요. 그 남자는 고릴라만큼이나 억세어 보이던데요."

"허허! 총구가 새파란 내 자동권총도 장난감이 아니란 걸 알아야지."

그때 바깥쪽 사무실 문이 열리면서 앨버트가 들어왔다. 뒤로 문을 닫은 그는 손에 봉투를 하나 들고 두 사람에게 다가왔다.

"어떤 신사분이 찾아오셨습니다. 평소처럼 소장님이 경시청과 통화 중이라고 둘러댔지만 자기는 모든 걸 다 알고 있다고 하더라고요. 자기가 바로 경시청에서 왔다나요. 그리고 명함에다 뭔가를 적어서 이 봉투에 넣어 주시던데요."

토미는 봉투를 받아 안을 들여다보았다. 명함을 읽는 그의 얼굴에 웃음이 번졌다.

"앨버트, 이 사람이야말로 감쪽같이 자네를 놀린 거야. 안으로 모셔."

그렇게 말하고 그는 명함을 터펜스에게 건넸다. 거기에는 다임처치 경감이라고 새겨져 있었고 그 위에 '매리엇의 친구'라고 연필로 휘갈긴 글씨가 적혀 있었다.

이윽고 경시청 형사가 방으로 들어왔다. 외모는 매리엇 경감처럼 몸집이 땅딸막하고 눈매가 날카로웠다.

"안녕하십니까?"

형사는 활달하게 말했다.

"매리엇 경감은 남부 웨일스로 출장을 갔는데, 가기 전에 두 분과 이 사무소를 두루 살펴봐 달라더군요. 아, 내 얘기를 마저 들으십시오."

그는 토미가 말을 자르려고 하자 그렇게 말하고는 이어서 말했다.

"우리 소관이 아니니까 간섭하지는 않습니다. 그렇지만 이 사무소가 겉보기와는 다르다는 사실을 냄새 맡은 사람이 있는 것 같습니다. 오늘 오후에도 여기를 찾아온 사람이 있었죠? 그 양반이 어떤 이름을 대면서 자기를 소개했는지, 또 그 양반의 진짜 이름이 뭔지는 모릅니다만 그 사람에 대해선 저희도 어느 정도 알고 있습니다. 좀 더 캐내 봐야겠다는 필요성이 느껴지더군요. 그 사람과 오늘 밤 어딘가에서 만날 약속을 했으리라 추측하는데, 맞습니까?"

"예, 그렇습니다."

"그럴 거라고 생각했지요. 약속 장소는 핀즈베리 공원, 웨스터햄가 16번지, 맞죠?"

"그 점은 잘못 알고 계시군요."

토미가 씩 웃으며 말했다.

"완전히 헛짚으셨어요. 햄스테드의 라치 저택에서 보기로 했으니까요."

다임처치는 정말 깜짝 놀라는 표정을 지었다. 그곳일 줄은 전혀 예상 못한 것 같았다.

"이해할 수 없군. 새로운 아지트인가? 햄스테드의 라치 저택이라고 하셨습니까?"

"그렇습니다. 오늘 밤 11시에 거기서 만나기로 했습니다."

"그 약속은 없던 걸로 하십시오."

"거 보세요!"

터펜스가 갑자기 소리쳤다. 토미는 얼굴을 붉혔다.

"경감님, 그건 경감님이 참견하실 일이……."

토미는 흥분해서 말하기 시작했다.

그러자 경감은 달래듯 한 손을 치켜들었다.

"블런트 씨, 제 생각을 말씀드리지요. 당신이 오늘 밤 11시에 가야 할 주소지는 바로 이 사무실입니다."

"뭐라고요?"

터펜스가 깜짝 놀라 소리쳤다.

"이 사무실이라니까요. 문제의 그 '파란색' 편지 한 통이 오늘 여기 도착했습니다. 내가 그런 것까지 어떻게 알게 되었는지에 대해서는 신경 쓰지 마십시오. 부서들 간에 업무가 중복되는 경우가 종종 있으니까 말입니다. 본론으로 돌아가서, 그러니까 그 작자가 편지를 노리고 있는 겁니다. 당신을 햄스테드까지 꼬여내서 이 건물이 텅 비게 되었을 때 몰래 들어와 느긋하게 샅샅이 뒤지려는 수작입니다."

"하지만 그 친구는 어째서 편지가 이 사무실에 있을 거라고 생각하는 걸까요? 내가 편지를 몸에 지니고 있거나 누군가에게 건넸다고 생각하지 않고서 말입니다."

"물론 일리 있는 말씀입니다만 그 점까지 염두에 두지는 못했을 겁니다. 당신이 진짜 블런트가 아니라는 사실은 눈치 챘을지도 모르죠. 하지만 그는 당신을 이 사무소를 사들인 그냥 평범한 신사라고 생각했을 겁니다. 그럴 경우에 그 편지는 일반 업무로 취급해서 그냥 평범한 서류철 속에 넣어두었을 거라고 생각할 수 있죠."

"이해가 가네요."

터펜스가 말했다.

"우리는 범인이 그런 식으로 생각하도록 만들어야 합니다. 그래야 오늘 밤 범인을 이곳 현장에서 붙잡을 수 있을 테니까요."

다임처치가 말했다.

"아! 그럴 계획이었군요."

"예. 이건 일생에 다시없는 기회입니다. 그런데 지금 몇 시나 되었죠? 아, 6시군요. 보통 몇 시에 퇴근하십니까?"

"6시쯤에요."

"그럼 평소처럼 퇴근하십시오. 그리고 우리는 되도록 빨리 이곳으로 되돌아와야 합니다. 놈들이 11시까지는 이곳에 나타나지 않으리라 생각합니다만, 단정할 수야 없는 노릇이지요. 저는 이만 나가서 이 주위를 한 바퀴 돌면서 혹시 망을 보는 사람이 없는지 살펴보겠습니다."

다임처치가 방에서 나가자 토미와 터펜스는 논쟁을 벌이기 시작했다. 논쟁은 제법 길어져서 양쪽 다 화만 돋웠을 뿐 해결이 나지 않았다. 결국 터펜스가 항복했다.

"그럼 좋아요. 이번엔 제가 진 걸로 할게요. 저는 돌아가서 요조숙녀처럼 얌전히 집이나 지키고 있을게요. 그동안 당신은 악당들과 싸우든 형사들과 어울려 탐정 놀이를 즐기든 맘대로 하세요. 하지만 두고 보세요. 이 흥미진진한 사건에서 따돌림 당한 한은 꼭 갚을 테니까 말이에요."

바로 그때 다임처치가 되돌아왔다.

"제가 살펴봤는데 아직 없는 것 같습니다. 하지만 장담할 수는 없는 일이죠. 어쨌거나 평소대로 퇴근하시는 게 좋을 것 같습니다. 일단 두 분이 이곳에서 나가면 놈들도 계속 망만 보고 있지는 않을 테니까요."

토미는 앨버트를 불러 사무실 문을 잠그라고 일렀다.

그런 다음 네 사람은 항상 차를 세워두는 주차장으로 향했다. 터펜스가 운전석에 앉고 앨버트가 그 옆에 앉았다. 그리고 토미와 경감은 뒷자리에 앉았다.

차는 한 블록 정도 달리다가 길이 막혀 꼼짝을 못했다. 터펜스가 어깨 너머로 뒤를 돌아보며 고개를 끄덕였다. 토미와 경감은 오른

쪽 문을 열고 옥스퍼드 거리의 중간쯤에서 내렸다. 잠시 뒤 터펜스
는 그대로 차를 몰고 사라졌다.

두 사람이 헤일햄 거리로 서둘러 들어섰을 때 다임처치가 말했다.
"아직 들어가지 않는 게 좋겠습니다. 열쇠는 잘 갖고 계시죠?"
토미는 고개를 끄덕였다.
"그러면 어디 가서 저녁 식사라도 할까요? 아직 이르긴 합니다만
길 바로 맞은편에 자그마한 식당이 있습니다. 창가에 앉으면 사무
소를 항상 지켜볼 수 있을 겁니다."
경감의 제안에 따라 두 사람은 간단히 저녁을 해결했다.
토미는 다임처치가 꽤 재미있는 이야기 상대라는 걸 깨달았다.
그의 업무는 주로 국제 스파이 조직에 관한 일이었고, 사정을 잘 모
르는 토미가 깜짝 놀랄 만한 얘기를 많이 들려주었다.
두 사람은 8시까지 그 작은 음식점에서 이런저런 얘기를 나누
었다.
드디어 다임처치가 행동에 들어가자는 말을 꺼냈다.
"이제 제법 날이 어두워졌으니 아무도 눈치 못 채게 숨어들어갈
수 있을 겁니다."
그의 말대로 밖에는 어둠이 짙게 깔려 있었다. 두 사람은 길을 건
너 한산한 거리를 이쪽저쪽으로 잽싸게 살피고는 출입구 안으로 미
끄러져 들어갔다. 계단을 올라가서 토미가 사무소의 문에다 열쇠를
꽂았다.

바로 그 순간, 옆에 있던 다임처치가 휘파람을 부는 소리가 토미의 귀에 들린 듯 했다.

"휘파람을 불면 어떡합니까?"

토미가 날카롭게 말했다.

"난 안 불었습니다. 난 오히려 당신이 휘파람을 분 줄 알았는데."

깜짝 놀라며 다임처치가 말했다.

"아무튼 누군가가……."

그 순간, 토미는 더 이상 말을 할 수가 없었다. 뒤에서 어떤 억센 팔이 그를 붙들었고 그가 미처 소리를 지르기도 전에 달콤하고 강한 냄새를 풍기는 손수건이 그의 입과 코를 강하게 틀어막았기 때문이다.

토미가 안간힘을 쓰며 저항해 봤지만 소용없었다. 클로로포름이 효과를 발휘하기 시작했다. 머리가 빙빙 돌고 눈앞에서 바닥이 울렁거렸다. 그는 한동안 캑캑 거리다가 결국 의식을 잃고 말았다.

정신을 차렸을 때는 몸이 욱신거렸지만 좀 전에 일어난 일은 모두 기억이 났다. 클로로포름은 그저 가벼운 농도였던 것 같았다. 그가 소리를 지르지 못하도록 잠시 의식을 잃게 할 목적이었던 모양이다.

정신을 가다듬고 보니 토미의 몸은 자기 사무실의 한쪽 구석에서 반은 눕고 반은 앉은 것 같은 엉거주춤한 자세로 벽에 기대어져 있었다. 두 남자가 책상 서랍에 든 내용물을 바삐 쏟아내고 책장을 샅샅이 뒤지고 있었다. 일을 하는 동안 그들은 마구 욕설을 퍼부었다.

"대장님! 없는데요. 이 방에 있는 것들을 샅샅이 뒤졌지만 보이지 않습니다."

둘 중에 키가 큰 쪽이 쉰 목소리로 말했다. 다른 사내가 으르렁거리며 말했다.

"그럴 리가 없어. 이 녀석 몸에도 없는데 이 방 말고 있을 곳이 어디 있겠어?"

그렇게 말하면서 사내가 몸을 돌렸을 때 토미는 깜짝 놀라고 말았다. 그 사내는 다름 아닌 다임처치 경감이었던 것이다. 다임처치는 토미의 놀란 표정을 보더니 씩 웃으며 말했다.

"오, 젊은 친구가 이제야 깨어나셨군. 좀 놀라신 모양인데? 하기야 놀랄 만도 하지. 하지만 대단할 것까지는 없어. 우리는 이 국제 탐정 사무소가 아무래도 좀 수상하다고 생각했지. 그래서 내가 사실 여부를 확인해 보겠다고 자원한 거야. 만일 새로 오신 이 블런트라는 인물이 정말 스파이라면 분명히 의심이 많을 테니까. 그래서 내 친구 칼 바우어를 보내 탐색하도록 했지. 칼에게 의심을 살 만한 행동을 하도록 하고, 가당치도 않은 얘기를 지껄이라고 지시했어. 그 뒤에 내가 등장한 거야. 자네가 나를 믿도록 만들기 위해 매리엇 경감의 이름을 잠시 빌렸지. 그 다음엔 자네도 알다시피 일이 아주 쉬웠어."

그는 껄껄 웃었다.

토미는 몇 마디 해 주고 싶어 미칠 지경이었지만 입에 물린 재갈 때문에 그럴 수가 없었다. 그뿐 아니라 사내에게 달려들어 혼을 내

주고 싶은 마음도 굴뚝같았지만 유감스럽게도 그의 손발은 꽁꽁 묶여 있었다.

무엇보다 그를 어리둥절하게 만든 것은 그의 앞을 가로막고 서있는 남자의 확 달라진 모습이었다. 다임처치 경감이라고 사칭했을 때의 그 남자는 전형적인 영국인이었다. 그런데 지금 이 남자는 억양까지 완벽한 영어를 구사할 수 있는, 제대로 교육받은 외국인이라는 것을 쉽게 알아볼 수 있었다.

"코긴스!"

아까까지 경찰인 척 하던 남자가 영판 악당 같아 보이는 동료에게 소리쳤다.

"권총 가지고 이쪽으로 와서 이 녀석을 지키고 있어. 내가 이 자의 재갈을 풀 테니까. 자, 존경하는 블런트 씨, 소리쳐 봐야 아무 소용없는 짓이라는 것 정도는 알고 있겠지? 암, 모를 리가 있나! 자네는 나이에 비해 머리가 좋은 청년이니까 말이야."

그는 아주 노련하게 재갈을 풀어주고 뒤로 물러섰다.

토미는 얼얼한 턱을 움직여 보고 입속에서 혀도 움직여 보고는 두어 번 침을 삼켰다. 그렇지만 한마디도 하지 않았다.

"자네의 자제력에 경의를 표하네. 자네도 이제야 겨우 사태를 파악한 것 같군. 그래, 할 말은 없나?"

"할 말은 일단 접어 두지. 접어 둬도 썩지는 않을 테니까."

토미가 말했다.

"이것 봐라! 그런데 내가 질문하고 싶은 건 접어 둬서는 안 되는 거야. 확실히 말하지. 블런트, 그 편지 어디 있지?"

토미는 여유만만하게 대답했다.

"유감스럽지만 나도 모른다. 갖고 있지를 않으니까. 그 점은 잘 알 텐데? 내가 당신이라면 계속 찾아 보겠어. 당신과 코긴스가 숨바꼭질 놀이를 하는 모습이 재미있군."

상대의 표정이 어두워졌다.

"좀 건방지군, 블런트. 저쪽에 있는 네모난 상자 보이지? 코긴스가 애용하는 장비지. 저 안에는 황산……. 그래, 황산이 들어 있고, 또 불에 넣으면 뜨겁게 달궈질 쇠막대기도 있어. 그걸 새빨갛게 달궈서……."

토미는 소름이 끼친 듯 머리를 흔들고는 중얼거렸다.

"아무래도 잘못 판단한 것 같군. 터펜스와 나는 이 모험을 잘못 생각했어. 이건 안짱다리 운운하는 이야기가 아니야. 이 사건은 불독 드러먼드(허먼 맥닐의 작품에 나오는 탐정 — 옮긴이) 스타일이고 당신은 도저히 흉내 낼 수 없는 칼 피터슨이지."

"무슨 헛소릴 지껄이는 거야!"

상대가 으르렁거렸다.

"아! 당신은 유명한 탐정 소설일랑 통 읽어 보지 못한 것 같군. 이거 유감인데……."

"미친 놈! 우리가 원하는 대로 할 거야, 말 거야? 코긴스한테 연장을 꺼내 슬슬 시작하라고 할까?"

"그렇게 조급하게 굴 건 없잖아? 물론 말만 하면 당신이 원하는 대로 하지. 설마 나를 생선처럼 토막 내어 석쇠에 구우려는 심사는 아니겠지? 나는 아픈 건 딱 질색이거든."

다임처치는 모욕을 당했다는 눈빛으로 토미를 쏘아보았다.

"쳇! 영국 놈들은 하나같이 겁쟁이군."

"사람이 다 그런 거 아니겠어? 그 흉측한 황산 따위는 내버려 두고 실제 문제로 들어가는 게 어때?"

"난 편지를 원해!"

"그런 건 없다고 이미 말했을 텐데."

"우리도 알아. 누가 그걸 갖고 있는지도 알고 있고. 분명히 그 여자겠지?"

"꽤 그럴 듯한 추측이야. 당신 친구 칼이 갑자기 들어왔을 때 터펜스가 슬며시 자기 핸드백에 집어넣었을지도 모르지."

"부정은 하지 않는군. 그래, 그게 현명한 태도야. 아주 좋아! 그럼 네가 말하는 그 터펜스라는 여자에게 쪽지를 써서 당장 그 편지를 이리로 가져오라고 해."

"그건 좀 곤란한데……."

토미가 말했다.

상대는 토미의 말이 끝나기도 전에 말을 잘랐다.

"뭐, 곤란하다고? 하지만 곧 순순히 말을 듣게 만드는 방법이 있지. 코긴스!"

"그렇게 성미가 급해서야 어디 쓰겠나. 말은 끝까지 들어야지. 이렇게 팔이 묶인 이상 어떻게 해 볼 도리가 없잖아. 내가 코나 팔꿈

치로 글을 쓰는 비상한 재주가 있는 것도 아니고 말이지."

"그러면 쓸 텐가?"

"물론! 아까부터 줄곧 그렇게 말했잖아. 나는 계속 호의적인 태도를 취하고 있었는데……. 물론 당신도 터펜스에게 거친 행동은 하지 않겠지. 당신 같은 신사는 그런 행동을 하지 않을 거라고 믿어. 게다가 터펜스는 정말 괜찮은 여자거든."

"우리는 편지만 있으면 돼."

말은 그렇게 했지만 다임처치는 얼굴에 아주 괴상하고 기분 나쁜 미소를 지었다. 다임처치가 고개를 까딱하자 야수 같은 코긴스가 무릎을 꿇고 토미의 팔에 묶인 밧줄을 풀어 주었다. 토미는 두 팔을 앞뒤로 움직여 보았다.

"이제야 좀 살 것 같군."

토미는 유쾌하게 말했다.

"미안하지만 코긴스, 내 만년필 좀 집어 주겠나? 저기 책상 위 잡동사니들 속에 있을 것 같은데……."

코긴스는 인상을 찌푸리며 만년필을 토미에게 건네주고 종이도 한 장 내밀었다.

"쓸데없는 말은 안 적는 게 신상에 좋아."

다임처치가 위협했다.

"내용은 자네 맘대로 써도 되지만 만약 허튼 수작을 했다간 끝장날 줄 알아! 그것도 아주 서서히 죽여 주겠어!"

"그렇다면 나도 최선을 다해야겠군."

토미는 잠시 생각하더니 술술 써 내려갔다.

"이렇게 적으면 될까?"

토미는 다 쓴 편지를 건넸다.

터펜스에게

그 파란색 편지를 가지고 지금 당장 사무실로 와 줘. 여기서 지금
해독해 보려고 하니 서둘러 주고.

프랜시스가

"프랜시스라니? 그 여자는 자네를 이렇게 부르나?"

가짜 경감은 눈썹을 치켜뜨며 물었다.

"당신은 내가 세례 받을 때 같이 있지 않았으니까 이게 내 이름인
지 아닌지 당연히 모르겠지. 하지만 당신이 내 호주머니에서 꺼낸
담배 케이스를 보면 내 말이 사실이라는 걸 알게 될 거야."

상대는 탁자가 있는 곳으로 건너가서 담배 케이스를 집어 들고
'터펜스가 프랜시스에게'라고 적힌 문구를 읽고는 희미한 미소를
지으며 다시 케이스를 내려놓았다.

"우리 일에 협조해 주니 기쁘네. 코긴스, 이 쪽지를 바실리한테
갖다 줘. 밖에서 망을 보고 있을 거야. 편지를 당장 그 여자한테 전
해 주라고 해."

그로부터 20분이란 시간이 느리게 지났고 또 다시 10분이란 시간
이 더욱 느리게 흘러갔다. 시간이 지남에 따라 방을 왔다갔다하는

다임처치의 얼굴이 점점 더 어두워졌다. 이윽고 그는 토미를 향해 획 돌아서며 사나운 표정을 지었다.

"감히 우리를 속인 거라면……."

그는 으르렁거렸다.

"사무실에 카드를 갖다 놓았더라면 카드놀이라도 하면서 즐거운 시간을 보냈을 텐데."

토미는 따분한 듯 말했다.

"여자들은 항상 사람을 기다리게 만든다니까. 여자가 오면 늦었다고 해서 거칠게 행동한다든가 하지는 않겠지?"

"아, 그야 물론이지. 두 사람을 한 곳으로 보내 줄 거야. 돌아올 수 없는 곳으로 함께 말이야."

"그러기만 해 봐, 이 비열한 놈!"

토미가 낮은 소리로 중얼거렸다. 그때 갑자기 바깥 사무실 쪽에서 무슨 소리가 났다. 토미가 아직 얼굴을 보지 못한 사내가 머리를 디밀더니 러시아말로 뭐라고 소리쳤다.

"좋아. 여자가 오고 있다는군. 혼자서 말이야."

다임처치가 말했다.

한순간 희미한 불안감이 토미의 마음을 엄습해 왔다.

다음 순간 터펜스의 목소리가 들려 왔다.

"아! 여기 계셨군요, 다임처치 경감님. 편지를 가져 왔어요. 프랜시스는 어디 있나요?"

그 말을 하면서 터펜스가 방으로 막 들어서는 순간, 갑자기 바실리가 등 뒤에서 한 손으로 그녀의 입을 틀어막았다. 다임처치는 그녀가 들고 있는 손가방을 낚아채더니 정신없이 내용물을 쏟아냈다.

그러다가 갑자기 환호성을 지르며 러시아 우표가 붙어 있는 파란색 봉투를 들어 올렸다. 코긴스도 쉰 목소리로 소리쳤다.

그들이 승리의 환호성을 내지르고 있는 바로 그 순간, 터펜스의 사무실로 통하는 문이 소리도 없이 열리면서 매리엇 경감과 권총으로 무장한 두 사람이 방으로 들어서며 날카롭게 명령했다.

"모두 손들엇!"

격투는 벌어지지 않았다. 방심하고 있던 적은 불시에 습격을 받고 독 안에 든 쥐 신세가 되어 버렸다. 다임처치는 경감의 명령에 따라 권총을 탁자에 순순히 내려놓았고 다른 두 사람, 코긴스와 바실리는 무기를 갖고 있지 않았다.

마지막 수갑을 탁 소리 나게 채우면서 경감은 만족스러운 웃음을 지었다.

"아주 멋진 솜씨였어. 정말 훌륭해. 좀 있으면 나머지도 체포할 수 있겠지."

다임처치는 분노로 새하얗게 변한 얼굴로 터펜스를 잡아먹을 듯 노려보았다.

"교활한 악마 같으니. 네가 경찰을 데려왔군."

그는 으르렁거렸다.

터펜스는 소리 내어 웃었다.

"전부 내가 한 일이라고는 할 수 없어. 오늘 오후 당신이 16이라는 숫자를 말했을 때 나는 마땅히 당신을 의심했어야 하는데 그러지 못했지. 그렇지만 토미의 쪽지를 받고 나서 확실한 느낌을 받았던 거야. 나는 매리엇 경감님에게 전화한 후 앨버트에게는 사무소의 여벌 열쇠를 가지고 경감님을 만나도록 했어. 그리고 내용물이 들어 있지 않은 이 파란색 봉투를 가방에 넣어가지고 온 거고. 편지는 오늘 오후 당신들 두 사람과 헤어지지지마자 내가 딴 사람에게 보내 버렸지."

하지만 그녀의 말에서 한마디가 상대의 관심을 사로잡은 모양이었다.

"토미라니?"

다임처치는 이상하다는 듯 물었다.

그제야 완전히 몸이 풀려난 토미가 그들을 향해 다가왔다.

"잘했어, 프랜시스."

그는 터펜스의 양손을 잡으며 말했다. 그러고 나서 다임처치를 향해 말했다.

"아까도 말했지만, 당신은 정말 탐정 소설을 좀 읽어야 해."

킹을 조심할 것

　국제 탐정 사무소에 스산한 기운이 감도는 수요일이었다. 터펜스는 《데일리 리더》를 손에 들고 읽다가 맥없이 내려놓았다.

　"토미, 내가 무슨 생각을 했는지 알아요?"

　"그야 모르지. 당신은 수많은 생각을, 그것도 한꺼번에 하는 사람이라서 말이야."

　그녀의 남편이 말했다.

　"우리 예전처럼 춤추러 가요, 네?"

　토미는 황급히 《데일리 리더》를 집어 들었다.

　"우리 광고가 그런대로 괜찮게 나왔네."

　그는 고개를 한쪽으로 기울인 채 말했다.

　"블런트의 우수한 탐정들! 블런트의 우수한 탐정들이라고 해 봐야 당신과 나 둘뿐이군. 하여튼 험프티 덤프티(영국의 자장가에 나오는 달걀같이 둥근 남자 — 옮긴이) 말대로 당신에게 영광이 있길 빌어."

"난 춤 얘길 하고 있어요."

"당신이 눈치 챘는지 모르지만 신문을 보면 한 가지 이상한 점이 있어.《데일리 리더》3일치를 예로 들어 보자고. 당신은 이 신문들이 서로 어떻게 다른지 알 수 있겠어?"

터펜스는 다소 호기심이 일었는지 신문을 받아들었다.

"제법 간단해 보이는데요."

그녀는 맥이 풀린 듯 말했다.

"하나는 오늘 신문, 하나는 어제, 그리고 나머지 하나는 그저께 신문이잖아요."

"참 재치 있는 대답이군. 하지만 내 말은 그게 아니야.《데일리 리더》라고 써 있는 맨 위의 큰 글씨를 잘 살펴봐. 신문 세 개를 비교해볼 때 차이가 있는 것 같지 않아?"

"글쎄요. 전 모르겠는데요. 아니, 차이점이 하나도 없는 것 같은데요."

토미는 한숨을 쉬며 저 유명한 셜록 홈즈처럼 양손의 손가락 끝을 맞추었다.

"그건 그래. 당신은 신문을 많이 읽지. 사실 나보다도 더 말이야. 하지만 내가 발견한 것을 당신은 못 찾아냈어. 오늘자 신문의 'DAILY LEADER'라는 글자를 잘 봐. 'D' 자의 아래로 내리뻗은 선한가운데에 작은 흰 점이 있고 'L'에도 같은 점이 있어. 그런데 어제 신문에는 'DAILY' 어디에도 그런 흰 점이 없지. 대신 'LEADER'의

'L'에 흰 점이 둘이나 있어. 그저께 신문에는 'DAILY'의 'D'에 두 점이 있고. 사실 점이 하나든 둘이든 간에 그 위치가 매일 달라져."

"왜 그럴까요?"

터펜스가 물었다.

"그게 바로 신문에 숨은 비밀이지."

"당신도 모르고 있고, 추측도 못 한다는 말인가요?"

"하지만 이것만큼은 말할 수 있어. 이런 것은 모든 신문에 공통적으로 있는 일이라고 말이야."

"당신은 머리가 참 좋은 것 같아요. 특히 흥미를 끄는 화제를 불쑥 잘 끄집어낼 줄도 알고요. 그럼 아까 하던 얘기로 돌아가죠."

"무슨 얘길 하고 있었지?"

"스리 아츠 무도회에 대해서요."

토미는 신음소리를 냈다.

"그건 안 돼, 터펜스. 스리 아츠 무도회라니! 난 이제 그런 곳에 다닐 만큼 젊지 않아. 분명히 말하는데 난 그런 곳에 갈 나이가 지났어."

"내가 어렸을 때는 남자들, 특히 남편들은 술 마시고 춤추며 밤새 노는 걸 좋아하는 방탕한 인간들이라고 생각했어요. 정말 보기 드물 정도로 아름답고 현명한 아내가 아니면 남편이 집에 붙어 있도록 만들 수 없다고 생각했단 말이에요. 근데 또 하나의 환상이 깨져 버렸네요! 내가 아는 아내들은 모두 밖에 나가 춤추고 싶어 하는데 남편이란 작자들은 9시 30분만 되면 침실용 슬리퍼로 갈아 신고 침

대로 쏙 기어 들어가는 통에 아내들이 울상을 짓는다죠. 당신은 춤
솜씨도 일품이잖아요."

"내가 무슨……."

"사실 내가 그런 곳에 가고 싶어 하는 건 단지 즐기고 싶어서가
아니에요. 이 광고에 흥미를 느꼈기 때문이에요."

그녀는 다시 《데일리 리더》를 들고 소리 내어 읽었다.

"이런 이상한 광고가 신문에 났네요. 나는 하트 3에 걸겠다. 12점
을 딴다. 스페이드 에이스. 킹을 조심할 필요가 있다."

"브리지를 배우기엔 꽤 값비싼 방법이군."

토미가 말했다.

"바보처럼 굴지 말아요. 브리지와는 아무 관계도 없는 일이니까.
저는 어제 어떤 여자랑 '스페이드 에이스'라는 음식점에서 점심을
먹었어요. 그 음식점은 첼시 지역 지하에 있는 자그마한 곳인데 어
딘가 색다른 구석이 있어요. 그 여자 말에 따르면 큰 쇼가 있을 때
는 베이컨이나 달걀, 또는 치즈 토스트를 돌린다고 해요. 말하자면
보헤미아 식이죠. 그 가게에는 칸막이를 친 자리가 줄지어 있어요.
뭐랄까, 좀 자극적인 분위기가 풍기는 곳이라고나 할까요."

"그래서 당신 생각은 뭐야?"

"하트 3이라는 건 내일 밤 스리 아츠 무도회, 12점을 딴다는 것은
12시를 뜻해요. 또 스페이드 에이스라는 말은 스페이드 에이스 음
식점을 가리키는 거예요."

"그러면 킹을 조심할 필요가 있다는 건 무슨 뜻이지?"

"그걸 알아보러 가자는 거예요."

"당신의 추리가 맞을지 의심한다는 게 아니라……."

토미는 관대하게 말을 꺼냈다.

"당신이 왜 남들의 연애 생활에 그토록 끼어들고 싶어 하는지 난 그걸 모르겠단 말이야."

"끼어드는 게 아니에요. 저는 단지 탐정 업무를 하면서 흥미로운 실험을 한번 해 보자는 것뿐이에요. 우리한테는 연습이 필요하니까 말이에요."

"사실 요즘 우리 일이 한가하긴 해. 하지만 터펜스, 당신의 본심은 스리 아츠 무도회에 가서 춤추고 싶다는 거잖아? 엉뚱한 구실이나 갖다 붙이면서 말이야."

터펜스는 거침없이 웃으며 말했다.

"토미, 좀 당당해지세요. 서른둘이라는 나이 따위는 잊어버리고요. 당신 왼쪽 눈썹에 흰 털이 하나 났네요. 하지만 그게 뭐 그리 대수인가요?"

"난 여자들 있는 곳에 가면 항상 의기소침해지잖아. 내가 무도회 복장을 하고서 바보같이 굴어야 당신 속이 시원하겠어?"

"물론이죠. 하지만 그건 내게 맡기세요. 나한테 멋진 생각이 있으니까요."

토미는 미덥지 않은 눈길로 아내를 바라보았다. 그는 예전부터 터펜스가 말하는 '멋진 생각'들에 대해 강한 불신을 가지고 있었다.

이튿날 저녁 토미가 아파트로 돌아왔을 때, 터펜스는 침실에서 뛰어나와 그를 반갑게 맞았다.

"왔어요."

그녀가 말했다.

"오긴 뭐가 와?"

"의상 말이에요. 이리 와서 한번 봐요."

토미는 아내를 따라 방으로 들어갔다. 침대 위에는 소방관 장비 일체와 반들반들 윤이 나는 헬멧이 펼쳐져 있었다.

"대체 지금 뭐하자는 거야?"

토미는 신음소리를 냈다.

"지금 날더러 웸블리(영국 잉글랜드 동남부, 미들섹스 주 동부에 있던 옛 도시 ― 옮긴이) 소방대원이라도 되라는 거야?"

"다시 한 번 생각해서 맞혀봐요. 당신, 아직 내 뜻을 눈치 채지 못했군요. 당신의 회색 뇌세포를 사용해 보란 말이에요, 몬 아미(친구). 투우장에서 10분 이상 버티고 있는 투우처럼 필사적으로요."

"잠깐 기다려 봐. 조금은 알 것 같아. 여기엔 뭔가 은밀한 목적이 있는 것 같은데? 근데 당신은 뭘 입을 생각이야?"

"당신이 예전에 입던 옷에다 미국식 모자, 그리고 뿔테 안경을 낄 생각이에요."

"초라하군. 그래, 당신 생각을 알겠어. '익명의 맥카티' 흉내를 내자는 거군. 내가 리오던이 되는 거고. 맞지?"(『익명의 맥카티』는 이사벨 오스트랜더의 대표작. 맥카티는 경찰서장. ― 옮긴이)

"그래요. 우리는 영국 탐정뿐 아니라 미국 탐정도 연습해 볼 필

96

요가 있어요. 이번만큼은 제가 스타가 되고 당신은 조수가 되는 거예요."

"맥카티를 올바른 길로 나아가게 만드는 것은 데니의 천진난만한 조언이라는 사실을 잊지 마."

토미가 경고하듯 말했다.

그러나 터펜스는 웃기만 했다. 그녀는 기분이 좋아져 있었다.

그날 밤은 대성공이었다. 북적대는 사람들, 음악, 기발한 의상들. 이 모든 것들이 합쳐져 젊은 두 사람을 즐겁게 만들었다. 토미도 무도회에 억지로 끌려나와 따분해하는 남편 역에서 벗어나 정말로 맘껏 즐길 수 있었다.

12시 10분 전에 두 사람은 자동차를 타고 그 유명한, 아니 악명 높다고 할 '스페이드 에이스'로 갔다. 터펜스가 말한 대로 그곳은 지하 음식점이었고, 언뜻 보아 천박하고 음험한 기운이 돌았지만 가장무도회 차림의 남녀로 몹시 붐볐다. 벽을 따라 칸막이 좌석들이 쭉 늘어서 있었는데 토미와 터펜스도 그중 한 칸을 차지하고 앉았다. 두 사람은 밖에서 일어나는 일을 내다볼 수 있도록 일부러 문을 조금 열어 두었다.

"저 사람들은 무슨 차림을 한 걸까요? 저기 빨간 메피스토펠레스(괴테의 『파우스트』에 나오는 악마 ― 옮긴이) 복장을 한 사람과 같이 있는 콜롬비나(희극이나 무언극에 나오는 어릿광대 할리퀸의 애인 ― 옮긴이) 말이에요."

"나는 저기 사악한 중국 관리와 자신을 전함이라고 불러 달라는 여자, 저 두 사람이 재미있군. 저건 전함이라기보다 쾌속 순양함이야."

"저 남자 웃기지 않아요? 술 한 모금에 완전히 취해 가지고! 지금 들어온 하트 퀸 분장을 한 사람은 누굴까. 제법 세련된 분장이네요."

그들이 말한 여자는 동행한 남자와 같이 토미와 터펜스가 들어가 있는 칸막이의 바로 옆 칸막이로 들어갔다. 남자는『이상한 나라의 앨리스』에 나오는 '신문지 옷을 입은 신사' 분장을 하고 있었다. 두 사람 모두 가면을 쓰고 있었는데 그것이 '스페이드 에이스'에서는 오히려 자연스러워 보였다.

터펜스는 재미있다는 듯 말했다.

"그러고 보니 우리가 마치 사악한 지하세계에 들어와 있는 것 같네요. 사방이 부정한 일로 넘치고 사람들은 모두 야단법석을 떨어대고 말이에요."

그때 옆 칸막이에서 상대방에게 대드는 것 같은 소리가 났다가 남자의 커다란 웃음소리에 묻혀버렸다. 밖에서는 모두들 웃거나 노래를 부르고 있었다. 여자들의 날카로운 목소리가 남자들의 굵직한 목소리를 압도하며 음식점 안을 울리고 있었다.

"저 양치기 여자는 어때? 우스꽝스러운 프랑스 남자와 같이 있는 여자 말이야. 저들이 우리가 노리는 사람들일지도 몰라."

"그렇게 생각하기 시작하면 모두 그런 것처럼 보이는 법이에요. 나는 신경 쓰지 않기로 했어요. 우리가 즐기는 게 무엇보다 중요해요."

토미는 불평을 늘어놓았다.

"내가 이것 말고 다른 복장을 입고 왔더라면 아마 더 유쾌했을 거야. 이 옷이 얼마나 더운지 당신은 상상도 못할 거야."

"기운 내요. 정말 멋져 보이는데 왜 그래요?"

"고맙군. 하기야 당신보다는 낫겠지. 당신만큼 우습고 땅딸막한 남자는 본 적이 없어."

"어허! 말을 좀 삼가서 하지, 데니 군? 어머! 신문지 옷을 입은 신사가 파트너를 내버려 두고 혼자 나가네요. 어딜 가는 걸까요?"

"술을 마시러 가는 것 같은데? 그러고 보니 나도 술이 좀 당기는군."

사오 분가량 지났을 때 터펜스가 말했다.

"그런데 시간이 너무 오래 걸리는 것 같지 않아요? 토미, 당신은 바보 같은 짓이라고 생각할지 모르지만……."

그녀는 말을 멈추고 자리에서 벌떡 일어났다.

"바보라고 해도 좋아요. 나, 옆 칸막이에 한번 들어가 볼래요."

"잠깐, 터펜스. 그러지 마!"

"뭔가 잘못된 것 같은 느낌이 들어요. 분명해요. 저를 막지 마세요."

그녀가 황급히 문을 열고 나가자 토미도 그녀를 뒤따라 나갔다. 옆 칸막이의 문은 닫혀 있었다. 터펜스가 문을 밀어제치고 안으로 들어가자 토미도 그녀의 뒤를 바짝 뒤따랐다.

하트 퀸의 분장을 한 여자는 기묘하게 웅크린 자세로 한쪽 구석 벽에 기대어 있었다. 그녀는 가면에 뚫려 있는 눈구멍으로 두 사람을 계속 바라보고 있었지만, 이상하게도 몸에는 전혀 미동도 없었다. 그녀의 드레스는 빨강과 흰색으로 대담하게 디자인한 옷이었는데, 왼쪽 편엔 두 색깔이 한데 뒤섞여 있는 것처럼 보였다. 그쪽은 다른 부위보다 유독 빨간색이 짙고 커 보였다.

비명을 지르며 터펜스가 앞으로 달려갔다. 동시에 토미도 아내가 본 것이 무엇인지 알아 차렸다. 보석이 박힌 칼 손잡이가 여자의 심장 바로 아래쪽에 꽂혀 있었다. 터펜스는 여자의 곁에 무릎을 꿇고 앉았다.

"빨리! 토미, 아직 살아 있어요. 지배인에게 빨리 의사를 부르라고 하세요."

"알았어. 손잡이에 손대면 안 돼, 터펜스."

"조심할 테니 빨리 나가 보세요."

토미는 문을 열고 황급히 나갔다. 터펜스는 여자의 어깨에 한쪽 팔을 둘렀다. 그러자 여자가 약간 몸을 움직였다. 터펜스는 여자가 가면을 벗고 싶어 한다는 사실을 깨닫고 조심해서 가면을 벗겨 주었다. 그러자 청순한 꽃 같은 여자의 얼굴이 드러났고, 크고 빛나는 그녀의 눈동자엔 공포와 고통, 그리고 완전히 넋이 나간 표정이 어려 있는 게 보였다.

터펜스는 아주 부드럽게 말을 걸었다.

"저……. 말할 수 있겠어요? 누가 이런 짓을 했는지 말해 봐요."

터펜스는 여자가 빤히 자신을 바라보는 걸 느꼈다. 여자는 한숨을 쉬었다. 약해진 심장에서 흘러나오는 깊게 떨리는 한숨이었다.

계속해서 터펜스를 쳐다보던 여자의 입술이 드디어 움직였다.

"빙고가 그랬어요……."

그녀는 간신히 힘을 모아 낮게 내뱉었다.

그 순간 여자의 양손이 풀어지더니 터펜스의 어깨 위로 축 늘어졌다.

토미가 두 남자를 데리고 달려 들어왔다. 둘 중에서 몸집이 큰 남자가 위엄을 갖춘 태도로 앞으로 나섰다. 누가 보더라도 의사라는 걸 단박에 알 수 있었다.

터펜스는 자신에게 기댄 여자의 몸에서 풀려났다.

"이미 숨을 멈춘 것 같아요."

그녀는 목이 메어 말했다.

의사가 재빨리 여자를 살펴보았다.

"그렇군요. 손쓸 도리가 없습니다. 경찰이 올 때까지 이대로 두는 게 좋을 것 같습니다. 어떻게 된 일이죠?"

터펜스는 다소 머뭇거리며 상황을 설명했고 자신이 이 칸막이로 들어온 이유도 의사에게 대충 말해 주었다.

"이상한 일이군요. 아무 소리도 못 들었습니까?"

의사가 말했다.

"여자의 울부짖는 소리 같은 게 들리긴 했지만 남자의 웃음소리에 묻혀 버렸어요. 저는 설마 이런……."

"물론 이런 일은 예상 못했겠지요. 남자가 가면을 쓰고 있었다고 하셨는데 그럼 지금 만난다고 해도 못 알아보겠군요?"

"못 알아볼 것 같아요. 토미, 당신은요?"

"불가능해. 하지만 그 남자가 입었던 의상이 있으니까……."

"우선 이 불쌍한 여자의 신원부터 밝혀내야 합니다."

의사가 말했다.

"신원만 밝혀내면 경찰이 곧 수사에 들어갈 겁니다. 그렇게 복잡한 사건 같지는 않습니다. 아! 경찰이 벌써 왔네요."

신문지 옷을 입은 신사

지치고 찜찜한 기분으로 부부가 집에 도착했을 때는 이미 새벽 3시가 지나 있었다. 그러고도 몇 시간이 지나서야 터펜스는 간신히 잠을 이룰 수 있었다. 공포에 질린 여자의 눈동자와 꽃 같은 얼굴이 자꾸만 눈앞에 어른거려 그녀는 잠자리에서도 이리저리 뒤척여야 했다.

새벽빛이 창살로 스며들기 시작할 무렵이 되어서야 터펜스는 비로소 잠이 들었다. 하도 긴장을 한 탓인지 그녀는 꿈도 꾸지 않고 그야말로 죽은 듯이 잠을 잤다. 그녀가 눈을 떴을 때는 벌써 해가 중천에 솟아 있었고 일찌감치 일어나 옷을 차려입은 토미가 침대 곁에 서서 그녀의 팔을 부드럽게 흔들고 있었다.

"여보, 이제 그만 일어나지. 매리엇 경감님이 어떤 남자를 데리고 왔는데, 당신을 좀 만났으면 하는군."

"지금 몇 시나 됐어요?"

"11시 정각. 앨리스한테 곧 차를 가져오라고 할게."

"예, 부탁해요. 경감님한테는 10분 이따 내려간다고 말씀드려 주세요."

15분 뒤에 터펜스는 응접실로 서둘러 내려갔다. 매우 꼿꼿하고 위엄 있게 앉아 있던 매리엇 경감이 자리에서 일어나 그녀를 맞았다.

"안녕하십니까, 베레스퍼드 부인. 이쪽은 아서 메리베일 경입니다."

터펜스는 키가 크고 빼빼마른 남자와 악수를 나눴다. 그는 눈이 여위어 보였고 백발이 성성했다.

"어젯밤에 발생한 불행한 사건에 관한 건데요, 제게 하신 이야기를 직접 아서 경에게 들려주셨으면 합니다. 그 불쌍한 여자가 숨을 거두기 직전에 했던 말 있잖습니까. 아서 경은 도저히 믿을 수 없다고 말씀하시는군요."

아서 경이 끼어들었다.

"저는 믿을 수도 없고, 믿고 싶지도 않습니다. 빙고 헤일은 베리의 머리카락 하나 손대지 못할 사람이란 말입니다."

매리엇 경감이 이어 말했다.

"베레스퍼드 부인, 수사는 어젯밤 이후로 어느 정도 진척을 보았습니다. 우선 저희는 피살자가 메리베일 부인이라는 걸 확인할 수 있었습니다. 그래서 여기에 계신 아서 경에게 연락을 드렸지요. 경께서는 곧 시체를 확인하시곤 이루 말할 수 없을 정도로 놀라셨습니다. 제가 빙고라는 이름을 아느냐고 여쭈었습니다."

아서 경이 말했다.

"부인께서도 알아주셨으면 하는데…… 친구들 사이에서는 빙고라는 애칭으로 통하는 헤일 대위는 저랑 가장 친한 친구입니다. 사실 그 친구는 저희와 같이 살고 있는 거나 마찬가지입니다. 오늘 아침 경찰에 체포될 때에도 그 친구는 저희 집에 있었지요. 저로서는 부인이 이름을 잘못 들으신 거라고 밖에는 생각되지 않습니다. 아내가 밝힌 이름은 그 친구가 아닐 겁니다."

터펜스가 부드럽게 대답했다.

"잘못 들었을 가능성은 조금도 없어요. 피살자는 분명히 말했어요. '빙고가 그랬어요.'라고요."

"아서 경, 들으셨죠?"

경감의 말에 가엾은 남자는 의자에 풀썩 주저앉으며 양손으로 얼굴을 감쌌다.

"도저히 믿을 수 없어. 도대체 동기가 뭐란 말입니까? 경감님의 생각을 제가 모르는 바는 아닙니다. 당신은 헤일과 제 아내가 연인 사이였다고 생각하시죠? 저는 전혀 그렇게 생각지 않습니다만 설사 그렇다고 해도, 그 친구에게 아내를 죽이기까지 할 동기가 어디 있단 말입니까?"

경감은 기침을 하고 나서 말했다.

"이런 말씀 드리기 정말 안됐습니다만 헤일 대위는 최근에 어떤 미국인 아가씨한테 눈독을 들이고 있었습니다. 상당한 재산을 가진 아가씨지요. 메리베일 부인이 앙심을 품고 두 사람의 결혼을 방해했을 수도 있습니다."

"말도 안 되는 소리 집어치워요."

아서 경은 화가 나서 자리에서 벌떡 일어섰다. 경감은 달래는 몸짓으로 아서 경을 진정시켰다.

"죄송합니다, 아서 경. 그건 그렇고, 경은 헤일 대위와 함께 무도회에 참석하기로 하셨죠? 그때 부인께선 어딘가에 가 계신 것으로 되어 있어서 경은 부인이 무도회에 참석한 사실을 상상도 못하신 거고요."

"전혀 몰랐습니다."

"베레스퍼드 부인, 부인께서 말씀하신 그 광고를 이분께 보여 주시죠."

터펜스는 경감의 말에 따랐다.

"이것으로 사정은 명확해졌으리라 봅니다. 헤일 대위는 경의 부인이 보시도록 이 광고를 낸 겁니다. 두 사람은 이미 그곳에서 만날 약속이 되어 있었던 거지요. 그런데 경께서 전날 무도회에 참석하겠다고 하니까 그 사실을 부인에게 알릴 필요가 있었습니다. '킹을 조심할 필요가 있다'라는 문구는 이것으로 설명이 되지요. 경께서는 마지막에 가서 극장 관계사에 의상을 주문했지만, 헤일 대위의 분장은 자신이 직접 준비한 것이었습니다. 대위는 신문지로 만든 옷을 입은 남자로 분장해서 무도회에 참석했지요. 아서 경, 돌아가신 부인의 손에 뭐가 쥐어져 있었는지 아십니까? 신문지 의상의 조각이었습니다. 저는 부하들에게 헤일 대위의 의상을 경의 댁에서 가져오라고 지시해 두었습니다. 경시청에 돌아가면 옷이 도착해 있을 겁니다. 만일 그 의상에서 떨어져 나간 조각과 부인의 손에 들려 있던 조각이 일치한다면……. 그렇게 되면 이 사건은 완전히 해결되는 거지요."

"그런 일은 없을 겁니다. 난 빙고 헤일이 어떤 사람인지 잘 안단 말입니다."

두 사람은 터펜스에게 쉬는데 방해해서 미안하다고 말하고는 떠났다.

그날 밤 늦게 초인종이 울렸다. 젊은 부부는 매리엇 경감이 다시 찾아온 것을 보고 다소 놀랐다.

"블런트의 우수한 탐정들도 수사 진척 상황을 듣고 싶어 하실 거라는 생각이 들어서요."

경감은 미소를 지으며 말했다.

"예, 듣고 싶군요. 한잔하시겠습니까?"

토미는 싹싹한 태도로 경감 앞에 마실 것을 내놓았다.

잠시 뒤 경감이 이야기를 시작했다.

"이건 명확한 사건입니다. 칼은 피해자의 것이었습니다. 범인은 자살로 보이도록 할 생각이었지만 마침 그 자리에 두 분이 계시는 바람에 그 계획은 실패하고 말았던 겁니다. 저희는 편지들을 여럿 발견했지요. 그 두 사람은 한동안 사귀어 온 것 같습니다. 아서 경은 그 사실을 전혀 눈치 채지 못 했지만요. 그리고 저희는 마지막 연결고리를 찾아냈습니다."

"마지막 뭐라고요?"

터펜스가 날카롭게 물었다.

"마지막 연결고리, 즉《데일리 리더》의 조각 말입니다. 그것은 그 남자가 입고 있던 의상에서 찢긴 것이었습니다. 꼭 들어맞더군요. 이건 명확한 사건입니다. 두 분이 흥미를 느끼실 것 같아 여기 이렇게 두 증거물을 찍은 사진을 가져왔습니다. 이처럼 명확한 사건도 아마 보기 드물 겁니다."

토미가 경시청 경감을 배웅하고 돌아왔을 때 터펜스가 말했다.

"토미, 경감은 명확한 사건이라는 말을 왜 저리도 반복해서 말하는 걸까요?"

"글쎄, 자기가 생각해도 만족스럽고 우쭐한 기분이 들어서 그러는 게 아닐까?"

"그건 절대 아니에요. 경감은 우리를 자극하고 있는 거예요. 정육점 주인들은 고기에 대해서라면 모르는 게 없죠. 안 그래요?"

"그렇겠지. 그런데 도대체 무슨……."

"그와 마찬가지로 청과물 상인은 채소에 대해선 뭐든 알고 있고, 어부는 고기에 대해, 탐정도 전문 탐정이라면 범인에 대해 모르는 게 없는 법이에요. 그러니 탐정들은 척 보면 어떤 사람이 범인인지 얼른 구분이 갈 거예요. 매리엇 경감의 전문가적인 지식은 헤일 대위가 범인이 아니라고 그에게 말하고 있어요. 하지만 모든 사실이 대위에게 절대적으로 불리하게 되어 있죠. 그러니까 마지막 수단으로 경감은 우리를 부추기는 거예요. 대수롭지 않은 작은 사실이라도 우리가 떠올려 주지 않을까 하는 기대를 품고서 말이에요. 어젯밤에 있었던 어떤 일이 이 사건에 새로운 실마리를 제공해 주길 바라고 있다니까요. 근데 여보, 왜 자살이라고 생각하면 안 되는 걸까요?"

"그 여자가 당신한테 했던 말을 떠올려 봐."

"알아요. 하지만 그걸 다른 식으로 생각해 보면 어떨까요. 예를 들면, 빙고가 했던 어떤 행동 때문에 그 여자가 스스로 목숨을 끊었을 수도 있어요. 가능한 일이잖아요, 안 그래요?"

"가능하기야 하지. 하지만 그런 해석을 가지곤 신문지 조각에 대한 설명을 할 수 없잖아."

"경감이 가져온 사진을 한번 보기로 하죠. 아, 참! 경감한테 헤일의 진술 내용을 물어보는 걸 깜빡 잊었네요."

"그건 아까 현관에서 내가 물어 봤어. 헤일은 무도회에선 메리베일 부인과 한마디도 나누지 않았다고 말했다는군. 누가 다가와서 그에게 쪽지를 전해줬는데, 거기에 보니 '오늘 밤엔 제게 말 걸지 마세요. 아서가 의심하고 있어요.'라고 적혀 있었다는 거야. 하지만 그 친구는 그 쪽지를 제시하지도 못했고 그 말에 그다지 신빙성이 있는 것 같진 같아. 어쨌든 그 남자가 피살자와 함께 '스페이드 에이스'에 있었던 건 분명하니까. 우리 눈으로 직접 봤잖아."

터펜스는 고개를 끄덕이며 두 장의 사진을 유심히 살펴보았다. 한 장은 'DAILY LE'까지만 글자가 보이고 나머지는 날아가 버리고 없었다. 또 한 장은 윗부분에 작고 둥글게 찢어진 흔적이 있는《데일리 리더》지의 제1면이었다. 그 점에는 의문의 여지가 전혀 없었다. 두 조각은 서로 아귀가 딱 들어맞았다.

"옆쪽에 있는 것들은 뭐지?"

토미가 물었다.

"꿰맨 자국이에요. 다른 종이들과 연결되어 있던 부위죠."

"나는 이것도 새로운 점 표시가 아닐까 하고 생각했지."

그렇게 말하고 나서 토미는 약간 몸을 떨었다.

"이것 참. 터펜스, 어제 아침 당신과 내가 아무렇지도 않게 신문 이름에 찍힌 점들과 광고문을 두고 궁금하게 생각했던 일을 떠올려 보면 정말 소름끼치지 않아?"

터펜스는 아무런 대꾸도 하지 않았다. 토미는 그녀의 얼굴을 본 순간 멈칫했다. 터펜스는 입을 약간 벌린 채 혼란스런 표정을 지으며 앞을 뚫어지게 응시하고 있었다.

"터펜스?"

토미는 아내의 팔을 건드리며 부드럽게 말했다.

"뭐야? 발작이라도 일으킨 거야?"

하지만 터펜스는 여전히 미동도 하지 않았다. 이윽고 그녀는 먼 곳에서 들려오는 것 같은 목소리로 이렇게 말했다.

"데니스 리오던이야."

"응?"

토미는 아내를 빤히 바라보았다.

"당신이 말한 대로예요. 단순하고 가식 없는 한 마디! 이번 주에 온《데일리 리더》모두를 한번 찾아봐 줘요."

"그건 뭘 하려고?"

"나 맥카티예요. 조금 전까지는 머리가 온통 복잡했는데 당신 덕분에 문득 생각이 떠올랐어요. 이것은 화요일자 신문의 제1면이에요. 제 기억으로는 화요일 신문에는 'LEADER'의 'L'에 점이 두 개 있었어요. 그런데 이 조각엔 'DAILY'의 'D'에 점이 하나 있고 L에 또 하나 있어요. 신문을 가져와서 우리 확인 해 봐요."

두 사람은 눈을 크게 뜨고 신문을 살폈다. 터펜스의 기억은 틀림이 없었다.

"자, 봐요. 이 조각은 화요일 신문에서 떨어져 나간 게 아니에요."

"하지만, 터펜스, 그건 단정할 수 없어. 인쇄가 달리 되었을 수도 있으니까."

"그럴 수도 있겠죠. 하지만 어쨌든 이것으로 인해 어떤 생각이 머리에 떠올랐어요. 우연의 일치는 분명 아니에요. 만일 내 생각이 옳다면 이 일이 일어날 수 있는 경우는 딱 한 가지뿐이에요. 토미, 아서 경에게 전화를 걸어 주세요. 지금 당장 이쪽으로 와 달라고요. 중요한 소식이 있으니까 오시라고 해 주세요. 그리고 경감님도 부르세요. 벌써 퇴근했다면 경시청에 집주소를 물어보면 될 거예요."

아서 메리베일 경은 호출을 받고 무척 궁금했던 모양인지 30분 만에 아파트에 도착했다. 터펜스가 나가 손님을 맞았다.

"번거롭게 오시라고 해서 죄송해요. 하지만 메리베일 경께서 당장 아셔야 할 것 같은 사실을 남편과 제가 방금 발견해서 전화 드렸어요. 우선 이쪽으로 앉으세요."

아서 경이 자리에 앉자 터펜스는 말을 계속했다.

"경께서는 친구분의 혐의를 풀어 드리려고 무척 애쓰고 계신 걸로 알고 있어요."

아서 경은 슬픈 표정으로 고개를 저었다.

"예, 그랬지요. 하지만 너무나 명백한 증거 앞에서 굴복할 도리밖에 없군요."

"만약 제가 그분의 모든 혐의를 확실히 풀어 드릴 증거를 우연히 입수했다면 어떠시겠어요?"

"그렇게만 된다면 그보다 더 기쁜 일이 어디 있겠습니까?"

"가령 제가 어젯밤 12시, 그러니까 헤일 대위가 '스페이드 에이스'에 있었다고 알려진 그 시각에 그 사람과 실제로 춤을 추었던 여성을 우연히 만났다면요."

"그게 정말입니까?"

아서 경이 소리쳤다.

"저는 뭔가 착오가 있었다는 걸 알았지요. 결국 불쌍한 베리가 자살을 한 게 틀림없군요."

"그렇게는 생각할 수 없어요. 경께선 또 다른 남자를 잊고 계시군요."

터펜스가 말했다.

"또 다른 남자라고요?"

"남편과 제가 보았던 남자. 그러니까 그 칸막이에서 나간 남자 말이에요. 무도회에는 신문지 옷을 입은 사람이 한 사람 더 있었던 게 틀림없어요. 그건 그렇고, 아서 경께서는 어떤 의상을 입고 계셨죠?"

"제 의상 말입니까? 전 17세기 사형집행인 분장을 하고 갔습니다."

"어머, 아주 잘 어울리셨겠네요."

터펜스는 부드럽게 말했다.

"어울리다니, 베레스퍼드 부인, 어울린다는 건 무슨 뜻입니까?"

"경께서 맡으신 역할과 말이에요. 아서 경, 이번 사건에 대한 제 생각을 말씀드려 볼까요? 신문지로 만든 옷은 사형집행인 의상 위에 손쉽게 덧입을 수 있는 거예요. 헤일 대위는 누군가에게서 어떤 쪽지를 전해 받았는데, 거기에는 부인에게 말을 걸지 말라는 내용이 적혀 있었다죠. 하지만 부인은 그런 쪽지를 쓴 적이 없었어요. 그녀는 약속 시간에 '스페이드 에이스'로 가서 거기서 만나기로 한 사람의 모습을 봤지요. 두 사람은 칸막이 안으로 들어갔고요. 남자는 아마 그녀를 팔에 안고 키스를 했겠죠. 예수를 판 유다의 키스처럼 말이에요. 입을 맞추는 동안 남자는 칼을 뽑아 여자를 찔렀습니다. 그녀는 딱 한 번 약한 비명을 질렀죠. 그러자 남자는 큰 소리로 웃음으로써 여자의 비명소리가 밖으로 새어 나가지 못하게 했어요. 그런 다음, 남자는 곧장 그곳을 빠져나갔고 고통과 두려움에 떨던 여자는 목숨이 끊어지는 순간까지 자기가 애인의 손에 살해되었다고 믿게 된 거지요.

하지만 그녀는 살인자의 의상에서 한 부분을 떼어냈어요. 그리고 범인은 그 사실을 눈치 챘고요. 그는 세심한 곳까지 주의를 기울이는 아주 치밀한 사람이었어요. 이 사건을 아주 명확하게 만들기 위해서는 그 조각이 헤일 대위의 의상에서 뜯겨져 나간 것처럼 보이게 할 필요가 있었죠. 범인과 대위가 같은 집에 살고 있지 않다면 그건 아주 어려운 일이었을 거예요. 어쨌든 일은 아주 간단히 해결할 수 있었어요. 범인은 헤일 대위의 의상에도 아주 똑같이 찢어진 자국을 만든 다음, 자신의 의상은 불태워 버리고 대위의 충실한 친구 역할을 맡아 연기를 펼칠 준비를 한 거죠."

터펜스는 잠시 말을 멈추더니 말했다.

"어떠세요, 아서 경?"

경은 느닷없이 자리에서 일어서더니 터펜스에게 목례를 했다.

"소설을 너무 많이 읽은 매력적인 여성이 펼칠 법한 아주 훌륭한 공상입니다."

"정말 그렇게 생각하십니까?"

토미가 끼어들며 말했다.

"그리고 남편 되시는 분은 철저히 부인의 조종을 받고 계시군요. 무척 애석하게도 부인의 말을 진지하게 들어 줄 사람이 없을 것 같은데, 이럴 어쩌면 좋죠?"

그는 큰 소리로 호탕하게 웃었다. 그러자 터펜스는 의자에 앉은 채 몸이 경직되었다.

"그 웃음소리! 맞아요. 맹세컨대 '스페이드 에이스'에서 들었던 바로 그 웃음소리예요."

그녀는 말했다.

"그런데 당신은 우리 두 사람을 잘 모르고 계신 것 같네요. 베레스퍼드가 우리의 진짜 이름이긴 하지만 우리에겐 또 다른 이름이 있죠."

그녀는 탁자에서 명함을 한 장 집어 그에게 건넸다. 경은 그걸 받아서 소리 내어 읽었다.

"국제 탐정 사무소라……."

그는 급히 숨을 들이마셨다.

"그러셨군. 이게 당신들의 실체였어! 매리엇이 오늘 아침 나를 여기로 데려온 이유도 거기에 있었군. 함정이었어. 젠장!"

그는 터벅터벅 걸어 창가로 다가갔다.

"전망이 괜찮군요. 런던 시내가 한눈에 내려다보이고."

그가 말했다.

"매리엇 경감님!"

토미가 날카롭게 외쳤다.

그 순간 경감이 맞은편의 연결문에서 모습을 드러냈다.

아서 경의 입가에 언뜻 미소가 떠올랐다.

"내 이럴 줄 알았지. 하지만 애석하게도 이번엔 나를 잡을 수 없을 거야. 내 길은 나 스스로 갈 테니까."

그는 창문턱에 두 손을 얹더니 창밖으로 훌쩍 뛰어내렸다.

터펜스는 비명을 질렀다. 그리고 미리 상상한 소리를 듣지 않으려고 손으로 두 귀를 틀어막았다. 창밖 저 아래쪽에서 쿵 하는 소리가 뒤이어 들려왔다. 경감은 신음소리를 냈다.

"창문도 생각했어야 하는데……."

그가 말했다.

"무엇보다 그 자의 범행을 입증하기가 상당히 까다로웠어요. 저는 내려가서 뒷처리를 해야겠습니다."

토미가 느리게 말했다.

"가엾은 양반. 자기 아내를 사랑했다면……."

그러나 경감은 코웃음을 치며 그의 말을 중단시켰다.

"사랑했다고요? 그럴지도 모르죠. 아서 경은 돈에 쪼들리는 상황이었어요. 메리베일 부인에겐 그대로 그에게 넘어올 수 있는 거액의 재산이 있었습니다. 그런데 만일 부인이 젊은 헤일과 달아나기라도 한다면 그는 그 돈을 한 푼도 못 받게 될 것이니 말입니다."

"그게 원인이었습니까?"

"물론, 나는 처음부터 아서 경이 범인이고 헤일 대위는 결백하다는 걸 알고 있었습니다. 우리 경시청에선 속사정을 잘 알고 있으니까. 그렇지만 실제로 드러난 증거와 우리의 짐작이 다를 경우는 아무래도 다루기가 껄끄러우니까요. 그러면 나는 이만 내려가 봐야겠습니다. 베레스퍼드 씨, 제가 당신이라면 부인께 브랜디라도 한 잔 대접할겁니다. 부인에게는 기분 전환이 될 만한 사건이었으니까요."

침착한 경감의 등 뒤로 문이 닫히자 터펜스가 나지막한 소리로 말했다.

"청과물 상인, 정육점 주인, 어부, 탐정들……. 제 말이 맞았죠? 경감은 알고 있었어요."

찬장 앞에서 계속 뭔가를 만들고 있던 토미가 커다란 잔을 하나 들고 그녀의 곁으로 다가왔다.

"자, 한 잔 해."

"이게 뭐죠? 브랜디예요?"

"아니, 칵테일. 개가를 올린 맥카티에게 어울리는 것이지. 매리엇의 과녁은 빗나가지 않았어. 자기 딴에는 대담한 술책을 쓴 거로군."

터펜스는 고개를 끄덕였다.

"하지만 그 술책이 잘못된 결과를 낳았네요."

"맞아. 킹이 퇴장했으니까."

토미가 말했다.

사라진 여자

국제 탐정 사무소 소장 테오도르 블런트의 책상 위에 있는 벨이 준비를 갖추라는 신호음을 울리고 있었다. 토미와 터펜스 두 사람은 바깥쪽 사무실이 훤히 내다보이는 각자의 구멍으로 잽싸게 달려갔다. 바깥 사무실에서 앨버트가 맡은 임무는 갖가지 교묘한 방법을 동원해서 찾아온 고객을 지연시키는 것이었다.

"알아보긴 하겠습니다만 저희 소장님은 지금 무척 바쁘셔서요. 조금 전까지만 해도 런던 경시청과 통화를 하고 계셨습니다."

앨버트가 능청스럽게 둘러 댔다.

"그럼 기다리겠습니다. 명함을 갖고 오진 않았지만, 저는 가브리엘 스터밴슨이라고 합니다."

방문객이 말했다.

남자는 키가 180센티미터가 넘어 보였고 남자다운 몸매가 아주 멋져 보였다. 얼굴은 구릿빛으로 풍상에 시달린 듯했으며 새파란 두 눈은 햇볕에 그을린 피부와 놀라운 대조를 이루고 있었다.

토미는 재빨리 마음의 결정을 내렸다. 그는 모자를 쓰고 장갑을 든 채 문을 열었다. 그리고 문턱 위에서 걸음을 멈췄다.

"소장님, 이 신사분이 뵙고 싶다고 기다리시는데요."

앨버트가 말했다.

토미는 짧게 얼굴을 찌푸리고 나서 시계를 꺼내보는 척했다.

"10시 45분에 공작의 저택으로 가기로 되어 있는데……."

이렇게 말하면서 그는 방문객을 찬찬히 뜯어보았다.

"시간이 별로 없지만 이쪽으로 오시면 잠시 상담해 드리죠."

손님은 공손하게 그의 뒤를 따라 안쪽 사무실로 들어왔다. 그곳에는 터펜스가 메모지와 연필을 손에 들고 기품 있게 앉아 있었다.

"이쪽은 제 수석 비서 로빈슨 양입니다. 그러면 자세한 사정을 말씀해 주시겠습니까? 제가 아는 것이라곤 손님께서 아주 긴급한 용건이 있으시다는 것과 이곳으로 택시를 타고 오셨다는 것, 그리고 최근까지 북극, 그게 아니면 남극에 계셨다는 것 밖에 없으니까요."

토미가 말했다.

손님은 깜짝 놀란 표정으로 토미의 얼굴을 뚫어지게 바라보았다.

"정말 대단하시네요. 저는 탐정들이 소설에서나 그런 능력을 발휘하는 거라고 생각했습니다. 접수처 직원한테서 아직 제 이름도 못 들으셨을 텐데!"

토미는 탄식하듯 한숨을 내쉬었다.

"이 정도 가지고 뭘 그리 놀라십니다. 아주 쉬운 건데요 뭐. 북극권 안에서 야간의 태양 광선은 피부에 특이한 영향을 미치지요. 자외선은 어떤 특성을 갖고 있으니까요. 저는 곧 이 문제에 관한 자그마한 논문을 쓸 생각입니다. 아, 그런데 이야기가 영 벗어나 버렸군요. 어떤 대단한 걱정거리가 있어서 저를 찾아오신 거죠?"

"블런트 씨! 우선 저는 가브리엘 스터밴슨이라고……."

"아! 압니다."

토미가 말을 자르며 말했다.

"그 유명한 탐험가분이셨군요. 최근에 북극지방에서 돌아오신 분 맞죠?"

"사흘 전에 영국에 도착했습니다. 북해를 돌던 친구가 자기 요트로 데려다 주었지요. 그러지 않았다면 2주 뒤에나 돌아왔을 겁니다. 그건 그렇고, 블런트 씨, 2년 전에 이번 탐험을 출발하기 직전, 저는 운 좋게도 모리스 레이 고든 부인과 약혼을……."

토미가 또다시 말을 자르며 끼어들었다.

"레이 고든 부인의 결혼 전 성함이……?"

"랜체스터 경의 둘째 딸로 허마이어니 크레인이라고 하죠."

옆에서 터펜스가 술술 설명했다.

토미는 감탄하는 시선으로 그녀를 힐끗 쳐다보았다.

"첫 번째 남편은 전사했어요."

터펜스가 덧붙였다.

가브리엘 스터밴슨이 고개를 끄덕이며 말했다.

"아주 정확합니다. 방금 말씀드렸듯이 전 허마이어니와 약혼했습니다. 물론 저는 이번 탐험을 포기하겠다고 말했지만 그녀는 절대 그러지 말라고 하더군요. 대단하지 않습니까! 한마디로 탐험가의 아내로서 적합한 여성이었습니다. 제가 영국에 도착하고 나서 제일 먼저 생각한 것은 그녀를 만나는 일이었습니다. 저는 사우샘프턴(잉글랜드 남부 햄프셔 주의 항구도시 — 옮긴이)에서 전보를 치고 첫 기차를 타고 런던으로 왔습니다. 저는 그녀가 폰트 거리에 사는 자기 고모 수전 클론레이 부인과 함께 살고 있다는 걸 알고 곧바로 그곳으로 찾아갔지요. 그런데 무척 실망스럽게도 허미는 노섬벌랜드(잉글랜드 동북부의 주 — 옮긴이)에 사는 친구들한테 놀러가고 집에 없더군요.

수전 부인은 처음에 저를 보고 좀 놀랐지만 이내 반갑게 맞아 주었습니다. 아까도 말씀드렸듯이 전 2주 뒤에나 돌아올 예정이었으니까요. 수전 부인은 허미가 며칠 있으면 돌아온다고 했지요. 그래서 주소를 물었더니 부인이 이상하게 대답을 피하는 겁니다. 그러면서 하는 말이 허미는 두세 집에 머물 예정인데 어떤 순서로 방문할지는 자기도 모르겠다고 하더군요. 미리 말씀드리는 게 좋을 것 같은데, 블런트 씨, 사실 저는 수전 부인과 그다지 사이가 좋지 않았습니다. 그 사람은 턱이 두 개나 되는 뚱뚱한 여자랍니다. 저는 뚱뚱한 여자는 질색이거든요. 예전부터 말입니다. 사실 말이 나왔으니 말이지만 뚱뚱한 여자와 살찐 개는 하느님도 넌더리를 내는 존재들 아닙니까. 그런데 정말 가관인 것은 그 둘이 함께 다니는 꼴을 드물지 않게 보게 된다는 겁니다. 그 정도로 혐오하는 저도 좀 별종이긴 합니다만 싫은데 어쩌겠습니까. 저는 뚱뚱한 여자와는 아무리 해도 잘 지낼 수가 없습니다."

"요즘의 경향도 스터밴슨 씨의 생각과 일치하고 있습니다."

토미는 별것 아니라는 듯 말했다.

"누구나 싫어하는 애완동물이 있지요. 돌아가신 로버트 경의 경우에는 고양이를 그렇게나 싫어했고요."

"오해는 마십시오. 수전 부인이 매력이 없다거나 하는 이야기는 아니니까요. 매력이 있는지도 모르겠지만 하여튼 제 마음에는 들지 않더군요. 저는 그 부인이 항상 우리의 약혼을 반대했다는 생각을 마음에서 지울 수가 없습니다. 그리고 그녀가 허미의 마음을 제게서 돌리도록 애쓸 것 같다는 확신이 들었습니다. 이것은 혹시 나중에 도움이 될까 해서 드리는 말씀입니다. 제 편견이라고 생각해서 흘려들으셔도 상관없습니다. 저는 뭐든 제 방식대로 해야 속이 풀리는, 좀 고집이 센 사람입니다. 제 얘기를 계속하지요. 그래서 폰트 거리의 수전 부인 집을 떠나기 전 저는 끝까지 졸라서 허미와 함께 지낼 만한 사람들의 이름과 주소를 알아냈습니다. 그리고 나서 저는 우편 열차를 타고 북부로 떠났지요."

"흠, 제가 보기에 당신은 행동파시군요, 스터밴슨 씨."

토미가 빙긋 웃으며 말했다.

"그런데 그곳에서 저는 청천벽력 같은 사실을 알게 되었습니다. 그 친구들은 하나같이 말하기를 허미의 얼굴조차 못 봤다는 겁니다. 그리고 세 집 중에 한 집만 허미가 오기를 기다리고 있었습니다. 다른 두 집에 대해선 수전 부인이 틀림없이 잘못 알고 있었던 것 같습니다. 나중에 방문을 연기한다고 전보로 연락이 왔다더군요. 물론 저는 서둘러 런던으로 돌아와 당장 수전 부인에게로 갔습니다. 그 부인도 무척 당황한 눈치였지요. 허미가 어디로 갔는지 자기도 전혀 짐작이 가지 않는다면서요. 그러면서도 경찰에 신고하는 건 강력히 반대하지 뭡니까. 수전 부인은 허미가 바보도 아니고 자기 나름의 계획을 세워 움직이는 독립심이 강한 아이라는 점을 강조하더군요. 허미는 아마 자기 나름대로 생각을 가지고 행동하고 있을 거라면서요.

저는 허미가 자신의 행동을 일일이 수전 부인에게 보고하고 싶어 하지 않을 수도 있겠다는 생각을 했습니다. 그래도 여전히 걱정이 되더군요. 뭔가 좋지 않은 일이 일어나기 전의 불길한 예감 같은 걸 느꼈습니다. 그런데 제가 그 집에서 막 나오려고 했을 때, 수전 부인에게 전보 한 통이 배달되었습니다. 부인은 전보를 읽고는 안심하는 표정으로 제게 건네주더군요. 그 전보에는 이렇게 씌어져 있었습니다. '계획 변경. 1주일간 몬테카를로에 가 있을 것임. 허미로부터.'"

토미는 한 손을 내밀었다.

"혹시 그 전보를 갖고 오셨습니까?"

"아뇨, 안 가져왔습니다. 그건 서리 주(잉글랜드 남동부에 위치 — 옮긴이)의 몰든에서 보낸 것이었습니다. 저는 그때 발신지를 주의 깊게 봤지요. 뭔가 이상한 기분이 들었거든요. 허미가 왜 몰든에 있는지 저는 무척 이상하게 생각되었습니다. 거기에 친구가 있다는 얘기는 전혀 못 들었거든요."

"저번에 북부로 달려가셨을 때처럼 몬테카를로에 당장 가 봐야겠다는 생각은 안 하셨습니까?"

"물론 그럴까 생각도 해 봤죠. 하지만 그만두기로 했습니다. 블런트 씨, 수전 부인은 그 전보를 받고 마음을 놓은 듯했지만 전 그렇지 않았습니다. 저는 허미가 전보만 치고 편지를 쓰지 않은 게 이상하게 생각되었습니다. 한두 줄이라도 그녀가 손수 쓴 글을 읽었더라면 제 불안감은 말끔히 사라졌을 겁니다. 사실 전보에 '허미'라고 적는 건 누구나 할 수 있는 일 아닙니까. 그런 생각을 하면 할수록 더 불안해지더군요. 그래서 결국 몰든으로 가 보았지요. 바로 어제 오후에 말입니다. 몰든은 중간 정도 크기의 마을이더군요. 멋진 골프장이 있고 호텔도 두 개 있었습니다. 나는 그곳을 돌아다니면서 여기저기 물어봤지만 허미가 그곳에 왔었다는 흔적은 어디에서도 찾을 수 없었습니다. 기차로 돌아오는 길에 이곳 사무소의 광고를 보게 되었고 선생님한테 이 사건을 한번 맡겨 보면 어떨까 하는 생각을 했습니다. 허미가 정말 몬테카를로에 가 있다면 경찰에 신고해서 공연히 난리법석을 피우고 싶지 않습니다. 그렇지만 제가 직접 그녀를 찾으러 무작정 그곳까지 갈 생각도 없습니다. 저는 이곳 런던에 있을 생각입니다. 혹시 무슨 안 좋은 일이 생길지도 모르니까요."

토미는 생각에 잠겨 고개를 끄덕였다.

"안 좋은 일이라면 구체적으로 어떤 일 말입니까?"

"모르겠습니다. 하지만 분명 뭔가 잘못되어 가고 있다는 느낌이 듭니다."

스터밴슨은 주머니에서 케이스를 재빨리 꺼내더니 그걸 열어서 두 사람 앞에 내려놓았다.

"이 여자가 허마이어니입니다. 두 분께 맡겨 두겠습니다."

사진 속의 여자는 키가 크고 몸매가 날씬해 보였다. 파릇파릇한 젊음은 이미 사라졌지만 미소가 매력적이고 눈이 특히 예뻤다.

"스터밴슨 씨, 그러면 빠트린 말씀은 없습니까?"

토미가 물었다.

"예, 없습니다."

"아주 하찮은 것도 없다는 말씀이죠?"

"없는 것 같습니다."

토미는 한숨을 쉬었다.

"그러면 일이 더욱 어렵겠군요. 범죄 소설을 읽으셨다면 종종 느끼셨겠지만 하찮고 사소한 사실 하나로 위대한 탐정들이 단서를 찾아내고 사건을 해결하는 경우가 적지 않습니다. 이 사건에는 특이한 점이 몇 가지 있는 것 같습니다. 저는 벌써 어느 정도 이 사건을 해결한 것 같은데, 좀 기다려 보면 알게 되겠죠."

토미는 갑자기 탁자에 놓여 있는 바이올린을 들어 두어 번 활로 줄을 켰다. 끽끽거리는 소리를 도저히 들어 주기 힘들었는지 터펜스가 귀를 틀어막았고 탐험가도 몸을 움츠렸다. 이윽고 토미가 악기를 내려놓았다.

"모스고프스켄스키의 음악이죠."

토미는 중얼거렸다.

"스터밴슨 씨, 주소를 남겨 주시면 추후 진척 상황을 알려드리겠습니다."

손님이 방을 나가자 터펜스는 바이올린을 벽장 속에다 넣고 자물쇠를 잠갔다.

"셜록 홈즈 흉내를 내고 싶으면 조그마한 주사기와 코카인이라고 적힌 병을 가져다 줄게요. 하지만 제발 부탁이니 바이올린은 두 번 다시 켜지 마세요. 저 인상 좋은 탐험가가 아이처럼 순진한 사람이 아니었다면 당신의 본모습을 꿰뚫어 봤을 거예요. 계속 셜록 홈즈 흉내를 낼 작정이에요?"

"나는 지금까지 그런대로 잘해 왔다고 생각해."

토미는 만족스럽게 말했다.

"추론도 제대로 들어맞았고. 안 그래? 택시를 타고 오지 않았느냐고 말했을 땐 사실 좀 위험했지. 하지만 이곳 사무소로 오는데 상식을 가진 사람이라면 당연히 택시를 타고 오겠지."

"다행히 내가 오늘 아침 《데일리 미러》에서 그 사람의 약혼 기사를 읽었어요."

터펜스가 말했다.

"그래, 그 부분에서 블런트의 우수한 탐정들의 능력을 제대로 보여 준 것 같아. 이건 확실히 셜록 홈즈 식 사건이야.「프랜시스 카팍스 여사의 실종」과 이 사건이 무척 닮았다는 사실을 설마 눈치 못 챈 건 아니겠지?"

"그러면 당신은 레이 고든 부인이 관 속에서 발견되리라 생각하세요?"

"이론적으로 그렇다는 말이지. 역사는 반복되는 거니까. 실제로는 글쎄……. 당신 생각은 어때?"

"허미라고 하는 그 여자가 어떤 이유인지는 모르겠지만 약혼자와 만나길 두려워하고 있고, 수전 부인은 그녀를 돕고 있다는 게 가장 타당한 설명이 아닐까 싶어요. 한마디로 그 여자가 어떤 큰 실수를 저질러 놓고 무척 겁을 집어먹고 있는 건 아닐까요?"

"나도 그런 생각이 들었어. 하지만 스터밴슨 같은 사람한테 그런 식의 설명을 해 주기 전에 확실히 알아보는 게 좋을 것 같아. 몰든에 한번 내려가 보는 게 어떨까? 가는 김에 골프채를 좀 챙겨가는 것도 나쁘진 않을 것 같아."

터펜스는 남편의 의견에 찬성했다. 그리하여 당분간 국제 탐정 사무소는 앨버트가 도맡게 되었다.

몰든은 잘 알려진 주택지구이지만 그리 넓지는 않았다. 토미와 터펜스는 생각나는 대로 모든 곳을 돌아다니며 물어보았지만 아무런 단서도 얻어내지 못했다. 런던으로 돌아오는 길에 어떤 멋진 생각이 터펜스의 머리에 문득 떠올랐다.

"여보, 그 전보에 왜 서리 주 몰든이라고 굳이 적어 넣었을까요?"

"그야 몰든이 서리 주에 있으니까 그렇지. 당신 바보 아냐?"

"바보는 당신이에요. 제 말뜻은 그게 아니란 말이에요. 헤이스팅스나 토키에서 전보를 보낼 때는 뒤에 주의 이름을 안 적잖아요. 하지만 리치몬드에서 온 전보에 서리 주 리치몬드라고 적는 이유는 리치몬드가 두 군데니까 할 수 없이 그렇게 하는 거고요."

차를 몰던 토미가 속도를 늦추었다.

"그러고 보니 당신 생각도 영 엉뚱한 건 아니로군."

그는 감탄하여 말했다.

"저쪽에 있는 우체국에 가서 좀 물어보기로 하지."

두 사람은 마을의 대로 중간쯤에 서 있는 작은 건물 앞에 차를 세웠다. 그들은 불과 몇 분 만에 정보를 얻어낼 수 있었다. 몰든은 두 군데가 있었다. 하나는 서리 주의 몰든이고 다른 하나는 서식스(잉글랜드 남동부의 옛 주. 1974년 이스트 서식스와 웨스트 서식스로 분리됨 — 옮긴이)주의 몰든이었는데 서식스 주의 몰든은 작은 마을이긴 해도 전신국을 갖추고 있었다.

"그곳이에요."

터펜스가 흥분해서 말했다.

"스터밴슨은 몰든이라는 마을이 서리 주에 있다는 것만 알고 몰든의 뒤에 'S'로 시작하는 글자를 제대로 살펴보지 않은 거예요."

"그럼 내일은 서식스 주에 있는 몰든을 조사해 보기로 하지."

토미가 말했다.

서식스 주의 몰든은 서리 주의 마을과는 사정이 영판 달랐다. 기차역에서 6.5킬로미터나 떨어져 있는 마을에는 술집이 두 개, 자그마한 가게가 역시 두 개 있었다. 거기에 우체국이 하나, 그리고 과자와 그림엽서 가게를 겸한 전신국이 있었고 일곱 채 정도의 작은 집들이 있을 뿐이었다. 터펜스는 가게 쪽을 돌았고, 토미는 '수탉과 참새'라는 간판이 붙은 술집으로 들어갔다. 두 사람은 30분 뒤에 다시 만났다.

"어때요?"

"맥주 맛이 괜찮더군. 그런데 정보는 하나도 못 얻어냈어."

"그럼 이번에는 '킹스 헤드'라는 술집에 가서 한번 물어보세요. 전 우체국 쪽으로 다시 가 볼게요. 우체국에 성미가 까다로운 여자가 있는 것 같은데, 저녁 먹으라고 그 여자한테 고함치는 목소리를 들었으니 다른 사람도 있을 거예요."

터펜스는 우체국으로 되돌아가서 여러 장의 그림엽서를 살펴보기 시작했다. 얼굴에 생기가 넘쳐흐르는 아가씨가 무엇을 먹는지 입을 오물거리면서 안쪽 방에서 나왔다.

"엽서를 좀 살까 해서요. 이 만화풍 엽서를 살펴볼 동안 좀 기다려 주시겠어요?"

그녀는 한 묶음의 그림엽서 중에서 눈에 띄는 걸 고르며 아가씨에게 말을 걸었다.

"아가씨도 제 여동생 주소를 모르면 큰일인데……. 제 여동생이 이 근처에 묵고 있대요. 그런데 주소가 적힌 편지를 제가 잃어버렸지 뭐예요. 여동생 이름이 레이 고든인데 혹시 모르세요?"

아가씨는 고개를 저으며 말했다.

"그런 이름은 들은 기억이 없는데요. 이곳 우체국을 거치는 우편물은 그리 많지 않으니까 그런 이름이 쓰인 편지를 봤다면 저도 금방 기억해 냈을 거예요. 그레인지 저택 말고는 이 부근에 큰 집이 별로 없어요."

"그레인지 저택이라고요? 주인이 누군데요?"

"호리스턴 의사 선생님의 집이에요. 지금은 소규모 개인병원으로 바뀌었지요. 신경성 환자가 대부분인데, 안정 요법이나 그런 온갖 종류의 치료를 받으러 부인들이 내려와요. 여기라면 소문도 나지 않으니까 아무도 모르거든요."

그렇게 말하고서 아가씨는 킥킥 웃었다.

터펜스는 몇 장의 그림엽서를 대충 골라 값을 치렀다.

"어머! 호리스턴 선생님의 차가 저기 오네요."

처녀가 소리쳤다.

터펜스는 가게 밖으로 급히 나가 보았다. 2인승 소형차가 지나가고 있었다. 운전석에 앉은 사람은 키가 크고 피부가 가무잡잡했으며 검은 턱수염이 단정해 보였다. 얼굴은 강인해 보였지만 인상은 그다지 좋지 않은 사람이었다. 자동차는 곧바로 거리를 달려갔다. 터펜스는 토미가 도로를 가로질러 자기 쪽으로 걸어오는 모습을 보았다.

"토미, 이제야 알 것 같아요. 호리스턴 의사의 개인병원이에요."

"나도 그곳에 관한 얘기를 술집에서 듣고 뭔가 있을 것 같은 느낌이 들었어. 하지만 그 여자가 신경쇠약이나 뭐 그런 것에 걸렸다면 고모나 친구들이 모를 리가 없을 텐데."

"그건 그래요. 하지만 전 그런 의미로 말한 게 아니에요. 토미, 아까 2인승 자동차에 타고 있던 남자 봤어요?"

"응. 인상 한번 더럽더군."

"그 사람이 호리스턴 의사예요."

그 소리를 듣고 토미는 기분이 좋은지 휘파람을 불었다.

"좀 교활한 사람 같아 보였어. 터펜스, 어때? 우리 그 저택에 한번가 볼까?"

두 사람은 간신히 저택을 찾았다. 저택은 규모가 컸지만 대체적으로 산만한 인상이었고 버려진 땅으로 둘러싸여 있었다. 그리고 집 뒤쪽에는 빠르게 흐르는 물살이 물레방아를 돌리고 있었다.

"왠지 불길한 느낌이 드는 집이군. 오싹 소름이 끼치는데. 처음에 생각했던 것보다 훨씬 더 심각한 사건일 것 같은 예감이 들어."

토미가 말했다.

"불길한 말 말아요. 우리가 때를 맞춘 거라면 좋겠는데. 그 부인이 지금 어떤 커다란 위험에 빠져 있을 것 같은 느낌이에요."

"함부로 상상하지 않는 게 좋아."

"하지만 그런 느낌을 떨칠 수가 없네요. 그 의사라는 남자는 도무지 신뢰가 안 가요. 이제 어떻게 하지? 우선 저쪽에서 어떻게 나오는지 알아보는 게 좋겠어요. 나 혼자 가서 초인종을 누르고 대담하게 레이 고든 부인을 만나러 왔다고 하죠. 떳떳하고 솔직하게 나가는 편이 나을 거예요."

터펜스는 자신의 계획을 실행에 옮겼다. 초인종을 누르자 곧 무표정한 하인이 문을 열어주었다.

"레이 고든 부인을 만나고 싶은데요. 건강이 괜찮으시다면……."

그녀는 하인의 속눈썹이 한순간 파르르 떨렸다고 생각했지만 상대는 주저하지 않고 즉각 대답했다.

"여기에는 그런 분이 안 계시는데요."

"아, 그래요? 여기가 호리스턴 선생님 댁, 그러니까 그레인지 저택 아닌가요?"

"그건 맞습니다만, 레이 고든이라는 분은 여기 없습니다."

난처한 입장에 처한 터펜스는 물러날 수밖에 없었다. 그녀는 대문 밖에서 기다리는 토미와 좀 더 의논을 했다.

"하인이 하는 말이 사실일지도 몰라. 어차피 우리는 무엇이 어떻게 되고 있는지 아직 모르니까."

"아니에요. 하인은 거짓말을 하고 있어요. 확실해요."

"그럼 의사가 돌아올 때까지 여기서 기다리자고. 의사가 돌아오면 내가 신문 기자 행세를 하면서 새로운 안정요법 시스템에 관해 얘기를 나누고 싶어서 왔다고 말할게. 그렇게 하면 안에 들어가 집안 곳곳을 살펴볼 기회를 얻을 수 있겠지."

의사는 30분 정도 지나서 돌아왔다. 토미는 5분 정도 여유를 두고 나서 당당한 걸음으로 현관으로 다가갔다. 하지만 그도 곧 실패하고 돌아왔다.

"진찰 중이라서 조금도 짬을 낼 수 없대. 게다가 신문사 사람들과는 절대 안 만난다는군. 터펜스, 당신 말이 옳아. 이 집이 아무래도 수상해. 시내에서 수 킬로미터나 떨어진 외딴 곳이니까 여기서 무슨 끔찍한 일이 벌어져도 아무도 모르겠지."

"좋아요, 해 보는 거예요."

터펜스가 결심을 다지듯 말했다.

"뭘 어쩌려고?"

"담에 올라가서 아무한테도 안 들키고 집에 들어갈 수 있는 방법이 있는지 알아볼게요."

"좋아, 나도 함께 가지."

정원은 제법 키가 큰 나무들로 빼곡해서 몸을 숨길 곳이 많았다. 덕분에 토미와 터펜스는 아무한테도 들키지 않고 집 뒤로 돌아갈 수 있었다.

그곳에는 넓은 테라스가 있었는데 아래로 내려갈 수 있는 낡은 계단이 붙어 있었다. 중간쯤에는 테라스를 향해 창문이 몇 개 열려 있었지만 두 사람은 감히 밖으로 나갈 엄두를 못 냈다. 하지만 그들이 웅크리고 있는 곳의 창문들은 너무 높아 그 안을 들여다볼 수가 없었다. 두 사람의 정찰 활동이 별 소득 없이 끝날 것 같아 보였을 때, 갑자기 터펜스가 토미의 팔을 잡은 손에 힘을 주었다.

그들로부터 가까운 방에서 어떤 말소리가 들려왔던 것이다. 창문이 열려 있어서 그들은 부분적이긴 하지만 대화 내용을 또렷이 엿들을 수 있었다.

"빨리 들어와서 문 닫아."

어떤 남자의 짜증 섞인 목소리가 들려왔다.

"한 시간쯤 전에 어떤 여자가 레이 고든 부인을 찾았다고?"

터펜스는 대답하는 목소리의 주인공이 아까 그 무표정한 하인이라는 사실을 알아차릴 수 있었다.

"예, 그렇습니다."

"물론 여기에 없다고 둘러댔겠지?"

"그야 당연하죠."

"그런데 이번엔 신문 기자 녀석이야?"

상대는 화가 나서 씩씩거리며 말했다.

그때 사내가 갑자기 창가로 다가와 창틀을 들어 올리는 바람에 무성한 나무 뒤에 숨어서 지켜보던 두 사람은 그가 바로 호리스턴 의사라는 것을 알 수 있었다.

"가장 신경 쓰이는 건 그 여자야. 어떻게 생긴 여자야?"

"젊고 미인인 데다 그만하면 옷 차림새도 제법 세련되어 보였습니다."

그 말을 듣고 토미는 터펜스의 옆구리를 쿡 찔렀다.

"내가 우려하던 대로군."

의사가 낮은 소리로 말했다.

"레이 고든이라는 여자의 친구가 틀림없어. 일이 아주 어렵게 돌아가는군. 뭔가 조치를 취하지 않으면……."

그는 말을 채 마치지 않았다. 토미와 터펜스의 귀에 문이 닫히는 소리가 들렸고 사방은 다시 고요했다.

토미가 먼저 조심스럽게 물러났다. 집에서 두 사람의 말소리가 들리지 않을 거리에 있는 조그마한 공터에 이르렀을 때 토미가 말했다.

"터펜스, 사태가 심각하게 돌아가는데? 놈들이 엉뚱한 짓을 할 생각인가 봐. 빨리 런던으로 돌아가서 스터밴슨을 만나야 할 것 같아."

그러자 놀랍게도 터펜스는 고개를 가로저었다.

"아뇨. 우린 여기 있어야 해요. 의사가 무슨 생각을 하는지 모르겠지만 조치를 당장 취해야겠다고 했던 말 당신도 들었잖아요?"

"난처한 건 경찰에 신고하려고 해도 증거가 없다는 거야."

"저, 여보, 마을에 가서 스터밴슨한테 전화를 하면 어떨까요? 그동안 나는 이 근처에 남아 있을게요."

"그게 최선의 방법인지도 모르겠군. 하지만 터펜스……."

"네?"

"당신 조심해야 돼. 알았지?"

"물론 조심할게요. 내 걱정일랑 말고 빨리 다녀와요."

토미가 돌아온 것은 그로부터 약 두 시간이 지나서였다. 터펜스는 대문 근처에서 남편을 기다리고 있었다.

"어떻게 됐어요?"

"스터밴슨과는 통화를 못했어. 수전 부인한테도 걸어 봤는데 어디 나가고 없더군. 그래서 브레이디 의사한테 전화를 해 봐야겠다는 생각을 했지. 그 사람에게 의사 인명록인가 뭔가 하는 것을 뒤져서 호리스턴이라는 사람을 찾아보라고 부탁했어."

"그랬더니 뭐라고 해요?"

"당장 이름을 알던데. 호리스턴은 한때 성실하고 실력 있는 의사였는데 어느 날 갑자기 이상한 쪽으로 빠졌다는군. 브레이디 왈, 그 친구는 정말 부도덕한 돌팔이 의사라는 거야. 호리스턴이 무슨 짓을 했다고 해도 자기는 이제 더 이상 놀라지 않을 거라면서. 이제 어쩌면 좋을까?"

터펜스가 즉각 말했다.

"여기에 있어야 해요. 전 저 사람들이 오늘 밤에 무슨 일을 벌일 것 같은 예감이 들어요. 그건 그렇고, 정원사가 아까부터 집 주위의 담쟁이덩굴을 잘라내고 있어요. 그리고 토미, 난 정원사가 사다리를 어디에 세워두었는지 유심히 봐 두었더랬죠."

"잘했어. 그러면 오늘 밤……."

토미는 아내의 세심함에 감탄하며 말했다.

"날이 어두워지면……."

"즉시……."

"시작해요."

이번에는 토미가 집을 살피는 동안 터펜스가 마을로 들어가 저녁을 먹었다.

그녀가 돌아왔을 때 두 사람은 함께 감시에 들어갔다. 9시가 되자 두 사람은 날이 충분히 어두워져서 행동을 개시해도 될 거라고 판단했다. 이제 그들은 마음 놓고 집 주위를 돌아볼 수 있었다. 그때 갑자기 터펜스가 토미의 팔을 붙잡았다.

"들어 봐요."

그녀가 들었던 소리가 다시금 밤공기를 타고 희미하게 들려왔다. 그것은 고통에 몸부림치는 어떤 여자의 신음소리였다. 터펜스는 2층 창문을 손가락으로 가리켰다.

"저 방에서 나는 소리예요."

그녀가 속삭였다.

다시금 낮은 신음소리가 밤의 정적을 깨뜨렸다.

귀를 기울이던 두 사람은 처음에 세웠던 계획을 실행에 옮기기로 마음먹었다. 그녀는 정원사가 사다리를 놓아둔 장소로 남편을 데려 갔다. 두 사람은 사다리를 양쪽에서 들고 신음소리가 흘러나온 창 문 아래로 옮겼다. 1층에 있는 방들의 창문에는 모두 블라인드가 내 려져 있었지만 2층 창문은 가려져 있지 않았다.

토미는 최대한 소리가 나지 않도록 조심해서 사다리를 벽에다 기 댔다.

"내가 올라갈 테니 당신은 여기 있어요. 사다리 타는 일은 두렵지 않아요. 사다리 붙드는 일은 당신이 나보다 낫잖아요. 또 의사가 모 퉁이를 돌아서 달려올 경우에도 당신이라면 상대할 수 있겠지만 나 는 안 되니까요."

그녀는 민첩하게 사다리를 기어 올라가 창문 안을 들여다보려고 조심스럽게 머리를 치켜들었다. 그러다가 다음 순간, 그녀는 재빨리 머리를 숙였다. 그런 상태로 한동안 있다가 그녀는 다시금 슬며시 머리를 들었다. 그녀는 사다리 위에서 5분 정도 있다가 내려왔다.

"그 여자가 맞아요."

터펜스는 숨을 죽이며 짧게 말했다.

"그런데 여보, 정말 끔찍해요. 침대에 누워 신음소리를 내면서 이리저리 몸을 뒤척이고 있어요. 내가 올라갔을 때 간호사 복장을 한 여자가 방에 들어오더니 팔에 무슨 주사를 놓고는 나가더라고요. 이제 어쩌죠?"

"의식은 있는 것 같아?"

"그런 것 같아요. 아니, 거의 확실해요. 침대에 묶여 있는지도 모르겠어요. 다시 올라가서 가능하다면 방에 들어가 볼게요."

"잠깐, 터펜스……."

"만약 위험에 빠지면 크게 소리칠게요. 그럼……."

남편과 더 이상의 논쟁을 피하려는 듯 터펜스는 다시 서둘러 사다리를 올라갔다. 토미는 아내가 창문을 들여다보고는 소리 없이 창틀을 들어 올리는 모습을 쳐다보았다. 다음 순간 그녀의 모습은 창문 안으로 사라졌다.

이제 피 말리는 시간이 토미를 찾아왔다. 처음에는 아무 소리도 들리지 않았다. 만약 터펜스와 레이 고든 부인이 얘기를 나누고 있다면 두 사람은 귓속말을 하고 있는 게 틀림없었다. 이윽고 낮게 중얼거리는 소리가 들려와서 그는 안도의 한숨을 내쉴 수 있었다. 하지만 갑자기 말소리가 뚝 멈추더니 다시 사방이 쥐 죽은 듯 고요했다.

토미는 귀를 바짝 기울였다. 여전히 아무 소리도 들리지 않았다.

도대체 두 사람은 뭘 하고 있는 걸까?

그때 갑자기 누가 뒤에서 그의 어깨에 손을 얹었다.

"가요."

어둠 속에서 터펜스의 목소리가 들렸다.

"터펜스! 어떻게 여기에 와 있지?"

"현관문으로 나왔어요. 자! 빨리 여길 떠나요."

"이 집에서 나가자고?"

"그래요."

"레이 고든 부인은 어쩌고?"

도저히 말로 표현할 수 없을 정도의 비통한 어조로 터펜스가 대답했다.

"살을 빼려고 저러는 거예요."

영문을 모르겠다는 눈길로 토미는 그녀를 바라보았다.

"그게 무슨 말이야?"

"지금 말한 그대로예요. 살을 빼려고 저러는 거라고요. 남들의 눈을 피해 체중을 줄이는 거예요. 스터밴슨이 자기는 뚱뚱한 여자를 아주 싫어한다고 했던 말 당신도 들었잖아요? 그 사람과 떨어져 있는 2년 동안 허미는 체중이 늘었어요. 그런데 그가 돌아온다고 하니까 너무 겁이 나서 호리스턴 의사의 최신 치료를 받으러 이곳으로 급히 내려온 거예요. 이 치료법은 무슨 약을 주사하는 건데 의사는 그걸 절대 비밀로 한 채 터무니없는 값을 요구하고 있어요. 돌팔이 의사가 분명해요. 그렇지만 장사는 엄청 잘 되나 봐요. 헌데 이제 겨우 치료를 시작했을 즈음 스터밴슨이 예정보다 보름이나 빨리 돌아온 거죠. 수전 부인도 비밀을 지키기로 약속하고 연기를 한 거고요. 그러고 보니 우리는 이 촌구석까지 내려와 바보짓만 했네요!"

토미는 숨을 깊게 들이마시더니 위엄 있게 말했다.

"내일 퀸스 홀에서 아주 멋진 음악회가 있다더군. 시간도 충분한데 거기나 갈까? 그리고 이번 사건은 기록하지 않는 게 좋을 것 같군. 별다른 특징도 없으니까 말이야."

장님 놀이

"알겠습니다."

토미는 그렇게 말하면서 수화기를 내려놓고는 터펜스 쪽으로 몸을 돌렸다.

"대장이야. 우리와 관련된 소식을 듣고 많이 놀라신 모양이야. 우리가 쫓고 있는 집단이 내가 진짜 테오도르 블런트가 아니란 사실을 눈치 챈 모양이야. 당장 무슨 일이 벌어질 것 같아. 그래서 당신더러 이 문제에 더 이상 휘말리지 말고 집에 돌아가 있으라는군. 아무래도 우리가 건드린 벌집이 예상했던 것보다 훨씬 큰 것 같다는데."

"집에 돌아가 있으라니 말도 안 돼요."

터펜스가 단호하게 말했다.

"내가 집에 있으면 누가 당신을 돌봐주죠? 게다가 난 흥미진진한 일을 하고 싶단 말이에요. 최근에는 일도 별로 없었잖아요."

"날마다 살인 사건이나 도난 사건이 들어올 수는 없어. 합리적으로 생각해. 이렇게 한가할 때는 집에 있으면서 할 수 있는 훈련을 해야 한다고 생각해."

"바닥에 등 깔고 누워 허공에 다리나 흔들어대는 그런 훈련 말씀이세요?"

"그렇게 삐딱하게 받아들이지 마. 내가 훈련이라고 한 것은 탐정 기술을 연마하는 훈련을 말하는 거야. 뛰어난 탐정들을 그대로 흉내내는 거지. 예를 들면……."

토미는 옆의 서랍에서 커다란 암녹색 안대를 꺼내 두 눈에 갖다 대고 꼼꼼하게 위치를 조정했다. 그런 다음 그는 주머니에서 시계를 꺼냈다.

"오늘 아침에 시계 유리가 깨졌어. 덕분에 내 예민한 손가락으로 살짝 안을 만져볼 수 있게 되었지."

"조심하세요. 그러다가 저번에도 시침을 부러뜨릴 뻔 했잖아요."

"손 좀 이리 줘 봐."

토미는 그렇게 말하면서 터펜스의 손을 잡고 손가락으로 맥박을 짚었다.

"맥박도 일정하고 심장 질환은 없는 것 같군."

"손리 콜튼(클린턴 스태그의 작품에 나오는 장님 탐정 — 옮긴이) 흉내를 내는 거예요?"

"맞아. 맹인 해결사지. 당신은 거 누구더라……. 검은 머리에 발그

레한 뺨을 가진 비서……."

"시드니 템스 말이군요."

터펜스가 남편의 말을 마무리 지었다.

"그리고 앨버트는 새우라는 별명을 가진 '피' 군이 되는 거지."

"그렇게 되면 앨버트에게 '아이 깜짝이야!'하고 소리치는 걸 가르쳐야겠네요. 걔 목소리가 날카롭지 않은 게 유감이에요. 지독할 정도로 쉰 목소리니까."

"문 옆의 벽에 세워져 있는 속이 비고 가느다란 지팡이 보여? 저걸 내 민감한 손으로 잡으면 여러 가지를 알 수 있지."

그는 자리에서 일어섰다가 의자에 몸을 세게 부딪쳤다.

"빌어먹을! 여기에 의자가 있다는 걸 깜빡 잊었군."

"눈이 안 보이면 얼마나 불편하다고요."

터펜스가 동정심을 담아 말했다.

"그럴 거야."

토미도 진심으로 맞장구를 쳤다.

"전쟁에서 시력을 잃은 사람들이 나는 제일 애처롭더라고. 하지만 어둠 속에서 살다보면 정말로 감각이 예민하게 발달한다고 해. 그래서 나도 그렇게 될 수 있나 한번 해 보는 거야. 깜깜한 어둠에 익숙해지는 훈련을 해 두면 나중에 무척 유용하겠지. 터펜스, 마음씨 착한 시드니 역을 좀 맡아줘. 저 지팡이가 있는 곳까지 몇 걸음이나 될까?"

터펜스는 속으로 열심히 계산을 해 보았다.

"앞으로 세 걸음, 왼쪽으로 다섯 걸음."

그녀는 어림짐작으로 말했다.

토미는 불안한 걸음걸이로 걷기 시작했다. 터펜스는 왼쪽으로 네 번째 걸음을 걸을 때 당장이라도 벽에 부딪칠 것 같은 남편에게 조심하라고 소리쳤다.

"그건 쉬운 일이 아니에요. 몇 걸음을 걸으면 될지 판단하는 게 얼마나 어려운지 당신은 정말 몰라요."

"하지만 꽤 재미있는데. 앨버트한테 좀 들어오라고 해. 당신과 앨버트, 두 사람과 악수를 하고 나서 누구의 손인지 알아맞혀 볼 테니까 말이야."

"좋아요. 하지만 앨버트한테 손부터 씻으라고 해야겠어요. 항상 사탕을 입에 달고 다니니까 분명히 손이 끈적끈적할 거예요."

게임 내용을 알게 된 앨버트는 무척 재미있어했다.

두 사람과 악수를 하고 나서 토미는 만족스러운 듯 빙그레 웃었다.

"맥박은 속일 수가 없지. 첫 번째 악수한 사람은 앨버트, 그리고 두 번째가 당신이야."

"틀렸어요!"

터펜스가 날카롭게 소리쳤다.

"맥박으로 알아봤다고요? 당신은 내 반지를 보고 판단한 거잖아요. 내 그럴 줄 알고 반지를 빼서 앨버트의 손가락에 끼웠죠."

그밖에도 여러 실험을 해 봤지만 성공률은 영 신통치 않았다.

"하지만 조금씩 나아지고 있어. 당장 실력을 키울 수 있다고 기대해선 안 돼. 점심 시간이 다 됐군. 터펜스, 블리츠 호텔로 가서 점심을 먹을까? 맹인과 그의 보호자로서 말이야. 그곳에 가면 뭔가 아주 유용한 정보를 얻을 수 있을 것 같아."

"여보, 그러다가 곤란한 경우를 겪을 수도 있어요."

"아니, 그런 일은 없을 거야. 키 작은 신사처럼 얌전히 행동할 테니까 걱정 마. 그렇지만 장담하건대 점심 식사가 끝나기 전에 당신은 내 실력을 보고 깜짝 놀라게 될 거야."

토미는 아내의 항의를 모두 묵살해 버렸다. 결국 15분 뒤에 두 사람은 블리츠 호텔에 있는 골드 룸의 구석 테이블에 느긋하게 앉아 있었다.

토미는 손가락을 메뉴판 위에 얹고 가볍게 움직였다.

"나는 새우 필라프에 구운 닭고기로 하지."

그는 중얼거렸다.

터펜스도 주문을 하자 웨이터는 물러갔다.

"지금까지는 잘 했어. 그러면 이제부터 좀 더 대담한 모험을 해볼까. 저기 짧은 스커트를 입은 아가씨는 다리가 한마디로 끝내주는군. 방금 들어온 여자 말이야."

"토미, 그걸 어떻게 맞췄죠?"

"잘 빠진 다리는 바닥으로 특수한 진동을 내보내지. 속이 텅 빈 이 지팡이가 그걸 받아들이는 거야. 솔직히 말해서 큰 음식점에는 거의 항상 다리가 미끈한 아가씨가 입구에 서서 친구를 찾고 있거든. 그리고 짧은 스커트를 입고 다니면서 자랑스레 다리를 과시하고."

식사가 시작되었다.

"여기에서 두 식탁 건너편에 앉아 있는 남자는 돈이 상당히 많은 고리대금업자 같은데……. 혹시 유대인 아냐?"

토미는 거침없이 말했다.

"정말 대단하네요."

터펜스는 남편의 솜씨에 감동한 것 같았다.

"이번엔 어떻게 맞힌 거예요?"

"일일이 설명해 줄 수는 없어. 하나하나 설명해 주다 보면 맥이 빠지니까 말이야. 오른쪽 세 번째 테이블에서는 웨이터가 손님들한테 샴페인을 따라 주고 있군. 검은 옷을 입은 뚱뚱한 여자가 우리 옆을 지나가고 있고."

"토미, 도대체 어떻게……?"

"하하! 이제야 당신이 내 실력을 깨닫기 시작하는군. 당신 뒤에 있는 테이블에서 갈색 옷을 입은 예쁜 아가씨가 지금 자리에서 일어나고 있어."

"틀렸어요! 회색 옷을 입은 청년이에요."

"뭐라고?"

잠시 당황하며 토미가 말했다.

그 순간, 그리 멀리 떨어지지 않은 테이블에 앉아 아까부터 이 젊은 부부를 유심히 지켜보던 두 남자가 자리에서 일어나더니 구석 테이블로 다가왔다.

"실례하겠습니다."

나이가 더 들어 보이는 남자가 말했다. 키가 크고 멋진 양복을 입은 그 남자는 안경을 끼고 회색 콧수염을 짧게 기르고 있었다.

"혹시 테오도르 블런트 씨 아닙니까?"

토미는 뜻밖의 물음에 잠시 당황하다가 고개를 끄덕였다.

"맞습니다. 제가 블런트입니다만."

"이거 참 뜻밖의 행운이군요! 블런트 씨, 실은 점심을 먹고 선생님의 사무소를 찾아갈 생각이었습니다. 저는 지금 무척 곤란한 지경에 처해 있습니다. 그런데 실례지만, 눈은 다치신 겁니까?"

"아, 그건……."

토미는 우울한 목소리로 대답했다.

"사실 저는 맹인입니다. 앞을 전혀 볼 수 없지요."

"뭐라고요?"

"놀라신 것 같군요. 하지만 맹인 탐정이 있다는 건 들어보셨겠죠?"

"그야 소설에서죠. 현실 세계에서 그런 사람이 있다는 건 한 번도 못 들어봤습니다. 그리고 저는 선생님이 맹인일 줄은 전혀 몰랐는데요."

"많은 사람들이 이 사실을 모르고 있지요. 오늘은 햇빛으로부터 눈을 보호하기 위해 이렇게 안대를 하고 나왔습니다만, 이걸 떼고 있으면 대부분의 사람들은 제게 육체적 결함, 글쎄 이게 적합한 표현인지 모르겠지만, 하여튼 그런 결함이 있는 줄 전혀 눈치 못 채더군요. 눈은 이래도 사건을 해결하는 데는 문제가 안 됩니다. 아, 그 얘기는 이 정도로 하죠. 그건 그렇고 제 사무소로 가시겠습니까? 아니면 여기서 사건 설명을 해 주시겠습니까? 아무래도 여기서 하는 게 나을 거라 생각합니다만."

웨이터가 의자를 두 개 더 가져다주어 두 남자는 합석을 하게 되었다. 아직 한마디도 하지 않은 두 번째 남자는 키가 작고 몸매가 탄탄해 보였으며 피부가 무척이나 검었다.

"상당히 미묘한 문제입니다."

나이 많은 남자가 마치 비밀을 털어놓듯 목소리를 낮추며 말했다. 그는 마음에 걸리는 듯 터펜스를 바라보았다. 우리의 자칭 블런트는 그 시선을 눈치 챘다.

"소개하죠. 이쪽은 제 비서 갠지스 양입니다. 이름 그대로 인도의 강둑에서 아기 옷 포대 속에 들어 있는 이 아가씨를 제가 발견했지요. 매우 가슴 아픈 과거를 지니고 있는 갠지스 양은 제게 눈과 같은 존재입니다. 제가 가는 곳이라면 어디든 따라와 주니까요."

낯선 남자는 소개를 받고서 알겠다는 듯 가볍게 고개를 숙였다.

"그렇다면 저도 터놓고 말씀드리겠습니다. 블런트 씨, 제 딸이 올해 열여섯 살인데 좀 이상한 상황에서 납치를 당했습니다. 저는 이 사실을 30분 전에 알았습니다. 사정이 사정인지라 감히 경찰에 신고는 하지 않았습니다. 대신 선생님의 사무소로 전화를 드렸죠. 직원 말로는 선생님이 점심을 드시러 나가셨는데 2시 30분까지는 돌아오신다고 하더군요. 그래서 저는 여기 있는 제 친구 하커 대위와 잠시 이곳에 들러……."

키 작은 사내는 꾸벅 고개를 숙이며 무어라고 중얼거렸다.

"그런데 정말 운 좋게도 식사를 하러 오신 선생님을 이곳에서 만나게 된 겁니다. 한시도 꾸물거릴 수 없습니다. 지금 당장 저희 집으로 같이 가 주셨으면 좋겠습니다."

토미는 조심스럽게 요청을 거절했다.

"30분 뒤에는 방문할 수 있습니다. 먼저 사무실로 들어가 봐야 합니다."

그때 하커 대위는 힐끗 터펜스 쪽을 바라보았는데 그는 터펜스의 입술 끝에 잠시 희미한 미소가 머무는 것을 보고 놀란 것 같았다.

"아니, 그러지 마시고 꼭 저와 함께 가 주셔야 됩니다."

머리가 희끗한 남자는 주머니에서 명함을 한 장 꺼내더니 식탁 너머로 건넸다.

"이건 제 이름입니다."

토미는 명함을 손가락으로 만지작거렸다.

"제 손가락은 이걸 읽을 수 있을 만큼 예민하지 않습니다."

토미가 빙그레 웃으며 명함을 터펜스에게 건네주자 그녀는 낮은 소리로 읽었다.

"블레어고리 공작."

그녀는 상당한 관심을 가지고 의뢰인을 바라보았다. 블레어고리 공작이라면 굉장히 오만하고 접근하기 힘든 귀족으로 악명이 높은, 자기보다 한참이나 어리고 발랄한 성격을 지닌 시카고의 푸줏간 집 딸을 아내로 맞이한 남자다. 그런데 최근에는 두 사람 사이에 불화설이 나돌고 있었다.

"당장 가 주실 거죠, 블런트 씨?"

공작은 약간 엄한 태도로 물었다. 토미는 어쩔 수 없이 항복하고 말았다.

"그러면 갠지스 양과 함께 가겠습니다."

그는 조용히 대답했다.

"그전에 블랙 커피를 한 잔 마실 동안 기다려 주시겠습니까? 곧 나올 겁니다. 저는 시력이 안 좋아서 극심한 두통에 시달리는데 커피를 마시면 신경이 안정된답니다."

토미는 웨이터를 불러 커피를 주문했다. 그런 다음 터펜스를 향해 말했다.

"갠지스 양, 내가 내일 이곳에서 프랑스 경시청장과 오찬을 하기로 되어 있는데 지배인한테 가서 내가 주로 앉는 식탁을 잡아 두라고 말해 줘요. 어떤 중요한 사건과 관련해서 프랑스 경찰을 도와줘야 해. 사례비는……."

그는 잠깐 말을 끊었다.

"엄청나지. 준비 됐어, 갠지스 양?"

"예, 준비됐습니다."

터펜스는 만년필을 거머쥐며 말했다.

"우선 이 음식점의 특별요리인 새우 샐러드부터 시작하지. 그리고…… 맞아. 그 다음엔……. 블리츠 오믈렛과 이국풍의 과자 두 개가 좋을 것 같군."

그는 잠시 말을 멈추고 죄송하다는 듯 중얼거렸다.

"이거 기다리게 해서 죄송합니다. 아! 그래, 수플레 앙 쉬르프리 즈가 좋겠군. 그것으로 식사를 끝내기로 하지. 그 프랑스 경시청장, 참 재미있는 양반입니다. 아마 아실지도 모르겠네요."

상대가 모른다고 대답하는 동안 터펜스는 자리에서 일어나 지배 인한테로 갔다. 커피가 나왔을 때 그녀도 곧 자리로 되돌아왔다.

토미는 큰 잔에 담긴 커피를 느긋하게 홀짝이고 나서 자리에서 일어섰다.

"갠지스 양, 내 지팡이가 어디 있지? 고마워. 자, 그럼 길을 안내 해 줘."

터펜스에게는 고통스러운 순간이었다.

"오른쪽으로 한 걸음 나와서, 곧장 앞으로 열여덟 걸음 가세요. 다섯 걸음쯤 앞으로 나가시면 왼쪽 편에서 웨이터가 서빙을 하고 있어요."

토미는 지팡이를 뽐내듯 흔들며 걷기 시작했다. 터펜스는 바로 뒤에 붙어 서서 방해하지 않고 토미를 인도하려고 애썼다. 문을 나 설 무렵까지는 그런대로 모든 일이 괜찮았다. 그런데 어떤 남자가 다소 빠른 걸음으로 음식점 안으로 들어섰다. 앞이 보이지 않는 척 하는 블런트에게 터펜스가 미처 경고할 틈도 없이 남자는 블런트와 심하게 몸을 부딪치고 말았다. 그 때문에 블런트는 변명을 하고 사 과를 해야 했다.

호텔 입구에는 깜찍한 소형 자동차가 대기하고 있었다. 공작은 블런트가 차에 오르는 일을 도와주었다.

"하커, 자네도 차를 가져 왔나?"

공작이 어깨 너머로 물었다.

"응. 바로 저쪽 모퉁이에 세워 뒀네."

"그러면 갠지스 양을 좀 태우지."

상대가 미처 대꾸할 틈도 주지 않고 그는 토미의 옆자리에 올라 탔고 자동차는 미끄러지듯 굴러갔다.

"매우 민감한 문제입니다만 이제 곧 자세한 사정을 알려드리겠습니다."

공작이 중얼거렸다.

토미는 한 손을 얼굴로 가져가며 말했다.

"이제 안대를 벗어도 될 것 같군요. 음식점 불빛 때문에 끼고 있었던 거니까요."

하지만 그 순간, 공작이 토미의 팔을 아래로 확 끌어내렸다. 그와 동시에 토미는 뭔가 딱딱하고 둥근 물체가 자신의 갈비뼈 사이에 와 닿는 것을 느꼈다.

"이러시면 곤란하죠, 블런트 씨."

그렇게 말하는 공작의 목소리는 지금까지와는 전혀 달랐다.

"안대는 벗지 말고 얌전히 있어. 몸을 움직일 생각일랑 말고. 알겠나? 나도 이 총이 불을 뿜는 걸 원치 않아. 눈치 챘겠지만 난 블레어고리 공작인지 뭔지 하는 나부랭이가 아냐. 그런 유명인사라면 당신이 거절하지 않을 거라는 걸 알고 잠시 이름을 빌렸을 뿐이야. 난 그저 단순하고 평범한 인간일 뿐이지. 아내를 잃어버린 육류 도매상이니까."

토미는 상대의 말을 듣고 몸을 움찔했다.

"이제야 뭔가 깨달은 것 같군."

사내는 껄껄 웃었다.

"이봐, 젊은 친구. 자네는 정말 멍청하더군. 자네 인생이 오늘로서 끝날까 봐 내가 다 무서워 죽을 지경이네."

그는 마치 마지막 말을 즐겁게 음미하듯 내뱉었다.

토미는 미동도 없이 앉아 있었다. 상대의 비꼬는 말에 그는 한마디도 대꾸하지 않았다.

이윽고 자동차는 속도를 늦추더니 멈춰 섰다.

"잠깐 기다려."

가짜 공작이 말했다. 그는 능숙한 손길로 손수건을 말아서 토미의 입에 쑤셔 넣고는 그 위에다 스카프를 씌웠다.

"도와 달라고 고함을 지르거나 하는 허튼 짓을 할지도 모르니까."

그는 점잖게 설명했다.

자동차 문이 열리고 운전사가 먼저 내려서 준비를 갖추고 있었다. 운전사와 가짜 공작은 양쪽에서 토미를 붙잡았고 그의 등을 떠밀어 급히 몇 계단을 오르게 한 다음 어떤 집의 현관 안으로 떠밀어 넣었다.

등 뒤로 문이 닫혔다. 집 안에는 어떤 동양적인 냄새가 진하게 풍겨났다. 토미가 내딛는 발은 벨벳 융단 속에 푹 파묻혔다. 그는 다시 계단으로 떠밀려 올라가 집 안쪽에 있다고 생각되는 어떤 방으로 끌려갔다. 거기서 두 남자는 토미의 양손을 묶었다. 운전사가 방을 나가고 남아 있는 남자가 토미의 입에 물린 재갈을 풀어 주었다.

"이제 맘껏 지껄여도 좋아."

그는 유쾌하게 말했다.

"어이, 젊은 친구, 할 말 없어?"

토미는 헛기침을 하고 입가의 얼얼한 통증을 가라앉히려고 애썼다.

"내 지팡이를 없애진 않았겠지? 그걸 만드는 데 상당한 돈이 들었으니까."

토미는 침착하게 말했다.

"배짱이 두둑한 친구군."

상대는 잠시 사이를 두고 말했다.

"아니면 그냥 바보든가. 자네는 지금 내 수중에 들어와 있다는 걸 모르나? 자네는 이제 내가 하기에 달렸어. 자네를 아는 사람들은 이제 두 번 다시 자네 얼굴을 볼 수 없을지도 몰라."

"그 따위 통속극 같은 소리는 집어치우시지."

토미는 하소연하듯 말했다.

"나도 '이 악당 같은 놈, 코를 납작하게 해 주마.' 하고 유치한 소리를 지껄여야 되겠어? 그런 표현은 너무 구식이라고 생각 안 해?"

"그 여자는 어떨까? 그러면 자네도 좀 흔들릴걸."

상대는 토미를 빤히 바라보며 물었다.

"조금 전 침묵을 강요당하는 동안 나는 상황을 종합해 보았지. 저

수다스러운 하커가 이 무모한 짓의 공모자라는 사실과 불쌍한 내 비서도 이 초라한 파티에 곧 합류하게 될 거라는 결론을 내렸고."

"결론의 한 가지는 맞지만 다른 하나는 틀렸어. 베레스퍼드 부인⋯⋯. 아, 나는 당신네들에 관해 속속들이 알고 있다는 걸 명심해. 어쨌든 자네 부인은 여기로 데려오지 않을 거야. 그건 나의 최소한의 대비책이지. 혹시 높은 자리에 있는 자네 친구들이 자네를 미행할지도 모르기 때문에 그럴 경우를 대비해서 두 사람을 떼어놓으려는 거야. 그렇게 되면 두 사람 모두를 추적하는 일이 불가능하게 되겠지. 나는 두 사람 가운데 하나를 손에 쥐고 있어야 해. 지금 내가 기다리는 건⋯⋯."

그때 갑자기 문이 열리자 그는 말을 멈췄다. 운전사가 들어와서 말했다.

"미행을 하는 사람은 없습니다. 안전합니다."

"좋아. 나가 봐, 그레고리."

문이 다시 닫혔다.

"지금까지는 잘 돼 가고 있어. 베레스퍼드 블런트, 이제 자네를 어떻게 처리해 줄까?"

"이 성가신 안대를 벗고 싶은데."

토미가 말했다.

"그렇게는 안 되지. 그걸 하고 있어야 정말 눈이 안 보이게 되니까 말이야. 그걸 벗으면 자네도 나만큼 잘 볼 수 있을 것 아닌가. 그렇게 되면 내가 세운 자그마한 계획에도 차질이 생기게 되지. 나도 계획하는 바가 하나 있거든. 블런트, 자네는 유명한 탐정 소설을 좋아하는 것 같아. 오늘 자네와 자네 마누라가 했던 연기가 그걸 증명하지. 그래서 나도 자그마한 게임을 하나 준비했어. 상당히 재미있는 거야. 내가 게임 방법을 설명해 주면 자네도 분명 좋아할걸.

자네도 눈치챘겠지만 자네가 서 있는 이 바닥은 쇠로 되어 있어. 그리고 표면 여기저기에 자그마한 돌기가 솟아 있지. 내가 스위치를 이렇게 누르면…….”

찰칵 하는 날카로운 소리가 났다.

“이 속에 전류가 흐르는 거야. 저 작은 돌기 중 어느 하나라도 밟으면 죽게 되지. 죽는다고! 내 말 알아들어? 자네가 앞을 볼 수 있다면……. 아니, 그런데 자네는 지금 앞을 볼 수 없지. 자네는 지금 어둠 속에 있는 셈이야. 이게 내가 준비한 게임이야. 일명 죽음의 장님놀이. 자네가 무사히 문까지 갈 수 있다면……. 그렇게 되면 자넨 자유야! 하지만 문에 도착하기 전에 자네는 틀림없이 위험한 돌기들 가운데 하나쯤은 밟을 거라고 생각하는데. 그렇게 되면 나로서는 매우 재미있는 구경거리가 생기는 거지.”

그는 다가와서 토미의 양손을 풀어주었다. 그리고 나서 사내는 토미를 향해 놀리듯이 고개를 숙여 절을 하면서 지팡이를 정중히 건넸다.

“맹인 탐정 양반, 자네가 이 문제를 풀 수 있는지 한번 보기로 하지. 나는 권총을 들고 이쪽에 서 있을 거야. 만일 자네가 그 안대를 풀려고 얼굴 쪽으로 손을 올리면 그대로 갈겨 버리겠어. 무슨 소린지 알겠지?"

"좋아."

토미가 대답했다. 그는 얼굴이 다소 창백해졌지만 의연한 태도로 말했다.

"이렇게 되면 내겐 지푸라기만큼의 기회도 없는 건가?"

"그건 뭐……."

상대는 어깨를 으쓱했다.

"당신은 정말 악랄한 악당이군."

토미가 말했다.

"하지만 당신이 하나 잊은 게 있어. 담배 한 대 피워도 되나? 가엾은 내 심장이 하도 두근거려서 말이야."

"담배는 피워도 돼. 하지만 속임수 따위는 아예 생각 않는 게 좋을 거야. 내가 지금 총을 겨누고 있다는 사실 잊지 말라고."

"내가 곡마단의 개도 아니고, 속임수 같은 건 쓰지 않아."

그는 담배 케이스에서 담배를 하나 꺼낸 다음 성냥갑을 더듬어 찾았다.

"걱정하지 않아도 돼. 권총을 찾는 건 아니니까. 내가 무기를 갖고 있지 않다는 건 당신도 잘 알고 있을 테고. 그런데 내가 아까 말한 대로 당신은 한 가지 잊은 게 있어."

"그게 뭐지?"

토미는 성냥갑에서 성냥을 하나 꺼내고는 성냥을 그을 자세를 취했다.

"나는 장님이고 당신은 앞을 볼 수 있다는 점은 시인하지. 그래서 당신이 지금은 유리한 입장에 있어. 그런데 우리 두 사람이 모두 어둠 속에 있다면 어떻게 될까? 그럴 경우에도 당신이 유리할까?"

토미는 성냥을 그었다.

"전등 스위치에 뭔가를 던져 실내를 어둡게 만들 속셈인가? 그건 불가능해."

"그렇지. 내가 이 방을 어둡게 할 수는 없어. 하지만 극과 극은 만나는 법이지. 빛이라면 어떨까?"

그렇게 말하면서 토미는 성냥불을 손에 들고 있는 뭔가에 붙여서 그걸 탁자 위로 내던졌다.

그러자 앞이 보이지 않을 정도로 강한 불빛이 방 안을 가득 채웠다. 아주 잠시 동안 강렬한 불빛 때문에 눈앞이 보이지 않자 가짜 공작은 눈을 깜박이며 뒤로 물러섰고 권총을 들고 있던 손을 아래로 내렸다.

그가 다시 눈을 떴을 때는 뭔가 날카로운 물건이 그의 가슴을 찌르고 있었다.

"그 권총 내려놔!"

토미가 명령했다.

"빨리! 속이 비어 있는 지팡이는 아무 도움도 되지 못한다는 점엔 나도 동감이야. 그래서 난 그런 지팡이를 갖고 다니지 않지. 하지만 속에 칼이 들어 있는 지팡이라면 아주 유용한 무기가 되거든. 그렇게 생각지 않나? 마그네슘 전선 못지않게 쓸모가 있단 말이야. 어서 권총을 버리시지!"

날카로운 끝을 상대의 몸에 대고 윽박지르자 상대는 마지못해 권총을 떨어뜨렸다. 다음 순간, 사내는 껄껄 웃으며 뒤로 급히 몸을 뺐다.

"그렇지만 아직 유리한 건 나야. 왜냐하면 자네는 눈이 보이지 않지만 나는 볼 수 있으니까 말이야."

사내는 비웃었다.

"그게 바로 당신이 착각한 점이지. 내 눈은 멀쩡하거든. 이 안대는 앞이 훤히 보이는 가짜야. 터펜스를 감쪽같이 속일 작정으로 장난을 좀 쳤지. 처음에 한두 차례 실수를 하다가 점심 식사가 끝날 무렵에 정말 놀라운 곡예를 해 보일 심산이었어. 물론 여기서 이 돌기들을 전부 피해 문까지 걸어가는 정도는 문제없이 할 수 있지. 그렇지만 당신 같은 사람이 페어플레이를 하리라곤 생각지 않았어. 당신은 나를 살려서 내보낼 생각이 전혀 없었을 테니까. 앗! 조심해!"

그 순간 분노로 얼굴이 일그러진 가짜 공작은 발밑을 조심해야 한다는 사실도 잊은 채 앞으로 튀어나왔다.

갑자기 '팍!' 하는 소리와 함께 푸른 불꽃이 튀면서 그가 잠시 뒤뚱거리다가 통나무처럼 풀썩 쓰러졌다. 고기 굽는 냄새가 오존의 강한 냄새와 뒤섞이며 방안을 가득 채웠다.

"휴!"

토미는 한숨을 내쉬고 나서 얼굴의 땀을 닦았다.

그러고 나서 그는 신중한 발걸음으로 최대한 조심하면서 벽으로 다가가 조금 전 가짜 공작이 조작한 스위치를 건드렸다.

그는 방을 가로질러 문으로 가서 조심스럽게 문을 열고 바깥을 살폈다. 아무도 보이지 않았다. 그는 계단을 내려가서 현관문을 통해 집 밖으로 나왔다.

무사히 거리로 나오자 토미는 몸서리를 치며 그 집을 올려다보고 주소를 기억해 두었다. 그러곤 가까운 공중전화로 달려갔다.

긴장과 두려움의 순간이 지나고 익숙한 목소리가 전화기 저쪽에서 들려왔다.

"터펜스? 다행이군."

"그래요. 나는 무사해요. 당신이 아까 호텔에서 음식을 주문할 때 난 그것들이 암시하는 내용을 깨달았어요. 즉 '새우'를 블리츠 호텔로 오게 해서 정체불명의 두 사람을 추적하라는 뜻이었지요. 앨버트는 시간에 맞춰 호텔에 도착했고 우리가 각자 다른 차로 호텔을 나가는 걸 보고 택시를 타고 내 뒤를 쫓아왔어요. 그리고 내가 붙잡혀 간 집을 확인하고 경찰에 신고해 주었지요."

"앨버트는 영리한 친구야."

토미가 말했다.

"신사도 정신도 있고. 난 앨버트가 분명히 당신을 뒤쫓을 거라고 생각했지. 그래도 계속 걱정이 되었어. 당신한테 들려줄 얘기가 많아. 지금 곧 갈게. 도착하면 제일 먼저 세인트 던스턴 병원(전쟁에서 실명한 상이군인들의 요양소 — 옮긴이)에 큰맘 먹고 기부해야겠어. 앞을 못 본다는 건 너무도 끔찍한 일이야."

안개 속의 남자

토미는 도무지 살맛이 나지 않았다. '블런트의 우수한 탐정들'은 어떤 좋지 않은 경우를 당해 금전 손실은 아닐지라도 자존심에 크나큰 상처를 입고 말았다. 애들링턴의 애들링턴 홀에서 일어난 진주 목걸이 도난사건을 해결해 달라는 부탁을 받고 전문가로서 불려 간 블런트의 우수한 탐정들은 별다른 성과를 거두지 못하고 돌아왔다. 토미가 로마 카톨릭의 사제로 변장해서 도박벽이 있는 어떤 백작부인을 열심히 뒤쫓고, 터펜스 또한 그녀대로 골프장에서 애들링턴네 조카와 '친해지려고' 애쓰는 동안, 지역 경감이 별 힘들이지 않고 체포한 근방의 하인 한 명이 순순히 자기 죄를 자백해 버렸던 것이다.

그래서 토미와 터펜스는 체면을 완전히 구긴 상태로 그곳에서 철수해서 지금 그랜드 애들링턴 호텔에 들어가 칵테일을 마시며 기분을 달래는 중이다. 토미는 아직도 사제복을 그대로 입고 있었다.

"브라운 신부(G. K. 체스터튼이 탄생시킨 가톨릭 신부 탐정. 언제나 낡은 검정색 박쥐우산을 들고 다님 ─ 옮긴이)의 솜씨라고 하긴 힘들지."

그는 어두운 표정으로 말했다.

"그래도 우산만큼은 신부가 가지고 다니던 것과 같은 종류야."

"이번 사건은 브라운 신부가 다룰 만한 문제가 아니었어요. 그러려면 처음부터 어떤 특별한 분위기가 필요해요. 지극히 정상적인 일이 일어나다가 어느 순간 괴상한 일들이 벌어지기 시작하잖아요. 그게 브라운 신부의 사건이죠."

"유감스럽지만 런던으로 되돌아가야 할 것 같아. 역으로 가는 동안 뭔가 괴상한 일이 일어날지도 모르지."

그는 손에 들고 있던 잔을 입으로 가져갔다. 그때 어떤 묵직한 손이 그의 어깨를 탁 치면서 누가 큰 소리로 인사를 하는 바람에 토미는 잔에 들어있던 술을 흘리고 말았다.

"어, 이게 누구야! 토미! 무슨 바람이 불어 부인까지 대동하고 이 누추한 곳까지 왔지? 자네 얼굴은커녕 소식 들은 지도 벌써 몇 년이 지났군그래."

"아니, 뚱보 아냐?"

그렇게 말한 토미는 칵테일 잔을 내려놓고 몸을 돌려 아내와의 대화를 방해한 남자를 쳐다보았다. 서른 살 가량 되어 보이는 남자는 어깨가 넓고 각이 졌으며, 골프 복장을 하고 있었다. 그리고 얼굴이 둥글고 붉었다.

"보고 싶었네, 뚱보!"

"나도 보고 싶었다. 친구야!"

본명이 마빈 에스트코트인 그 친구가 말했다.

"자네가 신부가 된 줄은 꿈에도 몰랐어. 자네가 종교 사제라니!"

그 말에 터펜스는 갑자기 웃음을 터뜨렸고, 토미는 당황해하는 표정을 지었다. 그러고 나서 그들은 네 번째 인물인 어떤 여자의 존재를 문득 깨달았다.

여자는 키가 크고 몸매가 늘씬했다. 완전한 금발머리에 파랗고 동글동글한 눈을 가진 그녀는 정말이지 너무나 아름다웠다. 족제비 목도리를 두르고 값비싼 검정외투를 걸친 그녀는 엄청나게 큰 진주 귀걸이를 하고 있었다. 여자는 빙그레 웃고 있었는데 그 미소가 많은 것을 말해 주는 듯했다. 마치 자기는 영국은 물론 온 세상 사람들의 시선을 끌 충분한 자격이 있는 존재라는 것을 확신하고 있는 것 같았다. 이를 드러내 놓고 자랑하는 것 같지는 않았지만 그것이 사실이라는 것을 굳게 믿고 있는 듯한 인상이었다.

토미와 터펜스 모두 이 여성이 누구인지 곧 알아차렸다. 두 사람은 「마음의 비밀」, 그리고 대성공을 거둔 「불기둥」이라는 연극에서 그녀를 각각 세 번씩 보았다. 그 밖의 무수한 연극에서 셀 수 없이 보았던 것은 말할 것도 없다. 아마 여기 있는 길다 글렌만큼 영국에서 대중의 마음을 확실히 사로잡은 여배우는 없을 것이다. 영국 제일의 미인이라는 평이 지배적이지만, 동시에 그녀만큼 머리가 둔한 여자도 없다는 소문이 강한 설득력을 얻고 있었다.

"글렌 양, 여기는 나랑 오래 알고 지낸 친구들입니다."

에스트코트는 그렇게 찬란하게 빛나는 존재를 잠시나마 망각한 것에 대해 사과하듯이 말했다.

"토미, 그리고 부인, 이쪽은 길다 글렌 양입니다."

그의 목소리에는 확실히 자부심이 배어 있었다. 단지 함께 있는 모습을 남들에게 보이는 것만으로도 글렌 양은 동행인에게 큰 영광을 선사하고 있었다. 여배우는 가식 없는 관심을 보이면서 토미를 빤히 바라보았다.

그녀가 물었다.

"정말 신부님이세요? 로마 카톨릭 신부님인가요? 전 신부님은 결혼하지 않는 줄 알았어요."

그러자 에스트코트가 다시금 웃음을 터뜨렸다.

"맞아. 그러고 보니 이 친구 참 재미있군. 부인, 이 친구가 형식을 중시한답시고 부인을 저버리는 짓을 하지 않아 정말 다행입니다."

길다 글렌은 그의 말에는 전혀 주의를 기울이지 않았다. 그녀는 혼란스러운 눈길로 계속 토미를 주시했다.

"정말 신부님 맞으세요?"

그녀는 추궁하듯 다시 물었다.

"겉으로 보이는 것과 실제가 일치하는 경우는 매우 드문 법이죠."

토미는 부드럽게 대답했다.

"사실 제 직업은 신부가 하는 일과 별반 다를 바 없습니다. 저는 죄를 사해 주거나 하진 않지만 사람들이 죄를 고백하는 것을 들어

줍니다. 저는…….”

“이 친구가 하는 소리에 괜히 신경 쓰지 말아요. 놀리는 거니까.”

에스트코트가 끼어들며 말했다.

“성직자가 아니면서 왜 그런 옷을 입고 있는지 저로선 이해가 되질 않네요. 그러면 혹시…….”

그녀는 혼란스러워했다.

“경찰의 눈을 피해 다니는 범죄자는 아닙니다. 오히려 그 반대지요.”

“아!”

그녀는 눈썹을 찡그리며 혼란 가득한 아름다운 눈으로 그를 바라보았다.

‘이 아가씨가 정말 내 말을 이해할 수 있는지 의심스럽군. 확실하게 설명해 주지 않으면 이해 못할 것 같은데.’

토미는 속으로 그렇게 생각하며 에스트코트에게 큰 소리로 말했다.

“뚱보, 혹시 런던행 열차 시간 알고 있나? 빨리 집에 돌아가 봐야 하는데 여기서 역까지 얼마나 걸리지?”

“걸어서 10분이면 돼. 하지만 서두를 필요는 없어. 다음 열차는 6시 35분에 있는데, 아직 5시 40분밖에 안 됐으니까. 방금 열차가 출발했거든.”

“역으로 가려면 여기서 어떻게 가지?”

“호텔을 나가서 곧바로 왼쪽으로 꺾어. 그리고 가만 있자……. 모건 거리로 가는 게 제일 낫겠죠?"

"모건 거리라고요?"

글렌은 갑자기 몸을 움찔하더니 놀란 눈으로 그를 바라보았다.

에스트코트가 웃으며 말했다.

"무슨 생각을 하는지 알겠어요. 유령 생각 했죠? 모건 거리의 한
쪽은 공동묘지인데, 전설에 따르면 갑자기 죽음을 당한 어떤 순경
이 무덤에서 기어 나와 예전에 자기의 순찰 담당 구역이었던 모건
거리를 왔다갔다 한다던가요. 이봐, 유령 순경이라는 거야, 유령 순
경! 어때, 소름끼치지? 하지만 그 유령을 정말로 봤다는 사람이 적
지 않아."

"순경이라고요?"

글렌이 말했다. 그녀는 몸을 조금 떨었다.

"그렇지만 유령은 없잖아요, 안 그래요? 설마하니 그런 것들이 있
겠어요?"

그녀는 자리에서 일어나 외투로 몸을 단단히 감쌌다.

"전 그만 가 볼게요."

그녀는 또렷치 못한 목소리로 작별인사를 했다.

그녀는 줄곧 터펜스의 존재를 무시했는데 지금은 숫제 터펜스 쪽
으로 시선조차 주지 않았다. 그렇지만 그녀는 어깨 너머의 토미에
게는 혼란스러우면서도 무언가를 캐묻는 듯한 눈길을 던졌다.

입구까지 나갔을 때 그녀는 머리가 희끗희끗하고 얼굴이 통통한
어떤 남자와 마주쳤다. 키가 큰 그 남자는 뜻밖의 만남을 기뻐하는

것처럼 소리를 지르더니, 그녀의 팔을 잡고 활기찬 모습으로 얘기를 하며 함께 밖으로 나갔다.

"예쁜 생명체야, 그렇지 않나?"

에스트코트가 말했다.

"머리가 비긴 했지만……. 하여튼 레콘버리 경과 결혼한다는 소문이 있어. 입구에서 만난 남자가 바로 그 레콘버리야."

"아까 그 남자는 결혼 상대로 그다지 좋아 보이지 않던데요."

터펜스가 말했다.

에스트코트는 어깨를 으쓱했다.

"아직도 작위라는 건 어떤 매력을 지니고 있는 것 같아. 더구나 레콘버리는 경제적으로도 절대 뒤지지 않는 편이지. 저 여자는 호사스럽게 살 수 있을 거야. 하지만 저 여자의 예전 신분이나 출신에 대해 아는 사람이 아무도 없어. 내 생각에는 아마 하층민 출신이 아닐까 싶어. 어쨌든 저 여자가 이런 곳에 와 있는 데에는 뭔가 심상치 않은 사연이 있겠지. 호텔에 묵고 있는 것도 아니고. 내가 어디에 묵고 있는지 물어보면 핀잔을 준다네. 그것도 정말 저속한 표현으로 말이야. 하기야 그런 표현밖에 모르니까. 저 여자에 대해 좀 알 수 있다면 좋겠는데."

그는 자신의 시계를 힐끗 내려다보더니 놀란 듯이 소리쳤다.

"아, 난 이만 가 봐야겠네. 두 사람을 이렇게 다시 만나 정말 반가웠어. 가까운 시일 안에 다시 만나 한잔하세. 그럼 잘 가게."

그가 급하게 나가고 나자 종업원이 쟁반에 편지를 하나 얹어가지고 다가왔다. 편지에는 받을 사람이 적혀 있지 않았다.

"이건 길다 글렌 양이 손님께 남긴 겁니다."

종업원이 토미에게 말했다.

토미는 편지를 뜯고 다소 호기심을 느끼며 읽었다. 편지라고 해
봐야 지저분한 글자로 몇 줄 휘갈겨 적었을 뿐이다.

　　잘은 모르겠지만 선생님은 절 도와주실 수 있는 분 같습니다. 또
　　그 길을 따라 역으로 가실 테니까요. 괜찮으시다면 6시 10분 정각에
　　모건 거리에 있는 화이트 하우스에 들러주시기 바랍니다.

　　　　　　　　　　　　　　　　　　　　　　　　　　길다 글렌

토미가 종업원을 향해 고개를 끄덕이자 종업원은 물러갔다. 토미
는 편지를 터펜스에게 건넸다.

"참 이상하네요! 그녀는 아직 당신을 신부님으로 오해하고 있는
모양이죠?"

토미는 생각에 잠긴 심각한 얼굴로 말했다.

"아니야. 아마 내가 신부가 아니란 사실을 드디어 깨달았기 때문
일 거야. 아니, 저건 뭐지?"

그가 말하는 '저것'이란 어떤 청년이었다. 그의 머리카락은 마치
불길이 타오르는 것 같이 붉었고 턱은 호전적이었으며 정말 볼품이
라고는 하나 없는 누더기 같은 옷을 걸치고 있었다. 청년은 실내에
들어온 아까부터 혼자 뭐라고 주절거리며 이곳저곳을 돌아다니고

있었다.

"빌어먹을! 젠장, 빌어먹을!"

머리가 붉은 청년은 큰 소리로 거칠게 소리쳤다.

청년은 젊은 토미 부부한테서 그리 멀지 않은 자리에 털썩 주저 앉더니 두 사람을 영 찝찝한 표정으로 노려보는 것이었다.

"여자들은 모두 천벌을 받아야 돼."

청년은 험상궂은 표정으로 터펜스를 째려보며 말했다.

"좋을 대로 해! 나를 호텔에서 내쫓든, 쥐어박든 맘대로 해 보란 말이야. 그런 거 한두 번 당해 보나. 왜 솔직한 생각을 말하면 안 되는 거야? 왜 내 감정은 꼭꼭 숨기고 거짓 웃음이나 지으며 듣기 좋은 말만 하고 살아야 하지? 내 참 더러워서……. 생각 같아서는 어느 놈이고 목을 졸라 서서히 죽여 버리고 싶어."

청년은 거기서 말을 멈췄다.

"어떤 특정한 사람인가요? 아니면 아무라도 말인가요?"

터펜스가 물었다.

"어떤 한 사람 말입니다!"

청년은 여전히 무섭게 말했다.

"매우 흥미로운 얘기네요. 좀 더 자세히 말씀해 주시겠어요?"

"난 레일리, 제임스 레일리라고 합니다. 어쩌면 내 이름을 들어 봤을지도 모르겠군요. 난 평화주의적인 시들을 간추려 시집을 한 권 냈지요. 내 자랑 같지만 좋은 작품들입니다."

"평화주의적인 시라고요?"

터펜스가 물었다.

"그렇습니다. 왜, 이상합니까?"

청년은 호전적인 태도로 따지듯 물었다.

"아, 아뇨."

터펜스는 당황해서 급히 대답했다.

"난 항상 평화를 사랑하고 평화의 편에 선 사람입니다."

레일리는 단호하게 말했다.

"이 땅에서 전쟁은 사라져야 합니다. 그리고 또 하나, 여자! 여자도 마찬가지입니다! 아까 여기서 얼쩡거리던 여자 봤지요? 길다 글렌이라는 여자 말이요. 아, 내가 그 여자를 얼마나 떠받들었는지……. 솔직히 말해 그 여자가 마음에 두고 있는 사람은 바로 저일 겁니다. 실제로 한때 저를 좋아하기도 했죠. 그리고 저는 지금이라도 그 여자가 다시 날 좋아하게 만들 수도 있습니다. 그런데 그녀가 그 쓰레기 같은 레콘버리한테 몸을 팔다니……. 미쳤지, 차라리 이 손으로 그 여자의 목을 졸라 버리고 싶습니다."

거기까지 말하고 나서 청년은 갑자기 자리에서 벌떡 일어서더니 급히 밖으로 나갔다.

토미는 눈썹을 치켜떴다.

"쉽게 흥분하는 청년이군."

그는 중얼거렸다.

"터펜스, 이제 우리도 그만 슬슬 출발할까?"

호텔에 있다가 시원한 바깥 공기 속으로 나와 보니 미세한 안개가 하늘로 솟아오르고 있었다. 두 사람은 에스트코트가 일러준 대로 곧바로 왼쪽으로 돌아 몇 분을 걸어가자 모건 거리라고 적힌 모퉁이에 닿을 수 있었다.

안개는 점점 짙어갔다. 부드럽고 하얀 안개는 작은 소용돌이를 만들며 그들을 스치며 빠르게 지나갔다. 그들의 왼쪽으로는 공동묘지의 높은 담이 이어져 있었고 오른쪽에는 작은 집들이 줄지어 서 있었다. 늘어선 집들이 끊긴 자리에서부터 높은 울타리가 시작되었다.

"토미, 난 왠지 두려워요. 안개가 피어오르는 데다 사방이 쥐죽은 듯 고요해서요. 마치 아무도 없는 곳에 뚝 떨어져 있는 것 같은 느낌이에요."

"그럴 만도 하지. 세상에서 외톨이가 된 느낌이지? 안개 때문에 앞이 전혀 안 보여서 그래."

터펜스는 고개를 끄덕였다.

"우리 발소리만 도로에 울리고 있어요. 근데 저건 뭐죠?"

"뭐 말이야?"

"우리 뒤쪽에서 발소리가 들린 것 같아요."

"자꾸 그런 식으로 생각하면 정말 헛것을 보게 돼. 그러니까 너무 겁먹지 마. 유령 순경이 어깨에 손이라도 얹을까 봐 겁나?"

토미가 부드럽게 말했지만 터펜스는 오히려 날카로운 비명을 내질렀다.

"그러지 마요, 토미. 당신이 오히려 그런 상상을 부추기고 있잖아요."

그녀는 두 사람을 둘러싼 하얀 안개 속을 꿰뚫어 보려고 애씀과 동시에 고개를 돌려 어깨 너머를 살폈다.

"보세요, 또 발소리가 들려요."

그녀가 속삭였다.

"아, 이번엔 앞쪽이에요. 토미, 설마 이번에도 못 들었다고 하시진 않겠죠?"

"나도 분명히 들었어. 그래, 저건 우리 뒤에서 들리는 발소리야. 우리처럼 기차를 타려고 이 길로 가는 사람일 거야. 혹시……."

그는 갑자기 발걸음을 멈추고 가만히 서 있었다. 터펜스는 놀라서 숨이 콱 막혔다.

그들의 앞쪽에서 베일 같은 안개가 아주 환상적으로 갈라진 것이다. 그리고 불과 6미터도 떨어지지 않은 곳에서는 체구가 커다란 순경 하나가 갑자기 모습을 드러냈다. 마치 안개로 만든 사람 같았다.

언뜻 사라졌다고 생각했던 그 모습은 곧 다시 나타났다. 그 광경을 지켜보는 두 사람의 다소 지나친 상상력에는 적어도 그런 식으로 비쳤다. 이윽고 안개가 좀 더 뒤쪽으로 흘러가면서 마치 무대 위에 설치해 놓은 세트 같은 광경이 펼쳐졌다. 큰 체구에 파란 제복을 입은 순경, 새빨간 우체통, 그리고 길 오른쪽에는 어느 하얀 집이 윤곽을 드러내고 있었다.

"빨강과 흰색, 그리고 파랑……. 꼭 한 폭의 그림 같군. 터펜스, 무서워할 거 하나도 없어."

토미가 말했다. 그가 그런 말을 한 것은 조금 전에 본 순경이 진짜 사람이라는 것을 알았기 때문이었다. 게다가 순경은 처음에 안개 속에서 모습을 드러냈을 때만큼 체구가 거대하지도 않았다.

그런데 두 사람이 앞으로 걷기 시작할 때 등 뒤에서 발소리가 들렸다. 한 남자가 빠른 걸음으로 그들을 스치며 지나가더니, 하얀 집 대문으로 들어가서 계단을 오른 다음 귀가 멍멍할 정도로 세차게 현관문을 두드렸다. 토미와 터펜스가 그 남자의 모습을 바라보고 있는 순경의 옆까지 다가갔을 때 그 남자는 집 안으로 들어갔다.

"저 친구 무척 바쁜 일이 있나 보군."

순경이 혼잣말을 했다. 성격이 느긋한 사람인 듯 생각에 잠긴 목소리였다.

"매사에 서두르는 버릇이 있는 사람인가 보죠 뭐."

토미가 말했다.

순경은 다소 의심스러워하는 것 같은 시선으로 천천히 고개를 돌려 토미의 얼굴을 빤히 들여다보았다.

"저 양반이 선생의 친구분입니까?"

순경은 그렇게 물었는데 이제 그의 목소리에는 확실히 의혹이 담겨 있었다.

"아닙니다. 친구는 아니지만 저 사람이 누구인지 우연히 알게 되었지요. 레일리라는 사람입니다."

"아! 그래요? 그럼 전 이만 가 보겠습니다."

순경이 말했다.

"혹시 화이트 하우스가 어디에 있는지 아십니까?"

토미가 얼른 물었다. 그러자 순경은 고개를 옆으로 홱 돌렸다.

"바로 이 집입니다. 허니콧 부인의 집이지요."

순경은 잠시 말을 멈추었다가 어떤 귀중한 정보라도 알려 주는 듯 다음과 같이 덧붙였다.

"신경이 예민한 사람입니다. 항상 강도가 집 주변을 서성이는 것 같다면서 집 주위를 살펴 봐 달라고 부탁하지요. 중년 여성은 누구나 그렇게 되나 봅니다."

"중년이라고요? 혹시 이 집에 젊은 여자가 있는지는 모릅니까?"

"젊은 여자라……. 글쎄 그건 전혀 모르겠는데요."

순경이 생각에 잠긴 목소리로 말하는데, 터펜스가 끼어들었다.

"토미, 어쩌면 그 여자가 여기가 아닌 다른 곳에 묵고 있는지도 몰라요. 아직 오지 않았을지도 모르고요. 우리가 나오기 바로 전에 나갔으니까요."

순경이 갑자기 소리를 질렀다.

"참! 지금 생각해 보니 어떤 젊은 여자가 이 문으로 분명히 들어갔습니다. 제가 이 길로 걸어오다가 봤습니다. 삼사 분 정도 된 것 같습니다."

"족제비 목도리를 걸쳤던가요?"

터펜스가 대답을 고대하며 물었다.

"목에다 흰 토끼털 목도리 같은 걸 둘렀더군요."

터펜스는 미소를 지었다. 순경은 두 사람이 방금 지나온 방향으

로 계속 걸어갔고 두 사람은 화이트 하우스의 문으로 들어가려고
했다.

그때 갑자기 희미하고 분명치 않은 비명 소리가 집 안에서 흘러
나왔다. 그리고 곧 현관문이 열리더니 제임스 레일리가 급히 계단
을 뛰어 내려왔다. 그의 얼굴은 창백하게 일그러져 있었고 이글거
리는 두 눈은 멍하니 앞만 바라보고 있었다. 그는 마치 술에 취한
사람처럼 몸을 비틀거렸다.

그는 두 사람을 보지 못한 것처럼 그냥 스쳐 지나면서 끔찍한 말
만 되풀이했다.

"오, 하느님! 이럴 수가! 오, 하느님!"

그는 몸을 일으켜 세우려는 듯 대문 기둥을 붙들고 있다가 갑자
기 두려움을 느꼈는지 순경이 갔던 방향과는 반대쪽으로 죽을 힘을
다해 달려갔다.

토미와 터펜스는 어리둥절해서 서로의 얼굴만 바라보았다.

"아무래도 레일리를 두려움에 떨게 한 어떤 일이 이 집에서 벌어
진 것 같아."

토미가 이렇게 말한 후, 터펜스는 대문 기둥에다 무심코 손가락
을 대어 보더니 말했다.

"저 사람은 어딘가에서 아직 마르지 않은 붉은색 페인트를 만진
게 분명해요."

그녀는 멍한 표정으로 말했다.

"흠……. 빨리 안으로 들어가 보는 게 좋겠군. 도대체 무슨 일이 일어난 거지?"

현관에는 하얀 모자를 쓴 하녀가 화가 나서 말이 안 나온다는 표정으로 서 있었다. 토미가 계단을 올라가자 하녀가 갑자기 떠들어대기 시작했다.

"신부님, 이런 일 본 적 있으세요? 아까 그 남자가 찾아와서 아가씨가 있냐고 묻고는 허락도 없이 2층으로 뛰어 올라가는 거예요. 아가씨는 살쾡이 같이 고함을 질러댔죠. 그러자 어처구니없게도 그 남자가 마치 유령이라도 본 것 같은 창백한 얼굴로 곧장 뛰어 내려오는 거예요. 대체 무슨 일일까요?"

"엘렌, 현관에서 누구랑 얘기하는 거냐?"

날카로운 목소리가 안에서 흘러나왔다.

"마님이세요."

엘렌이라는 하녀는 묻지도 않은 말을 했다.

하녀가 뒤로 물러서자 머리가 희끗희끗한 중년 여인의 모습이 보였다. 구슬 장식이 달린 검정 옷을 입은 이 뚱뚱한 여자는 차가운 인상을 풍기는 파란 눈으로 안경 너머의 토미를 살폈다.

"허니콧 부인이십니까? 글렌 양을 만나 뵈러 이렇게 찾아왔습니다."

허니콧 부인은 날카로운 눈길로 그를 한 번 힐끗 보고는 터펜스에게로 시선을 돌려 그녀를 찬찬히 뜯어보았다.

"아! 그래요? 그럼 안으로 들어오시죠."

그녀는 거실을 지나 안쪽에 있는 어떤 방으로 두 사람을 데려갔다. 거기에서는 정원이 내다보였다. 상당히 넓은 방이었지만 의자와 탁자를 많이 들여놓아서 그런지 실제보다 좁아 보이기도 했다. 벽 난로에는 큰 불길이 솟아오르고 있었고 한쪽엔 사라사 무명을 덮어 씌운 소파가 놓여 있었다. 벽지는 회색의 가는 줄무늬가 있는 것으로 위쪽에는 장미 꽃다발이 그려져 있었다. 그리고 판화와 유화가 돌아가며 온통 벽을 뒤덮고 있었다.

길다 글렌의 사치스러운 성격과는 도무지 어울리지 않는 방이었다.

"앉으세요."

허니콧 부인이 말했다.

"우선 실례되는 말씀 같지만, 전 로마 카톨릭을 좋게 보지 않아요. 그래서 로마 카톨릭의 신부님을 이 집에 맞아들이게 되리라고는 꿈에도 생각 못했어요. 하지만 길다가 세속화한 로마 카톨릭으로 개종했다면 (하기야 그 아이한테는 그 길밖에 없었는지 모르지만) 상태가 더 악화될지도 몰라요. 그 애는 종교 같은 건 전혀 가지고 있지 않던 것 같습니다만. 신부님들이 결혼을 한다면 로마 카톨릭을 한번 다시 볼 수도 있겠네요. 전 언제나 터놓고 생각나는 대로 말하는 여자예요. 게다가 그 수녀원이란 것도 한번 생각해 보세요. 그토록 많은 젊고 예쁜 아가씨들이 그런 곳에 갇혀 어떤 생활을 하는지 밖에서는 아무도 모른다니, 생각만 해도 끔찍하지 않아요?"

허니콧 부인은 말을 끊고 숨을 깊게 들이마셨다.

토미는 성직자의 독신 생활 문제나 그녀가 건드린 다른 쟁점들에 대해 반론을 펴지 않았다. 그는 곧바로 요점으로 들어갔다.

"부인, 글렌 양이 이 집에 계시는 걸로 알고 있습니다."

"있죠. 미리 말씀드리겠는데 전 찬성하지 않아요. 결혼은 결혼이
고, 남편은 남편이죠. 사람은 누구나 자기가 한 만큼 받아야 한다고
생각해요."

"무슨 말씀이신지……?"

토미는 고개를 갸웃했다.

"저도 그럴 거라고 생각했어요. 그래서 여기로 모시고 온 거예요.
우선 내 생각을 들으시고 나서 길다한테 올라가 보세요. 걔는 몇 년
만에 여기로 기어 들어와서 난데없이 자길 도와 달라는 거예요. 그
남자를 만나 이혼에 동의하도록 설득해 달라고 말이죠. 전 솔직히
말했죠, 나하고는 상관없는 일이라고요. 이혼은 벌 받을 짓이에요.
그렇지만 아무리 그래도 여동생이 우리 집에 머무는 것까지 거부할
순 없는 거잖아요?"

"부인 동생이라고요?"

토미는 놀라서 소리쳤다.

"예, 길다는 제 동생이에요. 그 애가 신부님한테 말씀 안 드리던
가요?"

토미는 벌린 입을 다물지 못한 채 그녀의 얼굴을 바라보았다. 아
무리 상상해 봐도 있을 수 없는 일 같았다. 이어서 그는 길다 글렌
이 천사 같은 미모로 몇 년이나 관객을 사로잡은 사실을 기억해 냈
다. 그는 어렸을 때부터 어른들의 손에 이끌려 그녀의 연극을 보러

다녔다. 하긴, 생각해 보니 불가능한 일은 아니다. 그렇다 해도 정말 엄청난 대조였다. 길다 글렌은 중하층 계급에서 자란 여자였던 것이다. 그녀는 정말 감쪽같이 그 사실을 숨기는 데 성공했다.

"전 아직 잘 모르겠습니다만 동생분이 결혼을 했습니까?"

"열일곱 살 때 도망가서 결혼했지요."

허니콧 부인이 짤막하게 대답했다.

"상대는 훨씬 신분이 낮은 평범한 남자였어요. 목사님이셨던 저희 아버지는 그걸 수치스럽게 생각하셨고요. 그러던 동생은 곧 남편도 버리고 무대에 선 거예요. 글쎄 연극을 하겠다는 거예요! 난 여태껏 한 번도 극장에 가본 적이 없는데. 그런데 몇 년이 지난 지금에 와서 동생은 그 남자와 이혼하고 싶다는 거예요. 전 그런 부도덕한 짓은 용납할 수 없어요. 동생이 어떤 대단한 남자와 재혼하려는 모양이죠? 하지만 동생 남편의 생각은 확고해요. 협박을 하거나 돈으로 구워삶으려고 해도 도무지 소용이 없었지요. 그 점에서 전 제부가 존경스러워요."

"그분 성함이 어떻게 되죠?"

토미가 불쑥 물었다.

"참 이상한데 그게 생각이 잘 안 나요. 제가 제부 이름을 들은 지 벌써 20년이나 지나서요. 아버지는 제부의 이름을 입에 담는 것조차 금했어요. 그리고 저는 그 문제를 길다와 의논하길 거부했거든요. 동생도 제가 어떤 생각을 하는지 알고 더 이상 얘기를 안 하려고 하죠."

"레일리라는 이름은 아니죠?"

"그 이름일지도 몰라요. 정확히 말씀드릴 수가 없네요. 머릿속에서 완전히 지워져서."

"제가 말한 그 사람이 조금 전 이 집에 있었습니다."

"그 남자라고요? 저는 그 남자가 정신병원에서 탈출한 사람이라고 생각했어요. 저는 부엌에서 엘렌에게 이것저것 지시를 하고 있었지요. 그리고 막 이 방으로 돌아왔을 때 동생 목소리가 들리길래 동생이 돌아왔나 보다 하고 생각했죠. 걘 현관 열쇠를 가지고 있거든요. 동생은 잠시 거실에서 서성거리다가 곧 2층으로 올라가더군요. 그리고 약 3분 뒤에 누가 미친 듯이 현관문을 두드리더라고요. 거실로 나가 보니까 어떤 남자가 2층으로 황급히 올라가는 모습이 언뜻 보이더군요. 그리고 2층에서 비명소리 같은 게 들린 후에 그 남자가 곧 내려오더니 정신없이 밖으로 달려 나갔고요. 도대체 무슨 짓을 했는지……"

토미는 자리에서 일어섰다.

"부인, 같이 2층으로 당장 올라가 보도록 하죠. 혹시라도……"

"네?"

"혹시 댁에 페인트칠을 해 둔 곳이 있습니까? 빨간색 페인트 말입니다."

허니콧 부인은 토미를 빤히 바라보았다.

"아뇨, 그런 건 없어요."

"제가 두려워한 대로군요. 아무튼 지금 당장 동생분의 방으로 안

내해 주십시오."

토미가 심각하게 말했다.

허니콧 부인은 잠시 말이 없다가 일어나 앞장을 섰다. 거실로 나가자 엘렌이 어떤 방으로 황급히 들어가는 모습이 언뜻 눈에 들어왔다.

부인은 계단을 올라가 첫 번째 방의 문을 열었다. 토미와 터펜스는 부인의 뒤에 바짝 붙어서 방으로 들어갔다.

갑자기 허니콧 부인이 숨이 막힐 정도로 놀라면서 뒤로 물러섰다. 검은 옷에 족제비 목도리를 걸친 사람이 소파 위에 꼼짝 않고 늘어져 있었다. 아름답지만 혼이 빠져나간 것 같은 얼굴엔 상처 자국 하나 없었다. 마치 성숙한 아이가 잠들어 있는 것 같았다. 상처는 옆머리에 나 있었다. 어떤 둔기로 두개골이 부서질 만큼 강하게 가격한 듯했다. 피가 바닥에 천천히 떨어지고 있었지만 상처 부위는 피가 멎은 지 이미 오래되어 보였다.

토미는 새파랗게 질린 얼굴로 엎어져 있는 시체를 살펴보았다.

"결국 그는 목을 조르지는 않았군."

그는 간신히 중얼거렸다.

"그게 무슨 말이죠? 누구 말이에요? 동생은 죽은 건가요?"

허니콧 부인이 울부짖었다.

"예, 허니콧 부인. 이미 숨이 끊어졌습니다. 살해된 거죠. 문제는 범인이 누구냐 하는 것인데 그것도 큰 문제는 아닐 겁니다. 그렇지만 이해할 수 없군요. 그렇게 함부로 떠벌이는 건 간단하지만 이런 일을 저지를 배짱은 없는 위인 같았는데."

그는 잠시 말을 멈추고 결심이라도 한 듯 터펜스를 향해 몸을 돌렸다.

"당신은 밖에 나가서 경찰관을 데리고 오든가 경찰서에 신고를 좀 해 줘."

터펜스는 고개를 끄덕였다. 그녀의 얼굴도 새하얗게 변해 있었다. 토미는 허니콧 부인을 데리고 아래층으로 내려갔다.

"착오가 있으면 안 되니까 정확히 말씀해 주십시오. 동생이 들어왔을 때 시간이 정확히 얼마나 되었는지 아십니까?"

"예, 알아요. 저녁마다 하는 일이지만 저는 그때 마침 벽시계의 시간을 맞추고 있었어요. 하루에 꼭 5분씩 늦거든요. 제 시계는 정확히 6시 8분이었는데, 이건 단 1초도 틀리지 않아요."

토미는 고개를 끄덕였다. 그 점은 아까 순경의 말과 정확히 일치했다. 순경은 흰색 목도리를 두른 여자가 집으로 들어가는 것을 보았고, 그와 터펜스가 같은 지점에 이르렀을 때는 3분쯤 지난 뒤였을 것이다. 그는 문에 들어갈 때 힐끗 시계를 보았고 약속 시간보다 1분 늦은 걸 알았었다.

희박하지만 누군가가 2층 방에서 길다 글렌을 기다렸을 가능성이 있었다. 하지만 그랬다면 범인은 아직 집 안 어딘가에 숨어 있을 것이다. 이 집에서 나간 사람은 제임스 레일리밖에 없으니까 말이다.

그는 2층으로 뛰어 올라가 꼼꼼하고 잽싸게 2층 전체를 수색했다. 하지만 어디에도 숨어 있는 사람은 없었다.

잠시 뒤에 토미는 엘렌과 이야기를 나눴다. 이런 비극을 맞은 그녀는 비탄과 애도의 말을 주저리주저리 쏟아냈다. 그러길 잠시, 토미는 그녀에게 몇 가지 질문을 했다.

부인은 오늘 오후 글렌 양을 찾아온 다른 사람이 아무도 없었다고 말했다. 오늘 저녁 2층에 올라간 일이 있느냐고 묻자 그녀는 여느 때처럼 커튼을 치려고 6시나 6시 조금 넘어서 올라갔다는 말을 했다. 그때는 난폭한 그 남자가 미친 듯이 현관문을 두드리기 직전이었다. 그녀는 계단을 뛰어 내려와 문을 열어 주었다. 하지만 부인이 맞이한 것은 마음이 시커먼 살인자였다는 것이다.

토미는 그쯤에서 중단했다. 하지만 그는 이상하게도 레일리에게 측은함을 느꼈다. 그런 일을 저지를 만한 인물 같지 않았다. 그렇지만 길다 글렌을 죽였을 것으로 짐작이 가는 사람은 레일리 외엔 아무도 없었다. 그 밖에 집에 있었던 사람은 허니콧 부인과 엘렌 단 두 사람뿐이었다.

그 순간 거실에서 말소리가 들려 나가보니 터펜스와 순찰을 돌던 순경이 와 있었다. 순경은 수첩과 심이 뭉툭한 연필을 꺼내더니 연필 끝을 혀로 살짝 핥았다. 그는 2층으로 올라가 아무렇지도 않은 표정으로 시체를 살펴보고 함부로 시체를 만지다가는 경감한테 단단히 혼이 날 거라는 말만 했다. 그는 허니콧 부인이 제정신이 아닌 상태로 지껄이는 말과 혼란스러운 설명에 귀를 기울이며 가끔 무언가를 수첩에 기록했다. 그나마 그가 이 자리에 있음으로 해서 상황이 안정을 되찾을 수 있었고 사람들은 적잖은 위안을 받을 수 있었다.

순경이 본부로 전화를 하러 나가기 전, 토미는 바깥 계단에서 그와 잠시 이야기를 나누었다.

"저, 잠깐만요. 당신은 피해자가 대문으로 들어가는 걸 봤다고 했지요? 그때 피해자는 분명히 혼자였습니까?"

"틀림없이 혼자였습니다."

"그때부터 저희와 만날 때까지 이 문에서 나온 사람이 아무도 없었고요?"

"한 사람도 없었습니다."

"있었다면 당신이 보았겠지요?"

"물론이죠. 그 정신병자 같은 놈이 뛰어나올 때까진 아무도 없었습니다."

순경은 거만하게 계단을 내려가서는 빨간 손자국이 남아 있는 하얀 대문 기둥 옆에서 잠시 걸음을 멈췄다.

"이런 걸 남기다니 풋내기가 분명해."

그는 불쌍하다는 듯이 말하곤 보무도 당당하게 도로로 향했다.

사건이 일어난 다음 날이었다. 토미와 터펜스는 아직도 그랜드 호텔에 머물고 있었다. 토미는 사제복을 벗어던지는 편이 나을 거라고 생각했다.

제임스 레일리는 체포되어 수감된 상태였고, 그의 변호사인 마블은 이 사건에 대해 토미와 상당히 긴 시간 동안 얘기를 나누었다.

"저는 제임스 레일리가 이런 일을 저질렀다고는 도저히 못 믿겠습니다. 항상 거친 말을 하는 남자이긴 하지만 그게 전부입니다."

그는 단호히 말했다.

토미는 고개를 끄덕였다.

"말을 하는 데 에너지를 써 버리면 행동으로 옮길 에너지는 별로 남지 않으니까요. 그러고 보니 제가 중요한 목격자의 한 사람으로서 그 사람에게 불리한 증언을 하게 될 것 같습니다. 사건이 일어나기 직전 그 사람이 제게 했던 말이 굉장히 극단적인 것이었으니까요. 하지만 그 모든 사실에도 불구하고 저는 그 사람에게 호의를 느끼고 있습니다. 또한 그 사람 외에 의심을 할 만한 사람이 한 명이라도 있다면 저는 그 사람의 결백을 믿을 겁니다. 본인은 어떻게 진술하던가요?"

변호사는 입술을 오므렸다.

"자기가 찾아갔을 때 피살자는 이미 죽어 있었다고 하더군요. 하지만 그건 불가능한 일입니다. 그는 당장 머리에 떠오르는 거짓말을 하고 있는 겁니다."

"그 말이 사실이라면 수다스러운 허니콧 부인이 범죄를 저질렀다는 얘기가 되는데 그건 말도 안 되죠. 예, 그 남자의 짓이 틀림없습니다."

"하녀가 피살자의 비명을 들었다고 했잖습니까?"

"그렇죠. 하녀가……."

토미는 잠시 침묵에 잠겼다. 이윽고 그는 생각에 잠겨 이렇게 말했다.

"사실 인간은 남을 너무 쉽게 믿는 동물이지요. 우리는 증거를 움직이지 않는 사실이라고 믿습니다. 그런데 증거란 게 도대체 뭡니까? 감각에 따라 머리에 전달된 하나의 인상에 불과합니다. 그런데 그러한 인상이 잘못된 것이라면 어떻게 될까요?"

변호사는 어깨를 으쓱했다.

"그렇죠. 신뢰할 수 없는 증인들이 있다는 건 우리 모두 알고 있지요. 정말로 속일 의도는 가지고 있지 않더라도 시간이 지나면서 더 많은 기억을 해내는 증인들 있잖습니까."

"저는 그런 뜻으로만 말한 게 아닙니다. 우리 모두는 사실과는 다른 말을 해 놓고도 그것을 전혀 알아차리지 못하는 경우가 더러 있다는 말입니다. 당신과 저도 틀림없이 그런 경험을 했을 겁니다. 예를 들어 밖에서 누가 똑똑 문을 두드린다든가 우체통이 짤랑짤랑 소리를 냈다면 깊이 생각도 해 보지 않고 '우체부가 왔다'고 말하는 식이죠. 물론 십중팔구는 그 말대로 우체부였을 테지만 그중 한두 번은 개구쟁이 꼬마가 장난을 했을지도 모르는 일입니다. 무슨 말인지 아시겠습니까?"

마블은 천천히 대답했다.

"예……. 그런데 어떤 뜻으로 하시는 말씀인지를 잘 모르겠군요."

"그렇습니까? 사실 이런 말을 하는 저 자신도 확실히는 모르겠습니다. 그렇지만 어렴풋하게나마 진실이 보이는 것 같군요. 터펜스, 이건 막대기 같은 거야. 알겠어? 막대기의 한쪽 끝은 어떤 방향을 가리키지. 그런데 다른 쪽 끝은 항상 그 반대 방향을 가리키고 있어. 문제는 막대기의 어느 쪽을 잡느냐야. 문은 열리기도 하고 닫히기도 해. 사람들은 계단을 오르기도 하고 내려가기도 해. 상자는 닫히기도 하고 열리기도 하지."

"도대체 무슨 말을 하려는 거예요?"

터펜스가 다그쳤다.

"정말 단순한 거야. 나도 지금에야 눈치 챘어. 사람이 집에 들어왔다는 걸 당신은 어떻게 알아차리지? 누군가를 기다리고 있는데 문이 열리면서 뒤이어 쾅 닫히는 소리가 들렸다면 당신은 그 사람이 이제야 왔구나 하고 생각하겠지. 그렇지만 어떤 사람이 집 안에 있다가 나갈 때에도 그런 소리가 났을 수 있다는 거야."

"그렇지만 글렌 양은 집에서 나가지 않았잖아요?"

"그래. 그 여자는 분명히 안 나갔지. 하지만 다른 어떤 사람이 나갔지. 바로 살인자 말이야."

"그러면 글렌 양은 어떻게 들어갔을까요?"

"허니콧 부인이 부엌에서 하녀한테 일을 지시하는 동안에 들어왔던 거야. 그 두 사람은 그녀가 들어오는 소리를 못 들었던 거지. 허니콧 부인은 응접실로 돌아가서 벽시계의 시간을 제대로 맞췄다고 했어. 그런데 누군가 들어와서 2층으로 올라가는 발소리가 나길래 그걸 동생이라고 생각했던 거야."

"그러면 그건 누구였을까요? 2층으로 올라간 발소리의 주인공은?"

"그건 커튼을 닫으러 올라간 엘렌이었어. 동생이 2층으로 올라가기 전에 좀 서성거렸다고 허니콧 부인이 말한 것을 당신도 기억할 거야. 그 서성거리던 시간이 엘렌이 부엌에서 거실로 나오는 데 걸린 시간과 딱 들어맞아. 엘렌은 간발의 차이로 범인의 모습을 놓쳐버린 셈이지."

"그러면, 토미……."

터펜스가 흥분해서 말했다.

"글렌 양이 지른 비명은 어떻게 된 거죠?"

"그건 제임스 레일리의 소리였어. 그 사람의 목소리가 얼마나 고음인지 몰랐어? 감정이 극도로 고조된 순간에는 남자도 여자처럼 높은 소리로 비명을 지르지."

"그러면 범인은? 우리가 범인의 모습을 봤어야 하잖아요?"

"그렇지. 우리는 실제로 범인을 봤어. 우리는 범인과 마주서서 얘기까지 나눴어. 당신도 그 순경이 갑자기 나타난 것 기억하지? 그건 도로에 안개가 개인 직후에 그 남자가 대문에서 나왔기 때문이야. 그 때문에 우리가 기절할 뻔했잖아. 기억 안 나? 그때는 그런 생각은 꿈에도 못했지만 순경도 다른 사람들과 똑같은 인간이야. 다른 사람들처럼 사랑도 하고 증오도 한단 말이지. 물론 결혼도 하고 말이야. 길다 글렌은 대문 바로 밖에서 뜻밖에 남편을 만나게 되어 이혼 문제를 해결할 요량으로 집에 데리고 들어갔던 거야. 그런데 그 순경에겐 레일리처럼 난폭한 말로 화풀이를 하는 재간이 없었지. 그 남자는 화가 나서 피가 거꾸로 솟은 거야. 게다가 손에는 경찰봉도 들려 있었고……."

지폐 위조단을 검거하라

"터펜스, 우리도 좀 더 넓은 사무실로 옮겨야 할 것 같아."

토미가 말했다.

"말도 안 되는 소리 말아요. 별로 영양가도 없는 사건 몇 개를, 그것도 아주 운 좋게 해결해 놓고선 유세를 부리거나 백만장자라도 된 것처럼 굴면 안 되죠."

"그걸 운이라고 하는 사람도 있지만 기술이라고 하는 사람도 있어."

"당신이 자신을 셜록 홈즈, 손다이크, 맥카티와 오크우드 형제를 모두 합친 사람이라고 믿는다면 더 이상 할 말이 없어요. 하지만 저는 이 세상의 모든 기술보다도 행운이 있었으면 좋겠네요."

"당신 말에도 일리는 있어. 하지만 우리는 더 넓은 사무실이 필요해."

"그건 왜죠?"

"고전 명작들 때문이야. 에드가 월리스의 대표작을 전부 갖추려면 책꽂이가 몇 미터나 더 필요할 테니까 말이야."

"그러고 보니 아직 에드가 월리스 식의 사건은 한 번도 경험하지 못했네요."

"영영 경험하지 못할지도 몰라. 당신도 아는지 모르겠지만 그 작가는 아마추어 탐정에겐 그다지 기회를 주지 않거든. 모두 현직 경찰에게나 어울릴 딱딱하고 현실적인 사건만 다뤘지. 은밀한 음모 같은 건 없었어."

사환인 앨버트가 문을 열고 들어오며 "매리엇 경감님이 오셨습니다." 하고 알렸다.

"경시청의 수수께끼 인물이로군."

토미가 중얼거렸다.

"코쟁이들, 아니 형사들 가운데 가장 바쁜 양반이죠. 왜 형사들은 모두 코가 큰지 모르겠다니까."

터펜스가 말했다.

경감은 얼굴 가득 환한 웃음을 지으며 두 사람에게 다가왔다.

"안녕하십니까. 어떻게 돼 가고 있습니까? 지난 번 일로 혹시 난처하지는 않았는지?"

그는 기분 좋게 물었다.

"아, 아니에요. 그때는 정말 멋지게 처리해 주셨죠."

터펜스가 말했다.

"글쎄, 제 입으로 그렇게 표현해도 될지는 잘 모르겠습니다."

경감은 아주 조심스럽게 말했다.

"매리엇 경감님께서 오늘은 무슨 바람이 불어 여기까지 오셨습니까? 설마 우리가 마음 편히 생활하는지 걱정이 되어서 오진 않았을 테고……."

토미가 물었다.

"하하! 뛰어난 블런트 탐정에게 일을 하나 맡길까 하고 왔습니다."

"아! 그러면 저도 유능해 보이는 표정을 지어야겠군요."

"베레스퍼드 씨, 실은 제안할 것이 하나 있는데요, 제법 규모가 큰 어떤 갱단을 일망타진할 계획입니다. 어떻게 생각하십니까?"

"그런 게 실제로 있습니까?"

"그런 게 있냐니 무슨 뜻이신지……?"

"저는 갱단은 전문 사기꾼 집단이나 초인적인 범죄자들처럼 소설에만 나오는 존재로 생각했거든요."

"전문 사기꾼이 그렇게 흔한 건 아니죠. 하지만 길거리를 돌아다니는 갱단은 얼마든지 있습니다."

경감이 말했다.

"갱을 상대로 제 능력을 최대한 발휘할 수 있을지 의문이군요. 아마추어 범죄나 조용한 가정 생활 속에서 일어나는 범죄라면 제 능력을 확실히 보여 드릴 수 있는데 말입니다. 가정 안의 이해 관계가 얽힌 드라마 같은 사건이라면 딱 좋죠. 옆에서는 터펜스가 둔한 남편들이 흔히 간과해 버리기 쉬운 중요한 사실들을 여성적 관점에서 자세히 제공해 줄 테고 말입니다."

그 순간 말도 안 되는 소리 그만두라는 뜻으로 터펜스가 그에게 쿠션을 던져서 그는 말을 멈췄다.

"어떻게, 일을 한번 맡아 보시겠습니까?"

매리엇 경감은 마치 아버지 같은 얼굴로 두 사람을 향해 빙긋이 웃었다.

"이런 말을 하면 기분이 상하실지 모르겠지만, 저는 두 분처럼 인생을 즐기는 젊은 부부를 보면 마음이 흐뭇합니다."

"우리가 인생을 즐긴다고요?"

터펜스가 눈을 휘둥그레 뜨며 말했다.

"그런 것 같네요. 전에는 한 번도 그렇게 생각해 본 적이 없었는데."

토미가 말했다.

"아까 하던 갱단 이야기로 돌아가죠. 저는 지금까지 공작부인, 백만장자, 일용직에 종사하는 여자들의 문제를 폭넓게 처리해 왔지만 경감님이 그렇게 부탁하시니 특별히 이번 사건을 조사해 보도록 하겠습니다. 저는 경시청이 난처한 입장에 처하는 것도 원치 않는 데다 우물쭈물 하고 있다 보면 《데일리 메일》같은 신문이 경시청을 비난할 수도 있으니까요."

"아까도 말했듯이 이 일을 하면서 재미도 느끼실 겁니다. 아무튼 사정은 이렇습니다."

경감은 의자를 앞으로 바싹 끌어당겼다.

"지금 위조지폐가 수백 장이나 나돌고 있습니다. 유통되고 있는 위조지폐의 금액을 아시면 아마 깜짝 놀라실 겁니다. 굉장히 정교하게 만들어져 있어요. 여기 한 장 갖고 왔는데 보십시오."

그는 주머니에서 1파운드짜리 지폐를 꺼내어 토미에게 건넸다.

"얼핏 봐서는 모르겠죠?"

토미는 상당한 흥미를 느끼며 지폐를 유심히 살펴보았다.

"정말 대단하네요. 이상한 점을 하나도 못 찾겠는데요."

"대부분의 사람들이 그럴 겁니다. 그러면 여기 진짜 지폐가 있습니다. 제가 두 개가 어떻게 다른지 알려 드리죠. 사실 차이는 아주 미미하지만 구별법을 곧 알 수 있게 되실 겁니다. 이 돋보기를 가지고 한번 들여다 보십시오."

5분 정도 지나자 토미와 터펜스는 어느 정도 전문가적 수준에 이를 수 있었다.

"경감님, 저희가 어떤 일을 해야 하죠? 이런 위조지폐를 찾아내라는 것뿐인가요?"

터펜스가 물었다.

"그보다 훨씬 더 중요한 일입니다, 부인. 저는 두 분이 이 사건의 진상을 세세하게 규명해 내실 거라고 믿습니다. 우리는 이러한 지폐가 웨스트엔드(대저택, 고급 상점, 호텔, 극장 등이 있는 런던의 서부 구역 ― 옮긴이)에서 나돌고 있다는 걸 밝혀냈습니다. 사회적 지위가 상당히 높은 어떤 사람이 유통을 맡고 있습니다. 영불 해협 너머로도 진출했다지요. 그런데 여기서 매우 흥미로운 인물이 한 사람 있습니다. 바로 레이들로 소령이죠. 아마 이름쯤은 들어 보셨을 거라 생각하는데요?"

"예, 들어 본 것 같습니다. 혹시 경마와 관련 있는 사람 아닙니까?"

토미가 말했다.

"그렇습니다. 레이들로 소령은 경마와 관련해서 제법 유명한 인물이지요. 이렇다 할 범죄 행위를 저지르지는 않았지만 몇 가지 불온한 거래에 손대면서 지나치게 약삭빠르다는 인상을 남겼지요. 속사정을 잘 아는 사람들은 그 남자 이름이 나오면 탐탁지 않은 표정을 짓습니다. 그 남자의 과거나 출신에 대해 제대로 아는 사람이 아무도 없어요. 그 사람 부인은 아주 매력적인 프랑스 인으로, 어디든 나타나기만 하면 숭배자들이 따라다닐 정도라고 하고요. 레이들로 부부는 상당한 돈을 쓰고 다니는데 저는 그 돈이 도대체 어디에서 나오는지 알고 싶은 겁니다."

"그 숭배자들의 무리에서 나온 것일 수도 있겠죠."

토미가 자기 생각을 말했다.

"흔히 그렇게 생각하지만 제 생각은 다릅니다. 우연의 일치인지 모르겠지만 레이들로 부부와 그 일당이 자주 드나드는 어떤 근사한 도박장에서 상당량의 지폐가 흘러나오고 있습니다. 경마와 도박에 빠진 그 무리는 잔돈을 지폐로 많이 교환해 갑니다. 위조지폐를 유통시키는 일에 그만큼 편리한 방법은 없지요."

"그러면 우리가 어디에서 끼어들어야 하죠?"

"이런 식으로 하기로 하죠. 젊은 세인트 빈센트 부부가 두 분의 친구인 걸로 아는데 맞나요? 예전만큼은 아니지만 그 부부가 레이들로 일당과 제법 친한 모양입니다. 우리 경찰은 접근하기가 어렵지만 당신들이라면 그 두 사람을 통해 손쉽게 그 동료가 될 수 있을 겁니다. 일당에게 정체를 들킬 염려도 없고요. 두 분이라면 절호의 기회를 잡을 수 있을 거라 생각합니다."

"정확히 어떤 걸 찾아내야 합니까?"

"위조지폐를 만들어 내는 장소입니다. 만일 그 일당이 단순히 그걸 전달하고 있다면 말입니다."

"흠! 그러니까 레이들로 소령이 빈 가방을 들고 외출을 했는데 돌아올 때 보니까 가방이 터질 만큼 지폐로 가득 차 있다. 어떻게 된 일인지 그 남자를 조사해서 비밀을 캐내라. 이 말씀이군요?"

토미가 말했다.

"대충 그렇습니다. 하지만 그 남자의 부인과 장인 헤룰레이드도 소홀히 여겨선 안 됩니다. 위조지폐가 영불해협 양쪽에서 유통되고 있다는 걸 잊지 마시기 바랍니다."

"무슨 그런 말씀을……."

토미는 나무라듯 말했다.

"블런트의 우수한 탐정들은 소홀이라는 단어하고는 거리가 멉니다."

경감은 자리에서 일어섰다.

"그러면 행운을 빌겠습니다."

그렇게 말하고 경감은 방을 나갔다.

"슬러시라……."

터펜스는 들뜬 목소리로 말했다.

"응?"

토미가 무슨 말인지 몰라 물었다.

"위조지폐 말이에요. 위조지폐를 항상 슬러시라고 부르잖아요. 제 말이 맞을 거예요. 토미, 그러고 보니 우리가 결국 에드가 월리스 식의 사건을 다루게 되었어요. 드디어 형사가 된 거네요."

"그래. 이제 크래클러를 찾아내서 멋지게 성공해 보자고."

"방금 캐클러라고 하셨어요, 아니면 크래클러라고 하셨어요?"

"크래클러라고 했어."

"그게 뭔데요?"

"내가 방금 만들어낸 낱말이야. 위조지폐를 유통하는 사람을 나타내는 단어지. 지폐는 바삭거리는 소리(Crackle)를 내잖아. 그래서 위조지폐를 만드는 자들을 '바삭거리는 소리를 만들어낸다'고 해서 크래클러라고 부른 거야. 어때? 이만큼 간단하고 분명한 낱말이 과연 있을까?"

"그럴 듯한 발상이네요. 현실감 있게 들려요. 나는 러슬러(Rustler, 와삭거리는 소리는 내는 사람 — 옮긴이)라고 부르면 어떨까 싶어요. 훨씬 더 사실적이고 나쁜 뜻이 전해지잖아요."

"안 돼. 내가 먼저 크래클러라고 이름 붙였으니까 내 말대로 해."

"어쨌든 이번 사건은 재미있을 것 같아요. 나이트클럽도 자주 가고 칵테일을 충분히 즐길 수 있을 테니까 말이에요. 내일은 검정 속눈썹을 좀 사야겠어요."

"그런 거 안 해도 당신 속눈썹은 충분히 검어."

토미가 반대하고 나섰다.

"좀 더 검게 하려고요. 그리고 체리색 립스틱도 있어야 할 것 같고. 아주 밝은 종류로요."

"터펜스, 당신에겐 우선 닥치는 대로 긁어모으고 보자는 심리가 있는 것 같아. 그나마 나 같이 정신이 제대로 박힌 성실한 남자와 결혼해서 다행이지."

"그래요? 피톤 클럽에 몇 번 드나들고 나서도 그렇게 냉정을 잃지 않는지 두고 볼게요."

토미는 찬장에서 여러 개의 술병과 잔 두 개, 그리고 칵테일 셰이커를 꺼냈다.

"자, 그럼 시작하지. 크래클러, 조금만 기다려라. 반드시 붙잡고 말 테니까."

레이들로 부부와 친해지는 일은 그다지 어렵지 않았다. 젊은데다 옷차림도 화려하고, 정열적이면서 돈 쓸 준비가 단단히 된 듯한 토미와 터펜스는 오래지 않아 레이들로 부부가 속한 그룹에 낄 수 있었다.

레이들로 소령은 키가 크고 머리가 금발이었으며 외모가 전형적인 영국인 같았다. 생활 태도도 운동선수처럼 활기가 넘쳐흘렀다. 그런데 그런 모습과는 좀 어울리지 않게 눈 주위에 주름살이 깊게 패어 있었다. 간혹 힐끗거리며 곁눈질을 하는 것도 그의 성격과는 이상하게 어울리지 않았다.

그는 카드놀이에 아주 능숙해서 판돈이 큰 게임에서는 돈을 잃고 자리에서 일어나는 경우가 거의 없었다.

그러나 그의 아내 마거릿 레이들로는 전혀 다른 인격의 소유자였다. 숲 속의 요정 같은 호리호리한 몸매에 그뢰즈(1725~1805, 프랑스의 화가 ─ 옮긴이)의 그림에 나올 만한 얼굴을 가진 매력적인 여자였다. 어법이 간혹 틀리긴 했지만 그녀의 우아한 영어는 몹시 매력적이어서, 토미는 남자라면 누구나 그녀의 포로가 되는 것이 당연하리라고 생각했다. 그녀 또한 처음부터 토미한테 상당한 호감을 느낀 듯 보였다. 토미는 자신의 역할을 수행하면서 자연스럽게 그녀의 추종자 무리에 낄 수 있었다.

"나의 토미, 나는 토미 없인 정말 못 살아요."

그녀는 토미를 만날 때마다 이런 식으로 말하곤 했다.

"그 머리칼, 그건 저녁놀 색깔이죠, 그렇죠?"

그녀의 아버지는 좀 고약해 보이는 인물이었다. 그는 아주 꼿꼿하고 철저한 사람으로 짧고 검은 턱수염을 기르고 있었고 눈매가 매서웠다.

터펜스가 먼저 진척 상황을 알려왔다. 그녀는 1파운드짜리 열 장을 토미한테 가져왔다.

"이것들 좀 보세요. 가짜 맞죠?"

토미는 지폐를 살펴보고 나서 터펜스의 판단이 옳다고 시인했다.

"어디서 입수했어?"

"지미 포크너라는 청년한테서요. 마거릿 레이들로가 마권을 사면서 이것들을 그 청년한테 줬어요. 그래서 제가 10펜스짜리 동전들을 주면서 소액 지폐로 바꿔 달라고 했지요."

"새 것들이라 전부 빳빳하군. 여러 손을 거친 것 같지는 않고. 포크너라는 친구는 어때?"

토미는 생각에 잠겨 말했다.

"지미요? 괜찮은 청년이에요. 우리는 요즘 한창 친해지는 중이에요."

"그건 나도 봤어. 정말 그렇게까지 해야 돼?"

토미의 차가운 말에 터펜스는 명랑하게 대답했다.

"그건 일이 아니에요. 재미로 하는 거잖아요. 정말 괜찮은 청년이라니까요. 저런 청년을 그 여자의 손아귀에서 구해낼 수 있다고 생각하니 기뻐요. 그 여자가 지미한테 얼마나 많은 돈을 쓰는지 당신은 아마 상상도 못할 거예요."

"터펜스, 내 눈에는 그 청년이 당신한테 반한 것 같아."

"저도 그런 느낌을 몇 번 받았어요. 하지만 내가 아직 젊고 매력이 있구나 하고 느낄 수 있으니 기분 좋은 일이잖아요?"

"정말 당신의 도덕관은 한심할 정도로 엉망이구만. 터펜스, 당신은 이번 일을 엉뚱한 관점에서 보고 있는 것 같아."

"이렇게 즐겁게 시간을 보낸 적은 지난 몇 년 동안 한 번도 없었어요."

터펜스는 부끄럼 없이 말했다.

"그건 그렇다 치고 당신은 어때요? 요즘 통 얼굴도 못 보겠던데요. 혹시 마거릿 레이들로한테 푹 빠져서 생활하는 거 아니에요?"

"그것도 업무야."

토미는 활기차게 말했다.

"하지만 그 여자 정말 매력 있죠, 안 그래요?"

"내 타입은 아니야. 그리고 나는 남들처럼 그런 여자를 숭배하지도 않아."

터펜스는 호호 소리를 내며 웃었다.

"거짓말. 그래도 나는 바보보다는 차라리 거짓말쟁이와 결혼하는 편이 낫다고 늘 생각했어요."

"모든 남편이 그 둘 가운데 어느 한쪽에 속하는 것은 아니라고 생각하는데."

토미가 말했다. 그렇지만 터펜스는 애처롭다는 시선으로 남편을 바라보고는 가 버렸다.

레이들로 부인의 추종자 무리 속에는 행크 라이더라는 단순하지만 굉장한 부자가 끼어 있었다.

라이더는 미국의 앨라배마 주에서 온 남자였다. 그는 처음부터 토미에게 접근해 왔고, 친구가 된 후엔 뭐든 숨김없이 얘기를 털어놓곤 했다.

"정말 아름다운 여자지요?"

라이더는 존경스러운 눈길로 마거릿을 바라보며 말을 걸었다.

"하나부터 열까지 세련되고 멋있어요. 역시 천성이 쾌활한 프랑스 인이라 그런가 봐요. 저 여자 옆에 있으면 나 같은 건 창조주의 초기 실패작 가운데 하나가 아닌가 하는 생각까지 든답니다. 조물주도 상당히 숙련되어 있지 않으면 저렇게 완벽할 정도로 아름다운 여성을 창조해 내지 못할 겁니다."

토미가 공손하게 자기 말에 동의해 주는 것을 보고 라이더는 더욱 기분이 좋아져서 마음을 터놓고 이것저것을 입에 올렸다.

"저렇게 아름다운 여자가 돈 때문에 고생을 하다니 기가 막힐 노릇이죠."

"돈 때문에 고생을 한다고요?"

토미가 물었다.

"그렇다니까요. 레이들로는 정말 괴상한 인간입니다. 저 여자는 남편을 무서워하고 있어요. 저한테 그러더군요. 몇 푼 안 되는 돈도 감히 남편한테 달라는 소리를 못 한다고요."

"지폐 소액권 말입니까?"

토미가 물었다.

"제가 보기엔 그렇습니다. 모름지기 여자라면 옷에 신경을 써야죠. 그런데 옷이 별로 많지 않으면 당연히 옷값이 많이 지출되지 않겠어요? 게다가 저런 아름다운 여자가 작년에 입었던 옷을 입고 돌아다니는 건 원치 않을 것 아닙니까. 카드놀이도 그래요. 가엾게도 저 여자는 카드게임에서 지지리도 운이 없었답니다. 바로 어젯밤에도 나한테 50파운드나 잃었습니다."

"하지만 그저께 밤에는 지미 포크너한테 200파운드나 땄던데요."

토미는 아무런 감정 없이 말했다.

"그게 정말입니까? 그렇다면 마음이 좀 놓이네요. 헌데 요즘 이 나라에서는 위조지폐가 멋대로 돌아다니는 것 같습니다. 오늘 아침에도 제가 거래 은행에 예금하러 갔는데 그중 25장이 위조지폐였어요. 창구 직원이 정중하게 그렇게 일러 주더군요."

"상당히 많군요. 모두 새 지폐였습니까?"

"막 인쇄된 빳빳한 것이었지요. 레이들로 부인한테서 받은 지폐들이었을 텐데요. 그 여자는 그런 걸 누구한테서 받은 걸까? 틀림없이 경마 도박을 하는 놈들한테서 흘러온 것이겠지요."

"예, 아마 그랬겠죠."

토미가 말했다.

"실은 베레스퍼드 씨, 저는 이런 상류사회의 생활이 아직 낯설게 느껴집니다. 멋진 상류사회의 부인들과 어울려 노는 일 말입니다. 저는 최근에 재산을 어느 정도 모았습니다. 그래서 세상 구경을 좀 하려고 유럽으로 건너온 겁니다."

토미는 고개를 끄덕였다. 마거릿 레이들로의 도움으로 라이더는 충분히 세상 구경을 할 것이다. 그러기 위해서는 돈을 적지 않게 쓰게 되겠지만.

하여간 토미는 위조지폐가 아주 가까운 곳에서 유통되고 있다는 사실과 마거릿 레이들로가 지폐의 유통에 관여하고 있다는 사실을 보여주는 두 번째 증거를 확보했다.

이튿날 밤, 토미는 직접 자기 손으로 증거를 확보할 기회를 얻었다. 매리엇 경감이 말한 '몇몇 사람들만 모이는 장소'에서였다. 거기선 멋진 춤을 볼 수 있기도 했지만 웅장한 접이식 문 안쪽에 정말 매력적인 장소가 있었다. 안쪽의 방 두 개엔 녹색 천을 깐 탁자가 놓여 있고 밤마다 거액의 돈이 오가고 있었던 것이다.

마거릿 레이들로가 테이블에서 일어서면서 드디어 토미의 손에 상당한 양의 소액 지폐를 건넸다.

"토미, 부피가 커서 그런데 이것 좀 바꿔 줄래요? 고액권으로 말이에요. 제 가방 좀 보세요. 하도 속이 꽉 차서 가방 모양이 괴상하게 변했잖아요."

토미는 그녀가 원하는 백파운드짜리 지폐를 가져다 준 후에 조용한 구석 자리로 가서 그녀한테서 받은 지폐들을 살펴보았다. 적어도 4분의 1은 위조지폐였다.

그런데 저 여자는 어디서 이런 위조지폐를 공급받는 걸까? 그는 아직 그 답을 모른다. 앨버트의 도움을 얻어 조사해 본 결과, 레이들로가 공급자가 아닌 것은 거의 확실했다. 그의 행동을 유심히 관찰해봤지만 아무런 수확도 없었다.

토미는 마거릿의 아버지 헤롤레이드를 의심해 보았다. 이 남자는 프랑스와 영국을 상당히 자주 오가고 있었다. 그러니 해협을 넘어 지폐를 운반하는 일 정도는 문제 없이 할 수 있지 않을까? 트렁크 바닥에다 비밀 공간을 만들거나 하는 방법을 써서 말이다.

토미는 이러한 생각에 깊이 빠져서 천천히 클럽을 나오다가 눈앞에서 벌어진 뜻밖의 사태를 보고 정신이 번쩍 들었다. 큰길에 행크

라이더가 있었는데 한눈에 봐도 그는 술에 엄청 취해 있었다. 그는 자동차의 라디에이터에 모자를 걸려고 애쓰고 있었는데 손을 뻗을 때마다 조금씩 빗나가곤 했다.

"에라, 빌어먹을! 모자걸이가 뭐 이 따위야!"

라이더가 소리쳤다.

"미국은 이렇지 않아. 매일 밤 모자 정도는 쉽게 걸 수 있었는데. 매일 밤 말이야. 아니 당신은 모자를 두 개나 쓰고 있군. 한 사람이 모자를 두 개나 쓴 건 본 적이 없는데. 아! 기후 탓인가?"

"아마 난 머리가 둘이기 때문일 겁니다."

토미는 진지하게 대답했다.

"정말 그렇군. 거 참 이상하네, 이런 일은 좀체 없었는데. 우리 칵테일이나 한잔합시다. 금주법인가……. 그것 때문에 난 지독히 혼났어요. 아무래도 내가 취한 것 같군. 그렇지만 합법적으로 취한 거야. 칵테일을 마셨지. 섞은 걸. 천사의 키스, 천사는 바로 마거릿일 겁니다. 사랑스런 여자. 날 얼마나 좋아하는지. 마티니를 두 잔. 파멸의 길을 세 잔. 그걸 모두 섞어서 맥주 컵에 마셨지. 취하지 않는다고 장담했어요. 내가 말했어요. 내가 말했다고……."

토미가 상대의 말을 가로막았다.

"잘 알았습니다. 이제 그만 댁으로 돌아가시는 게 어떻겠습니까?"

토미는 상대를 달래며 말했다.

"난 돌아갈 집이 없어요."

라이더는 구슬프게 말하면서 소리 내어 울기 시작했다.

"어느 호텔에 묵고 있죠?"

토미가 물었다.

"집에는 돌아갈 수 없어요. 보물찾기라고요. 멋진 일이지요. 그 여자가 그걸 했어요. 화이트 채플……. 순백색 마음……. 슬픔에 잠긴 백발……."

그러다가 갑자기 라이더는 위엄 있는 태도를 보였다. 그는 몸을 꼿꼿이 세우고는 갑자기 원래의 또렷한 목소리로 되돌아왔다.

"말씀 드리죠. 마지가 자기 차에다 저를 태우더니 데려갔어요. 보물찾기를 하는 곳으로 말입니다. 영국 귀족들은 모두 하는 거랍니다. 자갈 밑을 뒤졌지요. 500파운드가 있었어요. 당신이니까 말해주는 거예요. 저를 항상 친절하게 대해 주셨으니까. 난 당신이 걱정됩니다. 정말입니다. 우리 미국인들은……."

토미는 아까보다 더 격식 없이 상대의 말을 잘랐다.

"뭐라고요? 레이들로 부인이 당신을 차로 데려갔다고요?"

미국인은 엄숙하게 고개를 끄덕였다.

"화이트 채플에?"

그러자 미국인은 다시 고개를 끄덕였다.

"거기서 500파운드를 찾았다고요?"

라이더는 입에서 곧바로 말이 나오지 않는 것 같았다.

"제가 아니라 그, 그 여자가 찾았습니다. 나를 밖에 세워 두었지요. 문 밖에요. 저는 항상 문 밖에 있었어요. 좀 슬픈 일이죠. 항상 밖에 세워 두다니."

"거기로 가는 길을 알고 있습니까?"

"대충 알 것 같습니다. 나는 방향 감각을 잃는 사람이 아니니까……."

토미는 좀 무례하다 싶게 자신의 차를 세워 둔 곳으로 그를 데려갔다. 그리고 두 사람은 곧 동쪽을 향해 차를 달렸다. 차가운 공기 덕분에 라이더도 제정신을 차렸다. 처음 얼마 동안은 정신을 잃은 듯 토미의 어깨에 기대어 있던 그도 눈을 떴을 땐 머리가 맑고 기분도 상쾌해진 것 같았다.

"잠깐, 여기가 어디지?"

그가 물었다.

"화이트 채플. 오늘 밤 레이들로 부인과 함께 왔다고 한 곳이 이곳입니까?"

"비슷한 것 같아요."

라이더는 주위를 둘러보며 대답했다.

"이 부근에서 왼쪽으로 방향을 틀었던 것 같은데……. 아! 저기, 저 길입니다."

토미는 그의 말대로 모퉁이를 돌았다. 라이더는 방향을 가르쳐주었다.

"저기가 틀림없어요. 다음에 오른쪽으로 돌고, 냄새가 정말 역겹죠? 맞아, 저 모퉁이에 있는 술집을 지나 직각으로 돌아서 저 좁은 골목 입구에 멈췄어요. 그런데 어쩔 계획이죠? 말해 보세요. 아직 돈이 남아 있을까봐 그래요? 그 사람들을 속일 생각입니까?"

"그렇습니다. 그 사람들을 감쪽같이 속이자는 거죠. 재미있잖습니까?"

"좋습니다. 뭐가 뭔지 자세히는 모르겠지만."

라이더는 동의했지만 걱정이 되는 듯 덧붙였다.

토미는 차에서 내려 라이더를 부축했다. 두 사람은 골목으로 걸어 들어갔다. 길 왼쪽에는 낡은 집들이 줄지어 서 있었는데 대부분의 집들은 골목 쪽으로 문이 나 있었다. 라이더는 어떤 집 문 앞에 이르러 발걸음을 멈췄다.

"그 여자가 여기로 들어갔어요. 이 문이 확실해요."

"문들이 모두 똑같은 것 같은데요. 병사와 공주 이야기가 생각나는군요. 그 두 사람은 어느 문인지 식별할 수 있도록 문에다가 십자 표시를 해 뒀지요. 우리도 그렇게 할까요?"

토미는 껄껄 웃으며 주머니에서 분필을 꺼내더니 문 아래쪽에 대충 십자 표시를 했다. 그런 다음 그는 골목의 높은 담 위에서 흐릿한 그림자가 이리저리 움직이는 것을 보았다. 그중 하나는 등골을 오싹하게 만드는 소리를 냈다.

"이 주변엔 고양이가 많군요."

토미가 밝게 말했다.

"어떻게 할 겁니까? 안으로 들어갈 겁니까?"

라이더가 물었다.

"조심해서 안으로 들어가 봅시다."

토미는 골목의 좌우를 살피고 나서 문을 살짝 밀어 보았다. 문이 움직였다. 그는 문을 밀어서 열고 어두운 정원을 살폈다.

그런 다음, 그는 라이더를 바로 뒤따라오게 하고 소리도 없이 들어갔다.

"잠깐, 골목에서 누가 걸어오고 있어요."

라이더가 말했다.

그는 다시금 문밖으로 빠져나갔다. 토미는 1분 정도 가만히 서 있었지만 아무 소리도 들리지 않았다. 그는 주머니에서 회중전등을 꺼내어 아주 잠깐 동안 불을 켰다. 그 짧은 순간, 안으로 들어가는 길이 언뜻 보였다. 그는 앞으로 나아가 닫힌 문을 밀어보았다. 그 문도 역시 잠겨 있지 않았다. 그는 문을 매우 조심스럽게 밀고 안으로 들어갔다.

그는 한동안 가만히 서서 귀를 기울여 보다가 다시 회중전등의 스위치를 켰다. 불빛이 비치는 순간 마치 그것을 신호로 삼은 듯 그의 주변이 불쑥 솟아오르는 것 같았다. 그의 눈앞에 두 사람이 나타났고 등 뒤에도 두 사람이 있었다. 그들은 포위망을 좁히며 다가와 토미의 몸을 아래로 짓눌렀다.

"불 켜!"

어떤 목소리가 으르렁거렸다.

가스 백열등이 켜졌다. 불빛으로 토미는 자신을 둘러싼 사람들의 기분 나쁜 얼굴을 볼 수 있었다. 그는 슬며시 눈을 돌려 방 안에 있는 물건들을 살펴보았다.

"아하! 내 짐작이 틀리지 않다면 여기가 위조지폐 생산 기지겠군."

토미는 유쾌하게 말했다.

"주둥이 닥쳐!"

한 사내가 소리쳤다.

그때 토미의 등 뒤에서 문이 열리고 닫히는 소리가 나더니 귀에 익은 상냥한 목소리가 들려왔다.

"놈을 잡았군. 좋아. 자, 형사 나리, 이제 자넨 끝장이야."

"그 말을 들으니 흥분되는걸. 그래, 난 경시청의 수수께끼 인물이야. 아니, 행크 라이더잖아? 이거 정말 놀랐는걸."

"물론 놀랐겠지. 지금까지 순진해 빠진 자네를 이 먼 곳까지 유인해 오면서 우스워 죽는 줄 알았어. 스스로 영리하답시고 으스대는 꼴을 보고 있으려니까 얼마나 웃기던지. 이봐, 친구? 내 목표는 처음부터 자네였어. 자네는 몸을 사리려고 그 무리들과 어울리지 않았지. 난 한동안 자네를 그대로 내버려두었고. 그런데 자네가 이제 사랑스러운 마거릿을 정말로 의심하는 것 같아서 난 드디어 이놈을 낚아 올릴 때가 되었구나 하고 생각한 거야. 자네 동료들은 당분간 자네 소식을 못 듣게 되겠지."

"날 죽여 버리겠다고? 그게 정확한 표현일 것 같은데……. 그러려고 나를 이곳에 데려온 거잖아."

"정말 배짱 한번 두둑한 친구군. 아니, 우리는 폭력을 쓸 생각이 없어. 말하자면 자네를 감금만 하겠다는 얘기지."

"그건 잘못 판단한 것 같은데. 난 당신이 말한 그 '감금' 상태에 있을 생각이 조금도 없으니까."

토미가 말했다.

라이더는 온화한 미소를 지었다. 그때 밖에서 고양이 한 마리가 달을 향해 구슬픈 울음소리를 냈다. 라이더가 말했다.

"이봐, 문에 그린 십자 표시를 믿고 있는 거야? 나라면 그런 헛짓거리는 하지 않겠네. 왜냐하면 자네가 말한 그 옛날 이야기를 알고 있기 때문이지. 그 이야기는 어렸을 적에 들은 기억이 있어. 동화 속에서 왕눈이 개가 그랬듯이 나도 부지런히 내 할 일을 하고 왔지. 이제 골목에 나가 보면 어느 문이든 동일한 십자 표시가 되어 있는 걸 볼 수 있을 거야."

토미는 낙담해서 고개를 떨구었다.

"자신이 무척 영리하다고 생각했겠지?"

이 말이 라이더의 입에서 떨어진 순간, 문을 두드리는 날카로운 소리가 들렸다.

"누구야?"

라이더가 깜짝 놀라 소리쳤다. 동시에 현관 쪽에서 급습이 시작되었다. 뒷문의 허술한 자물쇠가 금방 부서져 나가고 매리엇 경감이 문간에 모습을 드러냈다. 토미가 말했다.

"경감님, 잘하셨습니다. 적시에 잘 찾아 오셨군요. 행크 라이더 씨를 소개할까요? 옛날 동화라면 모르는 게 없는 사람입니다. 라이더, 이제 알았겠지만 나도 당신을 의심하고 있었어. 그리고 저기 앨버트, 귀가 크고 뭔가 대단해 보이는 친구 보여? 나는 저 친구에게 당신과 내가 언제 어디로든 차를 몰고 떠나게 되면 오토바이를 타고 뒤를 밟도록 일러 두었지. 대문에 분필로 십자 표시를 해 놓았던 건 당신의 주의를 끌기 위한 거였어. 그러면서 난 쥐오줌풀로 만든 약을 땅바닥에 뿌려두었지. 냄새가 지독하지만 고양이는 그걸 아주 좋아해. 그래서 앨버트와 경찰이 도착했을 때쯤엔 이 마을의 고양이가 전부 이 집 문 앞에 모여 있어서 금방 알아볼 수 있었던 거야."

토미는 어안이 벙벙한 표정으로 서 있는 라이더에게 씽긋 웃음을 지어 보이고는 자리에서 일어섰다.

"내 장담대로 크래클러를 잡는 데는 성공한 셈이군."

"도대체 무슨 말을 하는 거야? 크래클러라니?"

라이더가 물었다.

"이 다음에 나오는 범죄용어 사전을 보면 아마 그 낱말을 찾을 수 있을 거야. 어원은 불확실하다고 되어 있겠지."

토미가 대답했다. 그는 행복한 미소를 지으며 주위를 둘러보았다.

"이번 일은 일절 경찰의 도움 없이 해치웠어."

토미는 유쾌하게 중얼거렸다.

"매리엇 경감님, 안녕히 계십시오. 저는 이제 이 이야기의 행복한 결말이 기다리는 곳으로 가 봐야겠습니다. 멋진 여자의 사랑에 견줄 만한 보상은 없지요. 그 멋진 여자의 사랑이 지금 집에서 저를 기다리고 있습니다. 단지 제 희망일까요? 또 모르죠. 경감님, 사실 이번 일은 아주 위험했습니다. 경감님은 지미 포크너 대위를 아십니까? 그 남자는 춤 솜씨가 대단한 데다 칵테일 취향까지 그만이었죠! 하여튼 이번 일은 엄청 위험했습니다."

"터펜스, 오늘 우리가 점심 먹으러 어디로 가는지 알아?"

베레스퍼드 부인은 그 질문에 곰곰이 생각하는 듯했다.

"리츠 호텔?"

그녀는 자못 기대가 된다는 투였다.

"다시 한 번 생각해 봐."

"소호(런던의 옥스퍼드 거리에 있는 지구. 외국인이 경영하는 식당이 많다. — 옮긴이)에 있는 그 깔끔한 집으로 가는 거예요?"

"아냐."

토미는 뽐내듯 말했다.

"ABC 숍이야. 바로 여기지."

토미는 아내의 팔을 잡고 가게의 한쪽 구석에 놓여 있는 대리석 식탁으로 데려 갔다.

"정말 멋진 곳이야. 이보다 더 멋진 가게는 아마 어디에도 없을 거야."

토미는 자리에 앉으며 만족스럽게 말했다.

"어쩌다가 이토록 소박한 생활을 지향하게 된 거예요?"

터펜스가 물었다.

"왓슨, 자네는 눈으로 보기만 하지 관찰은 하지 않는군.(왓슨 박사에 대한 셜록 홈즈의 입버릇―옮긴이) 그런데 저기 서 있는 웨이트리스 아가씨들은 아무도 우리 쪽을 쳐다보지 않을 생각인가? 옳지. 한 아가씨가 이리로 오는군. 저 여자는 뭔가 다른 일에 정신이 팔려 있는 것 같지만 속마음은 햄에그나 홍차 따위로 머리가 한창 복잡할 거야. 저기 아가씨, 나는 갈비와 감자 튀김으로 주시고 이 사람한테는 커피와 버터 바른 빵, 그리고 혓바닥 고기 한 접시 갖다 주세요."

종업원 아가씨는 비웃는 것 같은 어조로 주문 내용을 반복해서 말했는데, 그때 터펜스가 갑자기 몸을 앞으로 기울이며 끼어들었다.

"아니에요. 갈비와 감자 튀김 말고, 이 사람한테는 치즈 케이크랑 우유로 갖다 주세요."

"치즈 케이크와 우유 말씀이세요?"

종업원은 아까보다 더 경멸조로 그렇게 말했다. 종업원은 여전히 딴 생각에 잠긴 표정으로 사라졌다.

"왜 그런 쓸데없는 소리를 했어?"

토미가 퉁명스럽게 물었다.

"왜 그래요? 내가 잘못한 건 아니잖아요. 당신은 지금 '구석의 노인'을 흉내 내는 거잖아요. 끈은 어디다 뒀죠?"('구석의 노인'은 에마 오르치의 작품에 나오는 탐정. 다방 구석에 앉아 끈을 만지작거리는 버릇이 있다 — 옮긴이)

토미는 주머니에서 길게 배배꼬인 끈을 꺼내더니 매듭을 두어 개 만들었다.

"사소한 것까지도 철저해야지."

그는 중얼거렸다.

"하지만 당신은 음식 주문을 하면서 약간 실수를 저질렀어요."

"여자들이란 이렇게 상상력이 부족하다니까. 내가 싫어하는 게 하나 있다면 그건 바로 우유야. 치즈 케이크도 누런 게 꼭 담즙 같아서 싫어."

"예술적 시각을 가져요. 내가 차가운 혓바닥 고기를 먹는 걸 지켜보라고요. 정말 맛있어요. 자, 이제 난 신문 기자 폴리 버튼 양이 될 준비가 완료됐어요. 큰 매듭을 만들어서 시작해 보죠."(폴리 버튼은 구석의 노인에게 지혜를 빌리는 오르치 작품의 등장 인물 — 옮긴이)

"좀 엉뚱한 얘기 같지만 먼저 다음과 같은 사실을 밝히고 싶군. 최근 우리 사업이 그다지 활발하게 돌아가지 않는 것 같아. 일거리가 들어오지 않으면 우리 쪽에서 일거리를 찾아 나서야 해. 그래서 요즘 화제가 되는 사건들을 훑어보다가 서닝데일 사건을 우리가 해결해 보면 어떨까 생각한 거야."

"아!"

강한 관심을 보이며 터펜스가 소리쳤다.

"그 유명한 서닝데일 사건!"

토미는 주머니에서 구겨진 신문조각을 꺼내더니 식탁 위에 펼쳤다.

"이게《데일리 리더》에 실린 세슬 대위의 가장 최근 사진이야."

"맙소사, 사람들은 이런 신문을 왜 고발하지 않고 그냥 두는 걸까? 이걸로는 사진 속 인물이 남자라는 것밖에 알 수 없겠네요."

"나는 방금 서닝데일 사건이라고 말했는데 사실은 '이른바 서닝데일 사건으로 불리는 사건'이라고 말하는 게 아마 더 정확한 표현일 거야."

토미는 빠르게 말을 이었다.

"이 사건이 경찰한테는 수수께끼일지 몰라도 머리가 비상한 사람에게는 그렇지 않을걸."

"다시 한 번 매듭을 만들어 봐요."

터펜스가 말했다.

"당신이 이 사건을 얼마만큼 기억하고 있는지 모르겠군."

토미는 조용히 말을 계속했다.

"모두 기억하고 있지만, 당신이 기억력을 뽐낼 기회를 망치고 싶지 않군요."

터펜스가 말했다.

"불과 3주 전에 유명한 골프장에서 그 오싹한 일이 일어났어. 이른 아침 골프를 즐기던 두 사람이 7번 홀에서 쓰러져 있는 남자의 시신을 발견한 거야. 남자는 엎드려 있었는데 굳이 몸을 뒤집어보지 않아도 세슬 대위라는 걸 당장 짐작할 수 있었지. 대위는 항상 밝은 청색 옷을 입는 이상한 버릇이 있었거든. 골프장에서 그 대위를 모르는 사람은 거의 없었다는군.

세슬 대위는 가끔씩 아침 일찍부터 골프 연습을 하곤 했었기 때문에, 처음에는 심장마비겠거니 하고 사람들은 생각했어. 그런데 의사의 진단 결과, 대위는 살해되었고, 여자의 모자 핀(의미심장한 물건이지?)으로 심장을 찔렸다는 끔찍한 사실이 밝혀진 거야. 또 죽은 지 이미 열두 시간이나 지났다는 것도.

그래서 사건은 완전히 색다른 양상을 띠게 되었지. 곧이어 몇 가지 흥미로운 사실이 드러났어. 세슬 대위가 살아 있을 때 그를 마지막으로 본 사람은 그의 친구이자 동업자인 포큐파인 보험회사의 홀러비라는 남자였는데, 그 남자는 다음과 같이 진술했어.

그는 세슬과 그날 일찍부터 골프를 쳤어. 차를 마신 뒤 세슬이 어두워지기 전에 몇 홀 더 돌지 않겠느냐고 제안해서 그러자고 했다지. 세슬은 기분도 좋아 보였고 몸 상태도 괜찮았다는군. 그 골프장에는 공식 통행로가 있었는데, 두 사람이 여섯 번째 그린까지 왔을 때 어떤 여자가 그 길로 걸어오더라는 거야. 키가 상당히 컸고 갈색 옷을 입은 여자였다지. 홀러비 자신은 그녀를 그다지 유심히 보지 않았고, 세슬은 그 여자가 다가오는지조차도 몰랐다는군.

그 길은 7번 홀 앞을 가로질러 나 있었어. 여자는 그곳을 지나가서는 멀리 떨어진 곳에서 마치 누군가를 기다리는 것처럼 서 있더래. 홀러비가 홀의 핀을 제자리에 갖다놓는 동안 세슬 대위가 티(티그라운드. 공을 처음 치기 시작하는 지역 — 옮긴이)에 먼저 도착했지.

나중에 티 쪽으로 다가간 홀러비는 세슬이 그 여자와 이야기를 나누고 있는 걸 보고 깜짝 놀랐어. 그가 가까이 다가가자 두 사람 모두 몸을 홱 돌려 저쪽으로 걸어갔더랬지. 세슬은 어깨 너머 홀러비를 보면서 '곧 돌아올게.' 하고 소리를 질렀다고 해.

두 사람은 여전히 진지한 이야기에 푹 빠져 나란히 걸어갔다는군. 골프 코스를 벗어나서 근방에 있는 정원의 오솔길을 따라가면 윈들즈햄으로 가는 길이 나오게 되어 있어.(윈들즈햄은 영국 잉글랜드 지방 서리 주(州) 북부에 위치 — 옮긴이)

세슬 대위는 자기 말대로 이삼 분 뒤에 돌아왔고 홀러비는 안심했지. 그때 다른 골퍼 두 명이 그들을 뒤따라오고 있었고 날은 빠르게 어두워지고 있었어. 그들은 골프를 계속했지만, 홀러비는 세슬 대위가 웬일인지 무척 불안해하는 모습을 눈치 챘어. 드라이브 샷을 치면서 터무니없는 실수를 저지르는가 하면 얼굴에는 수심이 가득해 보였고 인상을 잔뜩 찌푸리는 바람에 이마에 깊게 주름이 잡혀 있었다는 거야. 친구의 말에도 거의 대답을 하지 않았고. 골프 솜씨가 갑자기 형편없어진 것이 어떤 영문인지 모르겠지만 확실히 제정신이 아닌 듯 보였다는군.

두 사람이 그 홀과 8번 홀을 끝냈을 때, 갑자기 세슬 대위가 너무 어두워졌다고 하면서 집으로 휭하니 가 버리더래. 바로 그 지점에는 윈들즈햄 도로로 이어지는 또 다른 오솔길이 있어서 세슬 대위는 그 길로 돌아갔다지. 그 오솔길은 윈들즈햄 도로에 있는 그의 자그마한 방갈로로 가는 지름길이었어. 뒤따라오던 두 명의 골퍼, 구체적으로는 바너드 소령과 레키라는 남자한테 홀러비는 세슬 대위의 태도가 갑자기 이상해졌다는 걸 털어놓았지. 그들은 세슬 대위가 갈색 옷을 입은 여자와 이야기하는 것을 보기는 했지만, 멀리 떨어져 있었기 때문에 여자의 얼굴은 자세히 볼 수 없었다고 대답했고. 하여간 세 사람 모두 그 여자한테 무슨 이야기를 들었기에 세슬 대위가 그렇게까지 혼란스러워 하는지 궁금하게 생각했다는군.

그들은 함께 클럽으로 돌아갔어. 지금껏 알려진 바로는 이들 세 사람이 세슬 대위의 살아 있는 모습을 마지막으로 본 사람들이야. 그날은 수요일이었고, 수요일은 런던행 차표를 할인해 주는 날이어서 세슬 대위의 작은 방갈로에서 일하는 부부도 늘 하던 대로 런던에 갔다가 마지막 열차를 타고 방갈로로 내려왔지. 방갈로에 돌아온 그 부부는 주인이 당연히 자기 방에서 자고 있을 거라고 생각했어. 세슬 대위의 아내는 어디 먼 곳을 방문하느라 당시 집에 없었고.

세슬 대위 살인 사건은 9일 동안 세상을 떠들썩하게 했다가 사그라들었지. 살해 동기를 설명할 수 있는 사람은 아무도 없었어. 갈색 옷을 입었다는 그 키 큰 여자가 누군지에 대해 많은 논란이 있었지만, 결론은 나지 않았지. 경찰은 늘 그렇듯이 나태하다는 비난을 받았고 말야. 시간이 지나면 밝혀지겠지만 그건 좀 부당한 비난이야. 그러고 나서 1주일 뒤에 도리스 에번스라는 젊은 여자가 앤터니 세슬 대위 살해 혐의로 체포되었어.

경찰은 조사를 진행하려고 했지만 단서가 거의 없었지. 피살자의 손가락에 감겨 있던 금발 머리카락 한 가닥과, 파란색 윗도리의 단추에 걸려 있던 붉은 털실 몇 개가 고작이었으니까. 철도역과 그 밖의 여러 곳을 돌아다니며 조사해 본 결과 다음과 같은 사실이 드러나게 돼.

붉은색 외투와 스커트를 입은 여자가 그날 저녁 7시에 기차로 도착해서 세슬 대위의 집으로 가는 길을 물었어. 그 여자는 두 시간 뒤 기차역에 다시 모습을 드러냈는데 모자가 비뚤어지고, 머리는 헝클어져 있는 데다 몹시도 안절부절못하는 모습이었다는군. 그녀는 런던으로 돌아가는 기차 시간을 묻고, 뭐가 그렇게 불안한지 계속해서 어깨 너머로 뒤를 돌아다보더래.

우리 경찰은 여러 면에서 아주 우수해. 지금 이야기한 빈약한 증거를 가지고 그 여자의 자취를 더듬어서 도리스 에번스라는 이름까지 알아낸 걸 보면 말이야. 그녀는 살인 혐의로 기소되었어. 그녀는 모든 진술 내용이 자신에게 불리하게 작용할 수도 있다는 경고를 받고서도 끝까지 진술을 하겠다고 우기더래. 그리고 반복된 진술 내용은 그 뒤의 수사 과정에서 조금도 변함 없이 한결같았다고 하지.

그녀가 한 얘기는 다음과 같아. 타자수가 직업인 그녀는 어느 날 저녁, 극장에서 잘 차려입은 어떤 남자를 만났는데, 그 남자한테서 자기한테 홀딱 반했다는 말을 듣게 되었지. 남자는 자기 이름을 앤터니라고 밝히면서 서닝데일에 있는 자신의 방갈로에 한번 놀러 오지 않겠느냐고 제안했다더군. 그녀는 그때는 물론이고 그 뒤로도 남자에게 아내가 있다는 사실을 전혀 몰랐다고 해. 그녀는 그 다음

주 수요일, 그러니까 하인들도 집을 비우고 그 남자의 아내가 어디 가고 없을 날에 내려오기로 했어. 나중에 남자는 자기 이름이 앤터니 세슬이라고 밝히고 여자에게 집의 이름과 위치를 가르쳐 주었지.

그녀는 약속대로 그날 저녁 방갈로에 도착했고 골프장에서 막 돌아온 세슬과 만났어. 세슬은 말로는 와 주어서 기쁘다고 했지만 그의 태도가 처음부터 좀 이상한 게 예전과는 많이 달라 보였다고 여자는 진술했어. 그녀는 불안감이 점점 솟구쳐 차라리 내려오지 말걸 하고 몹시 후회했다는군.

미리 준비되어 있던 간단한 식사를 마치자, 세슬은 잠시 나가서 산책이나 하자고 여자한테 제안했더랬지. 여자가 동의하자 그는 그녀를 데리고 집을 나와 길을 걷다가 골프 코스로 나가는 오솔길로 접어들었어. 두 사람이 7번 홀을 가로질러 가고 있을 때 갑자기 그가 미친 사람처럼 행동했다지? 주머니에서 권총을 꺼내더니 허공에 휘두르면서 자신은 이제 한계에 부닥쳤다고 외치더라는 거야.

'모조리 다 부숴 버릴 테다! 나는 이제 파멸이야! 끝장이라고! 너도 나랑 같이 가 줘야겠어. 널 먼저 쏘아 죽이고 나도 뒤따라가는 거야. 내일 아침이면 우리가 여기 나란히 쓰러져 있는 모습을 사람들이 발견하겠지.'

그런 식으로 횡설수설 외쳐 대더래. 세슬이 도리스 에번스의 팔을 붙잡고 늘어지자 그녀는 그가 미쳤다는 걸 알고 그의 몸에서 달아나든가, 그게 여의치 않으면 권총이라도 빼앗으려고 죽도록 발버둥을 쳤어. 두 사람은 뒤엉켜 한참 실랑이를 벌였지. 그 과정에서 남자가 여자의 머리카락 한 가닥을 쥐어뜯었고 여자가 입고 있던 윗도리의 털이 남자의 단추에 휘감긴 게 틀림없다는 거야.

결국 간신히 몸을 빼져나온 여자는 세슬이 당장이라도 권총을 쏠 것만 같아 젖 먹던 힘까지 짜내서 골프장을 가로질러 달아났어. 그녀는 나무에 걸려 두 번이나 넘어졌다는데, 마침내 역으로 가는 길로 접어들고 나서야 그가 따라오지 않는다는 걸 깨달았지.

이상이 도리스 에번스의 진술 내용이야. 그 뒤에 했던 진술도 내용은 한결 같아. 자기방어를 위해 모자 핀으로 상대방을 찔렀냐는 혐의는 강하게 부정하고 있어. 그런 상황에서는 충분히 그럴 수 있는데도 말이야. 그녀의 진술이 사실일지도 몰라. 하여간 그녀의 진술을 증명이라도 하듯 시체가 있던 장소 근처의 수풀 속에서 권총이 발견되었어. 권총은 한 발도 발사되지 않은 것으로 드러났지.

도리스 에번스는 재판에 회부되었지만 의문은 여전히 풀리지 않은 채로 남아 있어. 그녀의 진술이 사실이라면, 세슬 대위를 찌른 사람은 누굴까? 피살자의 마음을 무척 혼란스럽게 만든 여자, 키가 크고 갈색 옷을 입었다는 그 여자가 범인일까? 아직까지는 어느 누구도 그 여자와 이 사건의 관련성을 설명하지 못했어. 그녀는 마치 하늘에서 뚝 떨어지기라도 한 듯 골프장에 갑자기 모습을 나타냈다가, 오솔길을 따라 사라졌고, 그 후로 어느 누구도 그녀에 대한 얘기를 듣지 못했지. 그 여자는 누굴까? 그 지방 사람일까? 아니면 런던에서 온 사람? 만약 그렇다면 자동차로 왔을까, 아니면 기차로 왔을까?

그 여자는 키가 크다는 것 외에는 특이한 게 전혀 없었고, 그 얼굴을 제대로 설명할 수 있는 사람도 전혀 없는 것 같아. 그 여자가 도리스였을 리는 없어. 도리스 에번스는 금발머리에다 체구가 자그마한 아가씨이고, 더군다나 그 시각에 막 역에 도착했다고 하니까."

"혹시 부인이 아닐까요?"

터펜스가 말했다.

"지극히 당연한 의심을 하는군. 하지만 세슬의 아내도 키가 작아. 게다가 그 여자라면 홀러비도 얼굴을 잘 알고 있어. 또 그녀가 실제로 집에서 멀리 떨어져 있었다는 것은 의심의 여지가 없어. 그러다가 한 가지 사실이 드러났지. 포큐파인 보험회사가 청산 절차에 들어갔다는 거야. 회계 장부를 보면 몹시 대담한 공금 횡령이 이루어지고 있었다는 걸 알 수 있어. 세슬 대위가 도리스 에번스한테 미친 사람처럼 지껄인 까닭도 그것으로 이제 명백해졌지. 지난 몇 년 동안 그는 계획적으로 공금을 횡령해 온 게 틀림없어. 홀러비나 그 아들도 그러한 일이 진행되는 걸 전혀 모르고 있었을 테고. 그래서 이들 부자는 쫄딱 망하고 만 거야.

그러니 사건은 이렇게 된 셈이야. 세슬 대위는 횡령한 사실이 발각되어 파멸의 위기에 몰렸어. 따라서 당연한 수순으로 자살을 떠올렸겠지만, 상처의 종류를 보자면 자살설은 성립되지 않아. 누가 죽였을까? 도리스 에번스? 갈색 옷을 입은 미지의 여자?"

토미는 말을 멈추고 우유를 한 모금 홀짝이더니 얼굴을 찡그리며 치즈케이크를 조심스럽게 한 입 베어먹었다.

우물거리면서 그는 말을 이었다.

"물론 나는 이 사건의 허점이 어디에 있는지, 어느 부분에서 경찰이 미궁에 빠지게 되었는지 곧 알아냈어."

"뭐가 잘못 됐죠?"

터펜스가 상당한 관심을 보이며 물었다.

토미는 안타까운 표정을 지으며 고개를 저었다.

"방금처럼 말할 수 있었으면 좋겠다고. 터펜스,『구석의 노인』의 겉모습을 흉내를 내는 일은 쉬워. 하지만 답을 도통 모르겠단 말야. 누가 빈털터리가 된 그 친구를 죽였을까? 난 도무지 모르겠어."

그는 주머니에서 신문 조각을 몇 장 더 꺼냈다.

"추가 증거물이야. 홀러비, 그의 아들, 세슬의 아내, 도리스 에번스."

터펜스는 마지막 신문 조각을 집어 들고 그것을 잠시 바라보다가 말했다.

"어쨌든 이 여자는 그를 죽이지 않았어요. 모자 핀 같은 건 갖고 있지도 않아요."

"어떻게 그렇게 확신하지?"

"이 여자는 왠지 몰리와 비슷한 느낌이 들어요. 머리도 단발이고요. 요즘에는 머리가 길거나 짧거나 간에 모자 핀을 꽂고 다니는 여자는 20명 중에 한 명이 있을까 말까예요. 머리에 꼭 맞는 걸로 모자를 단단히 눌러쓰니까 모자 핀 같은 건 필요도 없어요."

"그렇지만, 하나 정도 가지고 있었을지도 모르잖아."

"참 당신도……. 그런 걸 가보나 애장품으로 간직하는 여자는 없단 말예요! 일부러 흉기로 쓰려고 모자 핀을 갖고 서닝데일까지 내려갈 리도 없잖아요?"

"그렇다면 범인은 갈색 옷을 입은 여자가 틀림없어."

"그 여자의 키가 크지 않았다면 문제 해결이 쉬울 텐데. 그렇다면 피살자의 아내가 범인일 수가 있는 거죠. 저는 유부남이 살해된 사건의 범행 시각에 집에 없었다는, 그래서 사건과 아무 관련 없어 보이는 아내들이 항상 의심스러웠어요. 자기 남편이 어떤 젊은 여자와 놀아나고 있는 모습을 봤다면 아내가 모자 핀으로 남편을 찌르는 일도 충분히 가능하죠."

"그것 참……. 나도 조심할 필요가 있겠군."

토미가 말했다. 그러나 터펜스는 깊은 생각에 빠져 남편의 농담에 맞장구를 치려고도 하지 않았다.

"세슬 부부는 사이가 어땠어요? 두 사람에 대한 사람들의 평판은 어땠죠?"

그녀가 갑자기 물었다.

"내가 알기로는 제법 평판이 좋은 부부였던 것 같아. 서로를 깊이 사랑하고 있었다는데. 그러니까 그 젊은 아가씨와의 사건이 정말 이해가 안 된다는 거야. 아무리 생각해도 세슬 같은 남자가 그런 일을 할 리가 없거든. 그는 한때 직업 군인이었어. 상당한 돈을 모은 뒤에 전역해서 아까 말한 보험회사를 차린 거야. 아무리 생각해도 부정한 일을 저지를 만한 사람이 아니야."

"공금을 횡령했다는 건 확실해요? 다른 두 사람이 돈을 빼돌렸을 가능성은 없고요?"

"홀러비 부자 말이야? 그 두 사람은 알거지가 됐다는 소문이 파다해."

"그건 단지 소문이잖아요! 다른 이름으로 은행에 돈을 넣어두었을지도 몰라요. 표현이 서투른지는 모르겠지만, 내 말뜻 알죠? 그 부자가 세슬 몰래 오래 전부터 회사 돈으로 투기를 하다가 완전히 날렸다고 한번 가정해 봐요. 그런 상황에서 세슬이 죽어 버린다면 그 두 사람한테는 더할 수 없이 기쁜 일 아니겠어요?"

토미는 손톱으로 홀러비의 사진을 톡톡 두드렸다.

"그러면 당신은 이 점잖은 신사가 친구이자 동업자인 사람을 죽였다고 의심하는 거야? 당신은 홀러비가 바너드와 레키가 보고 있는데서 세슬과 헤어졌고, 클럽에서 그날 저녁을 보낸 사실을 잊고 있군. 더군다나 그 모자 핀은 어떻게 설명할 거야?"

"도대체 언제까지 모자 핀에 얽매일 거예요?"

터펜스는 짜증을 참지 못하고 말했다.

"그 모자 핀 때문에 여자가 범인이라고 생각하는 거예요?"

"당연하지. 당신은 그렇게 생각 안 해?"

"절대로! 남자들은 끔찍하게 시대에 뒤떨어져 있어요. 그들이 구시대적인 선입견을 떨치려면 수백년은 걸릴 거예요. 모자 핀이나 머리핀이라고 하면 곧장 여자들을 떠올리곤 그것들을 '여자의 흉기'라고 부른다니까요. 예전에는 그랬을지 몰라도 이제 그런 식의 생각은 구식이에요. 나만 해도 지난 4년 동안 모자 핀이나 머리핀을 한 번도 사용해 본 적이 없어요."

"그렇다면 당신은 범인이……?"

"범인은 남자예요. 모자 핀은 단지 여자의 소행으로 보이기 위해 일부러 이용했을 뿐이고요."

"당신 말에도 일리는 있어. 당신 얘기를 듣다보니 사건이 색다른 모습으로 다가오는 게 참 이상하군."

토미가 천천히 말했고 터펜스는 고개를 끄덕였다.

"제대로 보기만 하면 모든 일은 논리적이에요. 그리고 예전에 매리엇 경감이 아마추어의 관점에 대해 한 말을 생각해 봐요. 아마추어의 관점은 자신에게 친숙한 대상을 위주로 돌아간다는 말. 우리는 세슬 대위 부부 같은 사람들의 일이라면 어느 정도 알고 있어요. 우리는 그런 사람들이 어떤 행동을 하고 어떤 행동을 하지 않는지 알고 있죠. 그리고 우리는 각자 특정한 분야에 대한 지식도 갖고 있고요."

토미는 빙긋이 웃었다.

"결국 당신은 머리를 단발로 자르거나 치켜 깎은 여자들이 어떤 물건을 지니고 다니는지, 또 아내들이 어떤 식으로 느끼고 행동하는지 훤히 꿰뚫어 보고 있다는 말이군."

"대강 그런 의미예요."

"그렇다면 나는 어때? 내가 갖고 있는 특별한 지식은 뭐지? 남편은 흔히 아내 몰래 다른 여자와 바람을 피운다는 사실?"

"아니요."

터펜스는 진지하게 말했다.

"당신은 그 골프장에 대해 잘 알고 있어요. 그곳에서 골프를 친 적도 있으니까. 단서를 찾는 탐정으로서가 아니라 골퍼로서 말이에요. 당신은 골프에 대해 알아요. 그리고 어떤 경우에 선수가 경기에 집중하지 못하는지도 알고 있지요."

"세슬이 경기에 집중하지 못한 건 뭔가 대단히 중대한 일이 발생했기 때문이 틀림없어. 그는 핸디가 2인 숙련된 골퍼인데 7번 홀에서는 마치 어린애 같은 경기를 펼쳤다는군."

"누가 그래요?"

"바너드와 레키가 그랬어. 그 두 사람은 피살자 바로 뒤에서 골프를 치고 있었으니까."

"그건 세슬 대위가 키가 크고 갈색 옷을 입은 여자를 만난 뒤였죠. 대위가 그 여자와 이야기하고 있는 모습을 그 두 사람도 봤죠?"

"응…….아마도."

토미는 갑자기 말을 멈췄다. 터펜스는 그의 얼굴을 쳐다보고는 어리둥절한 표정을 지었다. 그는 손에 들고 있던 끈을 바라보고 있었지만, 그 눈은 전혀 다른 것을 보는 듯했다.

"토미, 왜 그래요?"

"가만있어 봐, 터펜스. 나는 지금 서닝데일의 6번 홀에서 골프를 치고 있어. 내 앞쪽의 6번 그린에서는 세슬과 홀러비가 공을 홀에 넣고 있지. 주위는 어두워졌지만, 나는 세슬 대위의 파란색 윗도리를 충분히 볼 수 있어. 그리고 내 왼쪽에 나 있는 길을 따라서는 어떤 여자가 걸어오고 있는 거야. 그녀는 오른쪽에 있는 여성용 코스를 가로질러 온 게 아니야. 만일 그랬다면 나는 이미 그 모습을 보았을 테니까. 그러니 그 전에, 그러니까 5번 홀에서 이미 그 여자의 모습을 보지 못했다는 게 이상해."

그는 말을 중단했다.

"터펜스, 당신은 조금 전에 나도 그 코스를 안다고 말했지? 맞아, 그곳의 6번 홀 코스 바로 뒤에는 잔디로 만든 작은 오두막 내지 은신처 같은 게 있었어. 거기서 사람들은 자기 차례를 기다릴 수 있고 옷도 갈아입을 수 있지. 터펜스, 당신의 특별한 지식이 효력을 발휘하는 때가 바로 지금이야. 남자가 여장을 했다가 다시 남자 옷으로 갈아입는 것이 아주 힘든 일일까? 가령 골프용 반바지 위에 스커트를 걸칠 수 있지 않을까?"

"물론 가능해요. 약간 몸집이 큰 여자로 보이겠지만 그뿐이에요. 가령 긴 갈색 스커트, 남녀 누구나 입을 수 있는 갈색 스웨터, 양쪽에 깃털이 여럿 달린 여성용 펠트 모자, 이 정도면 충분할 것 같아요. 물론 멀리서 볼 때야 여자로 보인다는 뜻이죠. 당신이 묻는 의도도 그걸 알고자 하는 것일 테니까요. 스커트와 털 달린 모자를 벗고 대신 손에 말아 쥘 수 있는 남성용 모자를 쓰면 다시 남자의 모습이 되는 거지요."

"변장에 필요한 시간은?"

"여자에서 남자로 변장하는 데는 기껏해야 1분 30초. 아마 그보다 더 짧은 시간에도 가능할 거예요. 그 반대로 변장하는 데에는 시간이 좀 더 걸리겠지만. 깃털 달린 모자도 준비해 둬야 하고 골프용 반바지 위에 스커트를 껴입을 때는 스커트가 달라붙을 거니까요."

"그건 아무래도 상관없어. 문제는 처음의 상태로 갈아입는 데 걸리는 시간이야. 아까도 말했듯이 나는 지금 6번 홀에서 골프를 치고 있어. 그런데 갈색 옷을 입은 여자가 지금 막 7번 티에 도착해서 기다리고 있어. 파란색 윗도리를 입은 세슬이 그 여자 쪽으로 다가가지. 두 사람은 1분 정도 서서 얘기를 나누다가 숲 뒤로 사라져. 이제 홀러비는 혼자 잔디 위에 서 있는 거지. 그런데 2, 3분이 지나고 세슬이 다시 돌아와 드라이브를 치는데 실력이 아주 형편없는 거야. 주위는 점점 어두워져 가고 나와 상대는 앞으로 나아가지. 우리 앞쪽에는 두 사람이 있는데 세슬은 슬라이스(의도했던 바와 다르게 옆으로 심하게 휘는 샷 — 옮긴이)를 내거나 헛치거나 하면서 계속 실수 연발이고. 8번 그린까지 오자 세슬이 성큼성큼 걸어서 오솔길로 사라지는 모습이 내 눈에 보여. 도대체 무슨 일이 있었기에 그는 전혀 다른 사람처럼 서투른 게임을 했을까?"

"갈색 옷을 입은 여자, 아니면 남자 탓이에요. 당신이 남자라고 생각한다면."

"맞아. 게다가 두 사람이 서 있던 지점은 수풀이 우거져 있어서 뒤에 있는 사람들에게는 보이지 않는 곳이지. 그곳이라면 시체를 놓아 둬도 다음 날 아침까지는 사람들 눈에 띄지 않을 거야."

"토미! 당신 말대로라면 그때……? 하지만 누군가가 무슨 소리를 들었어야 할 것 아니에요?"

"무슨 소리? 의사들도 즉사했다는 소견을 밝혔잖아. 나는 전쟁 중에 즉사하는 사람들을 보았어. 대개의 경우 그들은 비명을 지르지 않아. 한숨이나 이상한 기침소리, 아니면 꾸르륵거리는 소리나 신음 같은 게 날 뿐이야. 세슬이 7번 티 쪽으로 오자, 여자가 다가와 말을 걸지. 아마 세슬은 자기가 아는 어떤 남자가 여자로 변장하고 있는 모습을 알아보았을 거야. 무엇 때문에 그가 그렇게 변장했는지 궁금하기도 해서 세슬은 인적 없는 오솔길로 따라가지. 나란히 걷는 동안 세슬은 날카로운 모자 핀 한 방에 치명상을 입게 돼. 세슬은 쓰러져서 숨이 끊어졌어. 범인은 시체를 수풀이 무성한 곳으로 끌고 가서 파란색 윗도리를 벗기고, 자신의 스커트와 깃털 달린 모자를 벗지. 그런 다음 세슬의 그 유명한 파란색 윗도리를 걸치고 모자까지 쓰고서 티로 돌아간 거야. 그런 일은 3분이면 충분해. 뒤에 있는 사람들은 그의 얼굴은 보지 못한 채 모두가 잘 알고 있는 파란색 윗도리만 보게 되지. 그 남자가 세슬이 아닌 딴 사람일 거라고는 조금도 생각 못 해. 하지만 그 남자는 세슬의 골프 솜씨까지는 전혀 보여 주지 못한 거야. 그들은 모두 그 남자가 전혀 딴 사람처럼 골프를 친다고 말하지. 물론 그럴 수밖에. 실제로 다른 사람이었으니까."

"하지만……."

"두 번째로, 런던에 있는 여자한테 내려오라고 말한 것도 세슬이 아닌 다른 어떤 남자의 짓이었어. 극장에서 도리스 에번스와 만나 서닝데일로 놀러오라고 유혹한 남자는 세슬이 아니야. 자기를 세슬이라고 속인 어떤 남자였지. 도리스 에번스가 사건이 있고 2주나 지나 체포된 사실을 기억해 봐. 그녀는 시체를 보지도 못했어. 만약 시체를 봤다면, 그녀는 자기를 골프장으로 데려가서 죽어 버리겠다고 발악하던 남자가 아니라는 사실을 밝혀서 한바탕 큰 소동이 일어났을 거야. 이 사건은 사전에 치밀히 계획한 거야. 세슬의 집이 비어 있는 수요일에 그 여자를 초대한 거라든가, 여자의 소행으로 보이도록 만들기 위해 모자 핀을 이용한 것 등을 보면 말이야. 범인은 여자를 만나 방갈로로 데려갔고 저녁까지 대접했어. 그런 다음 골프장으로 데리고 나왔고 범행 현장에 도착하자 권총을 휘두르며 그녀를 죽일 듯이 날뛰었지. 그녀가 황급히 달아나자 범인은 시체를 풀숲에서 끌어내어 티 위에 눕혀 두었어. 권총은 수풀 속으로 던져 버리고 말이야. 스커트는 깔끔하게 꾸러미로 묶어 감췄을 테고. 이건 내 추측이지만, 그는 아마 10킬로미터 가량 떨어진 워킹까지 걸어갔다가 런던으로 되돌아갔을 거야."

"잠깐만요. 당신 설명에서 하나 빠진 게 있어요. 홀러비는 어떻게된 거죠?"

"홀러비?"

"그래요. 뒤에 있는 사람들이 파란 옷을 입은 그 남자가 세슬인지 아닌지 확인할 수 없었다는 건 저도 인정해요. 하지만 함께 골프를 친 사람까지 파란색 옷에 최면이 걸린 나머지 상대의 얼굴조차 못봤다는 말씀은 아니겠죠."

"바로 그거야. 홀러비는 알고 있었던 거야. 좋아, 홀러비 부자가 정말 회사 돈을 횡령했다는 당신의 가정을 받아들이기로 하자고. 범인은 세슬에 대해 매우 잘 아는 사람임이 틀림없어. 수요일에는 하인들이 항상 집을 비우고 아내도 그때 집에 없다는 사실을 아는 걸 보면 말이야. 그리고 세슬의 현관 열쇠 모양도 잘 아는 사람이고. 이 모든 조건을 충족하는 사람은 홀러비의 아들뿐이라고 난 생각해. 나이나 키도 세슬과 비슷하고, 둘 다 말끔하게 면도를 했고 말야. 도리스 에번스는 아마 신문에 실린 피살자의 사진을 몇 장 보았겠지. 하지만 당신이 아까 말한 대로 그것으로는 남자라는 사실만 알 수 있을 뿐이야."

"에번스는 법정에서 홀러비의 아들을 못 봤나요?"

"아들은 이번 재판에 전혀 등장하지 않았어. 등장할 이유가 없잖아? 증언할 것이 아무것도 없으니까. 처음부터 주목을 받은 사람은 완벽한 알리바이를 갖고 있는 홀러비 쪽이었어. 그 아들이 그날 저녁에 무엇을 하고 있었는지 아무도 조사할 생각을 안 한 거지."

"모든 게 딱 들어맞네요."

터펜스도 동의했다. 그녀는 잠시 있다가 이렇게 물었다.

"지금의 이야기를 경찰에 알릴 생각이세요?"

"경찰이 내 얘기를 들어 줄지 모르겠어."

"경찰은 틀림없이 들어 줄 겁니다."

토미의 등 뒤에서 예기치 못한 목소리가 들려왔다. 토미가 몸을 돌리자 매리엇 경감이 거기에 와 있었다. 사실 경감은 아까부터 줄곧 옆 테이블에 앉아 있었다. 그의 앞에는 반숙 달걀이 하나 놓여 있었다.

"여기는 제가 점심을 먹으러 자주 오는 곳입니다."

경감이 말했다.

"방금 말했듯이, 우리 경찰은 아까 하신 말씀을 틀림없이 들어줄 겁니다. 사실 저는 두 분의 얘기를 아까부터 엿듣고 있었습니다. 경찰은 포큐파인 회사의 횡령 문제로 회사 사람들을 의심하고 있었습니다. 하지만 아무런 증거도 캐내지 못했지요. 그 부자는 너무나 철저해서 우리로서는 죄를 밝힐 수가 없었습니다. 그런데 이번 살인 사건이 터지자 우리는 혼란에 빠진 겁니다. 그러던 중 두 분의 큰 도움을 받게 되었네요. 우린 홀러비의 아들과 도리스 에번스를 서로 만나게 해서 그 여자가 청년의 얼굴을 알아보는지 확인할 생각입니다. 제 생각엔 그 아가씨가 홀러비의 아들을 알아볼 것 같군요. 그 파란색 윗도리에 대한 두 분의 생각은 정말 감탄할 정도였습니다. 이 공훈은 블런트의 우수한 탐정들에게 돌아가도록 조치하겠습니다."

"경감님, 정말 감사드려요."

터펜스가 고마워하며 말했다.

"경시청에서도 두 분에게 고마워할 겁니다."

무뚝뚝하게 경감이 대꾸했다.

"상상 이상으로 말입니다. 그런데 실례지만 손에 쥐신 그 끈은 어떤 의미가 있는 겁니까?"

"아, 이거요? 아무것도 아닙니다."

토미는 그렇게 말하고는 끈을 얼른 주머니에 집어넣었다.

"나쁜 버릇이죠. 치즈 케이크와 우유는…… 다이어트 때문에 먹고 있답니다. 신경성 소화불량인데, 바쁜 사람들은 누구나 걸리는 병이죠."

"아! 나는 또 무슨 소설이라도 읽고 그러는 줄 알았지요. 아무튼 좋습니다. 중요한 것도 아니니까."

하지만 그렇게 말하는 경감의 두 눈은 반짝하고 빛났다.

죽음이 깃든 집

"이 무슨……."

터펜스는 말을 꺼내다가 멈췄다. '비서실'이라고 적힌 옆방에서 블런트의 방으로 막 들어서다가, 남편이 바깥 사무실을 내다볼 수 있는 구멍에 눈을 갖다 대고 있는 모습을 보고 놀란 것이다.

"쉿!" 하고 토미는 아내에게 주의를 주었다.

"버저 울리는 소리 못 들었어? 젊은 여자야. 제법 참한 아가씨군. 썩 괜찮은 아가씨 같아 보이는데. 앨버트 녀석이 내가 지금 런던 경시청과 통화 중이라고 온갖 헛소리를 지껄이고 있군."

"저도 좀 봐요."

터펜스가 말했다.

마지못한 표정으로 토미는 옆으로 비켜섰다. 이번에는 터펜스가 구멍에다 눈을 갖다 댔다.

"그런대로 괜찮네요. 입고 있는 옷도 최신 유행하는 제품이고."

터펜스도 시인했다.

"흠 잡을 데 없는 미인이야. 메이슨의 소설에 나오는 여자 같아. 마음씨가 무지 착하고, 아름다운 데다 굉장히 머리가 좋으면서도 절대 빼기지 않는 여자 말이야. 나는 오늘……. 그래! 위대한 하노드가 되어 보겠어."(하노드는 알프레드 메이슨의 작품에 등장하는 프랑스 인 탐정 — 옮긴이)

터펜스는 "흥!" 하고 코웃음을 쳤다.

"수많은 탐정 중에서 당신과 가장 안 어울리는 탐정이 있다면 바로 하노드일 거예요. 순식간에 전혀 딴 사람처럼 행동할 수 있어요? 위대한 희극 배우, 부랑아, 그리고 진지하고 정이 많은 친구, 이 모든 역할을 불과 5분 안에 해낼 수 있을 것 같아요?"

"나도 그 역할은 알아."

날카롭게 책상을 두드리며 토미가 말했다.

"내가 이 배의 선장이라는 점을 잊지 말아 줘, 터펜스. 이제 여자를 불러들여야겠어."

그는 책상 위에 있는 단추를 눌렀다. 잠시 뒤에 앨버트가 손님을 데리고 들어왔다.

젊은 여자는 아직 마음의 결정을 내리지 않았는지 문간에서 머뭇거렸다. 토미는 앞으로 나아갔다.

"아가씨, 그러지 말고 들어와서 이쪽에 앉으세요."

그는 정중하게 말했다.

터펜스는 목이 막힌 것 같은 소리를 냈다. 토미는 그녀 쪽을 돌아보며 재빨리 태도를 바꾸어 위협하는 것 같은 목소리로 물었다.

"로빈슨 양, 뭐라고 했어요? 아, 아무것도 아니라고? 난 또 뭐라고 말을 한 줄 알고."

그는 다시 젊은 여자 쪽을 향했다.

"우리는 엄격하지도 않고 형식을 갖추지도 않습니다. 허심탄회하게 말씀해 주시면 손님을 어떻게 돕는 게 가장 좋은 방법일지 저희끼리 의논해 보겠습니다."

"매우 친절하시네요. 근데 실례지만 외국 분이세요?"

아가씨가 물었다.

또다시 터펜스가 숨이 막히는 듯한 소리를 냈다. 토미는 손님이 눈치 채지 못하도록 곁눈질로 터펜스를 노려보았다.

"그렇지 않습니다."

그는 간신히 말했다.

"하지만 최근 들어 외국에서 일하는 경우가 많았죠. 저희의 수사기법은 파리 시경 수사과의 방식을 따릅니다."

"그래요?"

아가씨는 무척 감동한 모습이었다.

그녀는 토미가 말한 대로 무척 매력적인 데다 젊고 날씬했다. 깜찍한 갈색 펠트 모자 아래로 금발 머리가 한 가닥 드러나 있었고, 눈은 크고 진지해 보였다.

그녀가 불안에 떨고 있다는 사실은 누가 보더라도 알 수 있었다.

여자는 자그마한 두 손을 계속해서 비비 꼬았고 에나멜을 칠한 핸드백의 고리 부분을 소리가 나도록 여닫고 있었다.

"블런트 씨, 제 소개부터 할게요. 저는 로이스 하그리브스라고 해요. 선리 농원이라는 크고 오래된 집에서 살고 있어요. 집은 마을의 중앙에 있지요. 가까이에 선리라는 마을이 있지만, 아주 작고 시시해요. 하지만 겨울에는 사냥을 주로 하고 여름에는 테니스를 치며 지내기 때문에 그곳에 살면서 쓸쓸하다는 생각은 한 번도 안 해 봤어요. 정말이지 저는 도시 생활보다 전원 생활을 훨씬 더 좋아하거든요.

이런 말씀을 드리는 것은 우리 마을 같은 곳에서는 사소한 일도 아주 중요하게 생각한다는 점을 선생님이 아셨으면 해서예요. 약 일주일 전에 저는 초콜릿 한 상자를 소포로 받았어요. 상자를 열어 봐도 누가 보냈는지 전혀 알 수 없었어요. 저는 초콜릿을 그다지 좋아하지 않기 때문에 우리 집 사람들에게 그것을 나누어 주었지요. 그런데 초콜릿을 먹은 사람들 모두가 한 사람도 빠짐없이 모두 탈이 나고 만 거예요. 우리는 급히 의사를 불렀죠. 의사는 다른 음식을 먹었는지 알아본 뒤에 남아 있던 초콜릿을 수거해서 분석을 해 보았답니다. 블런트 씨, 그런데 글쎄 그 초콜릿에 비소가 들어 있었다지 뭐예요! 생명을 앗아갈 정도의 양은 아니지만 심한 배탈을 일으킬 수 있는 정도였대요."

"이상한 일이군요."

토미가 말했다.

"의사이신 버튼 박사님도 이 문제로 매우 흥분하셨답니다. 마을에서 이런 일이 일어난 게 이번이 세 번째였다는 거예요. 매번 큰 저택이 목표물이 되었고, 그 이상한 초콜릿을 먹은 사람들이 탈이 났다는군요. 마치 어떤 정신병자가 정말 끔찍한 장난을 치고 있는 듯 보였어요."

"그럴 수도 있겠군요, 하그리브스 양."

"버튼 박사님은 사회주의자의 소행이라고 하셨지만, 저는 그게 말도 안 되는 거라 생각돼요. 하지만 선리 마을에 불만이 있는 사람 한두 명이 있어서 이 비슷한 사건을 일으킨 것으로 추측할 수는 있지요. 버튼 박사님은 모든 것을 경찰에 맡기라고 계속 저한테 권하더군요."

"당연히 그러시겠죠. 그런데 아가씨는 아직 경찰에 신고를 안 하셨죠?"

"예. 신고를 하게 되면 온갖 난리법석이 다 일어날 텐데 전 그게 정말 싫거든요. 그리고 저는 저희 구역을 담당하는 경감도 알아요. 그 사람 실력으로 이 사건을 해결한다는 건 도저히 상상할 수 없는 일이랍니다! 저는 선생님이 내신 광고를 몇 번이나 보았기 때문에, 버튼 박사님께 차라리 사립 탐정을 고용하는 편이 훨씬 낫지 않겠느냐고 말씀드렸어요."

"그러셨군요."

"선생님의 광고는 신중한 일처리를 무척 강조하고 있더군요. 저는 그것을…… 그러니까……. 제 동의가 없는 한 사건 내용을 조금도 밖으로 알리지 않겠다는 뜻으로 해석했는데 맞나요?"

토미는 다만 호기심을 갖고 그녀의 얼굴을 바라보았고, 질문에
대답을 한 쪽은 터펜스였다.

"하그리브스 양, 하나도 숨기지 말고 말씀하셔도 괜찮아요."

터펜스가 '하나도 숨기지 말고'라는 말에 특별히 힘을 주어 말했
기 때문에 로이스 하그리브스는 초조해서 얼굴을 붉혔다.

"그래요, 로빈슨 양이 말한 대로 빠짐없이 말씀해 주셔야 합니다."
토미가 재빨리 덧붙였다.

"틀림없이 두 분은……."

그녀는 말을 하려다가 망설였다.

"아가씨가 하는 모든 얘기는 극비로 처리해 드리겠습니다."

"고마워요. 저도 숨김없이 이야기하는 편이 좋다는 걸 잘 알아요.
경찰에 가지 않은 이유도 있으니까요. 블런트 씨, 사실 그 초콜릿 상
자는 저희 집 사람 가운데 누군가가 보낸 것이었어요!"

"그걸 어떻게 알았죠?"

"아주 간단해요. 저는 연필이 손에 있으면 항상 바보 같은 작은
그림을, 그러니까 세 마리의 물고기가 서로 뒤엉켜 있는 그림을 그
리는 버릇이 있어요. 얼마 전에 런던의 어떤 가게에서 보낸 실크 스
타킹을 소포로 받은 적이 있지요. 그때 우리는 아침을 먹고 있었고
요. 저는 신문에다 어떤 표시를 하고 있었고 소포를 뜯기 전에 아무
생각 없이 소포 포장지에다 늘 하던 버릇대로 작은 물고기를 그렸
어요. 그 뒤 그런 일은 까맣게 잊고 있었는데, 우연히 초콜릿을 보내

온 갈색 포장지를 살피다가 예전의 포장지 한쪽 끝을 발견했어요. 그런데 거기에 제가 그린 바보 같은 그림이 있는 거예요."

토미는 의자를 앞으로 끌어당겼다.

"매우 중대한 사실이군요. 그렇게 되면 아가씨가 말한 대로 초콜 릿을 보낸 사람은 집 안의 어떤 사람이라고 확실히 추정할 수 있겠 습니다. 그런데 실례지만, 그렇다고 해서 경찰을 부르는 걸 왜 그토 록 꺼려하는지 저는 아직 잘 모르겠군요."

로이스 하그리브스는 토미의 얼굴을 빤히 바라보았다.

"솔직히 말씀드릴게요, 블런트 씨. 저는 이 사건을 이대로 그냥 묻어두고 싶은지도 모르겠어요."

토미는 의자에 느긋하게 몸을 기댔다.

"무슨 말씀인지 알만 합니다. 하그리브스 양, 그러니까 아가씨는 집 안에서 누가 의심스러운지 밝히고 싶지 않다는 얘기군요."

"아니, 저는 어느 누구도 의심하지 않아요. 가능성은 있겠지만."

"그렇군요. 자, 그럼 집안사람들에 대해 자세히 설명해 주시겠습 니까?"

"하녀만 제외하고 하인들은 모두 여러 해 동안 저희 집에서 일해 온 사람들이에요. 블런트 씨, 사실 저는 고모인 래드클리프 부인 손 에서 자랐답니다. 고모는 엄청난 부자였죠. 고모부는 큰돈을 모았 고 기사 작위까지 받으신 분이에요. 선리 농원을 사들인 것도 고모 부였는데, 이사한 지 2년 만에 돌아가시자 고모가 함께 살자고 저 를 불렀지요. 저는 고모의 유일한 혈육이었어요. 그리고 다른 한 사람이 같이 살고 있는데 고모부의 조카 데니스 래드클리프라는 사람이에요. 저는 그를 항상 '사촌'이라고 부르고 있지만, 실제로 친척 관계는 아니죠. 루시 고모는 제게 약간의 몫을 분배하고는 재산을 전부 데니스한테 넘겨줄 생각이라고 늘 공공연하게 말해 왔답니다. 래드클리프 집안의 재산이니까 당연히 래드클리프 혈통에게 넘겨줘야 한다는 생각이셨던 거죠. 그런데 데니스가 스물두 살 때, 고모는 데니스와 심한 말다툼을 벌였어요. 그 사람이 빌린 돈 때문에 그랬던 것 같아요. 그러고 나서 1년 뒤에 고모가 돌아가셨을 때, 고모가 모든 재산을 제게 물려준다는 유언장을 남긴 걸 알고 저는 깜짝 놀랐어요. 그때 데니스는 엄청난 충격을 받은 것 같았어요. 저도 기분이 그다지 개운하지는 않았죠. 그가 받기만 한다면 재산을 넘겨주고 싶었지만 그런 일은 불가능하다고 하더군요. 하지만 스물한 살이 되자마자 저는 모든 재산을 그에게 물려주겠다는 내용으로 유언장을 만들었어요. 그것이 저로서는 해줄 수 있는 일의 전부였어요. 그러니 제가 자동차에 치어 죽기라도 하면, 데니스가 모든 재산을 물려받게 될 거예요."

"그렇겠군요. 실례지만, 만 21세가 된 때가 언제였습니까?"

"바로 3주 전이에요."

"아, 그렇군요. 자, 그러면 집안 사람들에 대해 좀 더 구체적으로 말씀해 주시죠."

"하인들 말인가요? 아니면 다른 사람들 말씀이세요?"

"양쪽 모두."

"아까도 말씀드렸듯이 하인들은 꽤 오래 전부터 저희 집에서 함께 생활해 왔어요. 요리사로 나이 많은 홀러웨이 부인과 그녀의 조카딸로 부엌일을 하는 로즈가 있고요. 나이 많은 하녀가 둘 있어요. 그리고 예전에 고모를 시중들던 하녀로 저한테도 항상 헌신적인 한나가 있죠. 거실 하녀는 에스더 퀸트라고 하는데 매우 착하고 조용한 아이예요. 그리고 예전에 루시 고모의 말동무였다가 지금은 저를 위해 집안일을 돌봐주고 있는 로건 여사, 그리고 아까 말한 데니스, 즉 래드클리프 대위가 있고요. 또 메리 칠콧이라는 저의 학창 시절 친구가 저희 집에 머물고 있어요."

토미는 잠시 생각하다가 이윽고 말했다.

"매우 분명하고 솔직하게 말씀해 주신 것 같습니다. 그 사람들 가운데 다른 사람들보다 유난히 의심이 간다거나 하는 사람은 없다는 말씀이지요? 아가씨는 이 사건이 하인이 아닌 다른 어떤 사람의 소행으로 밝혀질까 봐 두려우신 거죠?"

"정확하시네요, 블런트 씨. 솔직히 말해서 저는 누가 그 갈색 포장지를 사용했는지 전혀 짐작이 가지 않아요. 글씨도 활자체로 되어 있어서."

"저희가 할 수 있는 일은 한 가지밖에 없는 것 같습니다. 제가 직접 현장에 한번 가 봐야겠군요."

아가씨는 의아스럽다는 표정으로 토미의 얼굴을 바라보았다.

토미는 잠시 생각하고 나서 말을 계속했다.

"가서서 저희를 맞을 준비를 해 주시죠. 미국인 친구로, 이름은 반 두젠(미국 추리 작가 잭 푸트렐이 창조해 '사고 기계'라는 별명으로 유명한 천재 교수 — 옮긴이) 부부라고 저희를 사람들에게 소개해 주십시오. 아주 자연스럽게 하실 수 있겠죠?"

"예, 별로 어려울 것 같지 않네요. 언제 내려오시겠어요? 내일요? 아니면 모레?"

"괜찮다면 내일 내려가겠습니다. 낭비할 시간이 없으니까."

"그럼 그렇게 하죠."

그녀는 자리에서 일어나 한 손을 내밀었다.

"한 가지 당부 드리겠는데 하그리브스 양, 저희의 정체를 어느 누구에게도 얘기해선 안 됩니다."

손님을 배웅하고 돌아온 토미는 터펜스에게 물었다.

"터펜스, 당신 생각은 어때?"

"사건이 왠지 마음에 안 들어요."

터펜스는 단호하게 말했다.

"초콜릿에 비소가 조금밖에 안 들어 있었다는 게……."

"그게 무슨 말이야?"

"모르겠어요? 예전에 마을의 다른 집에 보낸 초콜릿들은 하나의 눈가림일 뿐이라는 사실 말이에요. 마을에 사는 어떤 미치광이의 짓처럼 보이려고 일부러 그런 거예요. 그러다가 아까 그 아가씨가 진짜 독살되면 사람들은 그전에 있었던 일과 동일한 사건으로 취급할 것 아니에요. 혹시 운 좋게 독살을 면한다 해도, 그 초콜릿을 보낸 사람이 설마 그 집안의 누구라고는 아무도 생각 못할 테고요."

"운이 좋았기에 망정이지. 당신 말이 옳아. 그러니까 당신 생각은 누군가 계획적으로 그 아가씨를 죽이려 했다는 거지?"

"그래요. 래드클리프 부인의 유언장 이야기를 어디선가 읽은 기억이 나요. 그 아가씨는 정말 엄청난 재산을 상속받았죠."

"그래. 그리고 성년이 되자 3주 전에 유언장을 만든 거야. 지금 상황은 데니스 래드클리프에게 절대적으로 불리하지. 그 아가씨가 죽게 되면 이익을 보게 될 사람이니까."

터펜스는 고개를 끄덕였다.

"무엇보다 안쓰러운 일은 그 아가씨도 그렇게 생각하고 있다는 거예요! 그러니까 경찰을 안 부르려고 하는 거죠. 그 아가씨는 이미 그 남자를 의심하고 있어요. 그런데도 이런 방법을 택한 걸 보면 그 남자를 적잖이 사랑하고 있는 게 틀림없어요."

"그렇다면……."

토미는 생각에 잠겨 말했다.

"왜 그는 그 아가씨와 결혼하지 않는 걸까? 그 편이 훨씬 간단하고 안전할 텐데 말이야."

터펜스는 그의 얼굴을 물끄러미 바라보았다.

"적절한 지적이에요. 어머! 전 벌써 반 두젠 부인이 될 준비가 된 것 같네요."

"합법적인 방법이 바로 곁에 있는데 굳이 범죄를 저지를 필요가 있을까?"

터펜스는 곰곰이 생각해 보았다.

"알았어요. 그 남자는 틀림없이 옥스퍼드에 있을 때 어떤 술집 여자랑 결혼했을 거예요. 그 때문에 자기 숙모와 다투게 된 거고요. 그렇게 생각하니까 모든 게 설명이 되네요."

"그렇다면 독이 든 초콜릿을 그 술집 여자한테 보냈어야 옳잖아? 그 편이 훨씬 더 그럴듯하지 않아? 난 당신이 제발 그런 식의 성급한 결론을 내리지 않았으면 좋겠어."

"나는 추론을 해 본 거예요."

터펜스는 한껏 위엄을 갖추며 대답했다.

"당신은 투우 경기장에 난생처음 들어선 소 같아요. 그래서 그렇게 생각하는 것도 무리는 아니지만, 경기장에 한 20분만 있다 보면……."

아내의 말을 차마 더 이상 듣지 못하고 토미는 사무실에 있는 쿠션을 그녀에게 집어던졌다.

"터펜스! 터펜스! 이리 좀 와 봐."

이튿날 아침 식사 시간이었다. 터펜스는 급히 침실에서 뛰어나와 식당으로 들어갔다. 토미는 신문을 펼쳐 들고 부엌을 왔다갔다하고 있었다.

"무슨 일이에요?"

토미는 몸을 돌려 신문을 건네면서 손가락으로 기사 제목을 가리켰다.

의문의 중독 사건

무화과 샌드위치를 먹고 여러 명이 목숨을 잃다

터펜스는 기사를 읽어 내려갔다. 식중독 사건이 발생한 장소는 바로 선리 농원이었다. 지금까지 보고된 사망자는 선리 농원의 소유자인 로이스 하그리브스 양과 하녀 에스더 퀸트였고 래드클리프 대위와 로건 여사는 중태라고 나와 있었다. 원인은 샌드위치에 들어 있던 무화과 반죽으로 추정되었는데, 그 이유는 샌드위치를 먹지 않았던 다른 여성 칠콧 양은 아무런 이상도 없었기 때문이라고 했다.

"당장 내려가 봐야겠어. 그토록 멋진 아가씨가 이런 변을 당하다니! 내가 왜 어제 함께 내려가지 않았을까!"

"어제 내려갔더라면 당신까지 변을 당했을지 몰라요. 자, 어서 출발해요. 신문에는 데니스 래드클리프도 위독하다고 적혀 있어요."

"공연한 수작을 부리는 걸 거야. 교활한 놈."

두 사람은 정오쯤 되어 선리라는 작은 마을에 도착했다. 그들이 선리 농원으로 갔을 때, 하도 울어서 눈이 시뻘개진 중년 여자가 문을 열어 주었다.

여자가 입을 채 열리도 전에 토미가 재빨리 말했다.

"저는 신문기자나 그런 사람이 아닙니다. 하그리브스 양이 어제 저를 찾아와서 이곳을 좀 방문해 달라는 부탁을 했습니다. 어떤 분을 뵈어야 할까요?"

"버튼 박사님이 지금 계시니까, 괜찮으시다면……."

여자는 미심쩍은 표정으로 말했다.

"아니면 칠콧 양을 만나시든지요. 이 집의 모든 일을 맡아 보는 분이니까요."

토미는 전자를 택했다.

"버튼 박사님을 만나 보죠. 여기 계시다면 당장 뵙고 싶습니다."

위엄을 갖춘 토미의 말이었다.

여자는 두 사람을 자그마한 거실로 안내했다. 5분 정도 지나자 문이 열리면서, 키가 크고 어깨가 구부정한 중년 남자가 들어왔다. 인자하지만 근심 어린 표정이었다.

"버튼 박사님이신가요?"

토미는 명함을 꺼냈다.

"하그리브스 양이 어제 독이 든 초콜릿 문제로 저를 찾아왔습니다. 저는 그녀의 요청에 따라 그 문제를 조사하러 내려왔습니다만 유감스럽게도 너무 늦어 버렸네요."

의사는 예리한 눈으로 토미를 바라보았다.

"블런트 씨 본인이십니까?"

"그렇습니다. 이쪽은 제 수석 비서 로빈슨 양입니다."

의사는 터펜스를 향해 고개를 숙였다.

"일이 이렇게 되었으니 숨길 필요도 없겠군요. 그 초콜릿 사건만 없었다면 저도 이번 죽음을 악성 식중독 중의 하나로 생각했을지 모릅니다. 식중독이라 하기엔 이상할 정도로 심각한 증세를 보였긴 했습니다만. 위장에 염증과 출혈이 있었습니다. 그래서 무화과 반죽을 분석해 보려고 갖고 가려던 참입니다."

"비소 중독이라고 보십니까?"

"아니, 이번 독약은 (만일 독약이 사용되었다면 말입니다.) 그보다 훨씬 더 강력하고 효과도 빠른 겁니다. 어떤 강력한 식물성 독소일 가능성이 커 보입니다."

"알겠습니다. 하나 여쭙고 싶은 게 있는데, 버튼 박사님, 래드클리프 대위도 같은 형태의 중독으로 중태에 빠졌다고 생각하십니까?"

의사는 토미의 얼굴을 빤히 바라보았다.

"래드클리프 대위는 지금 위독한 상황이 아닙니다."

"아, 그렇군요. 저는……."

"그 사람은 오늘 새벽 5시에 이미 숨을 거뒀습니다."

의사의 말에 토미는 깜짝 놀랐다. 의사는 돌아갈 준비를 했다.

"그러면 또 다른 피해자인 로건 여사는 어떤 상태죠?"

터펜스가 물었다.

"지금까지 숨이 붙어 있는 걸로 봐서 그 여자는 회복할 가능성이 있을 것 같습니다. 다른 사람들보다 나이가 많아서 그런지 독이 든 샌드위치를 적게 먹은 것 같더라고요. 블런트 씨, 분석 결과는 나오는 대로 알려 드리겠습니다. 그동안 알고 싶으신 부분에 대해 칠콧 양이 모두 답변해 줄 겁니다."

의사가 그렇게 말하는 동안 문이 열리면서 어떤 젊은 여자가 모습을 드러냈다.

키가 크고 가무잡잡한 얼굴에 파란 눈을 가진 여자였다. 버튼 박사는 간단히 양측을 서로 소개해 주었다.

"블런트 씨, 이렇게 내려와 주셔서 고마워요."

메리 칠콧이 말했다.

"너무 끔찍한 사건이에요. 알고 싶은 게 있으시면 제가 아는 대로 답변해 드릴게요."

"예, 무화과 반죽은 어디에서 나온 거죠?"

"런던에서 보내온 특별한 종류였어요. 그전에도 몇 번 사용해 본 적이 있어서 그전의 것들과 다르리라고는 어느 누구도 의심 안 했죠. 저는 무화과 냄새를 싫어하기 때문에 이렇게 해를 입지 않았어요. 그런데 데니스는 어떻게 중독이 되었는지 이해할 수가 없네요. 차를 마시러 집을 나가고 없었거든요. 필시 집에 돌아와서 샌드위치를 하나 먹었나 보죠."

토미는 터펜스가 자기 팔을 손으로 살짝 누르는 것을 느꼈다.

"그가 몇 시에 돌아왔는데요?"

토미가 물었다.

"잘 모르겠어요. 하지만 알아볼 수는 있어요."

"고맙습니다, 칠콧 양. 그건 아무래도 상관없습니다. 그보다 하인들에게 몇 가지 물어보고 싶은데 괜찮겠지요?"

"예, 좋도록 하세요. 저는 지금 미쳐 버릴 것 같아요. 이 집에 누군가를 독살하려 한 흉악한 음모가 있었다고는 도저히 믿고 싶지 않아요."

그렇게 묻는 그녀의 눈빛은 몹시 간절해 보였다.

"저도 어떻게 생각해야 할지 모르겠습니다. 뭐 곧 밝혀지겠지만."

"그렇겠죠. 버튼 박사님이 반죽을 분석해 주실 테니까요."

그녀는 곧 그곳을 떠나 밖으로 나가더니 정원사에게 말을 걸었다.

"터펜스, 당신은 하녀들을 맡아. 난 부엌으로 가 볼게. 헌데 칠콧 양은 미칠 것 같다는 말과 달리 얼굴은 전혀 그렇게 보이지 않더군."

터펜스는 아무 대꾸도 없이 동의한다는 뜻으로 고개만 끄덕였다.

부부는 30분 뒤에 다시 만났다.

"그러면 조사 결과를 한데 모아 보기로 하지. 샌드위치는 차 마시는 시간에 내온 것인데 하녀가 하나를 먹었어. 그 때문에 그녀까지 봉변을 당했지. 데니스는 차를 다 마실 때까지 돌아오지 않았다고 요리사가 단언하더군. 문제는 데니스가 어쩌다가 중독이 되었을까 하는 거야."

"그 사람은 6시 45분에 돌아왔어요."

터펜스가 말했다.

"하녀가 창문으로 돌아오는 걸 봤대요. 그리고 서재에서 저녁 식사 전에 칵테일을 한 잔 마셨다고 하고요. 좀 전에 하녀가 마침 그 유리컵을 씻으려 하는 걸 내가 달라고 해서 가져왔어요. 칵테일을 마신 뒤 데니스는 몸이 왠지 안 좋다고 했다니……."

"좋아, 그 유리컵은 당장 의사한테 갖다 주지. 그 밖엔 없었어?"

"당신이 한나라고 하는 하녀를 한번 만나 보는 게 좋을 것 같아요. 아무래도 이상한 여자예요."

"이상하다니, 그게 무슨 소리야?"

"머리가 돌아 버린 여자 같단 말이죠."

"알았어. 그럼 내가 한번 만나 보지."

터펜스는 앞장서서 계단을 올라갔다. 한나는 자그마한 개인용 거실을 갖고 있었다. 그녀는 높은 의자 위에서 몸을 똑바로 하고 앉아 있었다. 무릎 위에는 성경책이 펼쳐져 있었는데 낯선 사람들이 들어가도 고개를 돌리지 않았다. 그러기는커녕 계속해서 큰 소리로 성경을 읽는 것이었다.

"뜨거운 숯불이 저희에게 떨어지게 하시며 불 가운데와 깊은 웅덩이에 저희로 빠져 다시 일어나지 못하게 하소서.(시편 140장 10절 — 옮긴이)'"

"저, 잠깐 실례해도 되겠습니까?"

토미가 물었다. 한나는 불안한 듯 손을 내저었다.

"지금은 때가 아닙니다. 시간이 다 되어 가고 있어요. '내가 내 원수를 따라 미치리니 저희가 망하기 전에는 돌이키지 아니하리이다.'(시편 18장 37절 — 옮긴이) 이렇게 씌어 있습니다. 주님의 말씀이 제게 다가왔습니다. 저는 주님의 회초리입니다."

"머리가 완전히 이상한 것 같은데."

토미는 중얼거렸다.

"계속 저러고만 있다니까요."

터펜스가 속삭였다.

토미는 탁자 위에 엎어져 있는 책을 집어 들고 제목을 힐끗 보고는 그것을 주머니에 집어넣었다.

갑자기 노파가 자리에서 일어서더니 위협하듯 두 사람을 향해 돌아섰다.

"여기서 당장 나가! 때가 가까웠느니라! 난 주님의 도리깨야! 바람이 임의로 부는 것처럼(요한복음 3장 8절 — 옮긴이) 나도 닥치는 대로 부숴 버릴 거야. 불신자는 망하고 말리라. 이곳은 마귀의 집이야. 마귀! 주님의 노여움을 깨달아야 해. 난 그분의 종이야!"

노파는 험악한 표정을 지으며 두 사람에게 다가왔다. 토미는 상대의 비위를 건드리지 말고 물러나는 게 상책이라고 생각했다. 방을 나와 문을 닫으려고 할 때 노파가 다시 성경책을 집어 드는 모습이 그의 눈에 들어왔다.

"저 노파가 예전부터 저랬는지 궁금하군."

토미는 중얼거리면서 탁자 위에서 집어온 책을 주머니에서 꺼냈다.

"이것 좀 봐. 무식한 하녀가 읽기에는 좀 어울리지 않는 책이지?"

터펜스가 책을 받아들었다.

"약물학이라……."

그녀는 중얼거렸다. 그녀는 책 표지의 안쪽에 적힌 소유자 서명을 알아 보았다.

"에드워드 로건. 오래된 책이네요. 토미, 로건 여사를 만날 수 있을까요? 버튼 박사는 차도가 있다고 했는데."

"칠콧 양한테 한번 물어볼까?"

"그건 안 돼요. 다른 하녀한테 물어보고 오라고 하죠."

잠시 뒤에 로건 여사한테서 만나겠다는 전갈이 왔다. 두 사람은 잔디밭이 내다보이는 커다란 침실로 안내되었는데, 침대에는 고통에 시달린 탓인지 초췌해진 백발의 노부인이 누워 있었다.

"저는 한동안 몸이 몹시 안 좋았어요."

그녀가 희미하게 말했다.

"그리고 말을 많이 할 수가 없어요. 엘렌은 두 분이 탐정이라고 그러더군요. 로이스가 두 분을 찾아갔던가요? 그러겠다고 하는 걸 들었는데."

토미가 대답했다.

"그렇습니다. 귀찮게 해 드릴 생각은 없으니 몇 가지만 여쭤보겠습니다. 한나라는 하녀는 정신이 온전한 상태입니까?"

노부인은 깜짝 놀란 표정으로 두 사람을 쳐다보았다.

"예, 그래요. 신앙심이 아주 깊죠. 하지만 그다지 문제될 건 없어요."

토미는 탁자에서 가져온 책을 내밀었다.

"로건 여사님, 이게 당신 책입니까?"

"예, 저희 아버지 책이었죠. 아버지는 뛰어난 의사셨습니다. 혈청요법의 선구자 가운데 한 분이셨고요."

노부인의 목소리에는 자부심이 배어 있었다.

"그러셨군요. 저도 어디선가 성함을 들어 본 것 같습니다."

토미는 거짓말을 좀 했다.

"그런데 말입니다. 이 책을 한나한테 빌려주셨습니까?"

"한나한테?"

그녀는 화가 났는지 침대에서 몸을 일으켰다.

"아니, 그런 일은 절대 없었어요. 그 여자는 이 책을 단 한 줄도 이해하지 못해요. 완전히 전문서적이거든요."

"예, 그건 저도 알고 있습니다. 하지만 이 책이 한나의 방에 있기에 말씀드리는 겁니다."

"그럴 리가요. 저는 하인들한테 제 물건에 절대 손대지 말라고 했는데요."

"그러면 이 책이 본래 어디에 있었나요?"

"제 거실 책꽂이에 꽂혀 있었죠. 아, 잠깐만요, 그 책을 메리한테 빌려준 적이 있어요. 약초에 무척 관심이 많은 애거든요. 좁은 부엌에서 한두 번 실험도 해 보더군요. 제 부엌에서 말이에요. 그곳은 저만의 작은 공간으로, 전 거기서 전통 방식으로 술을 담그거나 잼도 만들어 보곤 하지요. 루시, 그러니까 래드클리프 부인은 제가 만든 쑥차를 크게 칭찬하며 마시곤 했죠. 코감기에 잘 듣는 묘약이에요. 루시는 가엾게도 감기를 거의 항상 달고 살았지요. 데니스도 마찬가지였고요. 귀여운 애였죠. 걔네 아빠와 저는 친사촌 지간이랍니다."

토미는 그러한 자질구레한 추억담을 중단시켰다.

"그 부엌 말인데요. 부인과 칠콧 양 외에 그곳을 이용하는 사람이 있습니까?"

"한나가 그곳 청소를 맡고 있어요. 그리고 우리가 이른 아침에 마실 홍차도 거기서 끓이지요."

"예, 됐습니다, 정말 고맙습니다. 현재로선 더 이상 여쭤 볼 게 없는 것 같군요. 너무 귀찮게 해 드린 건 아닌지 모르겠습니다."

그는 방을 나와 인상을 찌푸리며 계단을 내려갔다.

"이 사건에는 이해가 가지 않는 점이 있어."

"이 집에 있으니까 왠지 으스스한 느낌이 들어요. 우리 산책이라도 하면서 잘 생각해 보도록 해요."

터펜스가 몸을 떨며 말했다. 토미가 동의해서 두 사람은 집 밖으로 나갔다. 우선 그들은 의사의 집에 들러 칵테일 잔을 맡기고 나서 늘 그랬던 것처럼 이번 사건에 대해 의견을 나누면서 여기저기 한참을 돌아다녔다.

"바보짓을 하고 있으면 일이 더 쉬워질지도 몰라."

토미가 말했다.

"하노드의 경우가 늘 그래. 겉보기로는 천하태평인 것 같아도 속으로는 사건에 온통 신경을 쏟고 있는 중이거든. 이번 사건을 어떻게든 막았어야 하는데 그러지 못해서 안타까울 뿐이야."

"괜한 생각 말아요. 우리가 로이스 하그리브스한테 경시청이나 뭐 그런 곳에 가지 말라고 말린 것도 아니잖아요. 무슨 일이 있어도 그 아가씨는 경찰에 사건을 맡기지 않았을 거예요. 우리를 찾아오지 않았다고 해서 그 아가씨가 다른 어떤 조치를 취했을 것 같지도 않고요."

"그랬더라도 결과는 마찬가지겠지. 맞아, 당신 말이 옳아. 도저히 어쩔 수 없는 일을 가지고 자책한다는 건 바보짓이지. 지금 중요한 것은 사태를 제대로, 그리고 빠르게 수습하는 일이야."

"쉬운 일은 아닐 거예요."

"그래, 쉽진 않겠지. 가능성은 수없이 많지만 모두 허황되고 얼토당토 않아 보여. 데니스 래드클리프가 샌드위치에 독약을 넣었다고 한번 가정해 봐. 그 남자는 사건이 발생할 시간에 차를 마시러 나갈 생각을 했겠지. 그렇게 되면 사건은 앞뒤가 제대로 맞아 들어가잖아."

"그래요. 거기까지는 이상할 게 전혀 없어요. 하지만 나중에 그 남자도 독약을 먹었다는 사실이 남아 있지요. 그렇게 되면 데니스를 용의자 명단에서 제외시킬 수밖에 없고요. 또 우리가 잊어선 절대 안 되는 사람이 하나 있는데 바로 한나예요."

"한나?"

"예. 인간은 종교에 미치면 온갖 괴상한 짓을 하게 되죠."

"그 여자 완전히 맛이 갔던데. 잊지 말고 버튼 박사에게 그 얘길 좀 해줘."

토미가 말했다.

"그 광신 증세는 최근 갑자기 심해진 게 틀림없어요. 로건 부인이 했던 말을 믿는다면 말이에요."

"종교에 미친다는 건 이런 식 아닐까? 몇 년 동안 침실에서 방문을 열어놓고 찬송가만 부르다가 어느 한 순간 도를 넘어 정신이 이상해지는 거지."

"분명히 한나는 다른 누구보다 더 불리한 상황이에요."

터펜스는 생각에 잠긴 얼굴로 말했다.

"그 와중에 한 가지 생각이 떠올랐는데 말이죠……."

그녀는 말을 멈추었다.

"뭔데?"

토미가 재촉했다.

"사실 이 생각도 단순히 개인적인 편견일지 몰라요."

"누구에 대한 편견 말이야?"

터펜스는 고개를 끄덕였다.

"토미, 당신은 메리 칠콧한테 호감이 가던가요?"

토미는 잠시 생각에 잠겼다.

"응, 그다지 거부감은 못 느꼈던 것 같아. 매우 유능하고 똑 부러진 사람이라는 느낌을 받았지. 표정이 좀 어둡긴 해도 제법 믿을 수 있는 사람이라고 생각했어."

"그 여자가 이상하리만큼 태연한 게 이상하다고 생각되지는 않았고요?"

"글쎄, 어떤 의미에서는 그게 그 여자의 결백을 반증하는 게 아닐까? 만일 그 여자가 어떤 몹쓸 짓을 저질렀다면, 일부러 이성을 잃은 것처럼 행동했을 거야. 좀 도가 지나치다 싶을 정도로 말이야."

"그건 그래요. 사실 그 여자의 경우엔 사람들을 해칠 동기가 하나도 없어 보여요. 이렇게 여러 사람을 해쳐서 자기한테 이로울 게 없으니까요."

"하인들은 모두 이 사건과 관련이 없을 것 같은 생각이 드는데?"

"저도 그래요. 모두 조용하고 믿을 만한 사람들 같더라고요. 에스더 퀸트라는 하녀는 어떤 사람이었을까요?"

"그녀가 젊고 아름다운 여자였다면 어떤 형태로든 사건에 관여했을 가능성이 있다는 얘긴가?"

"그래요. 모두 시원찮은 것들뿐이네요."

터펜스는 한숨을 쉬었다.

"경찰이 곧 수사에 착수할 거야."

토미가 말했다.

"어쩌면 그게 우리한테 잘된 일인지도 몰라요. 그런데 로건 부인의 팔에 붉은 반점이 여러 개 있던데 봤나요?"

"난 못 본 것 같은데. 그게 뭐지?"

"주사를 맞은 흔적 같았어요."

"아마 버튼 박사가 무슨 주사를 놔 주었겠지."

"아, 그랬을 수도 있죠. 하지만 한꺼번에 주사를 40대 가량이나 놓지는 않았을 텐데요."

"그럼 혹시 코카인 중독자가 아닐까?"

"저도 그 생각을 했어요. 하지만 눈은 정상이던데요. 코카인이나 모르핀 중독자라면 금방 알아볼 수 있잖아요. 게다가 그 여자는 그런 짓을 할 사람 같지 않아요."

"상당히 점잖고 신앙심이 깊은 사람 같더군."

토미도 맞장구를 쳤다.

"정말 까다로운 사건이네요. 우리끼리 아무리 오래 얘기를 해 봐도 사건 해결엔 아무런 진척도 없는 것 같아요. 집으로 돌아갈 때 잊지 말고 의사한테 들러 보기로 해요."

의사의 집에 도착하자 열다섯 살 정도 되어 보이는 깡마른 소년이 문을 열어주었다.

"블런트 씨 맞나요? 선생님은 지금 외출 중인데 혹시 블런트 씨가 찾아오거든 건네주라며 쪽지를 남기셨어요."

편지를 건네받은 토미는 겉봉을 뜯었다.

블런트 씨에게

범행에 사용된 독약은 리신이라고 하는 것으로 독성이 아주 강한 식물성 단백질입니다. 당분간 이 사실은 비밀로 해 주십시오.

토미는 편지를 내렸다가 곧바로 다시 들어올렸다.

"리신이라……"

그는 중얼거렸다.

"터펜스, 이 약품에 대해 아는 거라도 있어? 당신은 이런 것들에는 제법 정통했잖아."

"리신……. 피마자(아주까리 — 옮긴이) 기름에서 얻는 물질이라고 알고 있어요."

터펜스는 생각에 잠겨 말했다.

"난 예전부터 피마자 기름을 안 좋아했는데 이제부터는 더 싫어지겠군."

"기름은 괜찮아요. 리신은 피마자 씨앗에서 추출되는 거니까요. 그리고 보니 오늘 아침 정원에서 아주까리 몇 그루를 본 것 같아요. 잎이 반들반들하고 키가 큰 식물이지요."

"그렇다면 그 집에서 누군가가 그것을 추출했다는 얘긴가? 한나가 그런 일을 할 수 있을까?"

터펜스는 고개를 저었다.

"그랬을 것 같지는 않아요. 그만한 지식도 없을 테고요."

그때 갑자기 토미가 탄성을 질렀다.

"그 책! 아직 내 주머니에 들어 있나? 아, 여기 있군."

그는 책을 꺼내더니 힘차게 페이지를 넘겼다.

"내 생각이 맞았어. 오늘 아침에 펼쳐져 있던 부분이 바로 여기야. 자 봐, 터펜스. 리신에 관한 거잖아!"

터펜스는 남편의 손에 들려 있던 책을 잡아채 갔다.

"뭐라고 적혀 있는지 이해하겠어? 난 도통 모르겠어."

"난 충분히 알아듣겠네요."

터펜스는 그렇게 말하고는 한쪽 손을 토미의 팔에 의지하고 걸으면서 급히 그 부분을 읽어 내려갔다. 이윽고 그녀는 탕 소리가 나게 책을 덮었다. 두 사람은 이제 집 앞에까지 거의 다 왔다.

"토미, 이 사건은 내게 맡겨 줄래요? 이번만요. 난 이래 뵈어도 경기장에서 20분 이상이나 싸워 온 투우예요."

토미는 심각하게 고개를 끄덕였다.

"그렇게 해 그럼. 이제 당신이 배의 선장이 되는 거야. 우리는 이 사건의 바닥까지 파헤쳐야 돼."

"우선 로건 부인한테 한 가지 물어봐야겠어요."

터펜스가 집에 들어서면서 말했다.

그녀는 2층으로 뛰어 올라갔고, 토미도 아내의 뒤를 쫓았다. 터펜스는 노부인의 방문을 거칠게 두드리고 나서 안으로 들어갔다.

"어머, 당신이었군요? 당신은 탐정이 되기에는 너무 젊고 아름답군요. 뭐라도 밝혀냈나요?"

로건이 말했다.

"예, 알아냈어요."

로건은 캐묻듯이 그녀를 바라보았다.

"제가 아름다운지 어떤지는 모르겠지만, 젊기 때문에 전쟁 중에는 병원에서 일한 적이 있어요. 그래서 혈청 요법에 대해서도 어느 정도 알죠. 리신을 소량씩 주사했을 경우, 면역이 생기고 항체가 형성된다는 사실도 알고 있어요. 바로 그러한 원리가 혈청 요법의 토대가 되었던 거예요. 부인도 그걸 알고 계셨죠. 부인은 한동안 자신의 몸에 리신을 주사했어요. 그리고 자신도 다른 사람들과 함께 중독에 걸리게 했지요. 부인은 아버지의 일을 도운 적이 있어서 리신을 얻는 방법이나 아주까리 씨앗에서 그것을 추출해 내는 방법 등 리신에 대해 모두 알고 있었어요. 부인은 데니스 래드클리프가 차를 마시러 나간 날을 택했어요. 데니스를 다른 사람들과 동시에 독살시켜 버리면 문제가 생길 거라고 생각한 거죠. 그가 로이스 하그리브스보다 먼저 죽으면 안 되었던 거예요. 로이스가 죽게 되면 데니스가 그녀의 재산을 물려받게 되고, 데니스까지 죽어 버리면 그 재산은 그의 친척인 부인한테 고스란히 넘어오게 되어 있었죠. 오늘 아침 저희한테 데니스의 아버지와 부인은 친사촌 지간이라고 말씀하셨는데 기억하시죠?"

노부인은 소름끼치는 눈빛으로 터펜스를 노려보았다.

그때 갑자기 붙어 있는 방에서 미치광이 같은 모습으로 어떤 사람이 뛰어 들어왔다. 한나였다. 그녀는 한 손에 횃불을 들고 미친 듯이 그것을 휘둘러 댔다.

"진실이 밝혀졌어. 저 여자는 마귀야. 나는 저 여자가 책을 읽으면서 혼자 히죽히죽 웃는 걸 보고 알았지. 그래서 저 여자가 읽던 책을 몰래 가져와서 들여다보았지만 책에 적힌 내용이 무슨 소린지 난 하나도 알 수가 없었어. 하지만 하느님이 내게 음성을 들려주셨지. 저 여자는 곱디 고운 우리 로이스 아가씨를 증오했던 거야. 항상 마님을 질투하고 부러워했지. 하지만 마귀는 결국 멸망하게 되어 있어. 하느님의 불이 용서치 않을 거야!"

그녀는 횃불을 흔들면서 갑자기 침대로 달려들었다.

노부인이 비명을 질렀다.

"저 여자를 끌어내. 제발! 그 말대로야. 부탁이니 저 여자만 끌어내 줘."

터펜스가 몸을 날려 한나를 붙잡으려고 했지만 횃불을 빼앗기 전 침대에 매달린 베일에 불이 붙었다. 다행히 바깥 층계참에 있던 토미가 달려 들어와 베일을 떼어낸 다음 양탄자를 그 위에 덮어씌워 간신히 불을 껐다. 그 후 토미가 터펜스와 합세해 한나를 제압하고 있을 때 버튼 박사가 허겁지겁 방으로 들어왔다.

몇 마디 말을 듣지 않고도 의사는 충분히 상황을 파악할 수 있었다.

의사는 침대 옆으로 급히 다가가 로건 부인의 손을 들어 맥박을 짚어보더니 날카로운 탄성을 질렀다.

"갑자기 일어난 불로 충격이 무척 컸나 봅니다. 이미 숨이 끊어졌군요. 지금 상황에서는 이게 오히려 나을지도 모르겠습니다."

그는 잠시 말을 멈추었다가 덧붙였다.

"대위가 마셨다는 칵테일 잔에서도 리신이 검출되었습니다."

한나를 의사에게 넘겨주고 둘만 남게 되자 토미가 말했다.

"이게 아마 최선의 결과가 아닐까? 터펜스, 당신 정말 멋지게 해 냈어."

"이번 사건에서는 그다지 하노드다운 모습을 못 보여줬어요."

터펜스가 말했다.

"연극을 하기에는 너무 심각한 사건이었으니까. 그 아가씨 생각을 하면 지금도 불쌍해서 견딜 수가 없어. 차라리 생각을 말든가 해야지. 하지만 방금 말한 대로 당신은 정말 훌륭했어. 칭찬받을 자격이 충분해. 흔히 하는 말대로, 전혀 그렇게 보이지 않으면서도 실은 총명한 것이 당신의 큰 장점이라고 할까."

"토미, 당신 정말 짓궂군요."

터펜스가 말했다.

완벽한 알리바이

토미와 터펜스는 바삐 우편물을 분류하고 있었다. 그러던 중 터펜스가 갑자기 탄성을 지르며 편지 한 통을 토미에게 건네주었다.

"새로운 의뢰인이에요."

터펜스는 마치 중요한 일이라도 되는 양 말했다.

"그래? 왓슨, 이 편지에서 어떤 걸 추론할 수 있을까? 많진 않겠군. 이 누구냐, 몽고메리 존스라는 양반은 철자법에 그다지 능하지 않아 보이니까 비경제적인 교육을 받았다는 사실은 제외하고."

"몽고메리 존스? 그 사람에 대해 뭘 아냐고요? 아, 맞아요. 이제 생각이 나네요. 재닛 세인트 빈센트가 언젠가 말했던 사람이에요. 그 사람 어머니는 에일린 몽고메리 부인인데 몹시 심술궂고 금 십자가나 뭐 그런 걸 몸에 지니고 다니는 고교회파(高教會派, 교회의 권위와 의식을 중히 여기는 영국 교회의 한 파 — 옮긴이) 사람이라고 하죠. 존스라는 엄청난 부자와 결혼했다고 했어요."

"뭐 그다지 새로운 이야기는 아니잖아. 그런데 이 몽고메리 존스가 몇 시에 찾아오겠다고 했지? 아, 11시 30분이군."

11시 30분 정각이 되자 착하고 순진한 얼굴에 키가 무척 큰 청년이 바깥 사무실로 들어와서 앨버트에게 말을 붙였다.

"저기······. 블런트 씨를 좀 뵐 수 있을까요?"

"약속을 하고 오신 겁니까?"

앨버트가 물었다.

"저, 글쎄 어떻게 말씀드려야 할지······. 아, 맞아요. 약속 했어요. 제가 편지로 말씀드렸거든요."

"성함이······?"

"몽고메리 존스라고 합니다."

"소장님께 말씀드리고 오겠습니다."

잠시 뒤 앨버트는 자리로 되돌아와서 이렇게 말했다.

"몇 분만 기다려 주시겠습니까? 소장님이 지금 아주 중요한 회의 중이라서요."

"아, 예. 그러죠 뭐."

손님한테 충분한 감명을 주었길 바라면서 토미는 책상 위의 단추를 눌렀다. 몽고메리 존스가 앨버트의 안내를 받으며 사무실로 들어섰다.

토미는 자리에서 일어나 손님과 반갑게 악수를 나누고는 빈 의자를 손으로 가리켜다. 그가 밝은 목소리로 말했다.

"자, 몽고메리 존스 씨, 저희가 어떻게 도와 드리면 되겠습니까?"

몽고메리 존스는 사무실에 있는 제3의 인물을 불안한 표정으로 바라보았다.

"아, 이쪽은 제 수석 비서 로빈슨 양입니다. 이 사람 앞에서는 마음 놓고 얘기하셔도 됩니다. 일종의 민감한 집안 문제라고 전 알고 있는데요?"

"사실, 꼭 그렇지만도 않아요."

몽고메리 존스가 말했다.

"뜻밖이군요. 그러면 선생님께서는 아무 문제도 겪고 있지 않다는 말씀인가요?"

"아, 그건 아닙니다."

"그렇다면 사실을 분명하게 얘기해 주시겠습니까?"

하지만 그것이 몽고메리 존스에게는 무엇보다 힘든 일인 모양이었다.

"제가 의뢰하려는 사건은 너무나 어이 없고 이상한 일입니다. 저……. 이거 도무지 어떻게 말씀을 드려야 할지 모르겠네요."

그는 머뭇거렸다.

"저희는 이혼 문제는 절대 취급하지 않습니다."

토미가 말했다.

"아, 그런 문제는 아닙니다. 그저 참으로 바보 같은 일이지요. 그 뿐입니다."

"누군가가 선생님에게 얼토당토 않은 못된 장난이라도 쳤습니까?"

그러나 몽고메리 존스는 또다시 고개를 흔들었다.

"그렇다면 느긋하게 시간을 가지고 말씀해 주셔도 상관없습니다."

토미는 의자에 편안히 등을 기대며 말했다.

잠시 침묵이 흘렀다.

"저, 사실은……."

드디어 존스가 입을 열었다.

"저녁을 먹을 때였습니다. 저는 우연히 어떤 젊은 여성의 옆자리에 앉게 되었지요."

"그런데요?"

토미가 상대를 부추기며 말했다.

"그 여성은……. 설명 드리려니 참 힘들지만 하여간 저는 이때까지 살면서 그처럼 활달한 여성은 만나보지 못했습니다. 호주 출신인데 여자 친구랑 같이 영국에 와서 클래지스 거리에 있는 아파트에 함께 세 들어 살고 있습니다. 무슨 일에든 적극적인 아가씨지요. 그녀에게 제가 얼마나 홀딱 빠졌는지 말로 표현할 수 없을 정도입니다."

"충분히 상상이 가네요, 존스 씨."

터펜스가 끼어들었다. 그녀는 몽고메리 존스의 고민을 밖으로 끌어내려면 블런트 식의 사무적인 태도보다는 상대의 말에 적극 공감하는 여성적인 면이 필요하다는 사실을 분명히 깨달았다.

"저흰 이해할 수 있어요."

그녀는 다시 격려하듯이 말했다.

"예, 그녀를 만난 일은 제게 엄청난 충격이었습니다. 사람의 혼을 그토록 쏙 빼내갈 수 있다니. 그 전에 제게는 다른 여성이 있었지요. 솔직히 말씀드려서 두 여자가 있었습니다. 한 여자는 매우 발랄했지만 말버릇이 좋지 않았어요. 춤 솜씨는 있었죠. 그 여자하고는 하도 오래 알고 지내다 보니 그냥 편한 친구 사이 같았고요. 그리고 또 한 사람은 이른바 '바람기'가 있는 여자였습니다. 어울려 노는 상대로는 재미있었지만, 그 여자로 인해 일어날 많은 소란이 걱정되었지요. 저로서는 그 두 사람 가운데 어느 누구와도 결혼할 생각이 없었습니다. 그러다가 어느 날 아까 말씀드린 그 여자를 만나게 된 겁니다."

"온 세상이 바뀐 기분이었겠군요."

터펜스가 감상에 젖은 목소리로 말했다.

토미는 조바심이 나서 의자에서 몸을 뒤척였다. 그는 이제 몽고메리 존스의 시답잖은 사랑 이야기에 약간 진절머리가 났다.

"정말 정확한 표현입니다. 완전히 그대로였어요. 다만 그녀 쪽에서는 제게 별 관심이 없는 듯했지요. 두 분은 어떻게 생각하실지 모르지만, 저는 그다지 머리가 좋은 편이 아니라서요."

"아, 그렇게까지 겸손해 하실 필요 없어요."

터펜스가 말했다.

"아니, 제가 대단한 놈이 아니라는 건 저 자신이 잘 압니다."

존스는 매력적인 미소를 띠며 말했다.

"사실 그 정도로 매력적인 여성은 저 같은 놈한테 과분하죠. 그래서 이번 일은 꼭 해결해야 한다고 생각한 겁니다. 이것이 저한테는 유일한 기회이니까요. 그 아가씨는 모험을 무척 즐기는 여자라서 일단 했던 약속은 절대 어기지 않을 겁니다."

"그렇다면 저희도 행운을 빌어 드려야죠. 하지만 저희한테 원하시는 게 뭔지 정확히 알 수가 없네요."

터펜스가 친절하게 말했다.

"이런……. 제가 아직 설명을 안 드렸던가요?"

"예, 아직."

토미가 말했다.

"실은 이렇습니다. 우리는 추리 소설에 관해 얘기를 나누고 있었습니다. 우나도 (바로 그녀의 이름입니다.) 저 못지않게 추리 소설을 좋아하더군요. 우리는 하나의 소설을 가지고 토론을 벌였지요. 그 소설은 모든 해결의 열쇠가 알리바이에 달려 있는 내용이어서 얘기는 자연히 알리바이, 그리고 거짓 알리바이를 꾸미는 문제로 대화가 이어졌습니다. 제가 이렇게 말했지요. 아니, 그 여자가 먼저 말했던가?"

"어느 쪽이 말했든 그런 건 상관없어요."

터펜스가 말했다.

"제가 그런 일은 정말 어려운 거라고 말하자 그녀는 그렇지 않다, 조금만 머리를 짜내면 알리바이는 쉽게 만들어 낼 수 있다고 하더군요. 그 문제를 놓고 열띤 토론을 벌인 끝에 결국 그녀는 멋진 제안을 하나 하겠다면서 이런 말을 했습니다. 자기가 아무도 뒤집을 수 없는 가짜 알리바이를 제시할 테니 내기로 무엇을 걸겠느냐고요.

저는 '아무거나 당신이 원하는 것으로.'라고 대답했죠. 그래서 우리는 즉석에서 내기를 했습니다. 그녀는 상당히 자신만만해서 틀림없이 자기가 내기에서 이길 거라나요. 그래서 저는 너무 그렇게 확신하지 마라, 만일 당신이 지면 내가 원하는 대로 소원을 들어줄 거냐고 물었고요. 그러자 그녀는 웃으면서, '저는 도박에 일가견이 있는 집안에서 태어났어요. 당신이 무엇을 요구하든 다 들어 드리죠.'라고 하더군요."

존스가 말을 멈추고 호소하듯 터펜스를 바라보자 터펜스는 "그래서요?" 하고 추임새를 넣어 주었다.

"모르시겠어요? 이건 제 인생이 달린 문제입니다. 이것은 그 여자가 평생 저만 바라보고 살도록 만들 수 있는 유일한 기회란 말입니다. 그녀가 얼마나 모험을 즐기는지 아마 상상도 못하실 겁니다. 작년 여름에 그녀가 보트를 타고 바다로 나갔을 때, 어떤 사람이 그녀와 내기를 하나 했는데 그것은 그녀가 옷을 입은 상태로 물속에 뛰어들어 해변까지 헤엄쳐서 갈 수 있는가 없는가 하는 거였습니다. 그런데 그녀는 거뜬히 그 일을 해내고 말았죠."

"참 특이한 내기군요. 제가 제대로 이해했는지 모르겠지만."

토미가 말했다.

"아주 간단합니다. 선생님은 줄곧 이런 종류의 일을 하시지 않습니까. 가짜 알리바이를 조사하고 어디에 허점이 있는지 밝혀내는 일 말입니다."

"아! 예. 물론 그렇죠. 사실 저희는 그런 일을 많이 하고 있습니다."

"저 대신 누군가가 그 일을 해 주었으면 좋겠습니다. 저는 그런 일에 그다지 능숙하지 못해서 말입니다. 상대의 허점을 간파하기만 하면 모든 게 끝나는 게임입니다. 두 분께는 이 일이 참 어처구니없게 보일지 모르겠지만 저한테는 아주 큰 의미가 있는 일입니다. 그리고 여기에 들어가는 일체의 비용은 제가 부담하도록 하겠습니다."

"그러면 문제없을 것 같네요. 저는 소장님이 손님을 위해 이 사건을 분명히 맡아 주실 거라고 생각해요."

터펜스가 말했다.

"그야 물론 처리해 드려야죠. 무척 흥미로운 사건이군요."

토미가 말했다.

몽고메리 존스는 그제야 안도의 한숨을 내쉬면서 주머니에서 서류뭉치를 꺼내더니 그 중에서 한 장을 뽑아냈다.

"바로 이겁니다. 여기에다 그 여자는 다음과 같이 썼습니다. 제가 읽어드리죠.

'제가 어느 한순간에 두 장소에 동시에 있었다는 증거를 보냅니다. 저는 소호의 본템프스 음식점에서 혼자 점심을 먹고 나서 듀크 극장에 갔습니다. 그리고 나중에 사보이 호텔에서 친구인 르 마르샹 씨와 저녁을 먹었습니다. 한편 그 시간 저는 토키에 있는 캐슬 호텔에 머물다가 이튿날 아침에 런던으로 돌아왔습니다. 당신은 이 두 가지 이야기 중에 어느 것이 사실이고, 어느 것이 거짓인지 가려내야 합니다.'

이런 내용입니다. 이제 제가 무엇을 원하는지 확실히 아셨으리라 생각합니다."

몽고메리 존스가 말했다.

"퍽 재미있는 문제군요. 매우 순진한 것 같기도 하고요."

토미가 말했다.

"그리고 이것은 우나의 사진인데 필요하실 것 같아서 가져왔습니다."

"그 아가씨의 성은 어떻게 되죠?"

"우나 드레이크입니다. 주소는 클래지스 거리 180번지고요."

"감사합니다, 몽고메리 존스 씨. 그럼 저희가 이 문제를 조사해 보도록 하겠습니다. 빠른 시일 안에 좋은 소식을 전해 드릴 수 있었으면 좋겠습니다."

"뭐라고 감사의 말씀을 드려야 할지 모르겠습니다."

존스는 그렇게 말하면서 자리에서 일어나 토미와 악수를 나눴다.

"이제 가슴을 짓누르던 쇳덩이를 내려놓은 기분입니다."

토미는 손님을 배웅하고 사무실로 돌아왔다. 터펜스가 유명한 추리 소설들이 꽂혀 있는 책장 앞에 서 있다가 말했다.

"프렌치 경감(프리먼 크로프츠의 작품에 등장하는 탐정 — 옮긴이)이에요."

터펜스가 말했다.

"뭐라고?"

"프렌치 경감 식으로 처리하면 돼요. 항상 알리바이 문제만을 다

274

루니까요. 저도 그 절차는 정확히 알고 있어요. 모든 점을 조사하고 나서 하나씩 확인해 가는 거죠. 처음엔 완벽해 보이는 알리바이도 좀 더 자세히 조사해 보면 허점이 발견되거든요."

터펜스가 말했다.

"별로 어렵지 않을 것 같군. 다만 처음부터 한쪽 이야기가 조작이라는 것을 알고 있으면 너무 뻔해지거든. 난 그게 염려스러워."

"저는 염려할 게 전혀 없다고 생각해요."

"내가 염려하는 것은 그 아가씨야. 원하든 원치 않든 저 청년과 결혼하게 될 테니까."

"당신 참 어리석군요. 여자들은 승산이 없는 내기는 절대로 안 해요. 착해 보이지만 좀 어수룩한 저 청년과 결혼할 마음이 없었다면 그 아가씨가 이런 내기를 했을 리가 없어요. 하지만 다른 손쉬운 방법을 남자한테 제공하는 것보다 까다로운 내기에서 상대가 이기도록 만들어 주는 편이 좋죠. 그 아가씨 입장에서는 상대를 보다 높이 평가하고 더 열렬한 애정으로 결혼할 수 있는 방법일 거예요."

"당신은 정말 모든 걸 알고 있다고 생각하는 것 같군."

"사실 그렇거든요."

"그러면 이제 자료를 조사해 보기로 하지."

토미는 서류를 끌어당겼다.

"먼저 사진을 보면……. 흠, 제법 미인이군. 사진도 선명하고 깨끗하게 잘 나왔고."

"다른 아가씨들의 사진을 몇 장 더 구하는 게 좋을 것 같아요."

"그건 왜?"

"항상 그러잖아요. 음식점 종업원한테 서너 장의 사진을 보여주면서 하나를 고르게 하잖아요."

"그렇게 하면 종업원들이 옳은 사진을 고를 거라고 생각해?"

토미가 물었다.

"글쎄요……. 아무튼 책에서는 그렇게 하던데요."

"안타깝게도 현실과 소설은 완전히 달라. 그런데 장소가 어디랬지? 아, 런던이군. 7시 30분에 본템프스에서 식사를 하고, 듀크 극장으로 가서 「델피니엄스 블루」라는 공연을 관람했어. 입장권의 뜯어진 반쪽이 동봉되어 있군. 그리고 나서 사보이 호텔에서 르 마르상 씨와 저녁을 먹은 것으로 되어있고. 그래, 그렇다면 르 마르상이라는 사람을 만나 보면 되겠어."

"만나 봐도 소용없을 거예요. 그 남자가 이 아가씨를 돕고 있다면 사실대로 얘기할 리가 없으니까요. 그 남자가 하는 말은 무시해야 해요."

"그러면 다음은 토키 쪽이야. 패딩턴발 12시 열차를 타고 식당차에서 점심을 먹었어. 여기 영수증이 들어있네. 그리고 캐슬 호텔에서 하룻밤을 묵었군. 그 영수증도 여기 들어있고."

"모두 근거가 희박한 것 같아요. 극장 근처에 가지 않아도 극장표는 얼마든지 구할 수 있으니까요. 틀림없이 그 아가씨는 토키로 갔을 거예요. 런던에서의 일은 모두 조작한 거고요."

"만약 그렇다면 일이 좀 수월해지겠는데. 어쨌든 르 마르상 씨를 만나 보는 게 좋겠어."

르 마르샹은 쾌활한 청년이었다. 그는 두 사람을 보고도 그다지
놀라지 않았다.

"우나가 무슨 게임을 하고 있군요, 그렇죠? 두 분은 그 아가씨가
무슨 생각을 하는지 절대 모르실 겁니다."

"르 마르샹 씨, 듣자하니 지난 화요일 저녁에 사보이 호텔에서 드
레이크 양과 저녁을 드셨다는데 그게 사실입니까?"

토미가 물었다.

"맞아요. 그때 우나가 요일을 유난히 강조한 데다가 제 수첩에까
지 적어 두도록 했으니까 똑똑히 기억하고 있죠."

그는 자랑스러운 듯이 수첩에 연필로 희미하게 적어놓은 것을 보
여 주었다. 거기에는 '우나와 저녁 식사. 사보이 호텔. 19일 화요일.'
이라고 적혀 있었다.

"혹시 그날 저녁 식사 전에 드레이크 양이 어디에 있었는지 아십
니까?"

"「분홍 작약」인가 뭔가 하는 시시한 쇼를 구경했습니다. 쓰레기
같은 쇼였다고 하더군요."

"그날 저녁 드레이크 양과 분명히 같이 있었습니까?"

르 마르샹은 토미의 얼굴을 빤히 바라보았다.

"아, 물론이죠. 방금 그렇게 말씀 드렸잖습니까."

"혹시 그 아가씨가 당신더러 우리한테 그렇게 말해 달라고 부탁

하지 않았나 해서요."

터펜스가 말했다.

"사실 좀 황당한 이야기를 하더군요. 뭐라더라? 아, 맞아. '지미, 당신은 지금 저랑 이렇게 저녁을 먹고 있지만 사실 저는 300킬로미터나 떨어진 데번셔에서 저녁을 먹고 있어요.'라고요. 지금 생각해 보니 정말 이상하네요. 안 그래요? 유체이탈도 아니고 말이죠. 근데 이상한 것은 제 친구 디키 라이스가 데번셔에서 그녀를 본 것 같다는 겁니다."

"라이스 씨라고 했나요?"

"예, 그냥 제 친구입니다. 토키에 있는 자기 숙모님 집에 머물고 있지요. 숨이 곧 끊어질 것 같으면서도 좀체 죽지 않는 할머니죠. 디키는 조카로서 도리를 다하느라 지금 거기에 내려가 있어요. 그 친구가 이렇게 말하더군요. '언젠가 우나인가 뭔가 하는 그 호주 여자를 길거리에서 봤어. 다가가서 말을 걸려고 했는데 우리 숙모님이 휠체어를 탄 어떤 할머니랑 말씀을 나누고 싶어 하셔서 그러지 못했지.'라고요. 내가 그때가 언제였느냐고 묻자, '화요일 차 마시는 시간 무렵이었어.' 하고 대답하는 겁니다. 물론 저는 그 친구한테 잘못 본 거라고 해 주었지만, 그렇다고 해도 이상하지 않습니까? 우나가 그날 저녁 데번셔에 관해 했던 이야기를 보면 말입니다."

"정말 이상하군요. 르 마르샹 씨, 사보이 호텔에서 식사를 하셨을 때 혹시 주변에 아시는 분이 있지는 않았습니까?"

"오글랜더 가족이 옆 테이블에 있었습니다."

"그 사람들도 드레이크 양을 알고 있습니까?"

"예, 알고 있어요. 아주 친한 사이는 아니지만."

"르 마르상 씨, 여러 가지로 고마웠습니다. 그럼 저희는 이만 가 보겠습니다."

거리로 나오자 토미가 말했다.

"저 친구가 아주 능숙하게 거짓말을 했거나 사실대로 말했거나 둘 중 하나겠지."

"그래요. 나도 생각을 바꿨어요. 이제 우나 드레이크가 그날 밤 사보이 호텔에서 저녁을 먹었다는 느낌이 들어요."

터펜스가 말했다.

"그럼 이제 본템프스로 가 보기로 하지. 그전에 뭐라도 좀 먹어야 겠는걸. 우선 아가씨들의 사진을 몇 장 구해 볼까?"

사진을 구하는 일은 생각보다 어려웠다. 그들은 사진관에 들어 가서 사진을 몇 장 줄 수 없겠느냐고 물었다가 매정하게 거절만 당 했다.

"소설에서는 그토록 쉽고 간단한 일이 실제에서는 왜 이리 어려 울까? 사진사 눈초리 봤어요? 얼마나 의심스러운 표정이던지……. 우리가 그 사진을 갖고 무슨 짓을 할 거라고 생각하나 봐요. 제인의 아파트로 찾아가 보는 게 좋겠어요."

터펜스의 친구 제인은 서랍을 뒤져 자기 친구들의 사진 넉 장을 아무거나 골라 가라고 시원스럽게 말했다. 그 친구들이란 한때 그 녀와 잠시 친하게 지냈지만 만나지 않아 곧 사이가 멀어진 사람들이었다.

두 사람은 아리따운 여자들의 사진을 들고 본템프스로 가 보았지만 그곳에는 또 다른 어려움이 그들을 기다리고 있었다. 적지 않은 비용이 든 것은 물론이다. 음식점 종업원들을 한 사람씩 붙들고 팁까지 준 다음 사진들을 꺼내 보였지만 결과는 실망스러웠다. 그러나 사진에 나온 사람들 가운데 세 명이 지난 화요일에 이곳에서 식사를 했다는 답변이 돌아와서 어느 정도 기대를 품게 만들었다. 사무실로 되돌아온 터펜스는 열차 시간표를 열심히 들여다보았다.

"12시 패딩턴 출발. 3시 35분 토키 도착. 이것이 그 열차인데, 르 마르샹의 친구인 사고(Sago)인지 타피오카(사고와 타피오카는 쌀(Rice, 라이스)과 비슷하게 생긴 곡물. 여기서는 디키 라이스를 가리킴 ― 옮긴이)인지 하는 그 사람이 차 마시는 시간 무렵에 그 여자를 그곳에서 보았다고 했지요."

"우리는 아직 그 남자의 말을 확인하지 않았어. 당신이 처음에 말했듯이 르 마르샹이 우나 드레이크의 친구라면 아까의 이야기는 지어낸 건지도 몰라."

"그렇다면 라이스라는 사람을 찾아내야겠군요. 저는 어쩐지 르 마르샹이 말한 게 사실일 것 같은 예감이 들어요. 지금 제가 확인하려는 건 이거예요. 우나 드레이크가 12시 기차로 런던을 떠나 토키에 있는 호텔에 방을 정하고 짐을 푼 다음, 다시 기차를 타고 런던으로 돌아와서 시간에 맞추어 사보이 호텔로 가는 거예요. 오후 4시 40분에 토키를 출발해서 9시 10분에 패딩턴에 도착하는 기차가 하나 있네요."

"그러고 나서?"

토미가 물었다.

"그러고 나서가 문제예요. 패딩턴을 한밤중에 떠나는 열차가 있
긴 하지만, 그건 시간이 너무 이르기 때문에 탈 수 없었을 거예요."

터펜스가 인상을 찌푸리며 말했다.

"자동차를 타고 빠른 속도로 달리면 어떨까?"

토미가 말했다.

"글쎄요. 거리가 거의 320킬로미터나 되니."

"항상 듣던 얘기인데, 호주 사람들은 정말 무서운 속도로 차를 몬
다는군."

"그럴 수도 있겠군요. 만일 그렇게 달린다면 아침 7시 무렵에 토
키에 도착할 수 있어요."

"당신은 그 아가씨가 캐슬 호텔에 잡아놓은 방에 아무도 몰래 들
어갈 수 있었다고 생각해? 아니면 그곳에 도착해서 밤새도록 나가
있었다고 말하고는 숙박 요금을 치렀다고 생각해?"

"토미, 우리가 어리석었어요. 그 아가씨는 토키로 되돌아갈 필요
가 전혀 없었어요. 친구한테 호텔로 가서 짐을 챙기고 계산을 하도
록 부탁만 하면 되는 거잖아요. 그렇게 하면 그날 날짜가 찍힌 영수
증을 받을 수도 있고요."

"대체로 상당히 타당한 가설을 세운 것 같은데. 다음으로 할 일은
내일 12시에 토키행 열차를 타고 우리가 내린 결론을 검증해 보는

거야."

이튿날 오전, 토미와 터펜스는 사진을 가지고 일등 객차에 올라
타서 점심 식사 자리를 예약했다.

"그 당시에 근무한 웨이터들을 만나길 바란다는 건 아마 지나친
기대겠지? 그 웨이터들을 만나려면 며칠이나 기차를 타고 토키를
왔다갔다해야 될 거야."

"알리바이 조사는 정말 까다로운 일이로군요. 소설에서는 두세
단락으로 끝나 버리는데 말이에요. 어떤 경감이 토키로 가는 열차
를 타서 식당차의 웨이터들에게 몇 가지 질문을 던졌다. 그렇게 해
서 사건은 뚝딱 해결되었다는 게 소설의 방식인데."

그렇지만 이번엔 참으로 운이 좋았다. 그들이 점심을 다 먹었을
때, 계산서를 가져다준 웨이터가 다행히도 지난 화요일에 근무한
웨이터였다는 사실을 알게 되었던 것이다. 토미가 웨이터에게 10실
링의 팁을 주며 조사를 시작하는 동안 터펜스는 사진을 꺼냈다.

"혹시 이 여자들 가운데 지난 화요일에 이 열차에서 점심을 먹은
사람이 있습니까?"

토미가 물었다.

웨이터는 자신을 마치 유명한 추리 소설에 나오는 사람이라고 착
각을 했는지 만족스러운 태도로 우나 드레이크의 사진을 곧바로 지
목했다.

"예, 이 여자분 기억나네요. 그날이 화요일이었다는 것도요. 왜냐
하면 이분이 화요일은 한 주에서 가장 운이 좋은 날이라고 하면서

요일을 특별히 강조했거든요."

식사를 마치고 좌석으로 돌아온 터펜스가 말했다.

"지금까지는 일이 순조롭게 진행되고 있어요. 그리고 그 여자가 호텔에다 예약을 했는지 조금 있으면 알 수 있겠죠. 런던으로 돌아온 것을 입증하는 일은 좀 까다롭겠지만 기차역에 있는 짐꾼 가운데 한 명 정도는 그녀를 기억하고 있을지도 몰라요."

그러나 그 부분에서 그들은 아무런 성과도 거두지 못했다. 두 사람은 상행 플랫폼 쪽으로 가서 개찰원이나 여러 짐꾼들에게 물어 보았다. 토미는 사람들에게 물어보기 전에 반 크라운 동전을 건넸다.(반 크라운 백동화(白銅貨)는 2실링 6펜스에 해당. 1970년에 폐지 — 옮긴이) 짐꾼 두 사람은 그날 오후 4시 40분 열차를 탄 것 같다는 애매한 진술과 함께 다른 여자의 사진을 한 장 골라냈지만 우나 드레이크를 기억하는 사람은 아무도 없었다.

역을 나오면서 터펜스가 말했다.

"그것으로는 아무것도 입증 못해요. 그 여자가 정말 그 열차를 탔는데 아무도 그녀를 기억 못하고 있는지도 몰라요."

"다른 역에서, 가령 토레 역에서 탔을지도 모르잖아."

"충분히 그럴 수 있죠. 하지만 그건 호텔에 먼저 가 보고 나서 확인하는 게 좋겠어요."

캐슬 호텔은 바다가 내려다보이는 큰 호텔이었다. 하룻밤 묵기 위해 방을 잡은 다음 숙박부에 서명하고 나서 토미가 상냥하게 말을 걸었다.

"지난 화요일에 우리 친구도 여기 왔었는데. 우나 드레이크라고 혹시 기억하십니까?"

프런트의 젊은 여자는 토미를 향해 환하게 미소를 지어보였다.

"예, 똑똑히 기억하고 있어요. 젊은 여자분이시죠, 호주에서 오신 것 같던데요."

토미가 옆구리를 찌르자 터펜스는 사진을 꺼내놓았다.

"이게 제 친구 사진인데 잘 나왔죠?"

터펜스가 말했다.

"어머, 정말 잘 나왔네요. 상당히 멋지신데요."

"여기서 오래 묵었나요?"

토미가 물었다.

"아뇨, 딱 하룻밤만 묵었어요. 다음 날 아침 급행열차를 타고 런던으로 돌아가셨거든요. 달랑 하룻밤 묵으려고 그 먼 거리를 내려왔나 싶었지만 호주 여자들은 원래 여행을 안 좋아하는 줄 알았죠."

"무척 활달한 여자입니다. 항상 모험을 즐기죠. 저…… 혹시 그 아가씨가 친구들과 밖에 나가 식사를 하고 드라이브를 하다가 차를 도랑에 처박아서 이튿날 아침까지 안 돌아왔다거나 하는 일은 없었습니까?"

"아, 아니에요. 드레이크 양은 이 호텔에서 저녁을 드셨어요."

"확실합니까? 그런데 그걸 어떻게 아시죠?"

"제가 직접 봤으니까요."

"그 여자가 토키에서 몇몇 친구와 식사를 했다는 얘기를 들어서 여쭤보는 겁니다."

토미가 설명했다.

"아, 그렇지 않아요. 그분은 여기서 식사 하셨어요."

젊은 여자는 소리 내어 웃고 나서 얼굴을 살짝 붉혔다.

"사실은 굉장히 멋지고 예쁜 드레스를 입고 계셔서 기억하고 있
어요. 제비꽃 모양이 잔뜩 장식된, 요즘 유행하는 비단 드레스였
어요."

객실로 안내되어 둘만 남게 되자 토미가 말했다.

"터펜스, 우리 예상이 완전히 빗나갔어."

"그런 것 같네요. 하지만 그 프런트 아가씨가 착각을 한 건지도
몰라요. 저녁 식사 시간에 웨이터한테 다시 한번 물어보죠. 요즘 같
은 때는 손님도 그다지 많지 않을 테니까."

이번에는 터펜스가 물어보았다. 그녀는 상냥한 미소를 지으며 말
했다.

"저, 잠깐 여쭤 볼 게 있는데요. 지난 화요일에 우리 친구가 여기
오지 않았나 해서요. 드레이크 양이라고 하는데, 제비꽃이 잔뜩 장
식된 드레스를 입고 있었어요."

터펜스는 사진을 꺼내 보여 주었다.

"바로 이 친구예요."

웨이터는 기억이 나는 듯 금방 얼굴에 웃음을 지었다.

"아, 예, 드레이크 양! 이분이라면 확실히 기억하죠. 호주에서 왔
다고 하시더군요."

"여기서 식사를 했나요?"

"예, 지난 화요일이었습니다. 마을을 구경하고 싶은데 볼만한 게 없느냐고 묻더군요."

"그래서요?"

"제가 파빌리언 극장을 권했는데 결국은 나가지 않고 호텔에서 오케스트라 연주를 감상하더군요."

"빌어먹을!"

토미가 낮은 소리로 중얼거렸다.

"그녀가 몇 시쯤에 식사를 했는지는 기억 못하시죠?"

터펜스가 물었다.

"약간 늦게 내려오셨어요. 아마 8시 정도 되었을 거예요."

식당을 나오면서 터펜스가 말했다.

"정말 골치 아프네요. 토미, 이제 완전히 엉뚱한 길로 접어든 것 같아요. 처음엔 분명하고 수월한 문제라고 생각했는데."

"수월한 사건만은 아닐 거라고 미리 짐작했어야 하는 건데."

"나중에라도 그 아가씨가 이용했을 만한 열차가 혹시 있지 않을까요?"

"사보이 호텔에 제시간에 맞춰 도착할 수 있는 런던행 열차는 없어."

"그렇다면 이제 마지막 기대를 걸고 객실 담당 여종업원과 이야기를 해 봐야겠어요. 우나 드레이크도 우리와 같은 층에 있는 방에 묵었다고 해요."

여종업원은 말이 많았고 유용한 정보를 제공해 주었다. 그녀는 젊은 우나를 제법 또렷이 기억하고 있었다. 사진을 보더니 금방 우나를 알아보았고, 젊고 예쁜 아가씨, 매우 명랑하고 말수가 많은 아가씨로 묘사했다. 종업원은 우나가 호주와 캥거루에 대해 많은 얘기를 들려주었다고도 말했다.

"그 아가씨는 9시 30분쯤에 벨을 울려서 병에 따뜻한 물을 채워 달라고 했어요. 그리고 다음 날 아침 7시 30분에 좀 깨워 달라고 부탁하더군요. 또 아침에는 홍차 대신 커피를 달라고 했고요."

"모닝콜을 했을 때 그 아가씨가 아직 자고 있던가요?"

터펜스가 물었다.

"아, 그야 물론이죠."

종업원이 이상하다는 표정으로 대답했다.

"저는 혹시 아침 운동이나 무슨 다른 일을 하고 있지 않았나 해서 여쭤 본 거예요. 일찍 일어나서 운동을 하는 사람이 많잖아요."

터펜스는 당황해서 변명했다.

종업원이 나가고 나자 토미가 말했다.

"이제 알리바이가 확실해 보이는군. 이제 유추할 수 있는 결론은 한 가지밖에 없어. 런던 쪽에 있었다는 얘기가 조작된 게 분명해."

"르 마르샹 씨는 우리가 생각한 것보다 훨씬 더 노련한 거짓말쟁이였네요."

"그 양반의 말을 확인해 보는 방법이 하나 있지. 옆 테이블에 우나를 아는 사람들이 앉아 있었다고 그 친구가 그랬지? 그 사람들 이름이 뭐였더라? 아, 맞아, 오글랜더야. 오글랜더 집안 사람들을 찾아야 해. 그리고 클래지스 거리에 있는 드레이크의 아파트에 가서 또 물어봐야 하고."

이튿날 아침, 두 사람은 숙박료를 계산하고 다소 풀 죽은 표정으로 호텔을 나섰다.

오글랜드의 집을 찾는 일은 전화번호부 덕택에 무척 쉬웠다. 이번엔 터펜스가 새로 창간된 신문사의 기자 행세를 했다. 그녀는 오글랜더 부인을 찾아가서 화요일 저녁 사보이 호텔에서 있었던 파티에 대해 몇 가지를 자세히 물었다. 오글랜더 부인은 그녀의 물음에 무척이나 적극적으로 대답해 주었다. 자리를 뜰 무렵 터펜스는 아무렇지 않은 듯이 다음과 같이 덧붙였다.

"저, 혹시 그때 옆 테이블에 우나 드레이크 양이 있지 않았나요? 그 아가씨는 퍼스 공작과 약혼한 사이라던데 그게 사실인가요? 물론 부인도 그 아가씨를 알고 계시겠죠?"

"조금 아는 사이에요. 무척 매력적인 아가씨죠. 그때 우리 옆 테이블에서 르 마르샹 씨와 같이 있더군요. 그 아가씨는 우리 집 딸들이 더 잘 알고 있어요."

터펜스가 다음으로 들른 곳은 클래지스 거리에 있는 아파트였다. 드레이크와 같이 아파트를 쓰고 있는 그녀의 친구 마저리 레스터가 터펜스를 맞았다.

"도대체 무슨 일이시죠? 우나가 뭔가 이상한 게임을 하고 있는 것 같은데, 저는 그게 뭔지 도무지 모르겠어요. 화요일 밤에 우나는 여기서 잔 게 맞아요."

레스터는 꼭 하소연을 하는 것 같았다.

"그 아가씨가 집에 들어오는 모습을 보셨나요?"

"아뇨, 전 그때 자고 있었어요. 물론 현관 열쇠는 개도 갖고 있지만요. 새벽 1시쯤에 들어온 것 같아요."

"그럼 친구분의 얼굴은 언제 보셨죠?"

"다음 날 아침 9시쯤에요. 아니, 아마 거의 10시가 다 되었을 거예요."

아파트를 나오다가 터펜스는 아파트를 들어서는 키가 크고 홀쭉한 여자와 하마터면 몸을 부딪칠 뻔했다.

"어머, 죄송해요."

빼빼마른 여자가 말했다.

"저, 혹시 여기서 일하는 분이세요?"

터펜스가 물었다.

"예, 매일 출근하고 있어요."

"아침에 보통 몇 시에 오세요?"

"9시요."

터펜스는 서둘러 반 크라운짜리 동전을 빼빼마른 여자의 손에 쥐어주며 물었다.

"혹시 지난 화요일 아침에 출근하셨을 때 드레이크 양이 집에 있던가요?"

"예, 계셨어요. 하도 깊이 잠들어 있어서 제가 차를 가지고 들어가도 안 깰 정도였죠."

"예, 고마워요."

터펜스는 그렇게 말하고는 침울한 기분으로 계단을 내려왔다.

그녀는 소호에 있는 어느 작은 음식점에서 토미와 만나 점심을 먹으면서 각자 기록해온 내용들을 비교해보았다.

"나는 그 라이스라는 친구를 만났어. 그 친구가 토키에서 우나 드레이크의 모습을 멀리서나마 보았다는 건 분명한 사실이야."

"그렇다면 이것으로 우리는 그녀의 알리바이를 확인한 셈이군요. 토미, 종이와 연필 좀 이리 줘요. 탐정들이 다 그렇듯 우리도 조사한 내용을 꼼꼼하게 적어 보기로 해요."

화요일

　1시 30분　열차 식당차에서 우나 드레이크 목격

　4시　캐슬 호텔 도착

　5시　라이스가 우나 목격

　8시　호텔에서 저녁 먹는 모습 목격

　9시 30분　따뜻한 물을 부탁함

　11시 30분　르 마르상 씨와 사보이 호텔에 함께 있는 모습 목격

수요일

　7시 30분　캐슬 호텔에서 하녀가 모닝콜로 깨움

　9시　클래지스 거리의 아파트에서 파출부가 목격

두 사람은 서로를 바라보았다.

"아무래도 블런트의 우수한 탐정들이 완전히 당한 것 같아."

"그래도 여기서 포기해선 안 돼요. 누군가가 거짓말을 하고 있는 게 틀림없어요!"

"그런데 이상하게도 거짓말을 하고 있는 것 같은 사람이 한 명도 없어. 모두들 솔직하게 있는 그대로의 사실을 얘기하는 듯 하단 말이야."

"그래도 어딘가에 분명 허점이 있어요. 분명해요. 저는 전용 비행기를 포함해서 온갖 것들을 머리에 떠올려 봤지만 그것도 별로 진척이 없었어요."

"나는 육체와 영혼의 분리가 어쩌니 하는 유체이탈 이론 쪽으로 생각이 자꾸 기울고 있어."

"이렇게 되면 하룻밤 자면서 그 문제를 곰곰이 생각해 보는 도리밖에 없겠네요. 잠자는 동안 잠재의식이 활동을 한다잖아요."

"내일 아침까지 당신의 잠재의식이 이 수수께끼에 대한 완벽한 해답을 줄 수만 있다면 절이라도 하지."

두 사람은 저녁 내내 한 마디도 하지 않았다. 터펜스는 시간기록표를 계속 들여다보면서 종이에 뭔가를 적어 나갔다. 그리고 혼자 중얼거리면서 혼란스런 표정으로 열차 시간표를 살펴보았다. 결국 두 사람 모두 아무런 단서도 발견하지 못한 채, 잠자리에 들기 위해 자리에서 일어섰다.

"정말 허탈하군."

토미가 말했다.

"저도 이토록 비참한 저녁을 보내기는 처음이에요."

"차라리 음악당에나 가는 편이 좋을 뻔했어. 시어머니와 쌍둥이, 그리고 맥주병에 관한 우스갯소리를 들었더라면 얼마나 재미있었을까."

"아니에요. 이렇게 집중하고 있다 보면 결국 사건이 풀릴 거예요. 앞으로 여덟 시간 동안 우리의 잠재의식이 열띤 활약을 해 줄 거라고요."

두 사람은 그런 기대를 품고서 잠자리에 들었다.

"그래, 잠재의식이 뭔가 활약을 했어?"

다음 날 아침 토미가 물었다.

"한 가지 생각이 떠올랐어요."

"그래? 어떤 생각?"

"좀 웃기는 생각인데요. 이제껏 탐정 소설에서 읽은 것들과는 전혀 다른 거예요. 사실 이건 당신이 내 머리에 주입해 준 생각인데요……."

"그럼 틀림없이 멋진 생각이겠군. 얼른 말해 봐."

"네, 제 생각을 입증하기 위해서는 전보를 쳐 봐야 할 것 같아요. 아, 아냐, 당신한테는 말하지 않을래요. 정말 황당한 생각이거든요. 하지만 사실에 딱 들어맞는 생각이라곤 이것밖에 없어요."

"그렇다면 난 사무실에 나가 봐야겠어. 우리가 없다고 실망한 손님들로 사무실이 붐빌 텐데 손님들을 무작정 기다리게 할 순 없지.

이 사건은 유능한 부하한테 맡겨 두기로 하고."

터펜스는 밝은 표정으로 고개를 끄덕였다.

그녀는 하루 종일 사무실에 모습을 보이지 않았다. 토미가 저녁 5시 30분쯤 되어 집에 돌아왔을 때, 터펜스는 기쁨에 잔뜩 들떠서 그를 기다리고 있었다.

"해냈어요, 여보. 알리바이의 수수께끼를 풀었다고요. 이제 몽고메리 존스한테 지금까지 우리가 사용한 반 크라운짜리 동전들과 10실링짜리 지폐를 모두 청구할 수 있게 됐어요. 물론 상당한 사례금도 청구해야겠죠. 그 사람도 곧 그 아가씨를 아내로 삼을 수 있게 됐네요."

"답이 뭐지?"

토미가 다급하게 물었다.

"아주 간단해요. 바로 쌍둥이였던 거예요."

"쌍둥이라니?"

"말 그대로예요. 물론 그것이 유일한 해답이기도 하고요. 당신이 어젯밤 시어머니, 쌍둥이, 그리고 맥주병이라는 말을 꺼낸 것에서 힌트를 얻었어요. 제가 호주에 전보를 쳐서 필요한 정보를 얻어냈어요. 우나한테는 베라라고 하는 쌍둥이 여동생이 있는데, 그 여동생이 지난 월요일에 영국에 온 거예요. 그래서 우나가 먼저 내기를 당당하게 제안했던 거예요. 불쌍한 몽고메리 존스를 제대로 놀려 주려고 생각했던 거죠. 그 동생이 토키에 가 있었고, 우나는 런던에 있었어요."

"내기에 졌으니 그 아가씨가 낙담할까?"

토미가 물었다.

"아뇨, 그 점에 대해서는 전에도 말씀드렸잖아요. 그 아가씨는 몽고메리 존스에게 온갖 찬사를 늘어놓을 거예요. 난 언제나 남편의 능력을 존경하는 것이 행복한 결혼 생활의 바탕이라고 믿었어요."

"당신이 그런 생각을 하게 되어 나로서는 기분이 좋군."

"하지만 그다지 만족스러운 해결은 아니에요. 프렌치 경감이 밝혀내곤 하던 그런 교묘한 수수께끼는 아니었잖아요."

"쓸데없는 소리! 내가 음식점 종업원에게 여러 사진을 보여준 것은 프렌치 경감의 방식과 똑같았잖아."

"프렌치 경감이라면 우리처럼 반 크라운짜리 동전과 10실링짜리 지폐를 그렇게 많이 사용하지 않았을 거예요."

"상관없어. 몽고메리 존스한테 그 돈은 물론이고 추가로 얼마를 더 청구할 생각이니까. 그 어리숙한 청년은 너무 기쁜 나머지 청구 내역도 훑어 보지 않고 달라는 대로 지불할 거야."

"그럴 거예요. 사실 블런트의 우수한 탐정들이 멋지게 해냈잖아요? 토미, 우린 정말 너무 똑똑한 거 같아요. 가끔 소름이 끼칠 정도라니까요."

"다음 사건은 로저 셰링엄 식으로 해결해 볼까.(셰링엄은 앤터니 버클리 콕스가 창조한 탐정 ─ 옮긴이) 터펜스, 당신이 로저 셰링엄을 맡아."

"그러면 내가 말을 많이 해야겠네요."

터펜스가 말했다.

"원래 당신은 말이 많은 사람이니 무난히 해낼 수 있을 거야. 그럼 이제 어젯밤에 말한 음악당에 가서 시어머니, 맥주병, 그리고 '쌍둥이'에 관한 연기나 보면서 실컷 웃어 볼까나?"

목사의 딸

터펜스는 침울한 표정으로 사무실 안을 서성이면서 "목사님 딸을 도울 수만 있다면 좋을 텐데." 하고 말했다.

"어째서?"

토미가 물었다.

"당신은 벌써 잊었을지 모르지만, 나도 한때 목사님 딸이었잖아요. 그 당시 생활이 어떠했는지 지금도 기억이 나요. 그래서 남을 돕고 싶다는 충동, 남을 생각하고 배려하는 마음, 이런 것들이 막……."

"당신은 로저 셰링엄이 될 준비를 마친 것 같군."

토미가 말했다.

"흠을 하나 잡자면 당신은 그 양반 못지않게 말은 많지만 그만큼 말을 잘 하지는 못한다는 거야."

"그렇지만 제 얘기에는 여느 천박한 남자들은 감히 흉내 낼 수 없는 여성적 섬세함이 깃들어 있어요. 게다가 로저 셰링엄에게 찾아볼 수 없는 재능도 갖추고 있죠. 말이란 상당히 불확실한 거라서 들을 땐 그럴 듯해도 본심과는 전혀 상반된 것을 뜻하게 되는 경우가 너무 많아요."

"계속해 봐."

토미가 부드럽게 말했다.

"말 끊지 마요. 잠시 숨을 돌렸을 뿐이니까. 요즘 내가 바라는 것이 있다면 나의 그러한 재능을 살려서 목사님 딸을 돕는 거랍니다. 토미, 두고 봐요. 이제 블런트의 우수한 탐정들에게 도움을 청해 올 첫 번째 손님은 틀림없이 목사님 딸일 테니까요."

"난 그렇게 생각지 않아. 내기를 해도 좋아."

"좋아요, 내기해요. 쉿! 누가 왔네요. 타자 치는 소리를 내야겠어요."

앨버트가 문을 열었을 때, 블런트의 사무실 안은 몹시 분주한 모습이었다.

"모니카 딘 양이 오셨습니다."

아가씨는 몸매가 늘씬했고 머리는 갈색이었다. 다소 초라한 옷차림의 그녀는 사무실로 들어와 망설이며 서 있었다. 토미가 앞으로 다가가며 말했다.

"안녕하십니까, 딘 양. 이쪽에 앉으셔서 저희가 어떻게 도와드리면 좋을지 말씀해 주시겠습니까? 참, 이쪽은 제 비서 셰링엄 양입니다."

"만나 뵙게 돼서 기뻐요, 딘 양. 아버님이 목사님이셨다고 알고
있는데……."

터펜스가 말했다.

"예, 예전에요. 근데 그걸 어떻게 아셨죠?"

"아! 다 아는 방법이 있죠. 제가 쉴 새 없이 주절거리더라도 신경
쓰지 마세요. 소장님은 제 얘기를 듣는 걸 좋아하세요. 제 얘기를 듣
다 보면 기발한 생각이 떠오른다나요."

아가씨는 터펜스의 얼굴을 빤히 바라보았다. 그녀는 미인은 아니
지만 몸매가 날씬했고, 얼굴엔 약간 수심에 드리워져 있었다. 그녀
의 머리카락은 부드러운 잿빛으로 숱이 많았으며 두 눈은 지금까지
겪은 고통과 번민을 말해 주듯 언저리에 검게 그림자가 져 있었지
만 암청색으로 퍽 예뻤다.

"딘 양, 무슨 일인지 말씀해 보세요."

토미의 말에 아가씨는 고마운 표정을 지으며 그에게로 몸을 돌
렸다.

"길고 두서없는 이야기예요. 제 이름은 모니카 딘이에요. 아버지
는 서포크 주 리틀 햄슬리의 교구 목사님이셨어요. 3년 전에 아버님
이 돌아가시고 어머니와 저는 몹시 궁핍한 생활을 해야 했지요. 저
는 어느 집 가정교사로 가 있었지만 얼마 안 있어 어머니가 몸져눕
는 바람에 간호를 해 드리기 위해 집으로 돌아와야 했어요. 그렇게
찢어질 정도로 가난하게 생활하던 어느 날, 변호사한테서 편지가

한 통 날아왔지요. 거기에는 아버지의 숙모님이 돌아가시면서 모든 재산을 제게 남겼다고 적혀 있었고요. 저는 그전에 저희 아버지와 심하게 다투신 적이 있는 이 할머니에 대해 여러 번 들었어요. 재산이 무척 많은 분이었다고 알고 있고요. 그래서 정말 우리 고생도 끝나는 듯 보였지요. 그런데 일은 우리가 바라는 대로 되지 않더군요. 할머니가 살던 집은 물려받았지만, 몇 가지 세금을 지불하고 나니까 돈 한 푼 안 남는 거예요. 전쟁 중에 재산을 잃었거나 아니면 무위도식하며 사셨나 봐요. 그래도 집이 있으니 제법 괜찮은 가격에 팔아 버릴 수 있겠다 생각을 했죠. 하지만 제가 어리석었는지 모르겠지만 저는 집을 사겠다는 어떤 사람의 제안을 거절했어요. 엄마와 저는 작으면서도 집세가 비싼 하숙집에서 살았으니 이제 그곳 레드 하우스 저택으로 옮겨가면 엄마도 편안한 방을 몇 개 가질 수 있을 것이고, 하숙을 들이면 생활비도 그럭저럭 벌어들일 수 있을 거라고 생각했거든요.

그 신사분은 집을 사고 싶은지 괜찮은 제안을 해 왔지만 저는 이 입장을 고수했어요. 저희는 이삿짐을 옮기고 나서 세입자를 구한다는 광고를 냈죠. 처음 얼마 동안은 모든 일이 잘 풀려서 광고를 보고 찾아오는 사람들이 있었어요. 할머니의 하녀가 계속 남아서 저희랑 함께 생활했는데 그 하녀와 제가 집안일을 주로 했지요. 그런데 이해할 수 없는 일들이 일어나기 시작한 거예요."

"어떤 일 말입니까?"

"정말 괴상한 일들이에요. 집안 전체가 마치 마법에라도 걸린 것 같았어요. 벽에 걸어 둔 그림 액자가 떨어지질 않나, 도자기가 방 안을 제멋대로 날아다니다가 깨지질 않나. 어느 날 아침에는 아래층에 내려가 보니 가구가 모두 제멋대로 옮겨져 있지 뭐예요. 처음에는 누가 짓궂은 장난을 한 줄로 생각했지만 알고 보니 그게 아니었어요. 어떤 때는 집안 식구들이 모두 앉아서 저녁을 먹고 있는데 갑자기 머리 위에서 쾅하고 뭐가 박살나는 소리가 나기도 했어요. 올라가 보면 아무도 없고 가구 하나가 거칠게 바닥에 내동댕이쳐져 있더군요."

"폴터가이스트(이유 없이 이상한 소리나 비명이 들리는 일, 혹은 물체가 스스로 움직이거나 파괴되는 현상 — 옮긴이)로군요!"

이야기에 완전히 빠져든 터펜스가 말했다.

"예, 오늘 박사님도 그렇게 말씀하셨어요. 전 그게 뭔지도 잘 모르지만."

"악령이 저지르는 여러 가지 장난의 일종이에요."

말은 그렇게 했지만 터펜스는 그에 관해 아는 것이 거의 없었고, 심지어 자기가 내뱉은 폴터가이스트라는 낱말이 정확한 것인지조차 확신하지 못했다.

"어쨌든 그로 인해 저희는 큰 타격을 입게 되었죠. 하숙하던 사람들은 무서워 벌벌 떨면서 서둘러 집을 떠났어요. 새로 들어온 사람들도 곧바로 떠나버렸죠. 저는 절망감에 사로잡혔어요. 결국 그나마 있던 우리의 유일한 수입원이 뚝 끊겨 버린 거예요. 믿고 투자한 회사가 망해 버린 꼴이었죠."

"저런, 안됐군요. 정말 괴로우셨겠어요. 그래서 블런트 씨한테 이 '유령' 소동을 조사해 달라고 의뢰하러 오신 건가요?"

터펜스가 안타까워하며 말했다.

"꼭 그렇지는 않아요. 사실 3일 전에 어떤 신사분이 저희를 찾아왔는데 바로 오닐 박사였어요. 그는 자기가 물리 연구협회 소속이라면서 우리 집에서 일어난 신기한 현상에 대해 전해 듣고 큰 관심을 갖게 되었다고 하더군요. 그래서 우리 집을 사서 실험을 해 보고 싶다고 했어요."

"그래서요?"

"물론 처음에는 너무 기뻐 어쩔 줄 몰랐죠. 모든 어려움에서 벗어날 수 있는 길이라 생각되었거든요. 하지만……."

"하지만?"

"두 분은 제가 환상에 사로잡혀 있다고 생각하실 거예요. 그럴지도 모르죠. 그렇지만 전 실수를 저질렀다고는 절대 생각지 않아요. 아니나 다를까 같은 사람이더군요."

"같은 사람이라뇨?"

"박사는 그전에 우리 집을 사고 싶어 했던 바로 그 사람이었어요. 확실해요."

"어떻게 그렇게 단정 지을 수 있죠?"

"두 분은 이해가 안 가실 거예요. 그 두 사람은 이름도 다르고 하여튼 모든 게 달라 보였죠. 그전에 찾아온 사람은 꽤 젊었어요. 한서른 살 정도 되어 보이는 깔끔하고 피부색이 검은 청년이었죠. 반면 오닐 박사는 50세쯤 되어 보였고 희끗희끗한 턱수염을 기른 데다 안경을 꼈고 등은 굽은 모습이에요. 하지만 얘기를 하는데 보니까 입 가장자리에 금니가 하나 보이더군요. 웃을 때만 보이는 곳이죠. 처음에 온 젊은 사람도 같은 위치에 금니가 있었고요. 그래서 저는 오닐 박사의 귀를 유심히 살펴봤어요. 그전의 젊은 사람의 귀가 귓불이 거의 없는 이상한 모양이어서 기억하고 있었거든요. 그런데 놀랍게도 오닐 박사의 귀가 젊은 사람의 귀랑 똑같은 거예요. 두 가지씩이나 우연의 일치라고 보기에는 어렵지 않겠어요? 저는 생각에 생각을 거듭한 끝에, 결국 편지를 써서 1주일 뒤에 대답해 주겠다고 말했지요. 블런트 씨의 광고는 얼마 전에 보았습니다. 사실은 부엌 서랍에 구겨 넣어둔 오래된 신문에서 본 거였지만요. 그 광고를 오려 가지고 이렇게 찾아오게 된 거예요."

"잘 하셨어요. 듣고 보니 조사를 해 봐야 할 사건 같네요."

터펜스가 고개를 힘차게 끄덕이며 말했다.

"딘 양, 매우 흥미로운 사건이군요. 저희가 기꺼이 조사해 드리겠습니다. 어때요? 어…… 셰링엄 양의 생각은 어때?"

"물론이죠. 사건의 바닥까지 파헤칠 수 있을 거예요."

터펜스가 말했다.

"딘 양, 제가 이해하기로는 가족은 아가씨와 어머님, 그리고 하녀가 전부인데 하녀에 대해 좀 상세히 얘기해 줄래요?"

"이름은 크로켓이고, 할머니 밑에서 8년인가 10년 동안 일한 사람이에요. 나이가 꽤 많아요. 그다지 상냥하지는 않지만 좋은 하녀예요. 자기 언니가 신분이 높은 사람과 결혼했다고 좀 뻐기는 경향이 있어요. 또 크로켓한테는 조카가 하나 있는데, 우리한테 항상 '신사 중의 신사'라고 말하지요."

"흠……."

토미는 어떻게 진행해야 좋을지를 몰라 좀 당황스러웠다.

터펜스는 아까부터 모니카 딘을 예리한 시선으로 바라보더니, 갑자기 마음의 결정을 내린 듯 이렇게 말했다.

"딘 양을 데리고 나가 같이 점심이라도 하는 게 좋을 것 같아요. 마침 1시 정각이네요. 얘기를 나누다보면 좀 더 자세한 정보를 얻을 수 있을 것 같아요."

"그렇게 해요, 셰링엄 양. 그게 좋을 것 같군."

두 여자는 근처 음식점의 작은 테이블에 편히 앉았다. 터펜스가 곧 말을 꺼냈다.

"알고 싶은 게 있는데요, 이 사건에 대해 모든 걸 밝혀내고 싶어 하시는 것 같은데 거기에 무슨 특별한 이유라도 있나요?"

모니카는 얼굴을 붉혔다.

"그건, 저……."

"괜찮아요. 말씀해 보세요."

터펜스가 상대를 부추기며 말했다.

"실은…… 저랑 결혼하고 싶어 하는 사람이 두 명 있어요."

"흔히 있는 일이잖아요? 한 사람은 부자이고 다른 한 사람은 가난한데 가난한 사람을 더 좋아하는 경우!"

"어떻게 그런 걸 모두 아시죠?"

아가씨는 중얼거렸다.

"그건 자연의 법칙 같은 거죠. 누구에게나 일어나는 일. 저 자신도 경험했고요."(『비밀 결사』 편에서의 이야기 ― 옮긴이)

터펜스가 설명했다.

"실은, 그 집을 판다고 해도 생활에 필요한 충분한 돈을 받을 수는 없을 거예요. 제럴드는 좋은 사람이지만 찢어지게 가난해요. 하지만 무척 유능한 기술자라서 약간의 자본만 있으면 회사 경영에 참여할 수 있을 거예요. 그렇지만 패트리지도 사람은 정말 좋아요. 생활에도 여유가 있어서 만약 그 사람과 결혼하게 되면 저희가 겪는 모든 괴로움은 끝나겠죠. 하지만, 하지만⋯⋯."

"무슨 말인지 알겠어요. 그 사람은 매우 선량하고 부자이고⋯⋯. 거기다가 다른 온갖 장점들이 있지만 뜨거운 감정은 생기지 않는 모양이네요."

모니카는 고개를 끄덕였다.

"그렇다면 저희가 내려가서 조사를 하는 게 좋을 것 같은데 주소가 어떻게 되죠?"

"마시 스터튼에 있는 레드 하우스예요."

터펜스는 수첩에다 주소를 받아 적었다.

"아직 안 여쭤 봤는데, 저⋯⋯ 사례금은⋯⋯."

그렇게 말하고 나서 모니카는 얼굴을 약간 붉혔다.

"저희는 철저히 결과에 따라 보수를 받고 있어요."

터펜스는 엄숙하게 말했다.

"사람들이 그 집을 탐낼 정도로 레드 하우스의 비밀이 금전적으로 유익한 것으로 드러나면 약간의 사례금을 받겠지만, 그렇지 않으면 보수는 일절 안 받을게요!"

"정말 감사합니다."

아가씨는 정말 고마운 기색이었다.

"이제 모든 게 잘 될 테니 아무 걱정 마세요. 점심이나 먹으면서 우리 재미있는 얘기나 나눠요."

레드 하우스

'왕관과 닻'이라는 여관에서 창밖을 내다보며 토미가 말했다.

"결국 토드인더홀('구덩이 속의 두꺼비'라는 뜻으로, 소시지에 밀가루, 우유, 달걀 반죽을 입혀 구운 영국 전통 요리를 뜻함 — 옮긴이)인가 뭔가 하는 이 저주받은 마을로 오고야 말았군."

"여보, 우리 사건을 한번 검토해 보기로 해요."

터펜스가 말했다.

"그러지. 우선 내 생각을 말하자면 그 병든 어머니가 수상해."

"어째서요?"

"그건 말이야, 터펜스, 만약 이 폴터가이스트 소동이 모두 사기라면, 그 아가씨가 집을 팔도록 만들기 위해 누군가가 집안의 물건을 마구 집어던진 게 틀림없어. 그 아가씨는 집안 식구들이 모두 식사를 하고 있었다고 했지만 정말 몸이 불편한 상태라면 그 어머니만은 2층 자기 방에 있었을 거야."

"정말 환자라면 가구를 내던질 수도 없었을 거예요."

"맞아! 하지만 그 어머니는 진짜 환자가 아닐 수도 있어. 꾀병을 부리는 건지도 모른다고."

"왜요?"

토미는 솔직히 말했다.

"모르겠어. 가장 가능성이 없는 사람을 의심하라는 격언을 그냥 적용해 보려는 거야."

"당신은 항상 모든 일을 재미삼아 해 보려는 버릇이 있어요."

터펜스는 남편을 심하게 나무랐다.

"사람들이 그렇게까지 그 집을 탐내는 걸 보면 분명히 뭔가가 있어요. 당신이 사건의 진상에 관심이 없다면 내가 하죠. 전 그 아가씨가 왠지 마음에 들어요. 정말 괜찮은 아가씨 같아요."

토미는 진지한 표정으로 고개를 끄덕였다.

"나도 동감이야. 그냥 당신을 놀려주고 싶은 마음이 들어서. 물론 그 집에는 어딘가 이상한 구석이 있겠지. 다만 그게 무엇이든 간에 알아내기가 쉽지 않을 것 같아. 아니면 단순히 도둑의 소행이든가. 그렇지만 그 집을 사려고 사람들이 기를 쓰는 걸 보면 바닥을 파내든가 벽을 헐어 봐야 하나? 그도 아니면 뒤뜰에 석탄이라도 묻혀 있을지 몰라."

"석탄이 아니라 보물이 묻혀 있다고 추측하는 게 훨씬 더 로맨틱해요."

"흠, 그렇다면 난 이 지역에 있는 은행장을 찾아가 봐야겠어. 성탄절을 여기서 보내려고 내려온 사람인데 레드 하우스를 사게 될지도 모르겠다고 하면서 계좌를 개설할 수 있는지 물어 볼게."

"그건 왜요?"

"당신은 잠자코 보기만 해."

그 말을 하고 나간 토미는 거의 반 시간이 지나서 돌아왔다. 그의 눈은 빛으로 반짝이고 있었다.

"터펜스, 좋은 소식이야. 아까 말한 대로 은행장을 만났어. 요즘 이런 시골 은행에서 흔히 그렇듯이 금화를 갖고 오는 사람이 많으냐고 넌지시 물어봤지. 가난한 농부들은 전쟁 중에 금화를 긁어모았잖아. 거기서부터 이야기는 아주 자연스럽게 노부인들의 괴상한 행동방식으로 옮겨갔지. 내가 이야기를 좀 꾸며냈어. 전쟁이 터지자 우리 숙모님이 차를 몰고 대형 식료품점에 가서 햄을 열여섯 봉지나 사온 적이 있다는 허풍을 떨었거든. 그랬더니 은행장도 곧 어떤 여자 고객 얘기를 꺼냈는데 그 여자는 은행에 와서 예금해 놓은 돈을 몽땅 찾겠다고 하더래. 그것도 가능하면 전부 금화로 달라면서. 그리고 유가증권이나 무기명 채권 같은 것들은 자기 금고에 좀 넣어달라고 부탁했다나. 그런 바보 같은 짓에 내가 어이없다는 반응을 보이자, 은행장은 아무렇지도 않게 그 여자가 바로 레드 하우스의 전 주인이라고 하더군. 무슨 말인지 알겠지, 터펜스? 그 여자는 돈을 모두 인출해서 어딘가에 숨겨 놓았던 거야. 모니카 딘이 자기 할머니 재산이 너무 적어 놀랐다고 말했잖아, 기억해? 그 할머니가 그것을 레드 하우스의 어딘가에 숨겨 놓았는데 그 사실을 아는 사람이 있는 것 같아. 그 사람이 누구인지 나는 대충 짐작이 가."

"그게 누구죠?"

"성실하다는 하녀 크로켓이 아닐까? 그 여자라면 주인의 별난 습관을 모두 알고 있을 테니까 말이야."

"그렇다면 금니를 하고 있던 오닐 박사는요?"

"그 양반은 하녀가 말한 신사답다는 그 조카야! 틀림없어. 그건 그렇고 그 할머니는 어디에다 금화를 숨겼을까? 터펜스, 당신은 나보다 할머니들에 대해 더 잘 알고 있을 거야. 할머니들은 주로 어디에다 값비싼 물건을 숨기지?"

"스타킹이나 속옷에 싸서 매트리스 밑에 보통 감춰 두죠."

토미는 고개를 끄덕였다.

"당신 말이 맞아. 하지만 이번 경우에는 그렇게 해두지 않았을 거야. 만약 그랬다면 물건들을 온통 뒤집었을 때 금방 발견되었을 테니까 말이야. 그런 할머니는 방바닥을 뒤집어엎거나 마당에 구멍을 팠을 리가 없다는 점이 마음에 걸려. 하지만 레드 하우스의 어딘가에 금화가 숨겨져 있는 건 분명해. 크로켓은 그것을 아직 찾아내지 못했지만 그 집에 있다는 것만은 알아. 일단 그 집을 자기네 소유로 만들기만 하면 그토록 애지중지하는 조카와 함께 그곳을 전부 파엎어서 물건을 찾아내겠지. 그러기 전에 우리가 선수를 쳐야 해. 터펜스, 그럼 레드 하우스로 가 보자고."

레드 하우스에 도착하자 모니카 딘이 그들을 맞았다. 그녀는 어머니와 크로켓에게 토미 부부를 레드 하우스를 살 사람이라고 소개했는데, 그래야 집 안이나 마당 곳곳을 꼼꼼히 살펴볼 수 있을 것이었기 때문이었다. 토미는 모니카에게 자기가 지금껏 내린 결론을 말하지 않고 이런 저런 질문을 던졌다. 그녀는 죽은 할머니의 옷이나 개인 물품 일부는 크로켓이 가졌으며, 나머지는 불우 이웃들한테 보내 버렸다고 말했다. 모든 물건은 일일이 다 뒤집어보고 안을 살펴보았다는 말도 잊지 않았다.

"할머니께서 서류 같은 건 안 남겼던가요?"

"책상 안에 잔뜩 들어 있었고 침실 서랍에도 좀 들어있었지만 중요한 서류는 전혀 없었어요."

"그것들을 모두 버렸습니까?"

"아뇨, 엄마는 오래된 서류를 버리는 걸 아주 싫어하세요. 서류 속에는 전통 요리법을 설명한 것도 있었는데 언젠가는 그 방식대로 음식을 한번 만들어볼 생각까지 하고 계세요."

"좋은 거죠."

토미는 알겠다는 듯 대답했다. 그러고 나서 그는 정원에서 화단 정리를 하고 있는 노인을 손으로 가리키며 물었다.

"저 양반은 할머니가 살아 계셨을 때부터 여기서 일했나요?"

"예, 이 마을에 사시는 분인데 예전에는 일주일에 세 번씩 와서 일했죠. 불쌍한 분이세요. 너무 늙어서 실제적으로는 별 도움이 안 돼요. 지금은 경제적으로 부담이 돼서 일주일에 한 번만 오시도록 했어요."

토미는 터펜스에게 눈짓을 해서 모니카와 얘기를 나누도록 하고 자기는 일을 하고 있는 정원사에게 다가갔다. 그는 노인에게 상냥하게 몇 마디를 건네는 것으로 대화를 시작해 지나가는 투로 말했다.

"예전에 주인 할머니의 부탁을 받고 어떤 상자를 땅에 묻은 적이 있죠?"

"아니, 그런 일은 전혀 없었는데요. 상자 같은 걸 땅에 묻어서 뭐 하게요?"

토미는 고개를 젓고 인상을 찡그린 채 집 쪽으로 걸어왔다. 이제 노부인의 서류 속에서 실마리를 얻을 수 있길 기대하는 수밖에 없었다. 만약 그렇지 못하면 문제의 해결이 어려울 것 같았다. 고풍스러운 저택인 레드 하우스에는 숨겨진 방이나 통로가 따로 만들어져 있을 지도 몰랐다.

그들이 집을 떠나기 전에 모니카는 끈으로 묶은 커다란 종이상자를 하나 가지고 내려왔다.

"서류를 전부 모아 여기에다 넣어 두었어요. 이걸 가지고 가서서 찬찬히 살펴보셔도 좋아요. 하지만 이 집에서 일어나는 괴상한 일들을 밝혀줄 만한 것은 아마 찾지 못하실……."

그때 갑자기 머리 위쪽에서 무언가 강하게 부딪히는 소리가 나는 바람에 그녀는 말을 멈출 수밖에 없었다. 토미가 재빨리 계단을 달려 올라갔다. 탁자 위에 놓여 있던 물병과 접시가 바닥에 떨어져 산산조각이 나 있었다. 하지만 방에는 아무도 없었다.

"유령이 다시 장난을 시작했군."

토미는 씩 웃으며 중얼거렸다가 생각에 잠긴 얼굴로 아래층으로 내려왔다.

"딘 양, 괜찮다면 크로켓 씨와 잠시 얘기를 나눠보고 싶습니다."

"예, 그러세요. 데리고 올게요."

모니카는 부엌으로 가더니 아까 현관문을 열어 준 나이 든 하녀를 데려왔다.

"저희는 이 집을 사려고 생각 중입니다. 만약 그럴 경우, 계속 이곳에 남아 저희를 도와줄 수 있으신지 집사람이 궁금해 하는군요."

토미는 상냥하게 말했다. 크로켓의 공손한 얼굴에서는 어떠한 감정 변화도 일어나지 않았다.

"감사합니다. 하지만 그 문제는 좀 생각을 해 봐야겠는데요."

그녀는 대답했다.

토미는 모니카를 향해 돌아섰다.

"딘 양, 저는 이 집이 참 마음에 듭니다. 그런데 듣자하니 이 집을 사고 싶어 하는 사람이 또 있다던데요? 저는 그 사람이 제시하는 가격에 100파운드를 더 얹어 드리겠습니다. 그만하면 상당히 좋은 조건이죠?"

모니카는 애매하게 고개를 끄덕였다. 토미와 터펜스는 인사를 하고 집을 나왔다.

차도로 내려서면서 토미가 말했다.

"내 생각이 옳았어. 크로켓이 관련되어 있어. 그 여자가 숨이 차서 헐떡이는 모습 봤지? 그건 물병과 접시를 박살내고 나서 뒤쪽 계단으로 급히 내려왔기 때문이야. 때로는 조카를 몰래 집안으로 들어오게 해서 자기가 태연하게 집안 식구들과 함께 있는 동안 괴상한 짓을 하도록 시켰던 거고. 오늘 중으로 오닐 박사가 새로운 금액을 제시할 테니 두고 봐."

아니나 다를까, 저녁 식사가 끝났을 때 쪽지가 하나 도착했다. 모니카가 보낸 거였다.

'방금 오닐 박사한테 들었는데 예전 가격에다 150파운드를 더 올려주겠다고 하네요.'

쪽지에는 그렇게 적혀 있었다.

"그 조카라는 사람이 상당한 부자인가 보군. 그 친구가 노리는 보물이 그만한 값어치를 가지고 있는 게 분명해."

토미가 말했다.

"아! 그걸 찾아낼 수만 있다면 얼마나 좋을까!"

"어쨌든 발굴 작업을 시작해 봐야지."

두 사람은 큰 상자에 가득 담긴 서류들을 분류해 나갔지만, 워낙 뒤죽박죽으로 뒤섞여 있어 쉽지가 않았다. 작업은 길고도 지루했다. 그들은 이따금 각자가 기록한 내용을 서로 비교해 보기도 했다.

"터펜스, 뭐라도 찾아냈어?"

"오래된 영수증 두 장, 별로 중요하지 않은 편지 세 통, 그리고 감자를 신선하게 보존하는 방법과 레몬 치즈케이크 만드는 방법. 당신은 어때요?"

"영수증 한 장과 봄에 관해 쓴 시, 그리고 신문지 오려놓은 게 두 개 있는데……. 가만 있자, 뭐에 관한 건가 하면 '왜 여자들은 진주를 사는가? : 건전한 투자.' 그리고 '4명의 아내를 거느리고 사는 남자 : 신기한 이야기'라는 제목이군. 토끼고기 요리법도 있어."

"정말 맥이 빠지네요."

터펜스가 말했다. 두 사람은 다시 일을 시작했다.

드디어 상자에 담긴 서류를 다 꺼내놓고 나서 두 사람은 서로의 얼굴을 바라보았다.

토미는 편지지를 반으로 찢은 종이를 집어 들었다.

"좀 이상한 생각이 들어서 따로 빼 놓은 거야. 하지만 우리가 찾고 있는 것과는 무관한 것 같아."

"어디 한번 봐요. 아! 재미있는 놀이네요. 뭐라고 부르더라? 철자 바꾸기 놀이라고 하던가, 아니면 몸짓 놀이?"

그녀는 그것을 읽어 내려갔다.

당신은 첫 번째 나를 빨갛게 달아오른 석탄 위에 얹고
그 속에 나를 통째로 집어넣는다.
두 번째 나는 사실 첫 번째 나이다.
세 번째 나는 한겨울의 거센 바람을 싫어한다.

"흠!"
토미는 비평가처럼 말했다.

"시의 운율이 별로군."

"이게 뭐가 이상하다고 그러는지 전 모르겠네요. 50년쯤 전에는 누구나 이런 것들을 모으곤 했잖아요. 겨울밤 난롯가에 앉아 읽으려고 말이에요."

"나는 이 시를 두고 말하는 게 아니야. 그 아래에 씌어진 것들이 이상하다는 거지."

"누가복음 11장 9절? 이건 성경 구절이잖아요."

"맞아. 이상하지 않아? 신앙심 깊은 노인이 몸짓 놀이 바로 밑에 성경 구절을 적어 둔다는 것이?"

"좀 이상하긴 하네요."

생각에 잠긴 채 터펜스가 동의했다.

"당신은 목사님 딸이었으니까 성경을 가지고 다닐 것 같은데?"

"사실 가지고 있어요. 당신은 제가 성경을 가지고 다니리라곤 짐작도 못했죠? 잠깐 있어 보세요."

터펜스는 자기 가방이 있는 곳으로 급히 가더니 작고 빨간 성경책을 꺼내서 탁자로 돌아왔다. 그리곤 빠르게 성경을 뒤적이며 그구절을 찾아냈다.

"여기예요. 누가복음 11장 9절. 아! 토미, 여기 좀 봐요."

토미는 허리를 굽혀 터펜스가 작은 손가락으로 가리키는 구절을 읽었다.

"찾으라, 그러면 찾을 것이오."

"이거예요. 우리가 드디어 찾아냈어요! 이 암호문을 풀면 보물은 우리 것, 아니 모니카의 것이 되는 거예요."

터펜스가 소리쳤다.

"자, 그러면 당신이 말한 대로 암호를 해독해 볼까. '당신은 첫 번째 나를 빨갛게 달아오른 석탄 위에 얹고'. 이건 무슨 뜻일까? 다음으로 '두 번째 나는 사실 첫 번째 나이다.' 도대체 무슨 소리를 지껄이는지 통 모르겠어."

"사실은 매우 간단해요. 약간의 요령만 있으면 돼요. 나한테 맡겨요."

터펜스는 부드럽게 말했다.

토미는 기꺼이 종이를 건네주었다. 터펜스는 안락의자에 편히 앉아서 눈썹을 찡그리며 혼자 주절거렸다.

"정말 무지 간단한 문제인가 본데?"

30분이 지나도록 터펜스가 해독을 못 해내자 토미가 비꼬며 말했다.

"가만 좀 있어 봐요! 우리 세대 사람들한테는 까다로운 거잖아요. 내일 런던으로 돌아가서 이 수수께끼를 쉽게 풀 만한 할머니를 찾아봐야겠어요. 요령 문제일 뿐이니까."

"어쨌든 다시 한번 해 보지."

"빨갛게 달아오른 석탄 위에 얹을 만한 것은 그리 많지 않아요."

터펜스가 생각에 잠긴 표정으로 말했다.

"불을 끄는 물, 장작, 아니면 주전자가 있겠죠."

"분명히 한 단어로 된 것 같은데? 장작은 어떨까?"

"하지만 장작 안에다 어떤 것을 넣을 수는 없잖아요."

"물을 대신할 만한 한 단어는 없지만, 불을 지펴서 물을 끓이는 주전자류에는 한 단어들이 있어."

"냄비?"

터펜스가 말했다.

"프라이팬, 팬? 아니면 포트? 요리할 때 쓰는 것으로 팬이나 포트로 시작하는 낱말에 뭐가 있을까요?"

"도자기는 어떨까? 불에 굽는 거잖아. 꽤 그럴듯하지 않아?"

"뒷부분의 내용과 맞지 않잖아요. 팬케이크? 아냐. 아! 너무 어려워."

그들은 어린 하녀가 다가오자 말을 멈췄다. 하녀는 몇 분만 있으면 저녁 식사 준비가 끝날 거라고 알려주었다.

"두 분이 튀긴 감자를 좋아하시는지, 아니면 껍질째 삶은 감자를 좋아하시는지 럼리 부인이 가서 여쭤 보라고 하셨어요. 저희는 두 가지 모두 어느 정도 있어요."

"껍질째 삶은 게 좋아요."

터펜스가 즉각 대답했다.

"내가 좋아하는 감자는……."

그 순간 그녀는 입을 딱 벌린 채 갑자기 말을 멈췄다.

"왜 그래, 터펜스? 귀신이라도 봤어?"

"토미, 당신 모르겠어요? 바로 그거예요! 감자(Potatoes)라고요! '당신은 첫 번째 나를 빨갛게 달아오른 석탄 위에 얹고.' 그건 '포트

(Pot)'예요. '그 속에 나를 통째 집어넣는다.', '두 번째 나는 사실 첫 번째 나이다.' 그것은 알파벳의 첫 글자 'a'예요. '세 번째 나는 한겨울의 거센 바람을 싫어한다.'

이건 '싸늘한 발가락(toes)'이고요!"

"당신 말이 맞아, 터펜스. 정말 대단한 추리야. 하지만 우린 결국 아무것도 아닌 걸 가지고 너무 많은 시간을 낭비한 게 아닐까? 감자는 사라진 보물과 전혀 관계가 없는 거잖아. 아니, 잠깐만 기다려. 조금 아까 상자를 살펴볼 때 당신이 소리 내어 뭔가를 읽었지? 감자를 신선하게 보존하는 방법에 관한 것 같던데. 거기에 뭔가 숨겨져 있는 게 아닐까?"

그는 조리법에 관한 서류를 급히 뒤지기 시작했다.

"여기 있어. '감자를 신선하게 보관하는 방법 : 감자를 양철통에 넣고 정원에 묻어 둔다. 그러면 한겨울에도 방금 땅에서 캐낸 것 같은 감자의 맛을 즐길 수 있다.'"

"드디어 찾아냈군요. 바로 그거예요. 보물은 정원에 있어요. 양철통에 넣어서 묻어 둔 거라고요."

터펜스는 흥분해서 소리쳤다.

"하지만 내가 물어봤을 때 정원사는 아무것도 묻은 적이 없다고 했어."

"그건 저도 알아요. 하지만 인간이란 상대방의 질문에 정확하게 답하지 않고 상대방이 뜻하는 바가 무엇인지 좋을 대로 짐작해서 대답하기 마련이죠. 그 정원사는 내용을 알지 못하는 이상한 물건을 묻은 기억이 없다고 말한 거예요. 내일 그 사람을 찾아가서 감자를 어디다 묻었는지 물어보기로 해요.”

이튿날은 크리스마스 이브였다. 두 사람은 정원사의 집을 물어서 찾아갔다. 몇 분 동안 대화를 나누고 나서 터펜스는 본론을 꺼냈다.

“성탄절에 신선한 감자를 구할 수 있었으면 좋겠어요. 칠면조에 곁들여 먹으면 좋지 않겠어요? 이곳 사람들은 감자를 양철통에 담아 땅에 묻어 두죠? 그렇게 하면 신선하게 보존할 수 있다고 들었는데요.”

“예, 보통 그런 식으로 하지요. 레드 하우스의 딘 부인도 해마다 여름이면 양철통을 세 개나 파묻었는데, 나중에 파내는 걸 잊어버린 경우가 드물지 않았죠!”

“대개 집 옆의 꽃밭에 파묻지 않나요?”

“아니, 담 쪽의 전나무 옆에다 묻었지요.”

원하는 정보를 얻어낸 두 사람은 성탄절 선물로 5실링을 정원사에게 주고는 곧 그곳을 떠났다.

“그럼 이제 모니카한테 가야지.”

토미가 말했다.

“토미! 당신은 극적인 분위기를 만들어 내는 감각이 전혀 없어요. 제게 맡겨 두세요. 저한테 멋진 계획이 있으니까요. 토미, 구걸을 하든, 빌리든, 아니면 훔치든, 하여튼 어떻게 해서든 삽 좀 구해올 수 있어요?”

어떤 방법을 썼는지 모르지만 토미가 삽을 하나 구해 왔고, 두 사람은 그날 밤 늦게 레드 하우스로 몰래 기어 들어갔다. 정원사가 가르쳐 준 장소는 곧바로 찾을 수 있었고, 토미는 삽으로 땅을 파기 시작했다. 얼마 지나지 않아 삽이 쇠에 부딪치는 소리가 났다. 잠시 뒤, 토미는 커다란 양철 과자통을 땅에서 꺼냈다. 양철통의 뚜껑은 둘레가 단단히 봉해져 있었지만, 터펜스는 토미가 가지고 있던 칼로 힘들이지 않고 뚜껑을 열 수 있었다. 그렇게 양철통을 연 순간, 그녀의 입에서 신음소리가 흘러나왔다. 통 안은 감자로 가득 차 있었던 것이다. 감자를 다 쏟아내 보았지만, 다른 물건은 아무것도 없었다.

"토미, 계속 파 봐요."

두 번째 양철통을 파내기까지는 어느 정도 시간이 걸렸다. 터펜스가 아까처럼 뚜껑을 열었다.

"어때?"

토미가 초조하게 물었다.

"또 감자예요!"

"빌어먹을!"

그렇게 말하면서 토미는 다시 땅을 파기 시작했다.

"원래 행운은 세 번째에 찾아온다잖아요."

터펜스는 토미를 위로하며 말했다.

"결국 헛수고로 끝날 것 같은 불길한 예감이 들어."

토미는 침울한 목소리로 말하면서도 계속해서 땅을 팠다.

마침내 세 번째 양철통을 땅속에서 꺼냈다.

"또 감자……."라고 말하려던 터펜스가 입을 다물었다.

"토미! 찾았어요. 감자는 윗부분에만 덮여 있었어요. 자, 봐요!"

그녀는 커다란 구식 벨벳 자루를 들어 올렸다.

"그럼 이제 빨리 돌아가지. 이러다가 얼어 죽겠어. 자루는 당신이 챙겨. 나는 구덩이를 다시 메워놔야 하니까. 하지만 터펜스, 내가 가기 전에 자루를 열어 봤다간 단단히 혼날 줄 알아!"

"안 열어 볼 테니 걱정 마세요. 너무 추워서 동상에 걸릴 것 같아요."

그녀는 종종걸음으로 저택을 벗어났다.

여관으로 돌아온 그녀는 오래 기다리지 않아도 되었다. 토미는 얼어붙은 땅을 판 데다 터펜스를 뒤따라 줄곧 뛰어와서 그런지 비 오듯 땀을 흘렸다.

"자, 바야흐로 사립 탐정들이 사건을 성공적으로 해결하는 순간입니다! 베레스퍼드 부인, 자루를 열어 주시죠."

토미가 말했다.

자루 안에는 기름을 바른 비단으로 싼 꾸러미 하나와 무거운 양가죽 자루가 들어 있었다. 그들은 가죽으로 된 자루를 먼저 열었다. 그 안에는 1파운드짜리 금화가 가득 들어 있었다. 토미는 그것들을 세어보았다.

"200파운드야. 은행에서 줄 수 있는 건 이게 전부였을 거야. 이제 그 꾸러미를 뜯어 봐."

터펜스가 포장지를 뜯자 거기에는 지폐가 접힌 상태로 촘촘히 들어 있었다. 두 사람은 그것들을 신중히 세어 보았다. 정확히 2만 파운드였다.

"휴! 모니카로서는 부자에다 정직하기까지 한 우리를 만난 게 천만 다행이야, 안 그래? 그런데 그 얇은 종이에 싸여 있는 건 뭐지?"

터펜스가 작은 포장을 풀자 그 안에는 멋진 진주 목걸이가 들어 있었다.

"난 이런 것들에 대해 잘은 모르지만……."

토미가 천천히 말했다.

"이 진주들은 적어도 5000파운드는 나갈 거야. 이 크기를 봐. 노부인이 진주는 좋은 투자가 된다는 신문 기사를 오려놓은 이유를 이제야 알 것 같군. 유가증권을 전부 팔아서 지폐와 보석으로 바꾼 게 틀림없어."

"토미, 정말 잘 됐죠? 모니카가 이제 멋진 청년과 결혼해서 행복하게 살 수 있게 되었으니까요. 저처럼 말이에요."

"그거 듣기 좋은 말이군. 당신 정말 나랑 사는 게 행복해?"

"솔직히 말해서……. 그래요. 이런 말을 할 생각은 없었는데……. 그냥 입에서 흘러나와 버렸어요. 크리스마스 이브인 데다 사건도 해결돼서 흥분하다보니 나도 모르게 그만……."

"정말 나를 사랑한다면 한 가지 물을 테니 대답해 줘."

"함정에 걸려드는 것 같아서 싫지만……. 좋아요. 그럴게요."

"모니카가 목사의 딸이라는 사실은 어떻게 알았지?"

"아, 당신 몰래 커닝을 좀 했죠."

터펜스는 밝은 기분으로 말했다.

"그 아가씨한테서 온 편지를 뜯어 보았어요. 예전에 딘이라는 어떤 분이 우리 아빠의 목사보로 있었는데 그분한테는 저보다 네댓 살 어린 모니카라는 딸이 있었거든요. 그래서 상황을 종합해서 알아맞힌 거예요."

"그러고 보면 당신도 참 뻔뻔해. 아, 밤 12시 종이 울리는군. 터펜스, 메리 크리스마스!"

"당신도 메리 크리스마스! 모니카한테도 즐거운 크리스마스가 되겠네요. 모두 우리 덕분이죠. 전 기뻐요. 그 불쌍한 아가씨는 지금껏 너무 비참하게 살았어요. 그 생각만 하면 목이 메고 기분이 우울해져요."

"사랑해, 터펜스."

"나도 사랑해요. 근데 우리 지금 너무 감상적인 것 같지 않아요?"

"성탄절은 1년에 딱 한 번밖에 찾아오지 않는걸."

토미가 가르치듯 말했다.

"방금 건 옛날 할머니들 말씀이지만, 난 아직도 그 속에 많은 진리가 담겨 있다고 생각해."

대사의 구두

"어머, 어머, 이럴 수가!"

터펜스는 버터를 잔뜩 바른 머핀을 허공에 휘저으며 소리쳤다.

토미는 잠시 아내의 모습을 지켜보다가 얼굴 가득 미소를 머금으며 중얼거렸다.

"우리는 신중에 신중을 기해야 해."

"맞아요."

터펜스는 밝은 표정으로 수긍하며 말했다.

"제대로 맞혔네요. 저는 그 유명한 포춘 의사(헨리 베일리의 작품에 등장하는 의사 탐정 — 옮긴이)이고 당신은 벨 총경이에요."

"왜 당신이 레지널드 포춘이 되는 거지?"

"사실 전 따끈따끈한 버터를 너무너무 좋아하거든요."

"그건 의사라는 직업의 평화로운 면만 본 거지. 그렇지 않은 면도

있어. 엉망으로 얻어터진 얼굴들과 시체들을 수도 없이 조사해야
할 거야."

그 대답으로 터펜스는 한 통의 편지를 내밀었다. 토미는 깜짝 놀
라며 눈썹을 치켜떴다.

"미국 대사 랜돌프 윌못이 보낸 거군. 무슨 일이지?"

"내일 11시가 되면 알게 될 거예요."

이튿날 정확히 시간에 맞추어 영국 주재 미국 대사 랜돌프 윌못
이 블런트의 사무실로 안내를 받으며 들어섰다. 그는 목청을 가다
듬고는 침착하고 독특한 말투로 말하기 시작했다.

"블런트 씨, 내가 이렇게 찾아온 건 다름이 아니라……. 참, 블런
트 씨 본인이 맞으십니까?"

"그렇습니다. 제가 이 사무소 소장 테오도르 블런트입니다."

토미가 대답했다.

"저는 항상 대표자와 직접 얘기하는 걸 좋아합니다. 모든 면에서
그게 더 만족스럽거든요. 블런트 씨, 사실 제게는 무척 고민스러운
일이 하나 있습니다. 경시청을 끌어들일 만큼 대단한 문제는 아닙
니다. 그렇다고 피해를 전혀 입지 않은 것도 아니죠. 아마 제가 저지
른 사소한 실수 때문에 문제가 생긴 것 같습니다. 그런데 어떻게 그
런 실수를 저지르게 되었는지 도무지 납득이 가지 않네요. 감히 확
신하건대 여기에 어떤 범죄적인 요소는 없지만 아무래도 모든 일을
확실히 해 두고 싶거든요. 까닭을 모르니 미칠 지경입니다."

"물론 그러시겠죠."

윌못은 말을 계속했다. 그는 느긋하게 용건의 아주 세세한 사실까지 모두 털어놓았다. 대사의 장황한 말을 참을성 있게 듣던 토미는 간신히 그의 말을 끊을 수 있었다.

"아, 그러면 이런 말씀이군요. 대사님은 일주일 전에 정기선(定期船) 노매딕 호를 타고 영국에 도착하셨는데, 어떻게 된 노릇인지 대사님의 가방이 대사님과 머리글자가 같은 랠프 웨스터햄이라는 분의 가방과 바뀌어 버렸다는 거죠. 대사님이 웨스터햄의 가방을 갖고 가셨고, 그 사람은 대사님의 가방을 갖고 간 겁니다. 웨스터햄은 곧 실수를 깨닫고 대사님의 가방을 대사관에 돌려주고 자신의 것을 되찾아갔다……. 제가 지금까지 말씀드린 게 맞습니까?"

"정확히 맞습니다. 두 가방은 겉으로 보기에 완전히 똑같고 모두 'R. W.'라는 머리글자가 붙어 있기 때문에 충분히 착각을 할 수 있죠. 저도 비서가 그 일을 알려 주기 전까지는 전혀 그 사실을 모르고 있었습니다. 웨스터햄 씨는 상원의원으로, 제가 대단히 존경하는 분이기도 합니다. 가방을 돌려주고 자기 것을 되찾아가려고 사람을 보내셨더군요."

"그랬다면 아무 문제도……."

"아니, 그렇지가 않습니다. 지금까지 말씀드린 사실은 이 사건의 시작에 불과합니다. 어제 저는 웨스터햄 상원의원과 우연히 마주치게 되어 농담으로 그 얘기를 꺼냈지요. 그런데 무척 놀랍게도 그 사람은 내가 무슨 소리를 하는지 전혀 모르는 듯 보였습니다. 그래서 사정을 설명해 주었더니 절대 그런 일이 없었다는 겁니다. 착각으로 제 가방을 들고 간 적도 없을 뿐만 아니라 자기는 애초에 그런 가방을 가지고 있지도 않았다는 겁니다."

"거 참 이상한 일이군요!"

"그렇죠. 정말 이상한 일입니다. 전혀 앞뒤가 맞질 않아요. 만일 누가 내 가방을 훔칠 생각이었다면 구태여 이런 복잡한 방법을 쓰지 않더라도 손쉽게 훔칠 수 있었을 겁니다. 게다가 도둑맞은 게 아니라 되돌려 받기까지 했잖습니까. 실수로 제 가방을 가져갔다고 해도 왜 웨스터햄 상원의원의 이름을 이용한단 말입니까? 별것 아닌 일 같지만 호기심이 생겨서 이 사건을 캐보고 싶었습니다. 소장님이 맡으시기에 너무 하찮은 일이 아니었으면 합니다만."

"아니, 천만의 말씀이십니다. 듣고 보니 매우 흥미로운 사건이군요. 말씀하신 대로 여러 가지 단순한 해석도 가능합니다만 얼른 짐작이 가지 않는군요. 물론 가장 먼저 문제가 되는 것은 바꿔치기가 일어난 이유입니다. 가방을 되돌려 받았을 때 없어진 물건이 아무 것도 없었다고 하셨던가요?"

"제 비서가 그렇게 말하더군요. 뭔가 없어졌다면 곧바로 알았을 겁니다."

"실례지만 가방에는 뭐가 들어 있었습니까?"

"대부분 구두였습니다."

"구두라고요?"

토미는 실망해서 말했다.

"예. 구두라니까 좀 이상하지요?"

"이런 걸 여쭤 봐도 될지 모르겠지만⋯⋯. 무슨 비밀문서나 그런 것들을 구두의 안쪽 가죽에 꿰맸다든가 가짜 굽에 끼워 넣었다든가 하시진 않았습니까?"

대사는 토미의 질문에 흥미를 느낀 것 같았다.

"비밀 외교 문서 같은 건 그 속에 들어갈 수도 없을 것 같은데요."

"사실 소설 속에나 나오는 이야기죠."

토미는 상대를 따라 같이 웃으며 다소 멋쩍은 태도로 말했다.

"그렇지만 뭔가 이유를 갖다 붙이려다 보니까⋯⋯. 가방을 찾아 가려고 온 건 누구였던가요?"

"웨스터햄 의원의 비서라고 했습니다. 조용하고 평범한 사람이었습니다. 제 비서는 그 사람한테서 이상한 구석을 전혀 발견하지 못했다고 하더군요."

"가방 안을 들춰 본 흔적은 없던가요?"

"그건 잘 모르겠습니다. 설마 그러진 않았겠죠. 제 비서한테 직접 물어보고 싶으시죠? 아무래도 비서가 저보다는 이 사건에 대해 더 많이 알고 있으니까요."

"그 편이 나을 것 같습니다."

대사는 명함에다 몇 자 휘갈겨 적더니 그것을 토미에게 내밀었다.

"대사관으로 직접 가서 질문하시겠습니까? 아니면 제 비서를 이 쪽으로 보낼까요? 참, 그 친구 이름은 리처드입니다."

"제가 대사관으로 가는 편이 나을 것 같습니다, 대사님."

대사는 손목에 찬 시계를 힐끗 보더니 자리에서 일어섰다.

"이런, 약속 시간에 늦겠군. 블런트 씨, 그럼 저는 믿고 이만 가 보겠습니다."

대사는 사무실을 황급히 나갔다. 토미는 유능한 비서 로빈슨 양을 연기하며 얌전히 메모 중이던 터펜스를 바라보았다.

"당신 생각은 어때? 당신도 대사 말대로 영 앞뒤가 안 맞는 사건이라고 생각해?"

"그래요."

터펜스는 밝게 대답했다.

"어쨌든 그것도 괜찮아! 사건의 이면에 뭔가 큰 비밀이 감춰져 있다는 걸 뜻하니까 말이야."

"그렇게 생각해요?"

"그게 일반적으로 받아들여지고 있는 가설이야. 셜록 홈즈가 버터 속에 박힌 파슬리에 대해 말한 일을 생각해 봐.(코넌 도일의 단편 「여섯 점의 나폴레옹 상」에 나오는 부분. 홈즈는 '애버네티 가족 사건' 당시 더운 날 버터 속에 파슬리가 녹아 들어간 깊이를 통해 사건을 해결한 일을 언급하며 수사에 있어서 사소한 것의 중요성을 설파한다. '애버네티 사건'은 별도의 작품으로 다뤄진 적이 없어 많은 궁금증을 낳았다. ─ 옮긴이) 사물의 이면은 언제나 중요하지. 난 예전부터 그 사건이 어떤 것이었는지 알고 싶어 견딜 수가 없었어. 지금쯤은 그 이야기가 기록된 왓슨의 노트가 발굴되었으려나? 그러면 나도 행복하게 죽을 수 있을 텐데. 그나저나 우리 할 일로 돌아가자고."

"그래요. 윌못 대사는 그다지 영리한 사람 같지는 않아요. 매사에 철저하고 확실한 사람인지는 몰라도."

"이 여자, 사람 보는 눈은 있군. 아, 이 남자 사람 보는 눈이 있다고 해야 하나? 당신을 레지널드 포춘이라고 상상하니 도무지 헷갈려서……."

"오, 내가 아끼는 친구, 내가 아끼는 친구야!"

"터펜스, 몸짓은 좀 더 강하게 하고 말은 반복을 줄이는 게 좋겠어."

"고전의 인용은 아무리 반복해도 괜찮아요."

터펜스는 거만하게 말했다.

"머핀이나 먹어."

토미가 부드럽게 말했다.

"고맙지만, 벌써 11시나 되었어요. 그럴 시간이 없어요. 정말 어이없는 사건이죠. 구두라니! 왜 하필 구두일까요?"

"글쎄……? 그렇다고 안 될 건 없잖아."

"도저히 이해가 안 돼요. 왜 하필 구두를? 남의 구두를 탐내는 사람이 어디 있겠어요? 정말 웃기지도 않아요."

그녀는 고개를 저었다.

"아마 엉뚱한 가방을 가져간 걸 거야."

"그럴 수도 있죠. 그렇지만 서류를 노렸다면 서류가방을 가져갔어야죠. 대사라는 직위에서 떠올릴 수 있는 건 문서뿐이니까요."

"구두는 발자국을 의미하지. 어딘가에 윌못 대사의 발자국을 남겨 놓으려고 했던 건 아닐까?"

토미는 생각에 잠겨 말했다. 터펜스는 자신의 역할을 포기하고 남편의 말을 생각해보다가 고개를 저었다.

"그건 무리한 발상이에요. 구두는 그런 일과 아무 관련 없다고 생각해야 할 것 같아요."

"그렇다면……."

토미는 한숨을 내쉬었다.

"우리가 다음으로 해야 할 일은 리처드라는 친구를 만나는 거야. 그 친구가 이 사건에 뭔가 실마리를 제공할지도 모르지."

대사가 준 명함을 내밀자 대사관에서는 곧 토미를 들여보내 주었다. 이윽고 태도가 정중하고 목소리가 차분한 어떤 청년이 그의 앞에 모습을 드러냈다.

"제가 대사님의 비서로 일하는 리처드입니다. 저를 만나고 싶어 하셨다고요?"

"그렇습니다, 리처드 씨. 오늘 아침 대사님께서 저희 사무소에 들리셔서 몇 가지 질문을 해 보라고 하셔서요. 그 가방 문제로 말입니다."

"대사님은 그 일로 좀 혼란스러워 하시는 것 같습니다. 저는 대사님이 왜 그러시는지 그 이유를 통 모르겠습니다. 아무 피해도 없었는데 말입니다. 또 가방을 찾으러 온 사람이 그것이 웨스터햄 상원 의원의 것이라고 말한 걸 분명히 기억하고 있는데……. 물론 제가 잘못 알고 있는 건지도 모르죠."

"어떤 남자였나요?"

"중년 남자였습니다. 머리가 희끗희끗한 데다 상당히 세련되고 기품 있어 보였습니다. 웨스터햄 상원의원의 비서로 보았죠. 그 양반은 대사님의 가방을 내려놓고 여기에 있던 걸 가져갔습니다."

"가방을 열어 보거나 하지는 않았습니까?"

"어떤 가방 말입니까?"

"배에서 갖고 온 것 말입니다. 그렇지만 대사님의 가방에 뒤진 흔적이 없었는지를 먼저 알고 싶군요."

"그런 흔적은 없었던 것 같습니다. 배에서 제가 묶어 둔 상태 그대로였으니까요. 누군지는 모르지만 가방을 열어 본 다음 자기 것이 아닌 걸 알고 곧바로 문을 닫은 것 같습니다."

"사라진 물건은 하나도 없었고요? 사소한 거라도?"

"없었던 것 같습니다. 아니, 확실히 없었습니다."

"그럼 다른 가방 이야기를 해 보죠. 당신은 잘못 가져온 가방을 열어 보았나요?"

"사실 웨스터햄 상원의원의 비서가 찾아왔을 때, 저는 마침 가방을 열어 보려던 참이었습니다. 끈을 풀고 있었지요."

"그래서 열어 보셨습니까?"

"이번엔 실수를 하지 않도록 우리 두 사람이 함께 열어 봤지요. 그 사람은 틀림없다고 하면서 끈을 다시 묶어서 돌아갔습니다."

"안에는 뭐가 들어 있던가요? 역시 구두였습니까?"

"아닙니다. 대부분이 목욕 용품이었습니다. 목욕 소금이 든 깡통을 본 기억이 납니다."

토미는 이 방면의 수사는 단념했다.

"배에 있을 때 대사님의 선실에 들어와 물건에 손을 대거나 한 사람은 없었습니까?"

"예, 없었습니다."

"수상한 일도 전혀 없었고요?"

'도대체 내가 지금 무슨 소릴 하는 거야?'

토미는 자신이 좀 우스꽝스럽다고 생각되었다.

'수상한 일이라니……. 끔찍하게 형식적인 질문이잖아!'

그 순간 토미의 앞에 앉아 있는 남자는 머뭇머뭇 이야기를 꺼냈다.

"지금 기억이 나는데 말입니다……."

"어떤 일이죠?"

토미는 관심을 보이며 물었다.

"이번 일과는 아무 관련도 없을 거라고 생각합니다만 어떤 젊은 여자가 있었습니다."

"예? 그 젊은 여자가 뭘 하고 있던가요?"

"정신을 잃었지요. 아주 발랄한 아가씨였어요. 이름은 에일린 오하라였습니다. 키는 그다지 크지 않았지만 외모가 세련되어 보였고 머리카락이 검은 아가씨였죠. 다소 이국적으로 보이더군요."

"그래서요?"

토미는 더욱 관심을 갖고서 물었다.

"방금 말씀드린 대로 그 여자는 잠시 현기증이 난 것 같았어요.

대사님의 선실 바로 앞에서 말입니다. 제게 의사를 불러 달라고 하더군요. 저는 여자를 부축해서 소파에 데려다 놓고 의사를 부르러 갔습니다. 의사를 찾는 데 시간이 좀 걸렸죠. 겨우 의사를 찾아서 데려와 보니 여자는 거의 기운을 차렸더군요."

"아, 그래요?"

토미가 말했다.

"설마 선생님은……."

"어떻게 생각해야 될지 모르겠군요. 그 여자는 혼자서 여행 중이었나요?"

토미는 애매하게 말했다.

"예, 그런 것 같았습니다."

"배에서 내린 뒤로는 한 번도 못 봤고요?"

"그렇습니다."

"그렇다면……."

토미는 잠시 생각한 뒤에 말했다.

"그만하면 됐습니다. 감사합니다, 리처드 씨."

"저야말로 감사했습니다."

사무실로 돌아온 토미는 리처드와 나눈 얘기를 터펜스에게 들려주었다. 터펜스는 남편이 하는 얘기에 귀 기울여 듣기만 했다.

"터펜스, 당신 생각엔 어떤 것 같아?"

"의사들은 갑자기 실신한 사람에게 항상 의심을 품지요! 너무나 편리한 방법이잖아요. 게다가 에일린이니 오하라니 하는 이름은 진짜라고 믿기엔 너무나 노골적으로 아일랜드 출신이라는 점을 강조하고 있어요. 그런 생각 안 들어요?"

"간신히 실마리를 잡은 것 같군. 터펜스, 이제 내가 어떻게 하려는지 알아? 그 여자를 찾는 광고를 낼 거야."

"뭐라고요?"

"몇 월 며칠에 무슨무슨 배를 타고 여행을 한 에일린 오하라 양에 대한 정보를 구한다는 광고를 낼 거야. 그런 이름의 여자가 정말 있다면 그 여자가 직접 연락해 오겠지. 아니면 다른 사람이 그 여자에 관한 정보를 주겠다고 나서든가 할 거고. 지금으로선 그것이 실마리를 얻을 수 있는 유일한 희망이야."

"그 여자를 쓸데없이 경계하도록 만들 수도 있다는 점 명심하세요."

"그만한 위험은 감수해야지."

"저는 이 사건이 여전히 납득이 안 가요."

인상을 찡그리며 터펜스가 말했다.

"어떤 나쁜 사람들이 대사의 가방을 한두 시간 동안 가지고 있다가 되돌려주었다고 한들 그게 그들한테 무슨 이득이 있었겠어요? 가방 안에 베끼고 싶은 문서라도 들어 있었다면 또 모를까. 그런 건 하나도 안 들어 있었다고 대사가 단언했잖아요."

토미는 생각에 사로잡힌 얼굴로 아내를 빤히 바라보다가 마침내 말했다.

"터펜스, 당신은 사실을 꿰어 맞추는 솜씨가 제법이야. 당신 말을 듣다 보니 어떤 생각이 떠올랐어."

그로부터 이틀이 지났다. 터펜스는 점심을 먹으러 밖에 나가고 없었다. 토미는 테오도르 블런트의 검소한 사무실에 혼자 남아 최근에 인기 있는 스릴러물을 읽고 있었다.

그때 사무실 문이 열리면서 앨버트가 들어왔다.

"소장님, 시슬리 마치라는 아가씨가 찾아왔습니다. 광고를 보고 왔답니다."

"즉시 안으로 모셔."

토미는 소설책을 가까운 서랍 속에 얼른 집어넣으며 말했다.

잠시 뒤, 앨버트가 젊은 여성을 데리고 들어왔다. 토미가 그 금발 여인을 보며 대단한 미인이라고 생각한 순간, 놀라운 일이 벌어졌다.

앨버트가 막 걸어 나간 문이 거칠게 확 열렸다. 다음 순간, 그림에서나 볼 수 있을 것 같은 어떤 사내가 문간에 턱 나타났다. 몸집이 크고 피부가 검은 사내는 스페인 사람 같아 보였는데, 새빨간 넥타이를 매고 있었다. 사내의 얼굴은 분노로 일그러져 있었고 손에는 빛을 받아 번쩍이는 권총이 들려 있었다.

"여기가 바로 주제넘게 나서길 좋아하는 블런트라는 작자의 사무실이군."

사내는 완벽한 영어로 그렇게 말했다. 사내의 목소리는 낮았지만 악의가 깃들어 있었다.

"당장 손 들어! 갈겨 버리기 전에!"

괜한 위협 같지는 않았다. 토미는 순순히 양손을 들었다. 벽에 기대어 몸을 웅크리고 있던 여자는 너무 놀라 숨도 제대로 못 쉬는 것 같았다.

사내가 말했다.

"이 여자는 내가 데리고 가겠다. 이 여자야, 알겠어? 당신은 아직 나를 본 적이 없겠지만 그런 건 중요치 않아. 당신 같은 건방진 계집 때문에 내 계획을 망칠 순 없어. 지금 기억나는데 당신은 노매딕 호에 타고 있었지. 당신은 자기와 상관도 없는 어떤 일을 엿본 게 틀림없어. 하지만 이 블런트인가 하는 놈에게 그 비밀을 털어놓게 내버려 둘 순 없지! 아주 영리한 우리 블런트 씨가 제법 그럴 듯한 광고를 내셨더군. 우연히 그 광고를 보게 되었지. 그래서 네놈의 계략을 알아차릴 수 있었던 거야."

"정말 재미있는 분이군요. 계속 말씀해 보시죠."

토미가 말했다.

"그 따위로 건방지게 굴었다간 재미없어. 이제부터 당신은 요주의 인물이야. 참견 따위는 단념해. 그러면 우리도 당신을 가만히 내버려 두지. 하지만 만약 계속 들쑤시고 다니는 날엔 어떤 험한 꼴을 당하게 될지 아무도 몰라! 우리의 계획을 방해하는 놈은 어떤 놈이고 간에 쥐도 새도 모르게 저승 구경을 하게 될 테니까."

토미는 아무 대꾸도 하지 않았다. 그 순간 그는 마치 귀신이라도 본 듯 침입자의 어깨 너머를 뚫어지게 바라보고 있었다.

사실 그는 귀신보다 훨씬 더 두려움을 불러일으키는 무언가를 바라보고 있었다. 그때까지 그는 앨버트가 이 소동에 한 몫을 하리라고는 꿈에도 생각지 못했다. 토미는 사내가 당연히 앨버트를 이미 손봐 주었을 거라고 생각했다. 당연히 바깥 사무실 카펫 위에 정신을 잃고 쓰러져 있겠거니 생각했던 것이다.

그런데 지금 앨버트는 기적적으로 사내의 관심에서 벗어나 있었다. 앨버트는 건실한 영국인들처럼 경찰을 부르러 후닥닥 달려 나가기는커녕, 혼자 힘으로 어떻게든 사태를 해결해 볼 마음을 먹은 모양이었다. 사내의 등 뒤로 문이 소리 없이 열리더니 그 벌어진 틈으로 밧줄을 손에 들고 서 있는 앨버트의 모습이 얼핏 보였다.

그 순간, 깜짝 놀란 토미의 입에서 그만 두라는 소리가 터져 나왔지만 때는 이미 늦었다. 단단히 결심을 한 듯 앨버트는 밧줄 올가미를 사내의 머리 위로 휙 집어던져서 뒤로 홱 잡아당겼다. 그 바람에 사내는 몸의 중심을 잃고 뒤로 비틀거렸다.

뒤이어 피할 수 없는 일이 일어나고 말았다. 귀청을 찢을 듯한 총소리와 함께 사내의 총에서 발사된 총알이 토미의 귀를 정말 간발의 차이로 벗어나 그의 등 뒤에 있는 석고 벽에 날아가 박혔다.

"잡았어요! 제가 잡았다고요!"

앨버트는 승리감에 도취되어 벌겋게 달아오른 얼굴로 소리쳤다.

"올가미를 던져 잡았다고요! 시간 날 때마다 틈틈이 올가미 던지는 연습을 했죠. 좀 도와주세요. 이 녀석 되게 난폭하네요."

토미는 충실한 부하를 도우러 황급히 달려갔지만, 마음속으로는 앞으로 앨버트한테 두 번 다시 한가한 시간을 주지 말아야겠다고 생각했다.

"바보 같은 녀석!"

토미는 앨버트를 꾸짖었다.

"경찰을 부르지 않고 왜 이런 짓을 했어? 네 바보 같은 짓 때문에 내 머리가 달아날 뻔했잖아? 휴! 하마터면 큰일 날 뻔했네!"

"아슬아슬했지만 결국 해냈어요. 초원에서 올가미를 던지는 카우보이들처럼 멋지게!"

앨버트는 흥분이 채 가시지 않은 상태에서 계속 지껄였다.

"여긴 초원이 아니야. 우린 지금 고도로 문명화된 도시에 살고 있다고, 알아?"

그렇게 말하고 나서 토미는 엎어진 사내를 향해 덧붙였다.

"자, 이제 우리가 어떻게 해드릴까?"

사내는 외국말로 욕지거리를 마구 쏟아 부을 뿐이었다.

"입 닥쳐!"

토미가 말했다.

"무슨 말인지 한마디도 못 알아듣겠지만 숙녀 앞에서 지껄일 말은 아닌 것 같군. 부디 이 자의 무례를 용서해 주십시오, 미스……. 이런, 한바탕 소동이 일어나는 바람에 흥분해서 이름까지 까먹었군요. 성함이 어떻게 된다고 하셨더라?"

"마치예요."

젊은 여자가 대답했다. 그녀는 아직도 창백한 얼굴로 몸을 부들

부들 떨고 있었다. 그러면서도 토미의 옆으로 다가와 초라한 모습으로 누워 있는 사내를 내려다 보았다.

"이 사람을 어떻게 하실 셈이세요?"

"이제 경찰을 부를까요?"

앨버트가 자기 딴에는 도움을 주려는 듯 말했다.

그렇지만 젊은 여자가 가볍게 고개를 내젓는 것을 올려다보고 토미는 그녀의 의사에 따르기로 했다.

"좋아, 이번만큼은 봐주지. 하지만 이 녀석을 계단에서 발로 걷어차 버려야겠군. 숙녀에 대한 예의를 깨닫게 해주기 위해서 말이야."

토미는 밧줄을 풀고 사내를 일으켜 세우고는 사무소 밖으로 급히 끌고나갔다.

날카로운 비명소리가 잇따라 들리고 나서 마침내 쿵 하는 소리가 밖에서 들려왔다. 토미는 붉게 상기된 얼굴로 웃음을 지으며 돌아왔다. 젊은 여자는 놀랐는지 눈을 동그랗게 뜨고 토미를 바라보았다.

"그 남자를…… 혼내 주었나요?"

"혼이 나야 정신을 차리죠. 그런데 남유럽 친구들은 얻어맞기도 전에 비명부터 질러 대는 버릇이 있어서……. 제대로 혼을 내 주었는지 어떤지는 모르겠습니다. 마치 양, 그럼 이제 제 사무실로 돌아가서 하던 얘기를 계속할까요? 또 다시 방해받는 일은 없을 겁니다."

"그럴 경우를 대비해서 다시 한 번 올가미를 준비해 두겠습니다."

앨버트가 재빨리 말했다.

"그런 건 집어치워."

토미가 엄하게 명령했다.

토미는 여자를 따라 자기 사무실로 들어가서 책상 앞에 앉았다. 여자도 그를 마주보며 의자에 앉았다.

"어디서부터 말씀드려야 할지 모르겠지만……."

그녀가 말을 시작했다.

"아까 그 남자가 말했듯이 저는 노매딕 호에 타고 있었어요. 선생님이 광고를 내신 오하라 양도 같은 배에 있었고요."

"그랬군요. 그건 저희도 짐작했습니다. 아무래도 아가씨는 그 여자가 배 안에서 했던 행동에 대해 아는 게 있군요. 그렇지 않고서야 아까 그 친구가 그토록 헐레벌떡 달려오진 않았을 테니까요."

"모두 말씀드릴게요. 미국 대사가 배에 있었어요. 어느 날, 저는 대사의 선실 앞을 지나다가 그 여자가 대사의 선실에 들어가 있는 걸 우연히 보게 되었어요. 그런데 그 여자가 하도 이상한 짓을 하고 있길래 저는 멈춰 서서 안을 엿보았죠. 그 여자는 남자 구두를 손에 들고 있었는데……."

"구두라고요?"

토미는 놀라서 소리쳤다.

"아, 죄송합니다. 계속하십시오."

"자그마한 가위로 구두 안쪽을 찢고 있었어요. 그러더니 뭔가를 그 안에다 쑤셔 넣는 거예요. 바로 그때 의사와 어떤 남자가 통로를 걸어왔어요. 그러자 그 여자가 얼른 소파 위에 털썩 주저앉더니 신음소리를 내는 거예요. 저는 그 자리에 서서 그 모습을 지켜보다가 사람들이 말하는 걸 엿듣고는 그 여자가 연기를 했다는 걸 알 수 있었어요. 의심의 여지가 없었죠. 제가 처음 그 여자를 봤을 땐 아주 멀쩡했거든요."

토미는 고개를 끄덕였다.

"그래서요?"

"그 다음 부분은 좀 말씀드리기 곤란한데……. 전 사실 궁금했어요. 한심한 소설을 읽고 있던 중이라 그런 생각이 들었는지 몰라도, 저는 어쩌면 그 여자가 폭탄이나 독침, 뭐 그런 것들을 대사의 구두에다 넣은 건 아닐까 하고 생각했지요. 바보 같은 상상이라는 건 알지만 그때는 정말 그렇게 생각했어요. 어쨌든 그 다음에 대사의 선실을 지날 때 저는 몰래 들어가서 구두 안을 살펴보았지요. 그랬더니 구두 안쪽에서 종잇조각이 하나 나오더군요. 그걸 손에 들고 있는데 승무원이 걸어오는 소리가 들려서 전 들키지 않도록 서둘러 선실을 빠져나왔어요. 물론 종잇조각을 접어서 손에 쥐고 나왔죠. 저는 제 방으로 돌아와서 그걸 찬찬히 읽어봤어요. 그런데 거기에는 글쎄, 성경 구절 몇 개만 달랑 적혀 있는 게 아니겠어요?"

"성경 구절이라고요?"

강한 호기심을 보이며 토미가 말했다.

"적어도 그 당시는 그렇게 생각했어요. 도저히 이해가 안 갔지만 아마 종교 광신도의 짓이겠거니 하고 생각했죠. 그래서 원래 자리에 갖다 놓을 가치도 없다고 생각했어요. 그때부터 별 생각 없이 그걸 가지고 있다가 바로 어제, 조카가 욕조에서 가지고 놀도록 그걸로 종이배를 만들어 주었어요. 그런데 종이가 물에 젖자 이상한 그림이 종이 전체에 나타나더군요. 저는 얼른 종이를 욕조에서 꺼내어 펼쳐 보았고요. 종이가 물에 젖으면서 감춰진 내용이 드러나는 게, 어떤 그림을 베낀 것 같았지요. 항구의 입구 같기도 하고. 그 뒤에 곧바로 선생님이 내신 광고를 읽게 된 겁니다."

토미는 의자에서 벌떡 일어났다.

"아주 중요한 자료였군요. 이제 모두 알 것 같습니다. 그 그림은 아마 어떤 중요한 항만 방어 시설 계획도일 겁니다. 그 여자가 훔쳐 낸 겁니다. 그 여자는 누군가가 자신의 뒤를 밟을까봐 두려웠고 감히 자기 물건 속에 숨길 수는 없어서 그것을 숨길만 한 적당한 장소를 궁리했던 겁니다. 나중에 그 구두가 든 가방을 손에 넣었지만 그때는 이미 종이가 사라진 뒤였죠. 그런데 마치 양, 그 종이를 가져 오셨나요?"

여자는 고개를 저었다.

"종이는 제 가게에 있어요. 전 본드 거리에서 미용실을 하고 있지요. 뉴욕에 있는 '시클라멘' 화장품의 대리점이기도 하고요. 그래서 저는 미국에 가 있었던 거예요. 중요한 것일지도 모른다는 생각이 들어 그 종이는 가게를 나서기 전에 금고 속에 잘 넣어 두었습니다. 경시청에 신고해야 하지 않을까요?"

"물론입니다."

"그러면 저랑 가서서 그걸 가지고 곧바로 경시청으로 갈까요?"

"오늘 오후에는 제가 무척 바빠서……."

토미는 직업적인 태도로 말하면서 시계를 들여다보았다.

"런던 대주교께서 어떤 사건을 맡아 달라고 해서요. 보조 신부 두 명의 사제복을 둘러싼 아주 이상한 사건입니다."

"그러면 저 혼자 가야겠네요."

이렇게 말하면서 마치는 자리에서 일어났다. 그러자 토미는 제지하듯 한 손을 들었다.

"할 수 없군요. 주교의 의뢰 건은 조금 미룰 수밖에. 앨버트에게 메모를 남겨두죠. 마치 양, 아가씨는 그 종이를 경시청에 무사히 넘기기 전까지 분명 위험한 상태에 있는 겁니다."

"그렇게 생각하세요?"

그녀는 의심스러운 듯 말했다.

"생각 정도가 아니라 확신합니다. 잠시 실례할게요."

토미는 앞에 놓인 메모지에 몇 자를 대충 휘갈겨 적고는 그것을 반으로 접었다.

그러고 나서 그는 모자와 지팡이를 들고는 이제 나갈 준비가 되었음을 내비쳤다. 그는 바깥 사무실에서 접은 쪽지를 앨버트에게 건네고 나서 한껏 거드름을 부리며 말했다.

"급한 사건이 터져서 나가봐야 하니까 주교님이 오시거든 그렇게 설명 드리게. 이건 이 사건에 대한 기록이니까 로빈슨 양한테 전해 주도록 하고."

"예, 잘 알겠습니다. 그럼 공작 부인의 진주 사건은 어떻게 하시겠습니까?"

앨버트도 장단을 맞추어 연기를 했다. 토미는 짜증이 난다는 듯 손을 휘저었다.

"그 사건도 나중에 처리해야지."

두 사람은 바삐 사무소를 나왔다. 계단을 반쯤 내려가는데 터펜스가 올라오고 있었다. 토미는 그녀를 스쳐 지나면서 퉁명스럽게 한 마디 내뱉었다.

"로빈슨 양, 또 늦었군. 난 중요한 사건이 있어서 지금 나가는 중이야."

터펜스는 계단에 멈춰 서서 두 사람의 뒷모습을 물끄러미 바라다보더니, 눈썹을 찡그리며 사무실로 올라갔다.

두 사람이 도로로 나갔을 때 택시 한 대가 그들을 향해 다가왔다. 토미는 택시한테 손짓을 하려다가 갑자기 마음을 고쳐먹었다.

"마치 양, 걷는 걸 좋아합니까?"

그는 진지하게 물었다.

"예. 그건 왜요? 택시로 가는 편이 낫지 않을까요? 그게 더 빠르니까요."

"아가씨는 눈치 못 채셨겠지만 아까 그 운전사는 방금 길 저쪽에서 택시를 타려는 손님을 거절했습니다. 우리를 기다리고 있었던 거죠. 지금 아가씨는 적들의 감시를 받고 있습니다. 아가씨만 괜찮다면 본드 거리까지 걸어가는 편이 좋을 것 같습니다. 사람들로 북적대는 거리에서는 놈들도 손쓸 도리가 없을 테니까요."

"좋아요."

그녀가 조금 미심쩍어 하면서 대답했다.

두 사람은 서쪽으로 걸어갔다. 거리는 토미의 말대로 사람들로 붐볐기 때문에 빨리 걸을 수가 없었다. 토미는 계속해서 날카로운 눈길로 주위를 살폈다. 조금도 수상한 낌새가 보이지 않는 상황에서도 그는 간혹 그녀의 몸을 한쪽으로 잽싸게 끌어당기곤 했다.

갑자기 그녀의 얼굴을 힐끗 보고나서 토미는 안타까운 마음이 들었다.

"이런, 상당히 지쳐 보이는군요. 아까 그 미친 녀석 때문에 충격을 받아서 그런가 봅니다. 여기 잠깐 들어가서 진한 커피라도 한잔 마시는 게 어떨까요. 브랜디라도 한잔 하자고 말하고 싶지만……."

젊은 여자는 희미한 미소를 띠며 고개를 저었다.

"그러면 커피로 하죠. 설마 커피에 독약을 넣지는 않을 테니까."

토미가 말했다.

두 사람은 커피를 마시면서 잠시 시간을 보낸 다음, 아까보다 빠른 걸음으로 다시 걷기 시작했다.

"이제 놈들을 따돌렸을 겁니다."

어깨 너머로 여자를 바라보며 토미가 말했다.

시클라멘 화장품 대리점은 본드 거리에 있는 작은 가게로 엷은 분홍색 커튼이 쳐져 있었고 진열창에는 세안용 크림과 비누가 전시되어 있었다.

시슬리 마치를 따라 토미는 가게 안으로 들어갔다. 가게 안은 좁았다. 왼쪽에 있는 유리 카운터에는 욕실용품들이 채워져 있었다. 카운터 뒤에는 금발의 아름다운 중년 여성이 있었는데, 시슬리 마치가 들어가자 그녀는 고개를 까닥이며 가볍게 인사를 하고 나서 손님과 하던 얘기를 계속했다.

손님은 키가 작고 피부가 검은 여자였다. 등을 돌리고 있어서 두 사람은 그녀의 얼굴을 볼 수가 없었다. 그녀는 알아듣기 힘든 영어로 천천히 말하는 중이었다. 오른쪽에는 소파와 의자가 두 개 있었고, 탁자 위에는 잡지가 몇 권 놓여 있었다. 의자에 앉은 두 남자는 한눈에 봐도 아내를 기다리며 지루해하는 남편들처럼 보였다.

시슬리 마치는 곧바로 안쪽 끝에 달린 문으로 들어가더니 토미가 뒤따라 들어올 수 있도록 문을 붙잡고 서 있었다. 토미가 안으로 들어가려는 순간, 여자 손님이 "아니, 저 사람은 내 친구 같은데."라고 소리치며 쫓아 오더니 문틈에 발 한쪽을 끼워넣었다. 그와 동시에 두 남자가 자리에서 벌떡 일어섰다. 한 남자는 여자 손님의 뒤를 따라 안쪽 문으로 들어갔고 다른 사람은 점원에게 다가가 그녀의 입을 한 손으로 틀어막으며 비명 소리가 밖으로 새어나가지 못하게 했다.

그러는 동안 문 안쪽에서도 사태는 급속도로 진행되고 있었다. 토미가 방 안으로 들어가자마자 그의 머리 위로 어떤 천이 뒤집어씌워졌고 지독한 냄새가 그의 코를 찔렀다. 하지만 곧바로 천이 다시 확 벗겨지면서 어떤 여자의 비명 소리가 방 안에 울려 퍼졌다.

토미는 잠시 눈을 껌벅이고 기침을 하면서 눈앞의 광경을 살폈다. 오른쪽에는 몇 시간 전에 사무실을 습격한 사내가 있었다. 그에게 수갑을 채우려고 서두르는 사람은 가게에서 지루한 듯 앉아 있던 남자 중 한 사람이었다. 토미의 바로 앞에서는 시슬리 마치가 여자 손님에게 꽉 붙들린 채 벗어나려고 헛되어 발버둥을 치고 있었다. 여자 손님이 이쪽으로 고개를 돌리자 그녀가 쓰고 있던 베일이 풀리면서 바닥에 떨어졌고 너무나 낯익은 터펜스의 얼굴이 드러났다.

"터펜스, 잘했어!"

토미가 앞으로 나아가며 소리쳤다.

"내가 도와주지. 나라면 더 이상 발버둥치지 않겠습니다, 오하라 양. 아니, 마치 양이라고 부르는 게 나을까요?"

"토미, 이분은 그레이스 경감님이세요. 당신이 남겨 놓은 쪽지를 읽자마자 전 경시청으로 전화를 걸었어요. 그리고 그레이스 경감님과 이 형사님을 가게 앞에서 만났죠."

터펜스가 말했다.

"이 놈을 체포하게 되어 아주 기쁩니다."

경감은 그렇게 말하면서 수갑을 찬 사내를 가리켰다.

"오래 전부터 공개 수배를 해 온 놈이죠. 그런데 이 가게를 의심해본 적은 한 번도 없었습니다. 저희는 진짜 미용실이라고만 생각했거든요."

"그러니까 신중에 신중을 기할 필요가 있는 겁니다."

토미는 친절하게 설명해 주었다.

"왜 대사의 가방을, 그것도 한두 시간 정도만 손에 넣으려고 했을까? 저는 그 문제를 거꾸로 생각해 봤습니다. 어쩌면 다른 쪽 가방이 중요한 게 아니었을까? 누군가가 그 가방을 한두 시간 대사의 손에 두고 싶었던 게 아닐까? 그렇게 생각하면 훨씬 설명이 쉬워지죠. 외교관의 짐은 세관에서 검사를 하지 않죠. 놈들은 분명 어떤 물건을 밀수하려고 한 겁니다. 하지만 무엇을 밀수한 걸까요? 부피가 크지 않은 물건이겠죠. 전 곧바로 마약을 의심했습니다. 그런데 제 사무소에서 코미디 같은 일이 벌어진 겁니다. 놈들은 제 광고를 보고 수사를 중지시키려고 했습니다. 그게 여의치 않으면 절 없애버릴 계획이었죠. 그런데 앨버트가 밧줄로 올가미를 만들어 저 친구한테 던져 꼼짝 못하게 만들었을 때, 이 매력적인 여인의 얼굴에 무척이나 당혹스러워하는 표정이 떠오르는 걸 보고 눈치를 챈 겁니다. 그건 이 여자가 그전에 보여 준 행동과는 도무지 어울리지 않는 표정이었거든요. 저 친구가 우리 사무실을 습격한 이유는 제가 이 여자를 확실히 믿게 만들기 위해서였습니다. 저는 사람들을 잘 믿는 순진한 탐정 역할을 최선을 다해 해냈죠. 이 여자의 터무니없이 유치한 이야기를 철석같이 믿는 척하며 이곳으로 나를 유인하도록 내버려 두었죠. 물론 이 상황에 대처하는 방법을 쪽지에 자세히 적어 사무실에 남겼지만요. 그리고 여러분에게 충분한 시간을 드리기 위해 이런저런 핑계를 대면서 여기에 도착하는 시간을 늦춘 겁니다."

시슬리 마치는 돌처럼 굳은 표정으로 토미를 바라보았다.

"미쳤군요. 도대체 여기에 뭐가 있다는 거예요?"

"대사의 비서가 목욕 소금이 담긴 깡통을 봤다고 하니 우선 그것부터 조사해 보는 게 어떨까요, 경감님?"

"좋은 생각입니다."

토미는 우아한 분홍색 깡통을 하나 집어 들고 탁자 위에 내용물을 쏟아 부었다. 그러자 여자가 소리 내어 웃었다.

"이건 진짜 소금인데?"

토미가 말했다.

"몸에 해로울 만한 건 아무것도 보이지 않아."

"금고를 한번 살펴보세요."

터펜스가 말했다.

구석에는 벽에 붙은 작은 금고가 하나 있었다. 자물쇠에 열쇠가 꽂혀 있는 것이 보였다. 토미는 열쇠를 돌려 금고를 열고는 만족한 듯 탄성을 질렀다. 금고의 안쪽 벽을 열어 제치자 움푹 들어간 큰 공간이 있었고 거기에는 목욕소금 깡통이 잔뜩 쌓여 있었다. 열을 지어 쌓인 깡통은 이루 헤아릴 수 없을 정도로 많았다. 토미는 그중 하나를 꺼내어 뚜껑을 비틀어 열었다. 위쪽은 아까와 마찬가지로 분홍색 소금 결정체로 덮여 있었지만 그 밑에는 하얀 가루가 숨어 있었다.

경감이 탄성을 질렀다.

"드디어 찾아냈군요. 십중팔구 그 깡통에 담긴 것은 순수 코카인일 겁니다. 웨스트엔드(런던의 서구. 부호의 저택이 많으며 큰 상점과 공원도 있음 — 옮긴이) 중 접근이 용이한 이곳 어딘가에 배급처가 있다는 건 저희도 알고 있었지만 지금껏 단서를 찾아내지 못했습니다. 정말 대단한 공을 세우셨습니다."

거리로 나서면서 토미가 터펜스를 보고 말했다.

"블런트의 우수한 탐정들이 결국 승리를 거뒀군. 결혼하길 잘했어. 당신이 꾸준하게 가르쳐준 덕분에 나도 드디어 염색한 머리를 알아볼 수 있게 되었으니까. 난 이제 과산화수소 따위로 물들인 가짜 금발에 속지 않아. 문제가 만족스럽게 해결되었다고 대사에게 정식으로 편지를 써야겠군. 여보, 그럼 이제 홍차랑 따끈따끈한 버터를 바른 머핀을 원 없이 먹어볼까?"

16호였던 사나이

토미와 터펜스는 대장의 집무실에서 이야기를 나누고 있었다. 그는 진심에서 우러나오는 따뜻한 칭찬의 말을 아끼지 않았다.

"아주 멋지게 일을 처리해주었네. 두 사람 덕분에 무척 골치를 썩이던 인간들을 다섯이나 체포할 수 있었고, 놈들을 통해 귀중한 정보를 적잖게 입수할 수 있었어. 한편, 믿을 만한 정보통에 따르면 소련에서는 자기네 요원들의 보고가 끊겨 무척 당황스러워 한다는군. 우리가 그토록 조심했음에도 불구하고 저들은 자기네의 런던 지부인 테오도르 블런트 사무소, 즉 국제 탐정 사무소가 제대로 굴러가지 않는 이유를 의심하기 시작한 것 같아."

"그러면 머지않아 저들이 사정을 파악하겠군요."

토미가 말했다.

"자네 말대로 그런 일을 예상할 수 있지. 하지만 난 자네 부인이 좀 염려스러워."

"집사람은 제가 보호할 수 있습니다."

토미가 그렇게 대답하는 순간, 터펜스도 "제 몸은 스스로 지킬 수 있어요." 하고 동시에 말했다.

"흠! 넘치는 자신감 하나는 두 사람 모두 여전하군. 자네들이 지금껏 무사한 것이 전적으로 초인적인 영리함 덕분인지 아니면 약간의 운이 따라 주어서인지 모를 정도네. 하지만 운이란 건 알다시피 변하는 거야. 하기사 이런 얘기는 해 봐야 소용도 없겠지. 자네 부인이 어떤 사람인지 잘 알고 있으니까. 앞으로 일이 주 동안 전면에 나서지 말라고 내가 아무리 말해 봐야 헛일일 테지."

터펜스는 세차게 고개를 저었다.

"그렇다면 내가 할 수 있는 일이라곤 모든 정보를 자네들한테 전달하는 것밖에 없겠군. 소련에서 특수 요원을 이 나라로 보냈다는 믿을 만한 정보가 들어왔어. 우리는 그 요원이 어떤 이름을 써 가며 여행 중인지, 또 언제 이곳에 도착할지 모르네. 하지만 그 요원이 전쟁 중에 우리를 큰 곤경에 빠뜨렸고 신출귀몰한 솜씨를 가졌다는 사실은 알아. 러시아 태생으로 외국어 실력이 상당한 놈이야. 영어를 포함해 6개 국어에 아주 능통해서 어디를 가든 국적을 마음대로 속일 수 있을 정도지. 변장술의 대가인 데다 머리까지 비상하다고 하네. '16호'라는 암호를 만들어 낸 것도 바로 놈이야.

그자가 언제 어떤 모습으로 나타날지는 나도 모르네. 어쨌든 모습을 드러내리라는 것은 확실해. 또 하나 참고할 사실은 놈이 테오도르 블런트와는 개인적으로 알지 못한다는 거야. 얼마 안 있어 녀석이 어떤 사건을 의뢰한다는 구실로 자네 사무실에 나타나서 암호를 들이대며 자네를 떠보겠지.

첫째로, 녀석은 아까 말했던 16이라는 숫자를 언급할 거네. 그러면 자네도 16이라는 숫자가 들어가는 문장으로 녀석에게 말을 건네야 해. 둘째, 이건 우리도 방금 안 사실인데, 영불해협을 건넌 적이 있는지 자네한테 물어볼 거야. 녀석이 그렇게 물어오면 '저는 지난달 13일에 베를린에 있었습니다.'하고 대답해야 하네. 우리가 아는 접선 암호는 이게 전부야. 실수 없이 대답해서 상대가 신뢰할 수 있도록 만들어야 해. 그리고 가능하면 연극을 계속하게. 하지만 상대가 완전히 속아 넘어간 것처럼 보여도 절대 방심해선 안 되네. 놈은 워낙 빈틈이 없는 놈이라 일부러 속아주는 척할 수도 있어. 상대방의 허를 찌르는 데는 자네만큼, 아니 자네보다 더 뛰어난 놈이야.

어찌됐든 자네를 통해 그자를 붙잡았으면 좋겠네. 오늘부터 나도 각별히 경계를 할 참이야. 어젯밤 자네 사무실에 도청 장치를 설치해 두었네. 이제 자네 방에서 일어나는 일은 모조리 아래층에 잠복해 있는 내 부하가 듣게 될 걸세. 이렇게 해두면 어떤 일이 발생했을 경우, 즉각 보고를 받게 되고 자네와 자네 부인의 안전을 지킴과 동시에 내가 뒤쫓고 있는 그놈을 체포하기 위한 조치를 취할 수가 있는 거지."

그밖에 몇 가지 지시를 받고 전술에 대한 전반적인 논의를 한 후, 부부는 그곳을 나와 최대한 빠른 걸음으로 탐정 사무소로 향했다.

"늦었군."

토미는 시계를 들여다보았다.

"정각 12시야. 대장과 너무 오래 같이 있었어. 우리가 없는 동안 흥미로운 사건이 달아난 게 아니어야 할 텐데."

"전체적으로 봐서 그동안 우리가 거둔 실적이 그리 나쁘진 않은 것 같아요. 며칠 전에 제가 그동안의 실적을 집계해 봤거든요. 우리는 제법 까다로운 살인 사건을 네 건이나 해결했고, 지폐 위조단도 검거하고, 거기다 밀수단까지……."

"두 '조직'을 검거한 거야."

토미가 끼어들며 말했다.

"멋지지 않아? 우쭐해질 정도라니까. '조직'을 검거했다고 하니까 뭔가 엄청난 일을 한 것 같잖아."

터펜스는 손가락을 꼽으며 말을 계속했다.

"보석 도난 사건이 한 건, 위기일발의 고비를 넘긴 일이 두 번, 살을 빼기 위해 행방불명된 부인 사건, 어떤 아가씨를 도운 사건이 하나, 알리바이를 밝혀낸 사건이 하나, 그리고 아! 우리가 완전히 바보짓을 했던 사건이 하나 있었네요. 전체적으로 보면 멋진 성공이에요! 우리가 정말 대단하다고 생각해요."

"당신은 늘 그렇게 생각하잖아. 항상 말이야. 그런데 한두 사건에서는 우리가 운이 좀 좋았던 것 같아."

"바보 같은 말 말아요. 모두 머리를 짜내서 어렵게 성공을 거둔 거예요."

"그래도 한 사건은 정말 운이 좋았어. 앨버트가 밧줄 고리를 던지는 묘기를 펼치던 날! 그런데 터펜스, 당신은 마치 우리의 임무가 모두 끝난 것처럼 말하고 있는걸?"

"그래요."

터펜스는 의미심장하게 목소리를 낮추었다.

"이번 사건이 우리한테 마지막 사건이 될 거예요. 대단한 스파이를 체포하고 나면 위대한 탐정들은 물러나서 꿀벌을 기르든가 애호박이나 재배하잖아요.(꿀벌을 기른 것은 셜록 홈즈, 한편 실행에 옮기진 에르퀼 푸아로는 못했으나 은퇴 후 호박을 재배하고 싶다는 뜻을 여러 차례 밝힌 바 있음 ― 옮긴이) 항상 그랬죠."

"당신, 싫증이 난 거야?"

"음……. 그래요. 그런 것 같아요. 게다가 지금까지 우리는 너무나 잘 해냈어요. 계속 운이 따라 줄지 두렵기도 하고요."

"운이 아니라고 말한 사람이 누구였더라?"

우쭐한 토미의 말이었다.

그때 그들은 국제 탐정 사무소가 있는 건물의 모퉁이를 돌아서고 있었다. 터펜스는 아무 대꾸도 하지 않았다.

앨버트는 사무실에 앉아 사무용 자를 코에 올려놓고 중심을 잡으려고 애쓰며 무료함을 달래고 있었다.

블런트는 꾸짖는 뜻으로 잔뜩 인상을 찌푸리며 자기 방으로 들어갔다. 그는 외투와 모자를 벗고 위대한 탐정들을 다룬 고전들이 꽂혀 있는 책장을 열었다.

"이제 선택의 범위가 좁아졌군. 오늘은 누구 흉내를 내볼까나?"

토미가 중얼거렸다.

"토미, 오늘이 며칠이죠?"

평소와는 다른 터펜스의 목소리에 그는 몸을 홱 돌렸다.

"가만 있자……. 11일이네. 그건 왜?"

"달력을 한번 봐요."

벽에 걸린 달력은 하루에 한 장씩 떼어내는 식이었는데 거기에는 16일 일요일이 나와 있었다. 오늘은 월요일인데 말이다.

"거 참 이상하네. 앨버트가 한꺼번에 너무 많이 떼어냈나 보군. 칠칠치 못한 녀석!"

"저는 앨버트가 그랬다고는 생각지 않지만 한번 물어나 보죠."

앨버트를 불러서 물어 보자 그는 깜짝 놀라는 표정을 지었다. 자기는 맹세코 토요일과 일요일 두 장만 떼어냈다고 했다. 앨버트의 말은 곧 사실로 입증되었다. 그가 떼어낸 두 장은 벽난로 속에서 발견되었고 그 뒷부분은 쓰레기통 속에 깨끗한 상태로 들어 있었기 때문이다.

토미가 말했다.

"아주 깔끔하고 치밀한 놈의 소행이군. 앨버트, 오늘 오전에 누가 이 방에 있었지? 의뢰인이라도 찾아왔었나?"

"예, 딱 한 사람 있었습니다."

"어떤 남자였지?"

"여자분이었습니다. 간호사라는데 무척 안절부절못하면서 빨리 소장님을 뵙고 싶어 했습니다. 소장님이 돌아오실 때까지 기다리겠다고 하더군요. 그래서 '비서실'이 좀 더 따뜻할 것 같아 그쪽으로 모셨습니다."

"그러면 자네 몰래 이 방에 들어와 봤을 수도 있겠군. 그 여자분이 돌아간 지 얼마나 되었지?"

"한 30분 정도 됐습니다. 오후에 다시 들른다고 했습니다. 풍만한 몸매가 볼 만하던데요."

"몸매가 풍만……. 음, 헛소리 그만하고 나가 봐."

앨버트는 마음의 상처를 입었는지 시무룩한 얼굴로 방을 나갔다.

"출발이 묘하군! 좀 무모한 행동 같아. 우리를 경계하게 만들 뿐이니까 말이야. 설마 난로나 그런 곳에 폭탄을 숨겨 두진 않았겠지?"

그는 그런 장소를 꼼꼼히 확인하고 나서 책상에 앉아 터펜스에게 말했다.

"몬 아미(친구), 우리는 지금 아주 중대한 문제에 직면했어. 자네는 4호, 혹은 4인자라고 불리던 남자를 기억할 거야.(4인자는 애거서 크리스티의 작품 『빅 포』에 나오는 국제 범죄 조직의 암살자 — 옮긴이) 내가 고성능 폭탄으로 돌로미티 지역에서 계란껍질처럼 부숴 버린 놈 말이야. 하지만 그놈은 죽지 않았지. 대악당들은 절대로 죽지 않아. 이 작자도 그런 축이야. 아니, 그 이상이지. 이놈은 4호를 제곱한 녀석, 다시 말해 4호보다 네 배나 강한 16호라는 놈이야. 무슨 말인지 알겠나, 친구?"

"완벽해요. 그러니까 정말 위대한 에르퀼 푸아로 같아 보여요."

터펜스가 말했다.

"똑같지 뭐. 콧수염은 없지만 머리 하나는 엄청 똑똑하니까."

"그래도 난 이번 모험을 '헤이스팅스의 승리'라고 부르게 될 것 같은 예감이 드는 걸요."(헤이스팅스는 푸아로를 도우며 사건을 기록하는 친구 겸 조력자 — 옮긴이)

"절대로 그럴 리는 없을걸? 그런 예는 없었으니까. 어리석은 친구는 언제 어딜 가나 어리석은 친구야. 이런 문제에는 관습이 있는 거라고. 그런데, 몬 아미(친구), 가르마를 한쪽으로 타지 말고 중간에다 타는 게 어떨까? 그렇게 해놓으니까 균형도 안 잡혀 보이고 영 못 봐 주겠어."

그때 토미의 책상 위에 있던 단추가 요란하게 울렸다. 토미가 단추를 누르자 앨버트가 명함을 한 장 가지고 들어왔다.

"블라디로프스키 공작이라……."

토미는 낮은 소리로 명함을 읽고 터펜스를 바라보았다.

"혹시……? 앨버트, 들여보내."

방에 들어선 사내는 중키에 몸가짐이 세련되어 보였다. 나이는 서른다섯 정도 되어 보였고 금발 턱수염을 기르고 있었다.

"블런트 씨?"

완벽한 영어로 사내가 물었다.

"당신을 적극 추천해 준 사람이 있습니다. 사건을 하나 맡겼으면 하는데 맡아 주시겠습니까?"

"어떤 일인지 세세하게 말씀만 해 주시면⋯⋯."

"그러죠. 실은 제 친구의 딸에 관한 문제입니다. 올해 16살이지요. 이해하시겠지만 저희는 이 일이 외부에 알려지는 걸 절대로 원치 않습니다."

"저희도 그 원칙을 엄격히 지켜 온 덕분에 16년 동안이나 이 일을 성공적으로 해오고 있습니다."

토미가 말했다.

그 순간, 상대의 눈동자가 갑자기 반짝하고 빛을 낸 것 같았다. 그러나 그 빛은 곧 사라졌다.

"선생의 사무실은 해협 너머에도 지사를 두고 있는 걸로 아는데 맞습니까?"

"아, 예. 사실⋯⋯."

토미는 매우 신중하게 말을 했다.

"저는 지난달 13일에 베를린에 가 있었습니다."

"그렇다면 이 따위 연극은 계속할 필요가 없겠군."

상대가 말했다.

"친구의 딸이니 뭐니 하는 얘기는 무시해 버리시오. 내가 누군지는 당신도 알 테고. 어쨌든 내가 여기 올 거라는 소식은 받은 것 같군요."

사내는 턱으로 벽에 붙어 있는 달력을 가리켰다.

"그렇습니다."

토미가 말했다.

"난 사태를 파악하러 이 나라로 건너왔소. 도대체 무슨 일이 있었던 거요?"

"배신을 당했습니다."

가만히 듣고만 있을 수 없어 터펜스가 말했다.

러시아인은 그녀에게로 시선을 옮기며 눈썹을 치켜떴다.

"아하! 그렇게 된 거로군. 내 그럴 줄 알았지. 세르기우스가 배신을 한 거요?"

"그런 것 같습니다."

터펜스는 눈 하나 깜빡하지 않고 말했다.

"예상 못 한 바는 아니오. 그런데 혹시 당신들이 의심을 받고 있지는 않소?"

"그런 것 같지는 않습니다. 저희는 보다시피 이곳에서 적지 않은 일을 실제로 처리하고 있으니까요."

토미가 설명했다.

러시아인은 고개를 끄덕였다.

"그래야지. 그건 그렇고 난 여기에 다시 오지 않는 게 좋을 것 같소. 당분간 블리츠 호텔에서 묵고 있겠소. 마리즈는 데리고 가겠소. 이 사람이 마리즈 같은데, 맞소?"

터펜스는 고개를 끄덕였다.

"여기에선 어떤 이름으로 부르고 있소?"

"로빈슨 양으로 부르고 있습니다."

"좋소. 로빈슨 양, 당신은 나와 블리츠 호텔로 가서 점심이나 먹읍시다. 그리고 3시에 본부에서 모이기로 하고. 알겠소?"

사내는 토미를 바라보았다.

"알겠습니다."

토미는 그렇게 대답은 했지만 본부가 대체 어디에 있는지 알 수가 없었다. 카터 대장이 그토록 알아내고 싶어하는 그 본부를 지칭하는 것이리라고 추측할 뿐이었다.

터펜스는 자리에서 일어나 표범가죽 깃이 달린 긴 검정코트를 몸에 걸쳤다. 그리고 기품 있는 태도로 떠날 준비가 되었다고 사내에게 말했다.

두 사람이 나가고 나자, 뒤에 남은 토미는 혼란스러운 감정에 사로잡혔다.

혹시 도청장치가 고장이라도 난 건 아닐까? 그 수상한 간호사가 도청장치가 설치된 사실을 어떻게 알아내고서 작동이 안 되도록 만들어 버린 건 아닐까?

그는 전화기로 다가가 어딘가로 전화를 걸었다. 잠시 후, 저쪽에서 귀에 익은 목소리가 들려왔다.

"잘 했네. 지금 곧 블리츠 호텔로 와 주게."

5분 뒤, 토미와 카터는 블리츠 호텔의 '팜코트'라는 로비라운지에서 만났다. 카터는 활기에 차 있었으며 토미를 안심시키려고 애썼다.

"정말 잘했네. 공작이라는 그 사내와 자네 부인은 지금 음식점에서 식사 중일세. 미리 부하 두 명을 종업원으로 위장시켜 투입해 두었네. 그 자가 눈치를 챘는지 모르겠지만……. 아니, 눈치를 못 챈 게 확실해. 이제 그 자는 우리 손에 완전히 걸려들었어. 그 자가 묵는 방을 감시하도록 두 명을 위층에 배치해 두었고, 놈이 어디로 가든 따라붙도록 밖에도 우리 요원을 배치해 두었네. 그러니 자네 부인에 대해선 조금도 염려하지 않아도 돼. 잠시도 눈을 떼지 말라고 부하들에게 단단히 일러 두었으니까. 절대 위험에 처하게 하지 않겠네."

이따금 첩보요원이 진행 상황을 보고하러 왔다. 처음에 보고를 하러 온 사람은 웨이터 복장으로, 음식점에 있는 두 사람한테서 칵테일 주문을 받았던 사람이었다. 그리고 두 번째로 보고한 사람은 최신 유행의 복장을 입었지만 얼굴은 약간 멍청해 보이는 청년이었다.

"두 사람이 음식점을 나오고 있다는군."

카터가 말했다.

"혹시 여기로 와서 앉을 수도 있으니까 우리는 저쪽 기둥 뒤로 몸을 숨기기로 하지. 그런데 내 생각에는 놈이 자네 부인을 자기 방으로 데리고 갈 것 같아. 아, 역시 내 생각이 맞았군."

지금 앉아 있는 자리에서 토미는 아까 그 러시아인과 터펜스가 로비를 가로질러 승강기 안으로 들어가는 모습을 볼 수 있었다.

시간이 지나면서 토미는 슬슬 불안해지기 시작했다.

"어떻게 좀 해 주십시오. 방에 단 두 사람만 있을 거라고 생각하니……."

"부하 하나가 이미 방에 들어가 있네. 소파 뒤에. 그러니 걱정 말게."

음식점 종업원이 로비를 가로질러 카터에게 다가오더니 말했다.

"승강기를 타고 올라오고 있다는 신호를 받았는데 아직도 승강기에서 내리지 않았답니다. 괜찮을까요?"

"뭐?"

카터는 몸을 홱 돌렸다.

"두 사람이 승강기에 오르는 걸 두 눈으로 똑똑히 봤는데!"

카터는 벽에 걸린 시계를 힐끗 올려다보았다.

"4분 30초 전 일이야. 그런데 아직도 내리지 않았다니!"

카터는 잽싸게 승강기가 있는 곳으로 달려갔다. 때마침 승강기가 내려와서 문이 열리자 그는 제복을 입은 직원에게 말을 걸었다.

"좀 전에 금발 턱수염을 기른 신사와 젊은 여성이 2층에 내리지 않았소?"

"2층이 아닌데요. 그 신사분은 3층에 가신다고 했습니다."

"이런! 빨리 3층으로 갑시다."

대장은 펄쩍 뛰고는 토미에게 따라오라는 손짓을 하며 승강기에 올라탔다.

"……도무지 이해할 수가 없군."

대장은 낮은 소리로 중얼거렸다.

"하지만 안심하게. 이 호텔의 모든 출구를 철저히 감시하고 있고 3층에도 한 명을 배치해 두었으니까. 실은 3층뿐만 아니라 모든 층에 사람이 있어. 혹시 또 모르는 일이니까."

3층에서 문이 열리자 두 사람은 승강기에서 튀어나가 복도를 달려갔다. 반쯤 뛰어갔을 때 그들은 웨이터 복장을 한 사람과 마주쳤다.

"대장님, 안심하십시오. 두 사람은 지금 318호실에 있습니다."

카터는 안도의 숨을 내쉬었다.

"다행이군. 다른 출구는 없겠지?"

"스위트룸이지만 복도로 나오는 길은 이 문밖에 없고 이들 방에서 벗어나려면 저희를 지나 계단이나 승강기로 가야만 합니다."

"그럼 됐어. 당장 프런트에 전화해서 이 방에 묵고 있는 사람이 누군지 알아봐."

웨이터는 금방 돌아왔다.

"디트로이트에서 온 코틀랜드 반 스나이더라는 부인입니다."

카터는 깊은 생각에 잠겼다.

"그럼 반 스나이더라는 여자도 공범이라는 얘긴가, 아니면……."

그는 말을 마무리 짓지 않고 갑자기 "안에서 아무 소리도 안 났어?" 하고 물었다.

"예. 아무 소리도 못 들었습니다. 하지만 문이 꽉 닫혀 있어서 소리를 제대로 들을 수 없을 겁니다."

카터는 갑자기 결심을 굳혔다.

"아무래도 이상해. 안에 들어가 보기로 하지. 마스터 키 있나?"

"예."

"에번스와 클라이즐리한테 올라오라고 해."

두 사람이 합세하자 그들은 스위트룸으로 다가갔다. 열쇠를 넣어 돌리니 문은 소리도 없이 열렸다.

홀은 자그마했다. 오른쪽에는 욕실 문이 열려 있었고, 앞에는 거실이 있었다. 왼쪽에는 문이 닫혀 있었는데 그 안에서 천식 환자의 기침소리 같은 희미한 소리가 새어 나왔다. 카터는 문을 밀고 안으로 들어갔다.

그곳은 커다란 더블 침대가 하나 놓여 있는 침실이었다. 침대보는 장밋빛과 금색으로 화려하게 장식되어 있었다. 침대 위에는 세련된 옷을 입은 중년 여자가 손발이 꽁꽁 묶이고 입에는 재갈이 단단히 물린 채 눕혀져 있었다. 그녀의 두 눈은 고통과 분노로 당장이라도 튀어나올 것 같았다.

카터의 짤막한 명령에 따라 요원들은 스위트룸 전체를 샅샅이 뒤졌다. 토미와 대장 두 사람만이 침실로 들어섰다. 토미가 침대 위로 몸을 굽혀 밧줄매듭을 풀어 주려고 애쓰는 동안 카터는 당황한 표정으로 방 안을 둘러보고 있었다. 방 안에는 정말 미국에서 가져온 것 같은 짐들밖에 없었고 러시아인이나 터펜스의 흔적은 전혀 찾아볼 수 없었다.

잠시 뒤에 웨이터가 방으로 급히 들어와 다른 방들이 모두 비어 있다고 보고했다. 토미는 창가로 가 봤지만 결국 고개를 저으며 물러날 수밖에 없었다. 거기엔 발코니가 없어 창밖으로 저 아래의 도로가 곧바로 내려다보였다.

"이 방으로 들어온 게 확실해?"

카터가 불쑥 물었다.

"틀림없습니다. 게다가……."

웨이터는 침대 위에 있는 여자를 가리켰다.

카터는 주머니칼로 여자의 숨통을 막고 있는 스카프를 잘랐다. 그러자 코틀랜드 반 스나이더 부인은 화가 나서 소리치며 고통을 호소했다.

그녀가 한참 분노를 토해내길 기다려 카터가 부드럽게 말을 건넸다.

"어떻게 된 일인지 처음부터 정확히 말씀해 주십시오."

"당장 호텔을 고소해 버리겠어요. 세상에, 이런 모욕적인 일이 어디 있단 말이에요? '킬라그리페' 병을 찾고 있는데 갑자기 뒤에서 어떤 남자가 나를 덮치더니 작은 유리병을 깨서는 내 코에 갖다 대지 뭐예요. 난 곧바로 정신을 잃었죠. 정신을 차리고 보니까 이렇게 온통 묶인 채로 침대에 눕혀져 있더라니까요. 내 보석도 몽땅 훔쳐 갔을 거예요."

"보석은 아무 이상 없을 겁니다."

카터가 냉담하게 말했다. 그는 방안을 둘러보다가 바닥에서 뭔가를 집어 들었다.

"부인, 그 남자가 덮쳤을 때 부인은 제가 서 있는 이 자리에 계셨습니까?"

"그래요."

카터가 주워든 것은 얇은 유리조각이었다. 그는 냄새를 맡아 보고 나서 토미한테 그것을 건넸다.

"염화에틸이야."

그는 중얼거렸다.

"순간마취제인데 잠시 동안만 마취효과가 있지. 부인, 의식을 되찾았을 때에도 그 남자가 이 방에 있었죠?"

"제가 말하려는 게 그거예요. 정말 미칠 것 같았어요. 그놈이 달아나는 걸 보면서도 꼼짝 못하고 있으려니 말이에요."

"달아났다고요? 어느 쪽으로 말입니까?"

카터가 날카롭게 물었다.

"저 문으로 빠져나갔어요."

그녀는 맞은편 벽에 달린 문을 손으로 가리켰다.

"젊은 여자를 데리고 있었는데 그 여자도 같은 약에 취했는지 비틀거리는 것 같았어요."

카터가 묻는 듯한 얼굴로 부하를 바라보았다.

"바로 옆 스위트룸으로 통하게 되어 있습니다. 하지만 이중문으로 양쪽에서 빗장을 걸 수 있게 되어 있습니다."

카터는 문을 꼼꼼히 살펴보았다. 그러고 나서 몸을 세우고 침대 쪽을 바라보았다.

"스나이더 부인, 아직도 그 남자가 이쪽으로 나갔다고 주장하시겠습니까?"

그는 조용히 물었다.

"예, 분명히요. 그게 뭐 잘못 됐나요?"

"왜냐하면 문 이쪽에 빗장이 걸려 있으니까요."

카터가 차갑게 말하며 손잡이를 붙잡고 덜컹덜컹 소리를 냈다. 대장의 말을 듣고 스나이더 부인은 깜짝 놀라는 표정을 지었다.

"그 남자가 나간 뒤에 누군가 문을 잠갔다면 모르겠지만 그렇지 않고서야 그가 이곳으로 나갔을 리가 없습니다."

그는 그때 막 방으로 들어선 에번스를 향해 몸을 돌리며 말했다.

"그 두 사람이 이 스위트룸에 없는 게 확실해? 이것 말고 옆방으로 통하는 문은 없었나?"

"없습니다. 확실합니다."

카터는 방의 여기저기를 날카로운 시선으로 둘러보았다. 그는 커다란 옷장을 열어보기도 하고, 침대 밑이나 연통 위를 살펴보기도 하고, 심지어 커튼까지 일일이 다 들춰 보았다. 마지막엔 갑자기 무슨 생각이 들었는지 스나이더 부인의 거센 항의에도 아랑곳하지 않고 옷이 담긴 커다란 트렁크를 열고 민첩하게 그 속을 뒤지는 것이었다.

그때 옆방으로 통하는 문을 살펴보던 토미가 갑자기 탄성을 터뜨렸다.

"대장님! 이것 좀 보십시오. 여기로 나간 게 틀림없습니다."

문의 빗장이 줄로 아주 교묘하게 갈려 있는 것이 보였다. 빗장과 빗장 걸이가 맞닿는 부분을 정교하게 갈아 빗장이 끊어져 있다는 것이 거의 표시나지 않을 정도였다.

"이 문이 열리지 않는 건 저쪽 편에서 잠갔기 때문입니다."

토미가 설명했다.

즉시 그들은 복도로 나갔다. 웨이터가 예비 열쇠로 바로 옆 스위트룸을 열었다. 스위트룸에는 손님이 묵고 있지 않았다. 연결문으로 다가갔을 때, 그들은 그곳에서도 같은 술수를 썼다는 사실을 알 수 있었다. 빗장은 줄로 갈려 있었지만 문 손잡이는 잠겨 있었다. 열쇠는 보이지 않았다.

이 방에서도 터펜스나 금발 턱수염을 기른 러시아인의 흔적은 조금도 찾아볼 수 없었다. 그리고 다른 연결문은 없고 복도로 나가는 문뿐이었다.

"하지만 두 사람이 나오는 모습은 못 봤습니다."

웨이터가 완강히 말했다.

"나왔다면 못 봤을 리가 없습니다. 맹세컨대 절대 나오지 않았습니다."

"빌어먹을!"

토미가 소리쳤다.

"연기처럼 사라졌을 리도 없고 말이야."

카터는 냉정을 되찾고 예민한 두뇌를 움직이고 있었다.

"프런트에 전화해서 언제 누가 이 방에 마지막으로 묵었는지 알아봐."

클라이즐리를 다른 스위트룸에 남겨두고 대장과 토미를 따라온 에번스가 명령에 따랐다. 곧 그는 전화기에서 머리를 치켜들었다.

"폴 드 바레즈라는 프랑스인 젊은 환자가 간호사랑 함께 있었답니다. 오늘 아침에 떠났다는데요."

그때 웨이터로 변장했던 첩보 요원이 "아!"하고 소리쳤다. 그는 얼굴색이 하얗게 질려 있었다.

"젊은 환자……. 그리고 간호사라면……."

그는 말을 더듬었다.

"전……. 아니 그 두 사람은 복도에서 제 옆을 지나쳤습니다. 전 꿈에도 생각 못했습니다. 전에도 자주 봤던 사람들이라서."

"같은 사람들이란 건 확실해? 틀림없어? 똑똑히 봤느냐고?"

카터가 소리쳤다.

웨이터는 고개를 저었다.

"그저 한 번 힐끗 봤을 뿐입니다. 전 다른 사람들, 그러니까 금발 턱수염을 기른 녀석과 젊은 여자만 살피고 있었으니까요."

"수법에 당했군. 놈들은 그걸 노렸던 거야."

카터는 신음소리를 냈다.

그때 갑자기 토미가 탄성을 지르며 몸을 구부리고는 소파 밑에서 뭔가를 끄집어냈다. 작게 돌돌 말은 검정색 꾸러미였다. 토미가 그것을 펼치자 안에서 몇 가지 물건이 굴러 떨어졌다. 겉을 감싼 것은 터펜스가 입고 있던 긴 검정코트였다. 그 안에는 그녀의 외출복과 모자, 그리고 기다란 금발 턱수염이 들어있었다.

"이제 확실해졌군."

토미가 비통하게 말했다.

"놈들이 집사람을 잡아갔습니다. 그 러시아 녀석이 감쪽같이 우릴 따돌린 겁니다. 간호사와 청년도 한통속이었고요. 그 두 사람은 호텔 사람들에게 이 방에 자기들이 있다는 사실을 각인시켜두기 위해 하루나 이틀 일부러 여기에 묵었던 겁니다. 그 러시아 놈은 점심을 먹는 동안 자기가 덫에 걸린 걸 눈치 채고서 세운 계획을 곧바로 실행에 옮겼겠죠. 문의 빗장을 손보면서 옆방이 비어 있다는 걸 계산에 넣었고요. 그래서 옆방에 있는 부인과 터펜스 두 사람에게 재갈을 물려 놓고, 터펜스를 여기로 데려와 청년의 옷으로 갈아입히고 자기도 변장한 다음 유유히 이 방을 걸어 나간 겁니다. 옷은 미리 준비해서 감춰뒀을 테지요. 그런데 터펜스가 어떻게 순순히 따라나섰는지 전 그걸 모르겠습니다."

"난 알겠네."

카터가 말했다. 그는 반짝반짝 빛을 내는 작은 금속 조각을 카펫에서 집어 올렸다.

"이건 주사바늘 조각이야. 마취를 당한 게 틀림없어."

"세상에! 그런 짓을 해서 호텔을 빠져나갔군요!"

토미는 신음소리를 냈다.

"아직 단정 짓기엔 일러. 모든 출구를 철저히 감시하고 있다고 했잖은가."

카터가 재빨리 말했다.

"평범한 남녀만 유심히 살폈겠죠. 설마 간호사와 젊은 환자까지 의심했겠습니까. 아마 지금쯤 두 사람은 호텔을 벗어났을 겁니다."

사실을 확인해 보니 토미의 말이 맞았다. 간호사와 환자는 5분쯤 전에 택시를 타고 이미 떠났다는 것이다.

"이봐, 베레스퍼드. 제발 진정 하게."

카터가 말했다.

"자네 부인은 내가 무슨 수를 써서라도 찾아내겠네. 난 지금 당장 사무실로 돌아가 5분 안에 부서의 요원들을 전원 출동시켜서 놈들을 체포하고야 말겠어."

"약삭빠른 놈인데 그렇게 될까요? 이번 수법도 보십시오. 물론 대장님이 최선을 다하실 거라는 건 저도 압니다. 너무 늦지 않았길 비는 수밖에 없죠. 놈들한테 완전히 농락당했습니다."

토미는 블리츠 호텔을 나와 자기가 지금 어디로 가고 있는지도 모른 채 정처 없이 길을 따라 걸었다. 무력감만 뼈저리게 느낄 뿐이었다. 어디로 가서 찾아야한단 말인가? 이제 정말 뭘 해야 하나?

그는 그린 파크(런던 시내의 유명한 공원 — 옮긴이)로 들어가서 벤치에 털썩 주저앉았다. 그는 자기가 앉은 벤치의 저쪽 끝에 어떤 사람이 다가와 앉는 것도 알아차리지 못했다. 잠시 후, 낯익은 목소리가 들려왔을 때 그는 깜짝 놀랐다.

"저기, 소장님. 좀 당돌한 말씀을 드리는 것 아닌가 모르겠는데……."

토미는 고개를 들었다.

"아니, 앨버트!"

그는 여전히 맥이 빠진 목소리로 말했다.

"전 모든 걸 알고 있습니다. 그렇게 슬퍼하지 마세요."

"슬퍼하지 말라고……? 그게 말이 쉽지."

토미는 허탈하게 웃었다.

"하지만 생각해 보십시오. 우린 절대 패배를 모르는 '블런트의 우수한 탐정들' 아닙니까! 이런 말씀 드려서 어떨지 모르겠지만, 오늘 아침 두 분이 농담하시는 걸 우연히 엿들었습니다. 푸아로와 그의 회색 뇌세포에 대해서 말이죠. 그러니까 소장님도 회색 뇌세포를 이용해서 사건을 풀도록 노력해 보시는 게 어떻겠습니까?"

"하지만 회색 뇌세포를 사용한다는 건 소설에서처럼 그렇게 간단하지 않아."

"그렇지만 어느 누구도 사모님을 함부로 할 수 없을 겁니다. 사모님은 마치 개한테 사다 주는 장난감 고무 뼈다귀 같은 분이죠. 절대 허물어지지 않습니다."

앨버트는 단호하게 말했다.

"앨버트, 자네한테 그런 소릴 들으니 기운이 좀 솟는군."

"그럼 이제 소장님의 회색 뇌세포를 이용해 보시죠."

"자네도 참 끈질긴 구석이 있어. 지금껏 했던 연기가 우리한테 상당히 도움이 되긴 했어. 그래, 다시 한 번 해 보기로 하지. 사실 관계를 순서대로 나열해 보기로 할까. 우리가 추적하던 놈은 정확히 2시 10분에 승강기에 올라탔어. 그로부터 5분 뒤에 승강기 안내원의 말을 듣고 우리도 3층으로 올라갔지. 그리고 2시 19분에 우리는 스나이더 부인이 묵고 있는 스위트룸으로 들어갔고. 그럼 이제 거기서 어떤 중요한 사실을 이끌어낼 수 있을까?"

토미가 말을 멈추고 두 사람은 생각에 잠겼지만 딱히 중요한 사실은 두 사람의 머리에 떠오르지 않았다.

그때 갑자기 앨버트가 눈동자를 반짝이며 물었다.

"방 안에 트렁크 같은 건 없었죠?"

"몬 아미(친구), 자네는 파리에서 막 돌아온 미국 여자의 심리를 모르는 것 같아. 방에는 트렁크가 자그마치 스무 개 정도나 있었단 말이야."

"제 말은 트렁크는 시체를 처리해야 될 경우에 아주 편리한 도구란 겁니다. 그렇다고 사모님이 돌아가셨다고는 절대 생각지 않지만."

"사람이 들어갈 만한 트렁크는 두 개밖에 없었는데 그것들은 당연히 살펴봤지. 시간 순서대로 하자면 그 다음 이어져야 할 사실은 뭘까?"

"한 가지 빼먹으셨네요. 사모님과 간호사로 변장한 그놈이 복도에서 웨이터를 스치고 지나갔잖습니까."

"그건 분명히 우리가 승강기로 올라가기 직전의 일이야. 우리와 마주칠 뻔했지. 정말 약삭빠른 놈이야. 그런데 나는……."

토미가 갑자기 말을 하다가 멈췄다.

"예? 뭐죠?"

"가만, 몬 아미. 어떤 생각이 떠올랐어. 대단하고 엄청난 생각이……. 에르퀼 푸아로라면 곧 떠올릴 법한 생각이야. 하지만 그렇다면…… 아! 큰일이군! 제발 시간에 맞춰 가야 하는데……."

토미는 느닷없이 공원을 달려 나왔다. 앨버트는 그를 뒤따라 달리면서 숨을 헐떡였다.

"소장님, 왜 그러시죠? 전 도무지 모르겠습니다."

"자넨 몰라도 돼. 아니, 자넨 몰라야 돼. 헤이스팅스도 그랬으니까. 자네의 뇌세포가 나 못지않다면, 이 놀이에서 무슨 재미를 찾을 수 있겠나? 내가 헛소리를 하는 것 같지만 나도 어쩔 수가 없군. 앨버트, 자넨 좋은 친구야. 자네는 터펜스가 얼마나 대단한 사람인지 알고 있군. 사실 터펜스는 자네나 나보다 열 배는 더 나아."

달리면서 말을 하느라 숨을 헐떡이며 토미는 블리츠 호텔의 현관으로 들어섰다. 토미는 에번스를 발견하고는 다급하게 무어라고 몇 마디 하더니 그의 팔을 잡아끌었다. 두 사람은 승강기에 올라탔고 앨버트도 그 뒤를 따랐다.

"3층으로 갑시다."

토미가 승강기 직원에게 말했다.

318호실 앞에서 그들은 걸음을 멈추었다. 예비 열쇠를 가지고 있는 에번스가 곧 열쇠로 문을 열었다. 인기척도 없이 그들은 곧장 스나이더 부인의 침실로 들어갔다. 부인은 잘 어울리는 잠옷을 입고서 여전히 침대에 누워 있다가 깜짝 놀란 얼굴로 그들을 쳐다보았다.

"노크도 없이 들어와서 죄송합니다."

토미가 정중하게 말했다.

"하지만 저는 집사람을 좀 찾아야겠습니다. 침대에서 좀 일어나 주시겠습니까?"

"단단히 미쳤군요!"

부인이 소리쳤다.

토미는 고개를 한쪽으로 기울인 상태로 생각에 잠겨 부인을 훑어 보았다.

"대단히 훌륭했지만 더 이상은 안 통합니다. 저희는 침대 밑은 살펴봤지만 침대 내부까지 살펴보진 않았죠. 어릴 적에 그곳에 숨었던 기억이 나는군요. 받침대 밑에 침대를 가로질러 누워 있었지요. 나중에 사람을 옮기려고 저 멋진 트렁크까지 준비해 두신 건 훌륭했습니다. 그런데 이번엔 우리가 부인보다 한 수 위였네요.

당신은 터펜스에게 마취약을 주사해서 침대 받침대 밑에 숨겨둔 후, 옆방의 패거리에게 재갈을 물리고 손발을 묶으라고 할 정도의 시간이 있었지. 우리도 그때는 당신 말을 곧이곧대로 믿었어. 하지만 가만히 생각해 보면 젊은 여자에게 마취 주사를 놓은 다음 청년의 옷으로 갈아입히고, 다른 여자에게 재갈을 물리고 손발을 묶은 뒤 자기까지 변장하는 일, 그것들을 5분 만에 해낸다는 건 도저히 불가능한 일 같더군. 물리적으로 불가능해 보이는 일이었단 말이야. 간호사와 젊은 환자는 미끼였어. 당신은 우리로 하여금 그 두 사람을 추적하도록 만들고 자신은 불쌍한 희생자가 되어 우리의 감시망에서 벗어나려는 속셈이었지. 에번스, 저 부인을 침대에서 내려오게 도와주겠나? 당신도 총 갖고 있나? 좋아."

날카로운 소리를 지르며 저항했지만 스나이더 부인은 누워있던 곳에서 억지로 끌려 내려와야 했다. 토미는 침대 덮개를 찢어내고 받침대를 치웠다.

그러자 침대 위쪽에 눈을 감고 창백한 얼굴로 누워 있는 터펜스의 모습이 드러났다. 순간 토미는 끔찍한 생각이 들었지만, 그녀의 가슴이 아주 조금씩 오르내리는 것이 눈에 들어왔다. 터펜스는 마취만 당했지 죽지는 않았던 것이다.

그는 앨버트와 에번스를 향해, "자, 여러분, 이제 마지막 일격을 가해 봅시다." 하고 연극조로 말했다.

그러고는 아주 민첩한 동작으로, 그가 갑자기 스나이더 부인의 정성껏 손질한 머리를 잡아챘다. 다음 순간, 부인의 머리채는 그의 손에 들려 있었다.

"내 생각대로군. 바로 16호야!"

토미가 소리쳤다.

터펜스가 눈을 뜬 것은 그로부터 반 시간쯤 지나서였다.

그녀는 의사와 토미가 허리를 굽히고 자기를 내려다보고 있는 모습을 보았다.

그로부터 15분 동안 일어난 일은 점잖은 베일로 가리는 쪽이 품위 있을 것 같다. 그만큼의 시간이 지나자 의사는 이제 모든 게 양호한 상태라는 말을 남기고 자리를 떴다.

"몬 아미, 헤이스팅스."

토미는 다정한 목소리로 말했다.

"자네가 아직 살아 있어 정말 기쁘네."

"16호는 체포했나요?"

"다시 한 번 내가 놈을 계란껍질처럼 박살을 냈지. 이 머리를 써서 말이야. 카터 대장이 녀석을 체포했어. 그건 그렇고, 앨버트의 월급을 올려 줄 생각이야."

"어떻게 되었는지 모두 말해 줘요."

토미는 의기양양해져서 이야기를 들려주었지만 몇몇 부분은 일부러 빼놓았다.

"나 때문에 많이 놀랐죠?"

터펜스가 가냘픈 목소리로 물었다.

"뭐 별로. 사람은 항상 침착해야 돼."

"거짓말! 아직도 얼굴이 초췌해 보이는데요."

"사실, 아주 약간 걱정은 되더군. 그건 그렇고 이제 이 일은 그만 둬야지. 안 그래?"

"예, 그래요."

토미는 휴 하고 안도의 한숨을 내쉬었다.

"당신도 이제 좀 분별 있는 사람이 되겠지? 이런 충격을 받았으니까……."

"충격이라뇨! 난 충격 같은 건 두렵지 않아요."

"절대 부서지지 않는 고무 뼈다귀 같은 사람이란 말이 딱 맞군."

토미가 중얼거렸다.

"더 나은 일을 해 볼까 생각 중이에요. 훨씬 더 흥미롭고 아직 한 번도 해 보지 않은 일 말이에요."

토미는 진심으로 걱정스런 눈길로 아내를 바라보았다.

"난 반대야, 터펜스."

"당신도 어쩔 수 없을 거예요. 자연의 법칙인걸요."

터펜스가 말했다.

"그게 대체 무슨 말이야, 터펜스?"

"내 말은……. 우리 아기 말이에요. 요즘은 아내들이 임신 사실을 숨기거나 하지 않는답니다. 오히려 큰 소리로 당당하게 '나 아기 가졌어요!' 하고 소리치죠. 토미, 기쁘지 않아요?"

〈끝〉

옮긴이 | 나중길

한국외대 영어과를 졸업하고, 전문번역가로 활동 중이다. 번역가들의 모임인 '바른번역' 회원이자 독자와의 만남 공간 '왓북' 운영진이기도 하다. 옮긴 책으로는 『희망과 지혜를 주는 101가지 이야기』, 『SMART QUESTION』, 『1등 마케터의 조건』, 『거대기업의 종말』, 『리더십의 본질』, 『신비의 사나이 할리퀸』 등이 있다.

애거서 크리스티 전집

부부 탐정

2판 1쇄 펴냄 2017년 1월 18일
2판 2쇄 펴냄 2022년 2월 25일

지은이 | 애거서 크리스티
옮긴이 | 나중길
발행인 | 박근섭
편집인 | 김준혁
펴낸곳 | 황금가지

출판등록 | 2009. 10. 8 (제2009-000273호)
주소 | 135-887 서울 강남구 신사동 506 강남출판문화센터 5층
전화 | **영업부** 515-2000 **편집부** 3446-8774 **팩시밀리** 515-2007
홈페이지 | www.goldenbough.co.kr

도서 파본 등의 이유로 반송이 필요할 경우에는 구매처에서 교환하시고
출판사 교환이 필요할 경우에는 아래 주소로 반송 사유를 적어 도서와 함께 보내주세요.
06027 서울 강남구 도산대로 1길 62 강남출판문화센터 6층 민음인 마케팅부

ⓒ ㈜민음인, 2013. Printed in Seoul, Korea
ISBN 978-89-8273-741-1 04840
ISBN 978-89-6017-956-1 04840 (set)

㈜민음인은 민음사 출판 그룹의 자회사입니다.
황금가지는 ㈜민음인의 픽션 전문 출간 브랜드입니다.